QUANTUM BREAK
ESTADO ZERO

CAM ROGERS

QUANTUM BREAK
ESTADO ZERO

Tradução
Carolina Caires Coelho e Petê Rissatti

OUTRO Planeta

Título original: *Quantum Break: Zero State*

Preparação: Malu Almeida
Revisão: Andréa Bruno e Huendel Viana
Diagramação: 2 estúdio gráfico
Design de capa: BLT Communications
Adaptação de capa: Departamento de Criação Editora Planeta do Brasil

CIP-BRASIL. CATALOGAÇÃO NA PUBLICAÇÃO
SINDICATO NACIONAL DOS EDITORES DE LIVROS, RJ

R631q

Rogers, Cam
Quantum break : estado zero / Cam Rogers ; [tradução Petê Rissatti , Carolina Caires Coelho]. - 1. ed. - São Paulo : Planeta, 2016.

Tradução de: *Quantum Break: Zero State*
ISBN 978-85-422-0762-0

1. Ficção australiana. I. Rissatti, Petê. II. Coelho, Carolina Caires. III. Título.

16-33907 CDD: 828.9934
CDU: 821.111(94)-3

2016
Todos os direitos desta edição reservados à
EDITORA PLANETA DO BRASIL LTDA.
Rua Padre João Manuel, 100 — 21º andar
Ed. Horsa II — Cerqueira César
01411-000 — São Paulo-SP
www.planetadelivros.com.br
atendimento@editoraplaneta.com.br

Para Dmetri Kakmi,
o melhor amigo que já tive,
o melhor editor com quem já trabalhei.

Prefácio

Preciso confessar uma coisa. Sempre tive dificuldades para entender o motivo de se transformar jogos eletrônicos em livros. Se a experiência já existe, para que transcrevê-la? Existem mais de cinquenta mil palavras de conteúdo a ser descoberto em *Quantum Break*, metade de um romance, e isso sem contar o roteiro efetivo que apresenta a história. Se quem joga quiser uma romantização da história no jogo, ela está lá esperando para ser lida enquanto joga. Em vez disso, eu queria criar uma obra de arte que fosse ousada, um pouco diferente, e independente também.

Cam Rogers fez parte da equipe que produziu *Quantum Break*. Os outros membros da equipe eram Mikko Rautalahti, Tyler Smith e eu. Como roteirista, Cam é uma força da natureza. O entusiasmo puro e contagiante que traz para o trabalho ficou óbvio para nós desde a primeira conferência via Skype que tivemos com ele em meados de 2012. Cam é rápido; o jeito como sua mente trabalha é estonteante. Sabe como histórias funcionam e, acima de tudo, o homem é uma enciclopédia ambulante. Quando a ideia de um livro de *Quantum Break* veio à tona no início do segundo semestre de 2015, imediatamente pensei em Cam, que naquele momento já havia saído do estúdio Remedy para trabalhar em outros projetos. Cam tinha um conhecimento profundo do universo de *Quantum Break*, de um jeito que nenhum escritor fora da equipe poderia ter. Liguei para ele, e ele se interessou.

Como em qualquer projeto complexo, a história de *Quantum Break* passou por algumas versões bem diferentes. Ideias foram exploradas e depois, por um motivo ou outro, algumas foram abandonadas. Nem sempre porque não eram bons enredos para a história, mas porque não funcionaram com o que tínhamos no jogo. Cam sugeriu incluir algumas informações e conceitos que estavam presentes nos primeiros rascunhos da história. E eu gostei da proposta.

Dei carta branca para Cam: "Use qualquer uma das ideias da história antiga que abandonamos no meio do caminho, mas não pare por aí. Se tiver novas sugestões que você achar que sirvam melhor à narrativa, pode arriscar. Torne-a interessante, torne-a bacana, é isso".

Quantum Break é uma história sobre viagem no tempo em linhas cronológicas ramificadas. Paul Serene tem visões de diferentes futuros potenciais e pode escolher o que será do futuro. Isso abre uma porta para a noção de um multiverso, ou a interpretação de muitos mundos da física quântica; a ideia de que há linhas do tempo ramificadas e, com isso, um número infinito de realidades paralelas, onde as coisas caminham em trilhas diferentes. Durante o jogo, é possível criar sua versão do universo *Quantum Break* pela junção das escolhas feitas. É sua linha do tempo, diferente da linha do tempo de seus amigos, mas ainda assim elas coexistem, lado a lado.

Agora, imagine muitas outras junções de momentos, voltando no tempo para bem antes de o jogo começar. É isso que representa este livro. É um romance de linha do tempo alternativa. Algumas coisas são exatamente como acontecem no jogo, algumas são similares, e outras completamente diferentes.

Amo a ideia de ecos e espelhos distorcidos. Sempre tivemos múltiplas camadas nas histórias do *Remedy*. Pegue as séries de TV *in-game* bem conhecidas dos fãs de *Max Payne* e *Alan Wake*: *Lords and Ladies*, *Dick Justice*, *Address Unknown*, *Captain Baseball Bat Boy*, *Night Springs*. Podem ser estranhas e irônicas, mas sempre comentam e ecoam a história principal de maneira temática. É o que este livro é: um eco, um espelho distorcido.

Não é o *Quantum Break* que você jogou. É cânone? Falando estritamente, não. No entanto, em uma experiência onde quem joga precisa fazer escolhas e formar a história dentro de um multiverso, o que não é cânone? Esta história contém histórias e mistérios próprios. As revelações nas páginas a seguir trarão respostas às perguntas levantadas no jogo? Deixo essa pergunta para você responder.

Sam Lake, diretor criativo do estúdio Remedy
Helsinki, 9 de janeiro de 2016

Somos todos navegadores cegos.

Durante a vida, uma pessoa toma incontáveis decisões. Cada escolha gera um novo universo. Então, do Presente escolhido nasce seu Futuro lógico, mas é uma linha do tempo entre uma miríade delas.

Minha missão de vida é proteger o universo que criei a partir das escolhas que fiz.

Dos diários do dr. William Joyce

1

Domingo, 4 de julho de 2010.

5h00. Riverport, Massachusetts.

Quando somos jovens, o tempo é algo que passa somente para os outros.

Gostaria de ter todo o tempo do mundo para observar a paisagem da cidade na beirada do Mirante de Bannerman. A aurora fria iluminava as janelas que davam para o leste como pixels brilhantes. Do campus da faculdade os pássaros alçavam voo em uma nuvem preta pontilhada, rareando quando viravam para o oeste na direção do rio.

Jack Joyce e Paul Serene conheciam-se a vida toda, o que totalizaria para sempre vinte e dois anos se o homem de voz delicada atrás deles perdesse as estribeiras.

Paul olhou para trás. Orrie "Fogo" Aberfoyle era um assassino calmo, de olhos gentis, responsável pela pequena mas pujante indústria do crime de Riverport, e tinha o tipo de rosto que se podia esperar surgir depois de jogar migalhas de pão em uma lagoa morta. Naquele momento, parecia estar encantado com uma jovem tranquila que o provocava. Seus três capangas esperavam ao lado, com o sedã de luxo preto de Aberfoyle.

— Ele vai nos matar, não vai? — perguntou Paul.

Zed — aquele foi o único nome que ela dera — havia chegado de repente à cidade poucos meses antes, montando residência em uma casa abandonada, e vivia como se fosse invisível: sem telefone, sem e-mail, sem redes sociais nem carteira de identidade. Seu cabelo era uma massa de fios pretos tingidos jogados para trás como uma pilha instável de juncos escuros. Uma tatuagem tribal denteada curvava-se por trás da orelha esquerda e, para se divertir, passava as tardes saltando de prédios públicos com a galera do parkour à beira do rio.

Jack deixou a vida dos dois na mão da mulher.

— Pare de olhar para trás. Faz parecer que estamos nervosos. — Jack tentou esboçar um sorriso tranquilizador. — Confio nela. Eu a conheço.

— Deveria mesmo. Ela é a única pessoa com quem você já saiu.

— Como assim?

— Ela é um desastre bonito que romantiza suas patologias. — Paul chutou uma pedra do mirante. Os quatro segundos que demorou para ouvir o impacto fizeram seu estômago doer.

Na noite anterior, Jack e Paul haviam pegado uma caixa de seis cervejas e o bote que pertencia ao falecido pai de Jack e foram pescar, bem no meio do rio Mystic. Aproveitaram, tomaram umas brejas e Paul desmaiou no sofá de Jack. Então, Paul acordou de repente quando foi arrancado do sofá por um magricela com uma pistola na mão. E agora estavam ali.

Jack pegou algumas pedras achatadas da beirada do jardim zen ornamental da plataforma que ficava pouco antes do parapeito de segurança na frente do piso orvalhado.

— Olha só — disse ele —, aqueles três caras apareceram. Somos enfiados em um carro. O telefone de Aberfoyle toca. É Zed. Como ela conseguiu o número dele? Como sabia que estávamos no carro? Como sabia o que dizer para fazer com que ele virasse o carro e nos trouxesse até aqui em vez de nos arrastar para algum terreno baldio no estaleiro? Confio nela — enfatizou ele. — Cinco minutos atrás ela olhou nos meus olhos e me disse que nós três vamos sair daqui vivos. Eu acredito nela.

Jack estava totalmente encantado por Zed, por isso Paul não tinha dúvida nenhuma: Jack deixou que ela falasse por eles. E por isso Paul tinha certeza de que estavam prestes a ser chutados a noventa metros do Mirante de Bannerman dentro do Grande Mistério.

Tudo que Paul queria era ir para a faculdade de administração, caramba.

— Jack, quando você a encontrou, ela estava surfando no teto de um Honda à uma da manhã, com as luzes apagadas, descendo a pior estrada do Monte Greylock. Ela sai com bandidos e o nome dela é uma consoante. Em duas de suas quatro fotos a mulher está aérea e parece diferente em todas elas. Tem uma tatuagem *na cabeça*. Aquele homem *literalmente* sai impune de assassinatos várias vezes ao ano, e ela está falando com ele como se fosse seu tio maluco. Não tenho certeza de que ela sabe *alguma coisa* de *qualquer coisa*. — Naquele momento, Aberfoyle estava sacudindo o dedo na frente do rosto divertido de Zed, recitando algum tipo de mandamento. — Se você não disser algo que o faça feliz, vamos *morrer*.

Jack estava jogando pedras como *frisbees* da palma da mão esquerda para o vazio, observando-as descrever um arco e desaparecer na floresta enevoada que chegava até a fronteira sul de Riverport. "Americana." O couro da jaqueta estalava quando uma pedra achatada girava e descia. "Negócios familiares. Uma escola. Todo mundo conhece todo mundo. Riverport, ah, Riverport, que cidadezinha linda."

Paul reconheceu o refrão do hino da escola dos dois.

Jack jogou as pedras que restavam de lado.

— Odeio cidadezinhas lindas. Odeio esta cidadezinha linda. — Ele apontou para trás com o polegar, na direção de um dos homens mais perigosos do estado. — Assim que isso estiver resolvido vou dar o fora. Dessa vez estou falando sério. Essa é a última barra do Will que vou limpar.

— Você não está falando sério. Diz isso agora, mas não vai manter a palavra amanhã. Você teria crescido sob os cuidados de um orfanato se não fosse pelo seu irmão.

— "Cuidados." Ao menos teria sido alguma coisa, certo?

— Fala sério...

— Lembra quantos empregos eu tive até o ensino médio? Porque eu não lembro, com certeza... E do que abri mão ao passar dez anos trabalhando para ele não precisar trabalhar?

— Tá, mas Will preparou seus almoços... mesmo que você tivesse de lavar aqueles Ziplocs toda sexta-feira à noite. Ele levava a gente para passear de carro quando éramos crianças, certo? Verões no lago? Digo, ele fez o melhor que pôde. Vocês são um time.

— Ele me disse que nossa família estava quebrada. Parece que não era o caso.

— Mas...

— Centenas de milhares de dólares.

A discussão acabou para Paul.

— Ah, merda.

— Ele queimou tudo, tudinho, nos primeiros dois anos. Então vieram os empréstimos, e agora, Paul, meu amigo, estamos aqui.

A conversa atrás dele havia mudado de tom. A música do "prazer em conhecê-los" havia terminado. O sorriso desapareceu do rosto de Zed e dos olhos de Aberfoyle.

A voz de Paul falhou.

— Jack. Plano B. — Ele se odiava por pronunciar aquelas palavras. — Se existir um, agora é a hora.

Jack lançou um olhar pouco interessado para a cena atrás dele: Zed e Aberfoyle em pé, frente a frente. Os três guarda-costas de Aberfoyle estavam recostados no carro e não se preocuparam o suficiente para sacar as armas. Um deles olhou para o relógio. O outro sinalizou para um terceiro, que estava sentado no carro ouvindo rádio. Ele saiu, entregou um saco pesado de papel para o segundo, que tirou uma Beretta de segunda mão com um cabo envolto em fita adesiva e verificou o pente.

Jack olhou para a frente. Para Paul aquilo era uma confissão: agora era real. Estava acontecendo.

Paul engoliu em seco.

— Eles dizem... dizem que ele atira nas pessoas com balas de prata — sussurrou ele. — Quando o legista encontra uma, o caso desaparece. O policial que devolve a bala de prata para Aberfoyle recebe cinco mil. Dizem que ele guarda as usadas em um pote de geleia na mesa de trabalho.

Jack manteve a voz baixa.

— Você me contou a mesma história quanto tínhamos nove anos. Eu nunca ouvi nada que...

Aberfoyle tirou uma .38 de cano curto do bolso, abriu o tambor, verificou o conteúdo. As bordas dos seis projéteis reluziram como espelhos.

— Eu estava errado.

O tambor fechou com um estalo. Os guarda-costas caminharam até Aberfoyle e Zed. A gravidade parecia agir em dobro neles, mas não se importavam.

Zed acenou com a cabeça, cumprimentando-os.

— Mario. Luigi. Princesa Peach.

Sem reação dos primeiros dois. Princesa sorriu como um peixe pré-histórico e fitou os olhos de Zed por um tempo longo demais.

Paul ficou branco.

— Fodeu.

Jack deu um tapa no peito de Paul com as costas da mão.

— Calma. Os lobos estão fazendo pressão.

Paul assentiu, um pouco rápido demais.

— Tudo bem. Não pode piorar. Sobre a lateral, mire na inclinação. Pernas primeiro.

— Quê?

De repente a voz de Aberfoyle aumentou uma oitava.

— O universo reage a intenções claras, garota. A minha é conseguir o que é meu. Qual é a sua?

— Ei, Problema, vem cá. — Zed acenou para Jack se aproximar, apresentou-o com aquele sotaque de Nova Jersey. — Este é meu amigo. O nome dele é Jack Joyce. É o irmão de William Joyce, o cientista. O cara que deve todo aquele dinheiro para o senhor.

Aberfoyle virou-se para Jack.

— Para um homem inteligente, seu irmão é muito estúpido.

— Zed?

Aberfoyle deu um toque forte na lateral da cabeça de Jack com a .38 carregada com balas de prata.

— Ei. Olha aqui. Você e seu irmão são próximos?

— Ele é um idiota e eu quero acabar com isso aqui. Quanto ele te deve?

Aberfoyle tinha uma risada que parecia um encanamento ruim.

— Mais do que ele tem. Mais do que *você* tem. Você tem uma vantagem. Um bom terreno. Uma bela casa. Vou ficar com eles. Mas para ficar claro: isso não cobre nem o ágio.

— Os juros — esclareceu Zed.

— Eu vejo *Os Sopranos* — disse Jack. — Então, o que vamos fazer? Não, espera aí, vai se foder. Você não vai ficar com a casa.

— Que merda você tá falando?

— Me fala um valor. Vou pensar em algo.

— Que *merda* você tá falando aí? — A .38 estava em riste.

Jack imaginou se aqueles olhos gentis seriam a última coisa que ele veria.

— Eu disse que você não vai ficar com a casa.

— Sr. Aberfoyle — interveio Zed, sorrindo. — O senhor é um negociante. Vamos negociar.

Aberfoyle deixou Zed levá-lo alguns passos para longe de Jack.

— Rapazes. Fiquem de olho nesse aí. — Aberfoyle arrumou a jaqueta e deu a Zed o que restava de paciência. — Fale de uma vez e rápido.

— Tem um motivo por que pedi para me encontrar aqui — disse ela. — É a vista.

Paul olhou para o lado. Sua percepção de profundidade comprimiu-se o suficiente para sacudir seu equilíbrio.

— Mire na inclinação. Certo. — Ele se sentiu enjoado, fechou os olhos.

— Essa arma que o senhor está carregando — Zed começou a dizer. — Essa com as balas brilhantes. O senhor aponta para o problema, puxa o gatilho e o problema desaparece. Clique. *Bam*. Deletado.

— Gosto disso. Vou escolher essa solução.

— Tem uma frase, apócrifa, atribuída a Michelangelo. O papa admirou a escultura de Davi feita por Michelangelo. Então perguntou ao artista como ele havia feito aquilo. Diz a história que Michelangelo respondeu: "Eu simplesmente cortei fora tudo que não parecia Davi".

— Não entendi.

— Olhe para Riverport. O senhor controla grande parte dela. Não formou esse controle; usou sua arma mágica para cortar fora tudo que não parecesse controle. Negócios. Carreiras. Pessoas. — Zed levantou um dedo. — Também tenho uma arma mágica. — Inclinou o polegar. — Clique, clique. — Ela estendeu o braço na direção do horizonte, apontou o dedo mágico para um armazém solitário próximo às margens do rio. — Um ano atrás, seu filho estava tocando como DJ em uma festa. Uma garota precisava carregar o celular. Ele deixou que ela o plugasse a seu laptop. Então sincronizou aquele celular, baixou as fotos dela, compartilhou algumas escolhidas com os amigos. Uma das fotos mostrava a garota e o namorado dentro de uma instalação hidropônica de nível industrial. Seus rapazes seguiram o namorado dela, encontraram o armazém... o mesmo armazém para onde minha arma mágica está apontando agora. — Zed fitou os olhos de Aberfoyle. — Esses dois meninos estão mortos. Ninguém sabe quem fez isso, nunca saberá, e o senhor tem mais duas balas em um pote de geleia na sua mesa.

O lábio inferior de Aberfoyle devorou o superior, os vasos sanguíneos avermelharam-se ao redor do nariz.

— Acredita em Deus?

— Clique.

Aberfoyle deu um passo ameaçador na direção dela.

— Bam.

O armazém explodiu. Aberfoyle, que estava vermelho, ficou pálido.

— Calma, Orrie, não significa nada para você. Você é uma criança dos anos 1950. Gosta de carros. — A arma mágica de Zed mudou de alvo. — Clique.

— Vou acabar com a sua raça.

— Bam.

As janelas de um desmanche no centro explodiram, o telhado corrugado cuspiu fumaça preta. O celular de Aberfoyle começou a tocar. Ele se atrapalhou para encontrá-lo, abriu com tudo e gritou.

— Eu sei! Se vira! — Desligou e ergueu a .38. Zed manteve os olhos em Aberfoyle enquanto seu dedo apontado como uma arma se movia para o terceiro alvo.

— Você não vai fazer isso.

Princesa arrancou a Beretta enrolada em fita adesiva de outro capanga e mirou.

— Chefe?

— Você gosta de barcos? — perguntou Zed.

— Porra, você não vai...

— Clique.

A mão de Aberfoyle que segurava a arma estava tremendo.

— Não...!

— Bam.

No rio, um iate explodiu.

— Clique.

— Não...

— Bam.

E outro.

— Clique...

— PARE!

Zed encarou os olhos dele.

— Para responder à sua pergunta, Orrie: não. Eu não acredito em Deus. Acredito em causa e efeito. — E então: — Bam.

Aberfoyle berrou quando um milhão de dólares se transformou em um cogumelo de nuvem subindo da água. Zed deu um tapa na .38, tirando-a da mão do homem antes que ele pudesse puxar o gatilho. Bateu na plataforma e saiu deslizando.

— Adeus, Orrie. — Ela rapidamente deu um passo para o lado.

Princesa avançou, puxou o gatilho e atirou. De esguelha, como ele vira em um filme. Princesa não era Michelangelo.

A vida de Orrie "Fogo" Aberfoyle foi liquidada por uma bala de nove milímetros e juntos, ele e a bala, saltaram para fora de uma janela quebrada bem acima de sua orelha direita.

O subcomandante de Aberfoyle, cuja segurança profissional acabava de virar merda e agora estava profundamente infeliz, disparou metade de um pente em Princesa.

Em um instante de pânico animal, o terceiro cara, que naquele momento pensou que estava no meio de uma operação elaborada de limpeza da casa, estourou o subcomandante de Aberfoyle.

O último capanga em pé recuou, hiperventilando e arregalando os olhos, percebendo a profundidade da merda em que se enfiara. Apontou a arma para Zed, Jack e Paul, tateando para trás em busca do carro. Zed pegou a .38 de Aberfoyle e disparou três tiros na direção do general dos capangas, garantindo que ao menos duas balas de prata se cravassem no chassi do carro de luxo. O capanga virou a chave, pisou no acelerador e seus problemas imediatos desapareceram em uma porta batendo no lado do passageiro e um longo cantar de pneus quando o carro derrapou e saiu em disparada. Os três o observaram desaparecer pela estrada.

As pernas de Paul vacilaram, traíram-no e ele tombou no parapeito na altura da cintura.

Jack estava lá, segurando-o firme pelos braços, impedindo que ele caísse. Paul queria falar uma gracinha naquele momento, uma que Jack teria dito, mas tudo que saiu foi "Força, Time Outland", referindo-se ao desenho favorito deles na infância.

Zed apareceu e apoiou a mão calma no ombro de Paul enquanto esperava que ele recuperasse o controle da respiração.

— Aqui. — Ela entregou uma bala de prata na mão trêmula de Paul. Deu uma para Jack e guardou a restante. — É o futuro que roubamos de volta.

A bala da .38 reluziu.

— Faculdade de administração — disse Paul e fechou a mão. — Vou para a faculdade de administração.

Jack embolsou a dele.

— Vou recomeçar. Em outro lugar. — Então virou-se para Zed: — Venha comigo.

Zed olhou para si, abriu um sorrisinho e lançou aquele projétil de .38 voando pelo céu sobre o Mirante de Bannerman.

Para dentro do Grande Mistério.

2

Sábado, 8 de outubro de 2016.

3h33. Riverport, Massachusetts. Seis anos depois.

A placa de "Vende-se" estava caída na grama orvalhada e a casa mantivera-se dilapidada desde que Zed ocupara seus cômodos. O horizonte iluminado por trás do teto tombado estava diferente: blocos de *smart offices*, prédios populares reluzentes, apartamentos exclusivos.

O monólito que era a Monarch Tower dominava tudo: parecia a ponta de lança de um Titã feita com cristal preto de corte irregular, era bem iluminado e tinha o símbolo chamejante de uma borboleta geométrica.

Monarch Solutions: muitos ramos, conhecida por todos.

Um trem passou ao longo da linha elevada que circundava e depois atravessava o distrito comercial central.

Jack Joyce estava fora havia seis anos. Ainda assim, naquele momento, Riverport parecia quase irreconhecível. A velha cidade estava dando seu último suspiro por baixo de todo aquele novo peso brilhante.

Ele escolhera uma noite fria e desgraçada para voltar. Trinta e seis horas antes ele estava na ilha de Ko Samet, cerca de quatro horas de Bancoc. As botas estavam enterradas em areia branca, com garrafas frias de Tsingtao encaixada em cada uma delas. Havia o silêncio do oceano e nada mais além dos olhos ardendo, e o sal na boca, enquanto ele tentava não pensar em… Riverport.

Jack afastou-se do táxi que o levara até ali e estremeceu. Quatro graus era muito mais frio do que ele passara em anos, e dezoito meses na Tailândia o deixara tão bronzeado como o estofado do carro em que ele se recostara pouco tempo antes. Em todas as segundas-feiras do último ano ele disse a si mesmo que partiria na semana seguinte. Mas foi ficando. Ainda estaria em Chiang Mai se não tivesse recebido um e-mail de Paul.

Sinceramente, pensei que Will estivesse fora de perigo.

Então veio o comportamento instável, as explosões e, depois, ele me ameaçou. Está pior do que quando éramos crianças, Jack...

Por um lado, William Joyce era um gênio, Jack tinha certeza. Seus artigos sobre física quântica avaliados por especialistas garantiram fama, atenção e subsídios a ele. A Universidade de Massachusetts abriu as portas para ele. O futuro parecia brilhante.

Passei de carro pela casa. Acho que não tem ninguém morando lá há semanas. Minha preocupação é ele estar morando debaixo da ponte.

Ele entrou em contato com você?

Will já era adulto quando os pais morreram. No papel, a custódia de Jack passara para ele. Na prática, foi o contrário: Jack passou a adolescência cuidando de Will, garantindo que o irmão comesse, tomasse banho e não enlouquecesse e pulasse na frente dos carros. Ser irmão de Will foi a coisa mais difícil que Jack havia feito.

Uma notícia mais alegre (?)... honestamente, não consigo saber se é uma merda de timing *ou o destino, mas estava esperando convencer você a voltar para casa. Tenho uma coisa para mostrar, mas o tempo é precioso. Precisa estar em Riverport esta semana. Tomei a liberdade de reservar um voo de primeira classe — com volta em aberto — para você vir. Depois de amanhã.*

Com o tempo, a personalidade esquisita de Will entrou em metástase. Era um gênio sonâmbulo, convencido de que estava desenterrando perguntas que as pessoas não pensaram em perguntar — e nada disso fazia sentido para ninguém. Enquanto Will passava seus dias no celeiro, consertando coisas que engoliam anos e não funcionavam, Jack trocou sua adolescência por empregos múltiplos e notas escolares decadentes.

Ainda se odiava por ter sido tão estúpido a ponto de entrar nessa.

Dois coelhos com uma cajadada?

O que tenho para mostrar vai mudar sua vida. Sem zoeira.

Paul.

— Ei, cara. — Era o taxista. — Você está bem?

Seu nome era Nick. Tinha um metro e oitenta contando as botinas e era amigável de um jeito que sugeria que não era preciso ser amigável com ele. Tranquilo, ombros largos e um corte de cabelo *à la Jailhouse Rock*.

Jack abraçou-se mais forte por conta do frio e meneou a cabeça para o motorista.

— Estou bem.

Domingo, 4 de julho de 2010, tinha sido um grande dia para Jack. Depois de tudo o que aconteceu no Mirante, ele fez uma mala, foi até a oficina do irmão e deu um soco bem na boca de Will. Em seguida, seguiu para o oeste com a motocicleta e saiu de Riverport sem intenção de voltar. Mesmo assim, ali estava ele.

Seis anos na estrada, parava em vilarejos até sentir que as pessoas estavam se acostumando com sua presença — e depois seguia em frente. De alguma forma, percebeu que estava fazendo o que Will fez: fugia da responsabilidade, escondendo-se do que não podia cuidar. Ele não estava nem aí. Primeiro Jack perdeu os pais, depois o irmão.

E depois perdeu Zed.

— Como uma casa fica seis anos sem vender? — perguntou o taxista. — Só o terreno já deve valer alguma coisa.

Nick tinha feito preço fixo para Jack e desligou o taxímetro. Era um carro particular, sem marcação e, provavelmente, ilegal. Jack saiu do aeroporto, botou a bagagem no porta-malas e estava prendendo o cinto de segurança quando Nick se curvou com habilidade sobre a ignição para soprar em um tubo que levava à ignição: uma trava com bafômetro.

— Tudo bem — disse Nick antes que Jack entendesse. — Vamos pôr o pé na estrada!

Nesse momento, Jack deu uma olhada no táxi. Parecia em muito boa forma.

— Dodge Charger, 1968 — disse Nick, notando o interesse de Jack.

— Caro.

— Do meu pai. Na verdade, um credor. — Nick entregou a Jack uma xicarazinha esmaltada, quente. Tinha até mesmo um pires. — Embora ele não vá dirigir tão logo. A diabetes botou meu pai numa cadeira de rodas.

— As luzes de Natal e a máquina de *espresso* são de fábrica?

— Eu coloquei tudo. Você está no carro de The Prez, é cliente vip até sair.

The Prez, certo. Jack achava mesmo que conhecia aquele rosto. Nick Marsters, mais conhecido como The Prez, estrela dos Riverport Raptors no passado, tinha ido para as grandes ligas. Por que estava dirigindo um táxi?

— É onde ela morava? — A pergunta deu um curto-circuito no pensamento.

Jack abaixou a xícara, e o amargor fez seus olhos arderem, aquecendo-o por dentro. Fazia um tempo desde que havia tomado um café sem leite condensado.

— É. Levou algumas horas para vir do Mirante até aqui — disse ele, pensando sobre aquela manhã, seis anos antes. O que começou como um relatório completo de Nick sobre como a cidade mudara, levou Jack a recontar por que partira. Assim que começou, Jack percebeu que não queria parar. Talvez fosse uma necessidade confessional católica... ou talvez só quisesse atrasar o reencontro com o irmão o máximo possível.

— Sabe que os policiais botaram a culpa do tiroteio do Mirante em algum defunto que fazia parte da organização de Aberfoyle? Suave, normal. Acha que sua namorada queria que tudo fosse desse jeito?

Jack balançou a cabeça.

— Ela via a maioria das coisas como judô. Receba impulso, faça o que quiser com ele. Acho que estava fazendo apenas o que parecia natural.

— Talvez você devesse ter casado com ela.

Jack apontou para a esquina.

— Naquela manhã a gente ficou bem ali. Ela segurou minha jaqueta... chegou perto... e sussurrou: "Eu poderia chutar seu rosto daqui".

Nick bufou uma risada.

— Ela entrou e nunca mais a vi.

Nick virou sua expressão perplexa para a casa escura, para Jack, de volta para a casa.

— Acho que foi um término profundamente insatisfatório.

— Voltei naquela tarde e tudo o que era dela estava pegando fogo no quintal lá atrás. Ela foi embora. Fiquei cinco anos procurando. Nada. Pensei que tinha achado uma pista no Arizona, mas não levou a lugar nenhum.

— Nos anos 1990 isso seria romântico. Hoje em dia é praticamente um crime. — Então continuou: — Deu queixa de pessoa desaparecida?

— Não tinha prontuário, nem registro de documento, nem nome.

— Será que os caras do Aberfoyle pegaram sua namorada?

— Eles teriam ido atrás de mim e do Will primeiro. Zed era uma desconhecida, e o único cara que fugiu do Mirante naquela manhã foi encontrado dentro do rio uma semana depois. Basicamente nós nunca estivemos lá. — Estar lá, naquele momento, com aquele estranho, olhando para a casa que não via Zed nem ele por mais de meia década... — Talvez ela só quisesse sumir. Talvez eu só estivesse sendo bizarro, tentando encontrá-la. Meu Deus.

— Não há lugar como o nosso lar.

— Se eu tiver sorte. — Ele se sentiu envergonhado, confessando como um idiota e sentindo ressaca por isso. — Negócios familiares. Assim que acabar, subo no primeiro voo... para...

Jack não terminou o pensamento. Uma figura apareceu no cruzamento adiante, a placa de aço de três centímetros não conseguia emudecer o estampido do motor de trezentos cavalos diminuindo a velocidade.

— Uau.

Quase oitocentos quilos de intimidação fizeram a curva com pneus grandes e à prova de balas; o refletor no lado do passageiro acendeu-se de repente como uma acusação. O olho brilhante inspecionou os dois enquanto o veículo blindado seguia devagar, passando por eles. Um logotipo da Monarch Security saltou através do brilho ofuscante — uma borboleta segmentada, geométrica —, fluorescente sobre a superfície balística preta fosca. Nick endireitou-se, sorriu e balançou a cabeça.

Depois de um momento de consideração, a luz apagou e o BearCat aumentou o volume, virando a esquina e se fundindo novamente à área residencial.

— Que porra era aquela? Estamos em guerra? — perguntou Jack.

— Monarch — respondeu Nick, pegando a xícara e o pires de Jack, passando-o pela janela de passageiro e deixando sobre a prateleira da máquina de *espresso*. — Eles chegaram mais ou menos quando você foi embora. Transportes: não tínhamos. Agricultura: não tínhamos. Construção: não tínhamos. A Monarch chega, constrói um monte de coisas, emprega muita gente e Riverport volta à ativa. Eu gosto deles, e os uniformes que usam são muito *fodas*.

— Em Chiang Mai os policiais andam em carros com a marca Monarch.

— Monarch Industrial, provavelmente. Aquele BearCat era da Monarch Security. A creche do filho da minha irmã é da Monarch Child. Os remédios do meu pai são da Monarch Pharmaceuticals. A Monarch tem aquele programa de fidelidade, deixa a gente acumular pontos em todo lugar, onde quer que você use. Os medicamentos do meu pai pagaram o café que você tomou. É um bom negócio. — Nick deu um tapinha amigável no braço de Jack com as costas da mão. — Ei, sabe que a Monarch vai dar um baile de gala imenso amanhã à noite? Uma caralhada de gente famosa vai estar lá. Eu posso te levar até o estacionamento que fica do outro lado da rua para você ter uma boa visão do tapete vermelho.

O celular de Jack vibrou na jaqueta. Na identificação de chamada apareceu Paul Serene.

— Hum... acho que pego o avião antes disso. Só um segundo. — Ele apertou o botão para atender.

— Fala, cara. — A voz era tão familiar quanto a sua. — Seis anos longe e a primeira coisa que você faz é parar na frente da casa dela?

Jack olhou na direção do veículo blindado desaparecido.

— O BearCat.

Paul riu.

— Pedi um alerta na sua chegada. O BearCat escaneou a placa da peça de museu na qual você está encostado. A rede da Monarch Security fez uma referência cruzada no departamento de polícia de Riverport, verificou o banco de fotos da câmera do motorista que tira uma foto cada vez que Nick precisa soprar para ligar o carro. O reconhecimento facial pegou você no banco de trás, a entrada caiu no sistema da Monarch, eles me mandaram uma mensagem e eu te liguei.

— Causa e efeito. — De repente, Jack quis estar em um avião, seguindo para algum lugar que nem ele sabia onde era. Algum lugar que não tivesse programas de fidelidade. Pensou em Zed e em sua pegada zero.

— Vantagens de se trabalhar na Monarch.

— Qual Monarch seria?

— Monarch Innovations. Subsidiária da Developments.

— Parece que você está aqui comigo, cara.

— A informação fica nos servidores da Monarch, mas disponibilizamos para execução judicial mediante solicitação. Isso parte da nossa iniciativa de policiamento comunitário. Existem algumas reservas dos ativistas dos direitos humanos, mas a maioria da cidade está conosco.

É. Ir embora. Na primeira chance que tiver. Talvez nunca mais voltar.

— Você ainda vai me encontrar no campus, certo?

— Chego lá em vinte minutos.

— Jack? Obrigado por vir. É importante para mim. Vai ficar feliz por ter vindo, prometo. — A chamada foi encerrada.

— Você disse alguma coisa sobre um baile de gala da Monarch?

— O boato é que vão revelar uma nova linha de produtos. Dizem que vai "reinventar a maneira como vivemos". Provavelmente só outro console de video game. Quer outro *espresso*? — perguntou Nick.

— Não. Na verdade, sim. Podemos ir?

— Você é o vip. — Nick abriu a porta dianteira. — Vou ter que fazer um desvio mais longo. Grande protesto na universidade hoje. Pensei que já teria terminado ou eu teria mencionado. Os estudantes estão putos porque a prefeitura está derrubando uma biblioteca velha. Sabe como é.

Jack verificou o telefone, dando a Nick um pouco de privacidade para soprar a ignição do carro.

— Dizem que a Monarch é quem está derrubando, não a prefeitura.

O motor foi acionado, ronronando como se tivesse sido montado no dia anterior.

— É a mesma coisa — comentou Nick.

Jack olhou pela janela do Charger quando estacionaram na frente da entrada principal da Universidade de Riverport.

— Já acabou tudo.

O que havia acabado eram os poucos quarteirões quadrados de grama salpicados de prédios de madeira em estilo neocolonial britânico, espaços intersticiais repletos de bordos e bétulas. Era um campus moderno, *high-tech*. A Alameda dos Fundadores permanecia no lugar, um gesto simbólico para a tradição, ao lado do qual uma placa de mármore local trazia, em fonte Sabon dourada: *Universidade de Riverport — Campus de Inovações*. Alguém havia colado um adesivo com HISTÓRIA SIM, LUCRO NÃO! nela. Em outro adesivo sobre ele se lia: NINJAS SÃO IRADOS!

Uma placa preta e dourada anunciava que o Laboratório de Pesquisa Quântica era o vencedor do Prêmio Pritzker de Arquitetura de 2013. A grama bem aparada atrás dele — uma plataforma verde perfeitamente cortada pela Alameda dos Fundadores — estava lotada de copos descartáveis, panfletos imundos, latas de cerveja e a placa ocasional abandonada pedindo para que os participantes do protesto pacífico não sujassem a área. Uma cidade de barracas estava montada, formando uma frágil barreira protetora entre a antiga biblioteca — um anacronismo neogótico vermelho brilhante no meio de um bando de vidro e aço — e o mundo exterior. Jack se lembrou de um incidente em um metrô nova-iorquino poucos anos antes: um grupo de garotas de treze anos protegeram uma senhorinha de algum maluco com uma chave de fenda.

Ele abriu a porta do carro e saiu.

— Que diabos aconteceu aqui?

Nick saiu pela porta do motorista e estendeu os braços sobre o teto do carro, contente com a reação de Jack.

— Impressionante, hein?

— É como uma base lunar projetada por aliados franceses. Tudo isso em seis anos?

— Vivemos em uma era de grandes mudanças. — Nick tinha o tom de milionário de desenho animado. — Ouvi em um podcast.

Jack puxou um panfleto molhado da calçada. A data da execução da biblioteca estava marcada para o dia seguinte. Naquele momento, a cidade de barracas estava quieta, e alguns dos residentes estavam deitados do lado de fora, onde haviam desmaiado. Pensou no BearCat, em todos aqueles uniformes *muito fodas* de que Nick gostava tanto, na torre que se agigantava sobre a cidade toda, no Prêmio Pritzker de 2013.

— Onde vai encontrar seu amigo?

Jack apontou para a placa.

— Laboratório de Pesquisa Quântica.

— Seu irmão... vai ficar tudo bem? Tenho alguma experiência com custódia. Se precisar que eu faça uma ligação...

Jack dispensou a oferta com um aceno.

— Não, seja lá o que for, não vai ser nada com que eu já não tenha lidado uma dezena de vezes.

Nick pensou naquilo.

— Olha só, vou fazer uma pausa e ficar aqui por um tempo. Aqui está meu cartão; se precisar fugir, me liga.

Nick tinha mesmo um cartão de visitas, o elemento central sendo o selo presidencial, com a asa segurando dois tacos de hóquei.

— Vou ligar. Quais são seus horários?

O telefone de Jack vibrou no bolso da jaqueta: Will. Ele ainda não estava pronto para um reencontro fraternal naquele momento. Melhor ter uma resposta coerente de Paul primeiro. Ele deixou tocar. Uma mensagem de texto piscou:

Estou na nossa casa. Onde você está?

— Entre remédios, servicinhos fora de casa e a pergunta sobre onde está o controle remoto, meu pai me mantém na rua todas as horas — disse Nick. — Essa máquina de *espresso* não é só para os clientes.

Jack observou Nick sair com o carro, em seguida voltou a atenção à universidade. Esperava que Paul tivesse respostas.

3

Sábado, 8 de outubro de 2016.

3h45. Monarch Tower, Riverport, Massachusetts.

No vigésimo nono andar da Monarch Tower, Beth Wilder assistia a uma menina de dois anos de idade dar uma corrida curta e desajeitada enquanto cabeceava a palma da mão de seu pai. Animadíssima e ainda no horário de Kyoto. A mãe parecia precisar de uma bebida, mas feliz por estar nos Estados Unidos com o marido.

Lorelei Gibson era a mascote não oficial de Cronum-1, que era o orgulho e a felicidade do Projeto Especial da Monarch. O um por cento. Os nove operadores dentre os cento e doze candidatos que tinham a experiência, a flexibilidade e a solidez mental para passar pelo treinamento básico e avançado de cronum sem dar para trás e fracassar.

Cronum-1 não era o único pelotão de agentes com capacidades de cronum. Técnicos eram treinados para operações leves e de curto prazo. Atiradores eram mais troncudos, musculosos. Juggernauts... bem, Juggernauts ainda estavam na fase de teste. Eram assustadores pra caramba, mas engomadinhos demais na opinião de Beth.

A equipe de Randall Gibson era diferente. Treinada para se adaptar, sobreviver e operar com eficiência máxima dentro da exposição prolongada ao estado zero, usando equipamentos mínimos, com impacto psicológico irrisório. Eram estrelas do rock e eram reais.

Gibson, seu subcomandante Donny, depois tinha Irene, Reeves, Dominguez, Voss, Mully, Bristol e Chaffey. Cronum-1 — a joia brilhante da coroa no Projeto Especial. Prova de que era possível.

A pergunta era: por que estavam reunidos ali?

Beth observou quando Gibson se acocorou na frente da filha e ergueu a palma da mão de novo.

— O que o bodinho faz? — falou de um jeito lento e melado. — Vamos lá, me mostra como é.

Beth sabia que ele estava exagerando para a plateia que havia reunido no mezanino, tietes da administração, da Industrial, da Pharma e de todo o restante.

Lorelei dava risadinhas, cambaleava até o pai e batia a cabeça na mão dele. Os espectadores festejavam. Lorelei levou as mãos ao rosto, envergonhada.

A mãe ergueu-a no colo, dando uma beijoca na bochechinha gorda da menina. Lorelei estendeu as mãos para o pai, agarrando-o desajeitada, com os olhões castanhos e um "Abraço, papai!".

Gibson pegou a menina, apertada contra o uniforme e com os braços enrolados no pescoço do pai.

— Te peguei, meu doce de coco, te peguei.

É, os Gibson estão com tudo. Beth invejava a capacidade de Lorelei de amar daquele jeito. Beth mal lembrava do rosto de seu pai.

Horatio deu um cutucãozinho nela.

— Não fique mal.

Horatio era um cara branco de trinta e poucos anos, tinha um bigode grosso com as pontas curvadas para cima e usava uma camiseta estampada: NÃO ATIRE, SOU IMPORTANTE PARA A TRAMA!

Hilário.

— Eu pareço estar mal? — Beth não era superpróxima da maioria do pessoal da Monarch Security, mas os caras da Innovations gostavam dela.

— Animação, cara. Gente melhor que você foi retirada do programa C-1.

Beth piscou.

— Gente melhor?

Horatio hesitou.

— Digo... você sabe o que quero dizer. Ai, que merda.

— Sim, eu sei o que você quis dizer. Sabe o que está acontecendo?

Beth passara pelo período de experiência muito bem. Mais que a maioria, mas deu para trás no último obstáculo. Agora era de nível médio na Monarch Security. Estável. Normal. Comum.

Bem do jeito que gostava.

Horatio balançou a cabeça.

— Não. Passei metade do dia tentando deixar nossas demonstrações de produto em um estado mostrável para o baile de gala de amanhã, então não fiquei sondando por aí. Estava dependendo de Will Joyce para me ajudar a deixar a plataforma estável, mas ele me deu o cano total. Ei, você está de boa? Preciso de um novato para passar pelo nosso fluxo, ver o que pegamos de problema.

— Desculpe. Já tenho planos.

— Ah, tá bom.

O humor no mezanino mudou, a multidão dispersou-se. O sorriso de Gibson desapareceu. Ele devolveu a criança para a esposa sem nem olhar para elas. O que significava que Martin Hatch tinha acabado de aparecer.

A mulher entendeu, virando-se e saindo sem dizer nada, segurando a criança em um braço, arrastando a bagagem com o outro.

Sim, lá estava Hatch: um desgraçado bonitão com um sorriso de assassino que raramente usava. Pele luminosa de meia-noite e uma voz que era de uma riqueza pura de ondas alfa.

Ele dava calafrios em Beth.

— Hum. — Horatio revirou os olhos. — Gibson pode ser um cachorrão, mas, por Deus, ele tem problemas de paternidade. Pelo jeito que ele olha para Hatch, fico surpreso que não estejam andando de mãos dadas.

As portas do elevador se abriram. A mulher de Gibson puxou a bagagem para dentro. Lorelei chamou o pai. Se Gibson ouviu, não reagiu. As portas se fecharam, e elas se foram.

Beth saiu da baia de gestão de projeto e parou na porta. Perto dos elevadores, Hatch pôs a mão larga no ombro de Gibson, falando com a equipe. Depois de um tempo, os nove escolhidos, Cronum-1, seguiram Hatch para a sala de reunião envidraçada.

Beth ficou para trás, observando.

Gibson não tirou os olhos de Hatch, mal piscava, assentindo com vontade a qualquer coisa que o diretor-presidente tivesse a dizer.

Foi uma reunião rápida. Hatch partiu. Os Cronum-1 saíram em fila, marchando a passos largos, passando pela gestão de projetos.

Gibson viu Beth quando passaram.

— Ei, Wilder — ele chamou com o sotaque carregado de Louisiana.

— Parece que o pelotão vai ter muito trabalho hoje à noite — disse ela.

O pelotão parou, enquanto Gibson se afastava para chegar mais perto de Beth.

— Seu expediente termina às seis, não é?

— Meu pelotão está de prontidão. Monarch Actual não disse por quê.

— Vou precisar dar uma relaxada mais tarde. Queria te dar uma carona até sua casa. — Ele abriu um sorrisinho. — Vai dizer sim dessa vez, ou o quê?

Gibson tinha um físico parrudo de agente profissional que usa esteroides e não tinha muito pescoço. Fosse qual fosse o suco que estivesse tomando, exalava pelo suor um cheiro azedo e químico, meio disfarçado por esguichos generosos de colônia Green Irish Tweed.

Sei sobre a mala de academia no porta-malas de seu carro. Sei o que você mantém escondido embaixo do forro da mala. Sei de onde vem o cabelo loiro preso no fecho.

— Não, obrigada.

— Me trate bem e talvez você descubra o que está perdendo. Estou falando sobre C-1 agora, docinho de coco.

Irene abriu um sorriso atrás dele. Estava amando aquilo.

— Sabe, às vezes ainda assistimos a seu vídeo de retirada. Para rir. Toda aquela gritaria. — Ele abriu os braços ao redor. — Chamando o papai. Que merda, Wilder.

— Ei, chefe. — Donny era magro, porte atlético, menor que Gibson. — Venha. Já está quase na hora, não é? Vamos acabar com isso.

Gibson beijou os dedos, acenando para dispensá-la.

— Até mais tarde, docinho.

Horatio se aproximou.

— Acha que esse evento de hoje à noite tem a ver com o Protocolo Salva-Vidas?

Beth virou-se para ele.

— Não fale sobre isso. Especialmente neste prédio.

Sábado, 8 de outubro de 2016. 3h45. Universidade de Riverport.

Jack fechou a jaqueta para conter o frio e seguiu pela Alameda dos Fundadores com as mãos enfiadas nos bolsos. As lâmpadas de gás recauchutadas eletricamente de que ele se lembrava haviam desaparecido, as latas de lixo dos anos 1970, os sprinklers rangentes, o cão vira-lata ocasional e a sensação avoenga dos prédios espalhados também.

Foram substituídos por caminhos iluminados, cercas vivas bem cortadas, iluminação solar e prédios que evocavam uma Europa Futurista projetada por robôs — tudo de aço, vidro, ângulos e facetas. Um cara com jaqueta esportiva estava descansando com a namorada sonolenta em um banco ergonômico. Atrás deles, uma mulher mais velha com camiseta dos Ramones girava um par de bastões de LED, desenhando no ar a fita de Möbius em forma de oito que piscava em vermelho e verde. À distância, uma tela de informação tripla desejava aos transeuntes uma noite agradável e direcionava-os para a saída mais próxima do campus. A única coisa fora do lugar nessa Universidade de Riverport melhorada, mais brilhante, era a biblioteca: uma velha senhora cambaleante na forma de prédio, vinda de um tempo que poucos faziam questão de lembrar.

Jack não havia posto os pés ali desde o passeio de orientação do último ano do colégio. Foi um choque ver as mudanças que o tempo trouxera.

O acampamento de protesto ficava na maior seção triangular do gramado que ele vira da rua: uma coleção de barracas e coberturas de lona, cercadas por uma parede improvisada de faixas caídas, bicicletas, bandeirolas sujas e placas de plástico adornadas com logotipos anti-Monarch pichadas. Alguns manifestantes com olhos sonolentos bamboleavam de uma tenda para a outra com a trilha sonora mista de guitarra acústica e o último *hit* da Rihanna. Jack não sabia ao certo se as pessoas lá dentro estavam indo dormir ou acordando.

A leste, o céu já se tingira da cor do aço incandescente. A última vez que vira a aurora naquela cidade foi no Mirante de Bannerman.

De novo ele pensou em Zed, imaginando onde estava e por que a vida havia tomado aquele rumo. Passara os primeiros quatro anos e pouco seguindo tudo o que ele pensava que pudessem ser pistas: coisas que Zed dissera, referências que fizera que pareciam deslizes, em vez de outra invenção.

Nunca saberia quem ela era, de onde vinha ou para onde fora. Era desse jeito, simples assim. Depois de seis anos, estava começando a fazer as pazes com esse fato.

Ou pensava que estava, até se descobrir ali de novo. Vendo a casa de Zed. A loja de conveniência 7-Eleven onde ela se servia de vodca em um copo grande de Slurpee nas sextas-feiras à noite. A ponte onde ela corria.

A pista de skate onde passava algumas tardes. Conseguia sentir aquela dor nítida escorrendo por suas fissuras e precisava sair de Riverport antes de ela se instalar e se tornar de novo parte dele.

— Ei, se estiver esperando a demolição, só vai acontecer às onze da manhã. Pegue um folheto. — A garota tinha vinte e poucos anos, manchas de tinta fluorescente zinco já passada ainda visível nas bochechas. Tinha rosto de querubim e era bronca, fechada em um casaco de capuz térmico e estendendo um panfleto idêntico àquele que Jack havia arrancado da calçada do lado de fora.

— Como está indo? — Ele apontou para a antiga biblioteca. — Eles ainda vão…

— Pôr abaixo? Vão. Se isso estivesse acontecendo na Europa, já teria carro queimando.

— Bem, não sei. Digo…

— Ah, sim — retrucou ela. — Não tem tempo para nada? Tem alguma coisa muito importante acontecendo? Seu *dog walker* esqueceu de pegar a espuma de Prozac homeopático do seu cachorrinho? Você está olhando para a história, um conceito abstrato que se materializou e está bem ali. Foi construída em um mundo diferente, por pessoas com valores diferentes. Essa biblioteca é *mais* do que o conhecimento que ela contém. É o abrigo de outra era, uma cápsula do tempo, e tudo isso é insubstituível. Assim que tiver caído, não poderemos fabricar outra existência, como muitas das bobagens que ouvimos. Pelo bem de outros ao menos *finja* que dá a mínima.

Um cabo de detonação explodiu na cabeça de Jack.

— Olha só — disse ele, baixo e calmo. — Lá no velho mundo, relíquias de dez mil anos estão sendo esmagadas até virar talco por idiotas da Idade da Pedra. Na Austrália, arte rupestre de três mil anos está sendo dinamitada para abrir caminho até o carvão que ninguém quer. Na Tasmânia, algumas das florestas mais antigas da Terra estão sendo derrubadas para fazer palito de dente. Na China, milhões de turistas estão usando legiões de guerreiros de terracota para guardar seus chicletes. Na África, bilionários estão em leilão para matar os últimos animais de uma espécie. Na Groelândia, o gelo praticamente desapareceu. Terrenos férteis para a agricultura estão sendo partidos até não servirem para nada. O preço dos alimentos está prestes a triplicar. Em dez anos, estaremos comendo insetos. Em comparação, esse prédio foi erguido na semana passada e tem tanto significado quanto as latas de cerveja sobre as quais seus guerreiros internéticos estão dormindo.

— Você está dizendo que isso aqui não importa?

— Estou dizendo que esta é uma cidade de passagem. Você precisa sair mais, e eu não sou terapeuta.

— Isso aqui é o *quintal da minha casa*, babaca. Não posso me amarrar em um obelisco sírio, mas posso fazer isso. Então, pega a *porra* da sua falação de já vi tudo e sei de tudo arrogante e ordinária…

— *Ei!* Senhor? — Um segurança estava se aproximando com uma lanterna na mão. Não devia ter mais de vinte e cinco anos. — Essa pessoa está incomodando o senhor? Amy, já conversamos sobre isso. Você e seu pessoal podem entregar o material, mas já foram alertados: mais um incidente e vocês caem fora. — O distintivo de pano na manga o identificava como da Monarch Protective Services.

Ah, merda, agora a ressaca. Culpa. Ele odiava essa parte.

— Espera, espera, espera. — Chega de ser miserável; não precisa ser um cuzão miserável. — Ela não fez nada de errado. — Ele estendeu a mão para ela. — Me dê uns folhetos. Vou para a cidade mais tarde. Entrego lá.

Amy olhou para ele, cética.

— É sério — confirmou Jack.

Amy entregou mais de cinco. O guarda suspirou, desligando a lanterna.

— Posso levar o senhor para algum lugar? Se não for parte do protesto, não deveria… — O guarda estreitou os olhos. Jack deu meio passo para trás. — Jack Joyce, certo?

— Sim. Sou eu.

O guarda estendeu a mão.

— Você e eu estivemos no mesmo ano, no Colégio Riverport. Como estão as coisas?

Amy suspirou.

— Ah, oi…

O guarda riu desconfortável e acenou com a mão baixa.

— Ah, você não se lembra de mim. Não importa. Eu estava bem mais gordo.

Amy observou-os por um instante, em seguida virou as costas e voltou ao acampamento.

— Não perca seu sono por isso, Jack Joyce. Estamos numa cidade de passagem. — A mão pintada de branco nas costas do casaco: RESPEITE A EXISTÊNCIA OU ESPERE A RESISTÊNCIA. Ela jogou o restante dos folhetos longe, formando uma nuvem rosa flutuante.

O guarda suspirou.

— Odeio ver a biblioteca acabar, mas o pessoal vai ficar feliz em tirar as barracas do gramado. Para começar, quem sabe por que o conselho deixou o acampamento aí? Sabe que seu irmão não trabalha mais aqui, certo?

Um alarme disparou na cabeça de Jack: quando pessoas que ele não conhece mencionam Will, quase sempre significa problema.

— Claro — mentiu Jack. — Ei, pode me indicar onde fica o Laboratório de Pesquisa Quântica? Queria dar uma olhada e depois ir para o meu hotel.

Desde quando Will havia trabalhado em algum lugar, quanto menos em um laboratório respeitável em uma universidade respeitável?

— São quase quatro da manhã — disse o guarda.

— Acabei de chegar — disse Jack, sorrindo. — Ainda estou no horário da Tailândia.

O guarda riu e apontou para o leste.

— Sempre está iluminado. Ah, olha só, passa lá no Tavern na sexta. Alguns de nós ainda nos reunimos lá. Dave é o gerente, então temos desconto.

Jack fez uma saudação relaxada.

— Pode deixar. Até mais. — Ele não tinha ideia de quem era Dave.

Uma estratégia rolou como Tetris na cabeça: ver Paul, limpar a bagunça que Will deixou, remarcar um voo de partida. Se fizesse tudo certo, poderia estar de volta à Ásia antes da quinta-feira. Talvez se mudasse da Tailândia, erguesse acampamento e seguisse para a Capadócia; subsidiaria a viagem toda com alguns artigos sobre comida, política e cidades subterrâneas. Ou poderia fazer um acompanhamento sobre o comércio de escopolamina na América do Sul, ou um perfil dos participantes da Lebowski Fest, em Louisville, ou qualquer coisa que o fizesse conseguir mais alguns anos sem pensar que sua vida era um exercício de fugir de si mesmo em pânico.

— Jack!

E lá estava ele, bem a tempo, salvando Jack de mais pensamentos: Paul Serene. Menos lustroso que na foto de Facebook, muito mais arrumado que o moleque assustado que pensou que morreria no Mirante de Bannerman, seis anos antes. Limpo, saudável e em uma camisa engomada que provavelmente custava mais que qualquer coisa que Jack estivesse usando.

— Por que está aqui espiando o gramado?

Paul deu um salto sobre um banco do parque, caindo na Alameda dos Fundadores.

— Conhece aquele cara?

— O guarda? Não lembro nem do nome.

— Ele não perguntou por que você estava aqui?

Pergunta estranha.

— Eu só disse para ele que queria dar uma olhada no laboratório bonitão e depois ir para casa. Está tudo bem?

Paul sorriu, estendeu a mão direita e fingiu que não tinha ouvido a pergunta.

— Como você tá, cara? Sabe que todo esse sol na cara vai fazê-la cair quando você tiver quarenta, certo? Estamos trabalhando em tratamentos para isso. Os relatórios estão dizendo que poderíamos fazer o Keith Richards parecer o Ryan Gosling em 2025. Olha só você!

Jack abriu os braços.

— Vem cá, meu camarada.

Paul olhou para ele de esguelha, dando seu melhor olhar "está falando sério?" para Jack.

— Ah, tudo bem. Massachusetts, onde as pessoas não se abraçam. Como você sobreviveu a dezoito meses em Paris?

— Negação, vinho e pesadelos. Venha, vou mostrar o laboratório. Conta tudo. Quando você vai voltar para casa?

Jack fechou mais a jaqueta e enfiou as mãos no bolso da calça jeans.

— Fica longe? Está mais frio do que eu me lembrava.

— Logo ali na esquina. Não mude de assunto.

— Estou bem. Pensando em talvez me mudar para a Nova Zelândia. Ouvi dizer que é realmente... vivível.

— Da última vez que me mandou mensagem, estava falando em Cabul.

— A cultura do expatriado lá já foi coberta. Anos atrás teve uma *Time* falando só disso.

— Você ainda está fazendo isso?

— Sendo incrível?

— Reportagens.

Ai. O que é essa sensação? Ah, sim, culpa. Era para ele ser um repórter ativo, não alguém que fez as economias durarem em uma praia na Ásia.

— Você percebe que se transformou em uma manifestação da ideia ficcional que Zed tinha de si mesma, certo?

— É melhor do que trabalhar no Walmart.

— Um dia ela fugiu de casa quando era criança. No dia seguinte, o pai dela era um astronauta milionário que deixou para ela uma bolada em testamento. Depois disso, estava na proteção a testemunhas. Depois disso estava...

— Fugindo da máfia, teve amnésia, doença terminal, era uma higienista dental aposentada tentando visitar todos os cinquenta estados... eu sei. Eu estava lá. As histórias eram um jogo; ela era real. — Ele fitou os olhos de Paul. — Ela salvou sua vida. — Um helicóptero pôde ser ouvido lá em cima, o refletor passando rapidamente pela quadra, as luzes transformando-se em lanças quando caíam através das copas esparsas dos olmos. — Você disse que trabalha para a Monarch?

— Isso.

— Estão financiando você?

— Monarch Innovations, a divisão extra de P&D. Tem sido uma mudança total para quem está à margem, como o laboratório de Riverport.

— Dez anos atrás todo mundo ficou maluco porque abriram uma Wings Over Riverport. Agora isso.

— As pessoas gostam de frango.

Jack precisava admitir: o novo campus fazia um bom trabalho ao matar a nostalgia. Era lindo, puro, calmo e confiante. Parecia dizer: *Temos tudo sob controle. As coisas vão ficar bem.*

Pensou sobre os policiais em Chiang Mai, rodando sobre pneus Monarch, e os policiais de Riverport trabalhando lado a lado com a Monarch Security. Os drones da Monarch Agricultural estavam usando bombas de sementes para replantar faixas de floresta amazônica derrubada, enquanto a Monarch Pharmaceuticals subsidiava máquinas de *espresso* dos taxistas sem alvará que trabalhavam muito.

— Ei, olha que engraçado: aquele guarda disse que Will trabalhava aqui.

Paul sorriu, desconfortável.

— Sim, mais ou menos. Quando foi a última vez que falou com seu irmão?

Lá vem.

— Uma semana atrás. Disse que eu precisava voltar e chamar você à razão, na verdade.

Paul parou com tudo.

— Foi por isso que você veio? Não porque eu pedi?

— Estou aqui porque ele me mandou um e-mail e depois você me pediu. O que está acontecendo? A mensagem que você deixou era bem... — Qual era a palavra? — Grandiosa.

— Onde Will está agora?

— Ele queria que eu fosse direto para casa, mas imaginei que eu me entenderia melhor com você.

Paul mordeu o lábio por um minuto pensativo e, em seguida, disse:

— É melhor eu te mostrar. Porra. — Os olhos de Paul fixaram-se em algo atrás de Jack: o guarda havia voltado, estava falando no rádio, olhando na direção deles e meneando a cabeça. — Venha, depressa.

Afastar-se de um guarda às quatro da manhã não era algo que Jack questionasse. Ele e Paul haviam começado jogando ovos nas casas durante o Dia das Bruxas, graduado-se em arrombar ferros-velhos para gravar filminhos de zumbis para as aulas de cinema da escola, passaram por um flerte rápido com plantação de maconha em seu quarto e terminaram naquela cena final com um dos assassinos mais perigosos do estado. Se Paul dissesse vire-se e voe casualmente, Jack não pensaria duas vezes.

— Pode me dizer o que está acontecendo? — Eles chegaram ao fim da Alameda dos Fundadores e viraram à direita. — Ai, caralho, você só pode estar brincando.

O rosto de Paul Serene a seis metros de altura sorria para baixo. O outdoor eletrônico estava preso à fachada do antigo laboratório da universidade, preservado dentro de uma treliça que atrapalhava a visão do novo domo do Prédio de Física Quântica. A visão recuou da cara de Paul, revelando uma bola de luz rolando na palma de uma das mãos, depois um gesto largo e benevolente convidava o espectador para o que era presumivelmente um futuro mais brilhante, representado pela bola de luz que envolvia a tela e por MONARCH INNOVATIONS brilhante surgindo.

— Antes que diga alguma coisa...

— Não está bonito!

— Deixa para lá.

— Tão benevolente. Tão tenso.

Paul tirou uma plaquinha transparente do bolso e foi até uma porta de segurança transparente ao lado da entrada principal.

— A ideia não foi minha. Eu só apareci para a filmagem.

— O que está fazendo aqui de novo?

Paul passou seu cartão. Nada aconteceu. Ele xingou baixinho, reposicionou-o, tentou de novo. Dessa vez a passada de cartão foi recompensada com um dos *cliques* mais satisfatórios que Jack já ouvira. A estrutura de aço escovado abriu-se com um toque. Paul suspirou, aliviado.

— Coordenador de projeto — respondeu Paul. — Eles me recrutaram na faculdade. Eu faço as coisas acontecerem de forma eficaz, no prazo e de um jeito que deixa as pessoas empolgadas. — Ele segurou a porta aberta. — Depois de você.

O interior do átrio envidraçado estava quente, tinha três andares de um espaço aberto extravagante.

— O domo é uma camada dupla de policarbonato texturizado impresso em 3-D e vidro temperado. A camada de ar faz o isolamento. Dependendo da posição do sol, as sombras causadas pela arquitetura assimétrica da cúpula assumem aspectos diferentes: estrias, vidro rachado, formas significativas para pessoas que sabem mais de matemática que eu.

— Truque legal.

— No topo dela puseram vidro duplo como painéis solares, trazendo uma pegada de carbono positiva limitada. Para os departamentos administrativos do prédio pelo menos. Algumas partes dos laboratórios gastam uma energia filha da puta.

Paul avançou para a esquerda na direção da fachada de um dos prédios originais de tijolos do campus, agora alojado dentro de um guarda-chuva geométrico caro da cúpula do Prédio de Física Quântica.

— O arquiteto faz, mês sim, mês não, um voto xintoísta de silêncio em um complexo em Hokkaido, o que torna as negociações e os prazos uma merda. Sei lá por que deram esse prêmio para ele, só incentiva o cara. — Paul olhou para o caminho que haviam percorrido. — Vem comigo, vou levar você lá em cima.

Jack olhou para trás.

— Você tem permissão para entrar aqui? — Sem sinal do guarda, mas não queria dizer que ele não estava esperando reforços. — Não está agindo como se pudesse estar. Prédios caros assim geralmente têm portas que funcionam na primeira tentativa.

— De quem era a cara naquela tela?

— Sei lá, mas ele está sorrindo como se tivesse uma arma na cabeça.

Uma porta de segurança com faixas pretas e amarelas identificando perigo abriu em um elevador de carga, que ficava engastado na fachada do prédio antigo. Paul passou o cartão por um leitor.

— Você viu muita coisa estranha, certo? — Paul não estava falando bobagem; estava passando na checagem dupla.

Uma tela de quinze polegadas na parede ao fundo do elevador acendeu e mostrou um resumo dos compromissos de Paul: nenhum. Informava que ele estava cinco horas adiantado para o trabalho e que a Monarch Innovations não aprovava mais de dez por cento de horas extras de funcionário dentro de um mês. Um gráfico feito pelo MIT apareceu para comprovar essa filosofia, e a tela desejou para ele um bom dia.

— Agora eu vi — disse Jack.

Paul passou o cartão de novo e apertou o último andar. Jack percebeu a tensão no rosto do amigo.

— Me conta qual foi a coisa mais estranha que já viu — disse Paul.

— Então, eu estava em Belize. Fica na América do Sul.

— Eu sei onde fica Belize, Jack.

— Então, eu estava em Belize e fiz amizade com duas cafetinas quando as ajudei a salvar um cavalo de ser espancado até a morte por um babaca que tinha uma pista de corrida.

— Isso é...

— Na manhã seguinte, eu fui o juiz quando elas lutaram em um duelo ao nascer do dia por um michê bonito que deixou as duas apaixonadas.

Paul arregalou os olhos para ele.

— Dois mil e onze. Duelo direto.

Paul pensou um momento.

— E como acabou?

— Em casamento. Os três, bem felizes.

— Hein?

— A vida é curta. Então, isso serve?

— Não chega nem perto. Este é o nosso andar.

As portas se abriram com um chiado para um corredor longo, escuro. Uma porta única ao fundo tinha as bordas iluminadas.

— Isso não combina com aquele prédio antigo.

— Acrescentamos um par de andares superiores reforçados para atender às nossas necessidades. Estamos acima da cúpula neste nível. — A iluminação do recesso terminava na altura da canela, seguindo-os na direção da porta. — Assim que entrarmos, precisarei que você me ajude a ajustar algumas coisas. Quão familiarizado você está com a teoria da relatividade?

— Estou relativamente familiarizado.

— Ainda gosta de ficção científica?

— Prefiro "ficção especulativa".

— Bem, eu diria que você está prestes a entrar nela. — Portas blindadas assepticamente brancas abriram com um som longo na passada de cartão final. — Tirando o fato de que é tudo, menos especulativa.

Paul entrou na escuridão. Jack o seguiu.

Luzes clicaram e espocaram, revelando a câmara seção por seção.

A vertigem bateu, as mãos de Jack fecharam-se sobre o aço frio do corrimão de segurança diante dele. Estava olhando para um fosso tecnológico octogonal, branco-NASA e coalhado de cabos vermelhos e azuis serpenteando discretos painéis de acesso. Suspenso no centro da esfera geométrica vazada de uma sala havia... outra esfera geométrica. Mantida sobre uma plataforma *high-tech*, a esfera era feita de um metal opaco, de aparência densa, cada faceta dela com tomadas e toneladas de fios de calibre grosso. O cabeamento vazava da esfera e descia por cavidades sob o assoalho, ou caía sobre ela e se conectava a uma passarela de metal que cercava a esfera. Jack poderia ter pensado que era para manutenção, se não fosse pela câmara hermética selada que a cercava.

Paul não perdeu tempo. Depois de travar a porta atrás dele com o cartão, desceu os degraus à esquerda aos saltos e rodeou o fosso octogonal na direção de uma sala de observação envidraçada.

— Quanto dinheiro eles te deram? O que é isso que estou vendo?

O interfone dentro da sala soou a voz de Paul dos quatro cantos, a acústica estranha fazendo-o parecer duas pessoas ao mesmo tempo. Ele falou distraidamente, trabalhando em um painel de controle com duas telas.

— O início de uma nova era. — Ele parou de repente, batendo nas teclas enquanto silenciava. Quando falou de novo, a voz era direta, realizada. — Você está vendo a morte do arrependimento. — Ele sorriu. — Hein.

Jack examinou a construção, tentando compreendê-la e fracassando.

— Onde eu vi isso antes?

— Em lugar nenhum — respondeu Paul, ocupado com os monitores. — Isso é sigiloso.

Algo estava errado ali.

— Paul, você está zoando com a minha cara. Isso não é "sigiloso". — Jack apontou para a placa de visualização. — Diga que isso não é baseado no trabalho do Will.

Paul parou o que estava fazendo, formulou uma resposta, abriu a boca, mudou de ideia e fechou de novo.

— Tudo bem — disse ele, voltando ao teclado. — Não vou dizer.

— Aquele guarda me disse que Will estava trabalhando aqui. — Paul era a única pessoa na Terra em que Jack confiava. Se houvesse uma decepção ali, ele não conseguiria aguentar.

— Sei que você odeia mentiras — disse Paul, lendo a mente do amigo. — Mas eu insisto que não menti para você; só não respondi à sua pergunta de um jeito oportuno. Então... tudo bem?

— Por que estou aqui?

— Atrasei as explicações até que você visse a Passarela. Precisa entender tudo no contexto próprio.

— Não me dê respostas longas para perguntas simples, Paul. O que o Will fez e o quanto é ruim?

Paul ainda estava digitando e arrastando um dedo pelas telas de visualização. Parecia não estar conseguindo nada, pois ela dava reprimendas com mensagens de erro.

— O que está fazendo? Você pelo menos sabe o que está fazendo?

— Sei — respondeu Paul, exasperado e tirando uma série de anotações em post-its do bolso. Balançou-os como uma prova. — Sei o que estou fazendo. — A tela ralhou de novo. — Estou só — disse Paul com calma — tentando trabalhar. Rápido, porque em menos de cinco minutos seu camarada guardinha vai passar por aquela porta com ao menos três amigos e mudar o curso do avanço humano para sempre. — Paul voltou ao que estava fazendo. — Para pior, só para esclarecermos as coisas.

4

Sábado, 8 de outubro de 2016.

4h07. Universidade de Riverport, Prédio de Física Quântica.

Jack deixou para trás a relativa segurança e calma da Tailândia por aquilo. Não apenas estava envolvido em ao menos um crime, mas seu melhor amigo estava agindo de uma maneira estranha e agora via-se arrastado de novo para a zona que era a vida de Will. E nem tinha encontrado Will ainda.

Algo fez um estrondo embaixo do chão. Quando Jack se afastou da máquina, os pelos dos braços arrepiaram-se. Os cabos grossos estremeceram, como coisas vivas.

— Paul...

— O negócio é o seguinte — a voz dupla e fina de Paul piou nos alto-falantes. — Contratamos Will como consultor deste projeto. Isso acontece mesmo, relaxa. Então, contratamos Will. E as coisas estavam indo muito bem. Ele parecia estável, nada daquela coisa de ficar murmurando sozinho, manteve uma concentração razoável e consertava nossas bobeadas como ninguém na equipe.

— Mas...

— Mas ele ficou instável.

— Defina "instável". Instável como aquela vez no Walmart ou como naquela situação com os planejadores do conselho?

— Mais como daquela vez que ele encontrou a gente brincando com as coisas dele no celeiro.

Jack fechou os olhos e praguejou. Aquele dia tinha sido ruim. Era na época pré-medicação e Will pirou de verdade: um ataque de fúria que durou um dia. Will desapareceu dentro do celeiro por quarenta e oito horas, murmurando e gritando. Quando Jack tentou fazer as pazes, Will jogou um prato nele, espalhando purê de batata por todo lado. Foi a única vez que Jack não se sentiu seguro perto do irmão mais velho.

— Você podia ter me dito isso por e-mail, Paul.

Se houve uma coisa que aprendeu do episódio com as duas mulheres em Belize foi que nada é mais importante nesta vida que a felicidade... seja lá como pareça, seja lá como se encontre. Aquilo não era jeito de viver.

Paul recostou-se ao console.

— O que sempre dissemos?

— Para com isso...

— O que sempre dissemos?

— Nos unimos ou os desgraçados vencem.

— Certo. Hoje é o momento mais importante da minha vida. Eu não estaria aqui sem você, então não poderia ter feito isso sem você. — Ele se virou e fez saltar de um botão preto um escudo idiota de acrílico tamanho família. — Quero que você diga que esteve na sala onde o mundo mudou.

A palma da mão de Paul desceu, gentilmente, e o espaço lá fora explodiu em vida elétrica. Mecanismos ativaram-se embaixo da passarela curva que circulava o meio e, debaixo das seções chatas da passarela dobradiças ergueram-se, abriram e estalaram até chegar ao lugar. Em uma única onda, seções do corredor desenrolaram-se ao redor da circunferência. Em segundos, a passarela se transformou em um corredor selado que circulava a esfera geométrica no coração da câmara.

Jack deu um passo atrás.

— Ponha isto — disse Paul, jogando para ele um par de óculos fotorreativos.

— Não devia ter me dado os óculos *antes* de apertar aquele botão?

Um monitor suspenso no teto piscou um alerta verde.

— A porta de segurança do térreo foi aberta. Temos cerca de três minutos. — Paul correu pelas escadas de metal até a porta de entrada e passou o cartão no leitor, trancando bem a porta. — Digamos, cinco. Venha.

A máquina estava vibrando. O centro lançava faíscas. O ar cheirava a cabelo queimado. Uma coroa reluzente, como uma miragem de calor, ergueu-se do corredor-círculo.

— Will mandou um e-mail geral para a lista do projeto inteiro... inclusive aos investidores — gritou Paul sobre o ruído, parando diante da passagem. — Ele expressou sua falta de confiança no projeto de forma bem detalhada. Resumindo, ele fez os investidores pirarem. O financiamento foi retirado, Jack. Eles vão fechar o projeto inteiro.

Jack acenou com a cabeça, compreendendo, verificou a porta e encarou Paul.

— Eles mandaram você embora. *Mandaram* você embora, e você está aqui com um cartão hackeado para ligar um *reator* que seu único especialista de verdade acha que é *imensamente perigoso. Comigo.*

— Para com isso. Já fizemos coisas piores.

— Não acho que fizemos, Paul.

Algo embaixo do chão se prendeu, e a esfera no centro da sala começou a pulsar.

— São seis anos de trabalho, Jack! As pessoas confiaram em mim para levar isso até o fim. Pessoas com famílias. Assim que a administração cuidar para que funcione em segurança...

— Você vai para a cadeia!

— *Vai valer a pena!*

Jack compreendeu.

— É como naquela vez com aquela garota do acampamento de verão.

— Não nego que Heather tinha alguns problemas...

— Você está dando uma de cavaleiro branco, cara! De novo! Vamos dar o fora desta porra aqui!

— São famílias, Jack! E futuros! *O* futuro! Vidas vão mudar se eu fizer isso aqui acontecer.

Jack apontou direto para a máquina.

— Isso *tem* base no trabalho do Will, não é? — insistiu Jack. — Ele sabe do que está falando. Digo, antes de ele sair dos trilhos, antes de nossos pais partirem, ele estava fazendo um bom trabalho, certo? Ele pode ser louco, mas não é idiota.

— A equipe já verificou e não existe *nada.* E quando eu digo nada é *nada* sobre as acusações de Will.

— Pode ser, mas não voltei para ser preso. Desligue isso, O.k.? Essa coisa parece... bem puta da vida.

Paul balançou a cabeça.

— Tarde demais. Uma vez que o núcleo é ativado, não há como desligar, muito menos encontrar uma maneira de fechar o buraco negro.

A máquina estabilizou-se, tranquila; a vibração caiu para um zumbido baixo, reconfortante.

— Buraco negro?

Paul ergueu o punho suado com post-its.

— Eu falei para a equipe: fizemos um bom desenvolvimento. Sabemos que funciona. Mostrem-me como iniciá-la e eu assumo o caso. Tenho *certeza*, assim que o comitê...

— *Buraco negro?*

Um *clac* em quatro tons agudos soou quando quatro travas de segurança se despregaram da eclusa, o som encontrando dezenas de superfícies lisas para reverberar. A selagem da eclusa de ar no corredor circular destravou e o sistema hidráulico pesado liberou a porta com tudo, abrindo-se para a atmosfera. A distorção ao redor do núcleo no centro da máquina diminuiu.

— Eu nunca deveria ter viciado você em The Smiths. — Através da eclusa veio uma forma. Uma pessoa. *Alguém estava no corredor o tempo todo.* A figura apoiou-se na placa larga da selagem da eclusa, dando um passo trêmulo na rampa e entrando no laboratório. A figura arfou, o peito ofegante, e saiu totalmente da máquina.

— Oi, eu — disse a figura para Jack. — É você. — Em seguida, balançou a cabeça.

Jack tirou os óculos. Não havia erro: Jack estava olhando para si mesmo.

— Puta que pariu — disse Paul.

O clone de Jack — todo sorridente — ergueu as mãos de forma tranquila.

— Ei, que legal. Tudo funciona. E, Paul... — Sua expressão ficou sombria. — Você ainda me deve a porra de uma explicação.

Paul balançou a cabeça para clareá-la, verificou o relógio, agora um homem de volta à missão. Para Jack:

— Entre na máquina.

Ele estava em um console em L próximo do corredor, fazendo ajustes.

Jack não ouviu.

— Ei — disse o clone de Jack para Jack. — Quer ver um truque? Veja isso. — Ele voltou a atenção para Paul.

— Paul... — disse Jack, profundamente perturbado, mas ainda assim incapaz de tirar os olhos do *Doppelgänger* na rampa.

— E vai — disse o clone de Jack.

— É isso — disseram Paul e o clone de Jack, juntos.

— Espere — disseram Paul e o clone de Jack, simultaneamente. — Não temos *tempo* para isso — gritaram Paul e o clone de Jack. — *Pare com isso* — os dois disseram em uníssono. Paul avançou, batendo o dedo no relógio. — *A segurança está a...* — eles berraram um com o outro.

— Ah, vai se foder.

O clone de Jack abriu os braços em um teatral *tchã-nã*, todo satisfeito consigo.

— Hum? E aí? Que achou?

— Temos dois minutos — ralhou Paul. Jack circundou o clone e estalou os dedos.

— Ei! Quem quer que você seja. Para dentro do bolso. — Ele estalou os dedos de novo e abriu a palma da mão.

— Estou muito à frente de você — disse o clone e entregou para ele um chaveiro.

Jack encarou o chaveiro, familiar como a jaqueta, seu espelho do banheiro, sua cama. Estavam todos lá: a velha chave enferrujada da cabana em Chiang Mai, o pen drive de 64 gigabytes que usou para fazer o backup dos artigos, a chavinha do chip do iPhone, o abridor de garrafas que havia pegado de uma empresa aeronáutica nas cercanias de Oxford, Mississippi — tudo preso a um chaveiro de marca que viera com o último par de sapatos que comprara. Em contraste, o projétil de prata da .38 estava enfeitado, a tira fina de couro passada pelo buraco com 48 milímetros de largura na base.

Jack olhou para Paul, buscando confirmação.

— Esse cara sou eu.

Paul apresentou seu molho de chaves: chaveiro da Mercedes, duas chaves, uma bala de prata.

— Isso é uma máquina do tempo — disse Jack. O clone de Jack pegou as chaves de volta.

— Vou precisar dessas.

— Para dentro da eclusa, Jack. É o que vai acontecer.

A cabeça do clone de Jack virou de um lado para o outro, observando os dois.

— Intenso. Ei, Paul, o que aconteceria se eu não fizesse o que fiz? Sabe... zoado você. A coisa da imitação.

— Para responder à sua pergunta — disse Paul para o clone —, isso não é possível. Você sempre teria dito e feito o que acabou de dizer e fazer. Você está aqui como resultado direto do que aconteceu antes. Agora, saia da rampa. Você fica. Jack, você vai.

— Vai? Vai aonde? — Era o Jack real dessa vez.

— Estou mandando você para dois minutos no passado para que possamos ter essa conversa.

A máquina aguardava, zumbindo forte.

— E se acontecer igual ao final de *Uma noite alucinante 2*?

— Você não vai parar na porra da Idade Média. Você precisa desta máquina para sair, e ela não estava funcionando até a ligarmos, quatro minutos atrás. É onde a máquina vai levar você, ao momento em que foi ativada pela primeira vez. Agora, vai. Esperei três anos para testar esta coisa.

Jack avançou com cuidado pela passarela, olhando as ondas de distorção que emanavam da redoma da máquina.

— Se eu pegar um linfoma, eu juro por Deus...

— Não é radioativa; é cronum-ativa. Completamente revolucionária e totalmente limpa. Ao menos até onde eu sei.

— Maravilha. — Jack pisou na placa, passou pela eclusa, olhou ao redor por dentro. Sem controles nem alavancas. — Ei, se algo der errado, como eu faço para abrir essa coisa?

— Não abre — disse Paul. — Assim que a carga aumentar dentro da Passarela, precisa ser consumida antes de a atmosfera interna ser liberada. Se não fizer isso, podem ocorrer... problemas grandes. — O sistema hidráulico foi acionado, erguendo a porta do receptáculo e deslizando-a na direção da selagem. — Só ande no sentido anti-horário ao redor do núcleo. Uma rotação inteira vai concluir a jornada.

— Ótimo. Mas quando eu sair daqui quero uma... — A porta encaixou-se no lugar, em seguida travou com um som de borracha sendo apertada. Uma rajada de ar frio encheu o espaço. Os ouvidos de Jack estalaram. Enfiando um dedo no ouvido, abrindo e fechando a boca, ele espiou através da placa de visualização.

Lá fora, Paul estava apontando para a esquerda. O outro Jack sorriu e acenou ao lado de Paul.

A eclusa tinha duas portas internas. No momento certo, a porta esquerda desengatou-se. Jack entrou na Passarela, e a eclusa selou-se atrás dele. O interior do corredor circular era feito de algum tipo de cerâmica branca não condutora, uniforme, na temperatura do corpo ao toque, e com chão de borracha preta com padronagem quadriculada.

O estrondo do núcleo soava mais alto dentro do corredor, como o ventre de algum monstro furioso. As batidas transmutaram-se em um lamento repentino, o chão chutava, Jack disse "Caralho" e...

Silêncio.

A batida regular e suprarrenal do núcleo desapareceu, embora não pudesse estar a mais de seis metros de onde ele estava. A eclusa estava fechada com tanta perfeição que Jack poderia ter acreditado que flutuava no espaço. O sangue pulsava em seus tímpanos, a respiração rascante como se passasse por fones de ouvido.

— *Jack?*

Ele deu um passo à frente, espreitando ao redor do canto eterno.

— Oi?

Nenhuma resposta. Ele começou a caminhar.

Nenhum outro som estava chegando. A viagem ao redor do núcleo parecia muito com o caminhar em uma esteira de ginástica, como se o corredor estivesse se movendo ao redor dele, não ele pelo corredor. Em seguida, a porta de saída apareceu.

Jack bateu no botão vermelho de liberação, então a selagem se abriu, a escotilha deslizou para o lado, e ele entrou na eclusa de ar da qual partira um minuto antes. Espreitando pela placa de visualização, viu a passagem, o laboratório temporal, Paul, e seu duplo. Seu eu passado.

A eclusa chiou até abrir. Jack empertigou-se contra a borda de selagem, repentinamente zonzo. A atmosfera interna vazou, e ele saiu com vertigens. Conhecia aquela cena. Sabia o que o Jack de antes estava sentindo. Não percebera como Paul olhou extremamente perplexo da primeira vez.

— Oi, eu — disse Jack para seu clone. — É você. — Em seguida, balançou a cabeça.

Estranho demais, como vertigem dentro do crânio, como acordar de um sonho dentro de um sonho e perceber que ainda estava sonhando.

— Puta que pariu.

O clone no final da rampa tirou os óculos, espreitando Jack com uma expressão que lembrava hostilidade.

Jack ergueu as mãos.

— Ei, que legal. Tudo funciona. E, Paul, você ainda me deve a porra de uma explicação.

Sábado, 8 de outubro de 2016. 4h17. Riverport, Massachusetts. Prédio de Física Quântica.

O eu passado de Jack entrou novamente na máquina e espreitou com ansiedade da eclusa quando a escotilha fechou. Ele e Paul acenaram um adeus. Houve um estalo poderoso, o efeito da distorção ao redor do corredor pulsou para fora, desapareceu, e a máquina voltou a seu zumbido baixo costumeiro.

— Jack. — Paul sorriu, alarmado. — Com esse dispositivo, essa máquina que você está olhando, podemos pôr um fim ao... sofrimento. À doença. À catástrofe. Podemos... podemos voltar no tempo antes de... *imagine* se essa máquina tivesse existido em 10 de setembro de 2001. Imagine o quanto nosso mundo seria diferente hoje se pudéssemos voltar com tempo suficiente para parar aqueles voos. Imagine ser capaz de desenvolver uma cura para uma doença terrível no futuro e, depois, trazê-la para o passado. Apenas pense.

Jack olhou para a máquina.

— Se no futuro você souber que ela funciona, como você disse, voltaria para este momento, exatamente agora, e diria isso para si?

A boca de Paul abriu-se com a incerteza. Ele olhou para a máquina.

— Eu... eu não sei. Eu... — Ele riu e fez um ajuste final. — Tudo bem, minha vez. A data de destino foi definida para dois minutos a partir de agora. Tudo que precisa fazer, assim que eu estiver lá dentro, é apertar o botão "Início". Entendeu?

— Paul, a segurança está a ponto de entrar aqui e me encontrar sozinho com uma porra qualquer de tecnologia de ponta que custa onze bilhões de dólares. Eles não vão acreditar que eu estava procurando a cantina.

— Dois minutos, Jack. A porta está trancada. Você vai ficar bem. — Paul foi até o corredor, girou, lançou os braços para o ar e comemorou.

— Uhul! — respondeu Jack e abriu a eclusa, percebendo que quatro câmeras o filmavam cometendo um crime federal.

Paul entrou.

— Tudo bem, me tranque.

Jack apertou um botão; a eclusa fechou, puxando ar. Um alerta verde piscou: o elevador acabara de abrir do outro lado da porta de segurança do laboratório.

— Paul, vai rápido com isso. Não temos...

A porta de segurança bipou e abriu.

— ... tempo.

A expressão de Paul azedou.

— Ai, não.

Uma figura desesperada estava no alto das escadas, magra e assustada dentro de um velho casaco surrado, olhando para Jack e Paul como uma criança traída.

— O que...? — disse William Joyce. — O que vocês fizeram?

Will desceu as escadas às pressas.

— *O que vocês fizeram?* — Fazia dias ele não passava um pente nos cabelos; a camisa e as calças já eram usadas por meses.

— O que está havendo, Will?

O irmão circundou Jack; seus dedos finos agarravam os ombros de Jack; seu olhar pensava em fatores e dependências que apenas ele conseguia ver.

— Você precisa me ajudar. Temos de encerrar isso. *Temos de encerrar isso, Jack!* — Ele deixou Jack de lado, encarou a máquina. — O núcleo está vivo, mas, se desconectarmos a Passarela, será inútil para o transporte...

A voz de Paul estalou no sistema de som.

— Jack! Pare esse cara! Se ele danificar a rede, qualquer coisa poderia acontecer?

— Cortar! — gritou Will. — Corte a energia para a Passarela no entroncamento!

Jack agarrou o irmão antes que ele pudesse correr para longe. Will tentou se libertar. Enquanto se contorcia, algo pesado caiu do bolso e bateu na plataforma. Uma 9mm automática. Will ficou exasperado e a pegou.

— Os cálculos deles estão errados, Jack.

— O que é isso?

Will desconsiderou a arma, irritado, mas não a devolveu ao bolso.

— Jack, você não está ouvindo. O campo de Meyer-Joyce está instável. Vai se romper por inteiro se...

Will nunca foi bom com as mãos. Aquilo poderia acabar mal de diversas maneiras.

— Will, preciso que você olhe para mim. Por favor, me dê a arma.

Um giro louco da arma distanciou Will do irmão.

— Não me trate igual a uma criança, Jack.

— Você não está pensando direito.

— Esse dispositivo foi *sabotado.* Ele vai...

— Ouça...

— *O tempo! Vai! Acabar!* Se você não for me ajudar, tem de sair da minha frente.

Jack recusava-se a entrar na maluquice, uma tática antiga.

— Ou o quê, Will? — Jack avançou com cuidado na direção do irmão. — Você vai atirar em mim?

Will ergueu a arma e atirou para o teto; uma pontada soou no ouvido que cancelou todos os sons, e depois o tiro reverberou de dezenas de superfícies. Will empurrou o irmão para o lado, derrubando-o no chão emborrachado.

Com as mãos e o peito, caído no chão de borracha, Jack sentiu o chão *palpitar* de repente de algum lugar no fundo das entranhas.

— Não. Não, não, não, não, *não*! — Will batia nos controles, e o interior da máquina mudava daquele zumbido baixo característico para algo diferente, mais alarmante. Não era a carga aumentando. Era algo diferente. Algo mais desnivelado, desesperador, entrecortado. Aumentando. Jack esforçou-se para ficar em pé.

O rosto de Paul estava cercado pela janelinha da eclusa quando a fumaça preencheu a cavidade interna.

— Jack! Você precisa pará-lo. *Jack!* — As vibrações da Passarela dobraram suas rpm; o brilho da distorção mudava dessincronizado consigo mesmo, tornando-se algo mais desigual e furioso. Paul parecia aterrorizado pelo vidro enfumaçado. Jack estava na escotilha e não encontrou nenhum tipo de acionamento manual.

— Não podemos — disse Paul, tossindo; a fumaça era tão espessa que ele se tornou pouco mais que uma sombra. — Mesmo se pudesse abrir esta coisa, o ambiente aqui dentro está cronum-carregado. Precisa ser descarregado de forma controlada... o que significa dar uma volta na Passarela. Está tudo bem. Mas você precisa apertar o botão "Início". — Paul bateu com o dedo no vidro, apontando para a bancada de controle onde estava Will.

A máquina berrou; uma placa de cerâmica voou longe, caindo na malha de ferro do assoalho de manutenção.

— Will! Aperte o botão!

Will estava preocupado demais para ouvir.

— Botar o núcleo on-line: errado. Carregar a Passarela: errado. Usar... — Os olhos de Will corriam pelas telas em pânico. — Você *usou* isso? Usou a Passarela? Ai, Deus, Deus.

— *Will!*

Sem resposta.

— Paul, aguenta firme. Eu vou...

A pressão do ar mudou. Jack sentiu o corpo pressionado como um músculo de coração gigante em uma *batida* monstruosa, alongada e...

Bum.

Jack voou e caiu na plataforma.

Vinte e sete toneladas de metal retorcido berravam como um organismo vivo.

Jack cambaleou para longe do corredor e correu para os controles. As grades de manutenção caíram do teto por quinze metros, ricocheteando nos corredores, quebrando vidros. Sem reduzir a velocidade, Jack derrubou Will no chão, agarrou o canto do painel e bateu no botão "Início".

O campo de distorção amplificou-se, saltou para fora, rompeu o ar. Cada soquete em cada painel e recesso vomitou faíscas e chamas. Os azulejos de esmalte branco foram pintados de baixo para cima com línguas de chamas. O lamento da máquina diminuiu. Jack arfou, aliviado.

Em seguida, ela recomeçou o ciclo, cada vez mais forte, cada vez mais rápido.

Ele não conseguia mais ver Paul: o interior da eclusa se enchera por completo com fumaça preta. Abandonando os controles, Jack percorreu a distância até a escotilha em segundos, batendo nela, esmurrando o vidro e gritando.

— Paul! Vai! *Vai!* — Não sabia se o amigo estava consciente dentro daquele sarcófago blindado.

Will gritou o nome de Jack, já em pé de novo, apoiando-se no painel de controle.

— Chegamos tarde demais! Saia de perto da máquina! Sai...!

O núcleo lançou faíscas de um metro em cores que Jack jamais vira antes.

A Passarela curvou-se em si mesma. Os átomos de Jack foram puxados na direção do núcleo por um segundo. E depois ao contrário, dez vezes mais forte.

A onda explosiva varreu Jack, fluindo através das células como água ao redor de pedras, e pela sala. Luzes estouraram, vidros explodiram, painéis fritaram, monitores enlouqueceram e tudo...

... *parou.*

Silêncio. Como ele sentira dentro da Passarela. Silêncio perfeito, extremo.

Tirando a mão do rosto, Jack abriu os olhos e observou seu entorno. Tudo estava em silêncio porque nada se movia. Nada. Nem o vidro estilhaçando nem as faíscas voando nem a fumaça preta rodopiante que subia. Nada. Nem mesmo seu irmão.

Cada uma das coisas parou no meio da ação. Congeladas. Perfeitamente pausadas, imóveis; pessoas, objetos, fumaça e faíscas travadas no tempo e no espaço — um instante de um momento. Ele estendeu a mão, tocou um pedaço de vidro flutuando, sentiu como ele resistia, observou-o se mover, mas permanecer suspenso no espaço.

Jack estava em movimento, mas nada mais estava.

Will ainda permanecia atrás do console de controle, com as mãos erguidas para proteger-se do painel que sofrera uma erupção de fagulhas e chamas e o rosto contorcido como uma fotografia tirada em um momento ruim. Jack estendeu a mão; seus dedos expandiam-se na direção da expressão congelada do irmão.

— Will?

Um alerta — verde brilhante — chamou sua atenção em um monitor intacto. Nele se lia em termos inequívocos: DATA DE DESTINO: ERRO.

Se a data de destino era um erro, então aonde... para quando... Paul fora?

Deus apertou o *play*.

Metal bateu contra metal quando o painel de controle explodiu. Will berrou e caiu para trás quando o vidro voou da estrutura da plataforma de observação. A máquina soltou fumaça em uma onda terrível quando as luzes de emergência acenderam em vermelho-sangue e, instantaneamente, a sala foi invadida por nove soldados em armadura tática com peitoral.

Não usavam capacetes, traziam máscaras no rosto, e aqueles rostos olhavam perversamente com sorrisos amarelos.

Lasers verdes fatiavam a fumaça, presos a fuzis pretos que varriam a sala como terríveis talos com olhos. Atrás de cada um uma risada idiota de olhos pretos.

As letras brancas no peito preto diziam PAZ.

Minha nossa, pensou Jack. *Nada disso é real.*

Will levantou-se.

— Jack. Alguém ainda está na máquina.

— *Alvos!*

— Alvos?

Cada raio verde voou para um dos dois pontos focais: Jack ou Will. Uma parede letal de sorrisos de desenho animado.

Jack e Will deveriam ter morrido. Não morreram.

Um dos homens abaixou a arma: peito inflado, cheio de esteroides, confiante. Ex-motoqueiros dos fuzileiros, homens da milícia cristã heterodoxa africana, *mujahidin* israelenses... Jack vira mercenários veteranos o bastante nos últimos anos para reconhecer um. Aquele devia ser o líder.

— Senhores! — Ele apontou para Will, a voz abafada atrás da máscara amarela. — Você eu conheço. — Depois para Jack. — Você, não.

Ele pegou a máscara e a puxou pela cabeça — o disco amarelo preso à frente de algo como uma máscara de hóquei tática.

— Essa merda estúpida, não consigo respirar. — Tinha por volta de quarenta anos, cabelos escuros bem curtos, olhos sorridentes.

— Chefe. — Um deles ficou inquieto. — As ordens são: máscara no rosto.

— Voss, me fale de novo o que fazer e eu vou botar maquiagem de palhaço e comer seus filhos. Donny, algeme o professor Pardal. Os outros, queimem todo o resto.

Os sorrisos de olhos vazios viraram os feixes de Will para o peito de Jack. O chão pulou. O núcleo avivou-se. Onda explosiva. Tudo parou. Tudo e todos, paralisados em um instante. Aquele grupo irrompeu pela porta, derrubaram as duas escadas de ferro, cada fuzil apontado para Jack e Will, feixes congelados, expressões congeladas, gritos presos na garganta. Oito homens e uma mulher.

A Passarela havia perdido quase todas as suas placas, meio esquelética por tudo que havia suportado, seu tormento destruindo-a de dentro para fora.

Will estava resignado, olhos no console, ignorando os dois lasers ainda flutuando em seus ombros. Jack estendeu a mão, tomou Will pelo braço. As dobras da camisa de Will estavam duras como pedra — presas em uma fração de momento. Seu irmão não se movia.

— Will — disse Jack. — Temos de ir.

Nada. Sua pegada ficou mais forte.

— *Will!*

Algo palpável transferiu-se através da mão de Jack para o irmão. O perfil de Will avivou-se — de repente envolto naquele campo de distorção familiar — e ele disparou a falar:

— Se ele usar a máquina, ela...! — parou, percebendo que as coisas haviam mudado. — Jack. Era tarde demais.

— Will... precisamos...

— Estamos existindo dentro de um defeito topológico no campo Meyer-Joyce. Tempo, causalidade... tudo parou de funcionar.

Em choque, Jack percebeu que seu irmão estava prestes a chorar.

— O campo M-J foi rompido, Jack. Ferido. Estado zero. Parilisia completa e... irrestrita.

— Will...

— Eu fui alertado. — Will estava fora do ar novamente. — Eu sabia. Nós sabíamos. Alertei Paul, mas ele não me ouviu. Ele não ouvia. Podia ter sido evitado, mas agora...

— Isso aconteceu uma vez antes. Não acho que seja permanente. Quando isso terminar, aqueles homens com máscaras engraçadas vão vir, me matar e sequestrar você. — Em seguida: — Por que querem sequestrar você?

Will não ouvia.

— Não é o fim — disse ele, assentindo. — Apenas um lapso. — Meneou a cabeça ainda mais ferozmente. — Tudo bem. Vamos. Temos de ir.

Tudo tremeluziu, incerto: vibrando, ficando visível e invisível, esvanecendo, parando.

Jack puxou o irmão.

— Corre.

Uma torrente de tiros aniquilou o console, rompendo os espaços onde os irmãos estavam, perfurando toda a cerâmica branca e cara. As paredes de fumaça terminaram seu rodopio, derramando-se igualmente sobre atiradores e alvos, focos de incêndio surgindo e sibilando em meio à névoa.

— Perdemos visual! — gritou alguém.

— Aqui embaixo! — gritou Will. — Embaixo da máquina. Recesso de manutenção.

— Formem pares — o líder falou alongando as sílabas. — Poupem o cientista, depois levem os corpos para a biblioteca.

A visibilidade era inferior a um metro e meio. Jack manteve a mão no ombro de Will, abrindo caminho na escuridão. Will levou-os pela lateral do corredor, enquanto Jack mantinha os olhos nos lasers verdes que sondavam.

— Tem algo bem errado aqui, Will.

— Sua ideia não tem um começo?

— Esses brutamontes são mercenários de carreira. Não tenho a mínima ideia de por que estão vestidos para fazer pressão, mas pode apostar que tem um motivo. É o oposto da camuflagem. Eles querem ser vistos.

Will pisou no vidro estilhaçado e quatro feixes voaram na direção deles. Jack jogou-se sobre Will quando três rajadas passaram cantando perto de seu pescoço, quentes.

— Embaixo da rampa! Estão embaixo da rampa!

Jack abaixou-se dentro do círculo de manutenção. Will cambaleou, Jack seguiu, suas botas desaparecendo na lateral quando um par de lasers caçadores varreu o espaço que tinham acabado de ocupar.

Jack bateu no chão gradeado com o ombro esquerdo. A fumaça estava mais fina embaixo da máquina, o recesso curvo justo com o núcleo da máquina, suspenso bem acima deles. Vozes gritaram sua localização: Jack e Will não tinham como escapar.

O líder do pelotão, aquele com o sotaque arrastado sulista, estava dando ordens.

— Irene, mande um rádio para Actual. Fale que terão a nave no ar em cinco. Voss, Rodriguez, vão para o telhado desta sala. Os outros vigiem este andar.

Uma voz lá de cima berrou:

— Senhor, dois alvos estão…

— Embaixo da engenhoca, eu sei. Então? Vá em frente. Vá pegá-los. Oi, camaradas?

— Ele está falando com a gente? — sussurrou Will.

Jack sinalizou para ele ficar quieto para ouvir.

Ele escutou algo. Ouviu de novo. Outra vez: *ping*.

— Vamos, saiam daí.

Duas latas rolaram sobre a borda do recesso, estalaram na grade, deixando um rastro laranja. Gás.

Jack pegou a primeira, mas quando ele a tocou já estava nos olhos e na garganta. Jogou a primeira para cima, cego. Foi quando apareceu a mão na lateral, segurando uma Glock. O atirador acenou ao redor, disparando. Quando terminou, Jack estava curvado em posição fetal, engasgando, as mãos apertadas contra os olhos enquanto a nuvem da segunda lata corria ao redor da curva.

— Rapazes?

Mãos em seu braço, puxando forte. Jack deixou-se desenrolar e se ergueu.

— Ele está carregando — rouquejou Jack, e ele bateu Will na parede quando treze tiros cegos voaram e zuniram em uma tecnologia que valia dez milhões de dólares.

O atirador começou a tossir.

— Ah, que merda, essa coisa dá um barato, não dá?

— Chefe? Temos de capturar o dr. Joyce vivo.

— Eu sei, eu sei, só estava me divertindo. Eles estão bem. Vá pegá-los.

O rosto de Will encheu a visão de Jack: estava usando os óculos protetores que Jack havia descartado.

— Por aqui! — disse ele, mesmo com a voz bem rouca.

As botas bateram no metal quando dois guardas desceram ao recesso, o impacto reverberando, lasers ligados passando no alto. Um soldado seguiu para a esquerda ao redor do círculo, o outro para a direita. Cerco.

Will abriu com tudo uma escotilha de tamanho decente — não precisavam passar de lado como caranguejo —, puxando Jack atrás dele.

— Está escuro aqui? — O nariz e a garganta de Jack queimavam. Não conseguia sequer abrir os olhos, inundados por lágrimas cáusticas com mais velocidade do que ele conseguia limpar. — Parece realmente escuro aqui.

— Os técnicos costumam usar lanternas de cabeça aqui. Estamos dentro da máquina. A verdadeira máquina. O prédio inteiro é feito para manter e fazer funcionar o núcleo e a Passarela, tornando a viagem no tempo o mais segura e precisa possível.

Jack pigarreou e cuspiu. As paredes eram de metal rebitado, às vezes havia emaranhados de cabos, equipamentos quentes, ainda funcionando. Estava dez graus mais quente ali do que no laboratório.

— Pensei que quanto menor, melhor.

— O Grande Colisor de Hádrons tem uma circunferência de vinte e sete quilômetros — respondeu Will. — Uma vida inteira de estudos e sacrifícios me permitiu controlar as leis de tempo e causalidade dentro de um espaço menor que o apartamento do Seinfeld. Então eu, e as maiores mentes que já viveram, gostaríamos que você guardasse suas observações para si.

Apesar das circunstâncias perigosas, era bom ouvir Will de volta à forma. Jack tossia o tempo todo; tudo o que conseguia sentir era o gosto de sal, meleca de nariz e ácido.

— Viagem no tempo é uma coisa; o que é mais difícil de acreditar é que você saiba quem é Seinfeld.

— Você não mudou mesmo. Consegue vislumbrar o quanto esses eventos são sérios?

— Will — disse Jack, arfando. — A leveza é uma estratégia adotada por muitos para lidar com a crise.

— Você sempre foi assim.

— Você sempre foi uma crise.

— Isso não é verdade, mesmo.

Como se para rebater, lasers verdes pousaram sobre os ombros de Jack.

Will empurrou-o para o chão quando duas silhuetas soltaram uma série de três rajadas de sondagem. Estalos de disparos reverberaram pelo estreito corredor.

— Eu nunca atirei em você — disse Will, cara a cara. — Precisava de sua atenção.

— Temos de sair deste túnel.

Luzes táticas acenderam sobre as armas de assalto dos soldados. Estavam se aproximando. Jack ergueu a mão, puxou a pistola de detrás das calças de Will, rolou e disparou. Nada aconteceu.

— O que foi aquilo? — Os soldados agacharam.

Jack empurrou a trava de segurança e disparou de novo.

Seu pulso não aguentou os coices, tiros indo para todo lado. Delineados e vulneráveis contra a luz da entrada, os soldados recuaram aos tropeços para o círculo de manutenção. Will agarrou Jack pelo colarinho e o puxou para cima. Quando os soldados dispararam pelo corredor, Will e Jack já haviam saído pela esquerda.

Jack apertou Will contra a parede morna e o puxou até ele se ajoelhar. Com a pistola apoiada, ele mirou na esquina o melhor que pôde e esperou.

Os guardas não foram atrás deles.

— Preciso de uma enfermaria para lavar os olhos — crocitou Jack. — Ou de uma cafeteria.

— Café...?

— Leite, Will. Algo alcalino. Para os olhos. — Ele se levantou, tentou enfocar o túnel. Era como olhar para uma luz quente.

— Vem comigo. — Will afastou-se, em seguida parou. — Isso já aconteceu antes — murmurou ele.

Jack assoou o nariz com força, jogando algo nojento no chão.

— Will, temos de ir.

— Lá atrás, você disse: "Isso já aconteceu antes". O lapso. Como você poderia saber disso? Se o tempo parou e recomeçou, teria aparecido para você como para mim: sem ruptura. A menos que...

— O mundo congelou, mas eu não. Então, eu peguei em você e...

Os olhos de Will estavam espreitando de novo, sem ver Jack.

— A proximidade com a pulsação alterou sua relação com o campo de cronum. Minha reanimação precisa... deve ter havido transferência de cronum de você para mim. Significa que uma pessoa não afetada pode agir como uma espécie de bateria de causalidade, mais ou menos assim. Carregável, sim, por alguém que for uma fonte de causalidade, mesmo num estado em que a causalidade tenha deixado de se autogerar.

— Will! O que é...?

— Deu ruim no tempo! Entendeu? Causalidade, o fluxo do tempo, de causa e efeito, é um lago. O lago contém um ecossistema. Vivemos nesse ecossistema. O lago em si é mantido por uma barragem. Essa barragem está vazando agora, graças a você e ao Paul, que ativaram aquela máquina. Agora as rupturas vão ficar cada vez mais largas e então...

— A barragem quebra.

— Sem mais causalidade... paralisia. Um agora para sempre. Um momento presente eternamente congelado. A Monarch sabia que isso aconteceria. Contava com isso, acho. A máquina foi calibrada incorretamente. A Monarch bloqueou meu argumento contra a ativação em cada passo, recusou minhas provas. Queriam que isso acontecesse, Jack.

— Por quê? Se o mundo entrar em colapso, vai levar todos nós, inclusive a Monarch.

— Tenho um contato dentro da empresa. Horatio. Uma pessoa bem legal. Gordinho bem-arrumado, bigode ridículo, você conhece o tipo...

— Will.

— Ele me disse que a Monarch estava incubando algo, uma iniciativa diretamente relacionada ao trabalho no laboratório do tempo na universidade. Protocolo Salva-Vidas. Pouca gente sabe sobre ele. Ninguém, tirando o diretor-presidente Martin Hatch, um punhado de especialistas dentro da empresa, um subcontratante sem nome, um único lobista em Washington e um recrutador solitário na Europa.

Então, veio o estalo.

— Esses caras de máscara são da Monarch.

— A Monarch não precisa roubar a máquina, Jack. Eles são os donos.

— Eu disse que tinha algo esquisito aqui. — Jack pegou no braço de Will. Tentou fitar os olhos dele, mas estava tão escuro ali que podia muito bem estar encarando o umbigo do irmão.

— Onde está seu carro?

— No estacionamento, claro.

— E onde fica o estacionamento? — Como nos velhos tempos.

— Pouco menos de cem metros nos fundos deste prédio.

— Tudo bem, vamos...

Um padrão de ruído de alta frequência penetrou no túnel, vindo de fora do prédio. Começou como uma série de três batidas triplas e, em seguida, transformou-se em aplauso.

O pânico entrecortou a voz de Will.

— São tiros? Lá de fora?

Jack passou por Will, tateando a parede.

— Estão atirando no campus? — A voz de Will estava ficando mais alta.

— Quem está atirando?

— É um anúncio. Querem que as pessoas saibam que as coisas estão ruindo.

A respiração de Will estava mais ofegante que a de Jack, prestes a hiperventilar. Jack correu a mão livre pela 9mm, verificando que a trava de segurança estava aberta.

— Menos de cem metros do estacionamento, certo?

— Certo.

Na condição atual de Jack, um Will debatendo-se ou inconsciente seria mais do que ele poderia aguentar. Uma vida inteira com o irmão oferecera várias maneiras de controlar as merdas que Will fazia.

— Ei, Will, qual é a capital de Nebraska? — perguntou Jack, tateando as paredes de aço morno. Uma luz adiante.

— Lincoln.

— Ei, Will, qual é a temperatura de Mercúrio? — Tudo bem, aquela era uma porta logo à frente.

— Não é minha área. Sei o que você está fazendo. Cerca de duzentos e sessenta graus Celsius em média. — A respiração de Will estava se acalmando.

— Ei, Will, qual é a palavra grande para alguém que usa muitas palavras grandes?

— *Sesquipedalianist*. — Ele nem parou para respirar no meio dessa palavra.

O corredor terminou.

— Ei, Will, aonde essa porta vai levar?

— Era a sala do servidor, no quinto andar — disse Will, respirando fundo. — Estamos embaixo do laboratório do tempo. O corredor depois dele tem um elevador a aproximadamente quarenta e cinco metros à direita. Ele vai nos levar até o térreo.

O elevador era perigoso. Se alguém estivesse observando os carros, eles perceberiam o elevador se movendo. As portas poderiam abrir e eles enfrentariam meia dúzia de armas. Mas com Jack meio cego e incapaz de identificar qualquer coisa a mais de dez metros de distância, as escadas seriam mais seguras?

— Will, vou precisar que você mantenha os olhos abertos. Me diga tudo que enxergar. Baixinho.

Eles saíram determinados do túnel para uma sala fria, escura, zumbindo baixinho.

— Ninguém aqui — sussurrou Will. Eram apenas eles e as estantes sequenciais de servidores verticais grandalhões: azul-escuros salpicados de milhares de LEDs amarelos e verdes. Havia apenas uma porta, manual, de aparência comum, e se abria ao lado deles.

— Ei, Will?

— Fala, Jack.

— Quando Paul atravessou, dei uma olhada no visor. Ele dizia "erro de destino". O que significa?

Will pensou um pouco.

— Ai, caramba.

— Pode elaborar?

— Como Paul não apareceu antes na sua própria partida, ele deve ter viajado para a frente. Na minha opinião, o erro indica que ele viajou para um ponto em que a data se torna redundante. Provavelmente Paul enviou a si mesmo à frente para testemunhar o colapso inevitável do campo Meyer-Joyce.

— O fim do tempo?

— Quando Paul emergir da máquina, estará pisando em um momento que se autodivide infinitamente. Vai congelar e não haverá volta. Creio que ele se foi, Jack. Sinto muito.

— Talvez... talvez eu possa usar a máquina e buscá-lo.

— Vamos sair daqui vivos primeiro. Se Paul estiver no fim do tempo, ele não vai a lugar nenhum.

Jack espreitou a porta, não conseguiu ouvir nada, e Will arriscou abri-la com calma. Os sons de guerra lá fora, ainda abafados, ficaram mais altos.

— Não vejo nada — disse Will.

O corredor estava escuro, iluminado apenas pelos sinais de saída e por uma luz que atravessava uma janela na parede no fim do corredor.

— O que é aquilo? — perguntou Jack.

— Uma parede de vidro que dá para o campus. Normalmente é bem bonito. — Os estouros lá de fora haviam rareado. — Mas não sei se quero dar uma olhada agora.

— Posso... poderia ir em frente e puxá-lo de volta? Como eu fiz com você? Funcionaria?

— Você está falando de hipóteses.

Baixas frequências de som lá de fora não atravessavam a concha externa de vidro e as paredes de tijolos. Frequências mais altas se davam melhor: estalos. Gritos.

Se Paul realmente estava morto, não parecia real. Ele precisava levar Will para um lugar seguro antes que começasse a parecer real e ele desmontasse.

— Alguém... — Respiração. — É provável que alguém estivesse trabalhando até tarde neste andar?

— Não.

— Tudo bem. Vamos. Em silêncio.

Dando um passo por vez, com uma arma na mão e outra mão no ombro de Will, Jack avançou na direção da luz no final do corredor. Então tossiu algo aquoso e amargo pela trigésima vez, incapaz de contê-lo.

— Ei — rouquejou ele. — O que é aquilo? — Jack apontou na direção de um quadrado escuro do tamanho de um homem contra a parede com um lado iluminado.

— Máquina de venda automática — respondeu Will.

Jack balbuciou de novo.

— Ela... — Tossiu. — Ela vende...?

— Não!

Não houve explicação para o que aconteceu em seguida: Will lançou-se para trás de Jack. Jack tropeçou, e em seguida tiros ressoaram, vindos do fim do corredor. O atirador esquivou-se na entrada do corredor, enquanto os irmãos se abrigaram atrás da máquina. O peito de Jack apertou-se. A máquina de vendas não seguraria os tiros.

— Will. Abaixa. Fique encolhido. Quando eu...

O atirador saiu de novo, disparando quatro tiros. Três passaram longe, batendo em um mural de cortiça, soltando nuvens de partículas. Um atingiu a máquina, abriu um buraco no acrílico, explodiu três latas de refrigerante e saiu meio metro acima da cabeça de Will. Jack reagiu saindo de detrás da máquina e dando três tiros cegos. O atirador reagiu, e Jack bateu de novo contra a parede, a pressão do ar pulsando a cada projétil que passava. A melhor chance de Jack consistia em sua pistola talvez ainda ter quatro tiros sobrando. Talvez.

— Ei! — gritou ele. — Tem outra maneira de fazermos isso?

O atirador abriu fogo; Jack abaixou-se e atirou duas vezes. O tiroteio parou — nada além de ouvidos zumbindo.

— Você... — disse Will. — Você?

— Ei — disse Jack. Ele se levantou, mirando naquilo que tinha certeza de que era o lugar certo: pouco à esquerda da entrada aberta estava o elevador. — Ei, cara. Você está bem?

O atirador apareceu, atirou. Por reflexo, Jack protegeu o rosto e atirou duas vezes antes de a pistola estalar vazia.

Os dois haviam encerrado.

O atirador ficou lá, uma silhueta um pouco mais escura que a sombra na qual estava. A arma do atirador bateu no chão. O brilho do olhar apagou-se, voltou em seguida, e ele cambaleou para trás contra a parede. A gravidade fez o resto.

— Ei — Jack disse, avançando até o homem. O atirador deslizou até se sentar, desesperado, como alguém recebendo más notícias. — Ei, irmão. Você está...? — Estava escuro, e Jack estava meio cego, mas a verdade da situação era clara.

Will disse:

— Minha nossa.

— Will — pediu Jack —, por que ele não está usando preto como os outros? Onde está a máscara?

A voz de Will era relutante, profundamente triste.

— Ah, Jack... Acho que não tem mais volta.

O atirador estava usando uma camisa bege abotoada. Jack conseguiu identificar. Havia uma insígnia na manga curta.

— Espere aqui — disse o irmão. Jack ouviu algo bater pesadamente no fundo da máquina automática de venda. Um lacre rompeu-se, e ele sentiu a mão de Will pousar na sua testa. — Água. Abra os olhos. — Will inclinou com suavidade a cabeça do irmão para trás. A frieza espalhou-se pelo rosto queimando. — Dói?

Jack permaneceu calado.

A visão melhorou. Os detalhes ficaram mais claros; os cantos, mais nítidos. O homem morto entrou no foco. Jack suspirou fundo.

Em voz baixa, Will disse:

— Ele estava atirando na gente, Jack.

— Ele só estava confuso — afirmou Jack. — Provavelmente se escondendo.

A insígnia na manga do homem pertencia a Monarch Protective Services. Não a Monarch Security. Não era um soldado. Apenas um guarda contratado. Apenas um cara com um Xbox e um carro de merda e uma pizza comida pela metade na geladeira.

— Eu o vi lá fora. Ele me conhecia. Da escola.

Se Jack não tivesse se separado de Will e de Riverport seis anos antes, teria precisado de um emprego tanto quanto esse cara e vestido o mesmo uniforme.

5

Jack retirou a arma e os dois pentes de munição do cinto do homem. Então se levantou, atravessou a porta, passou pelos elevadores e olhou pela parede envidraçada. Will foi atrás.

As ondulações geodésicas da cúpula de vidro laminado do Prédio de Física Quântica, iluminadas por dentro, clareavam os terrenos ao redor. Jack conseguiu ver as tropas mascaradas de "Paz" pela extensão da Alameda dos Fundadores. No fim do caminho, a silhueta desmantelada do acampamento de protesto. Lá também havia homens com máscaras idiotas, trabalhando, procurando, carregando formas amolecidas em duplas. Às vezes, alguns tiros.

— Que porra é essa? — Jack se virou para o irmão, revelando uma expressão acusatória. — Paul me disse que a Monarch Innovations estava financiando a pesquisa. Por que atacar o prédio? Os manifestantes? Onde estão os policiais? A mídia?

Will esforçou-se para encontrar palavras. O elevador pronunciou-se primeiro.

Pim.

Soldados com cara de *smile* invadiram o corredor com precisão treinada — implacáveis, insensíveis; os primeiros três ficaram de joelhos para que os três de trás pudessem também mirar.

PAZ.

Era o que parecia para Jack, encontrar a morte. As cores eram mais brilhantes, os cheiros mais fortes, o tempo diminuiu, cada momento, uma epopeia. Algum palhaço havia postado uma tirinha de *The Far Side,* do Gary Larson, no mural de cortiça; o metal erguido ao redor de um buraco na máquina automática brilhava como cromo. Um momento de dez anos antes retornou claro como o dia: ele pagou uma cerveja para o homem que havia matado.

Dez anos. Tavern. Jack terminara o turno da noite como entregador de pizzas. Encontrou-se com Paul no fundo do bar, um local que cheirava ao mesmo tempo a microprodução de cervejas com lúpulo extra e eflúvios cáusticos do banheiro masculino. Ele e Paul tomaram umas cervejas, e esse cara apareceu e contou para eles um segredo: o Tavern foi batizado assim por conta do amor que o dono tem por Dungeons & Dragons. Jack pagou uma rodada. Eles beberam talvez por mais meia hora e outra rodada, e cada um seguiu seu caminho.

Ele se lembrou do momento, mas não conseguia se lembrar do nome do cara.

Jack voltou a atenção para o presente.

Atrás das máscaras, cada um daqueles homens com armas francesas ainda era humano. Nenhum deles questionava o que estavam prestes a fazer. Sua armadura parecia tão pesada, limpa e importante. Dedos envoltos com luvas de Kevlar apertaram os gatilhos.

Jack disse:

— Pare.

Eles pararam.

Jack abriu os olhos, os dedos abertos na ponta do braço estendido. Além dos dedos, os homens, congelados no meio de uma ação. Ao redor dos homens cintilava uma cúpula, como água. Como o campo de distorção que havia envolvido a máquina do tempo.

— É estranho que eu esteja me acostumando com milagres?

Will deu um passo cuidadoso adiante e arriscou dar uma olhada mais de perto.

— Você sabe o que fez? Você *deformou* um bolsão bem localizado do campo Meyer-Joyce. — Will estendeu a mão na direção da bolha brilhante.

— Não toque! E se estourar?

Will parou.

— Temos de replicar isso. Pode fazer de novo?

— Não se esses caras *acordarem*, não mesmo. Temos de... — A bolha começou a tremeluzir, piscar. — Está estourando.

Jack virou-se, deu três tiros na janela. Will gritou, e Jack chutou o vidro do caixilho, que estalou e deslizou sobre a cúpula externa.

— Pela janela.

Will hesitou. Jack agarrou Will, enfiou a mão na bolha — ela não se rompeu — e puxou algo do cinto mais próximo.

— *Vai!* — Ele empurrou Will pela janela. Will se segurou no caixilho. Atrás dele, o minilapso falhou.

Jack deu uma ombrada para Will atravessar a janela, em seguida caiu atrás dele, atabalhoado, seguido por um fluxo de balas reanimadas. Caiu um metro e meio e bateu no vidro laminado, com força, e em seguida a granada no cinto do soldado explodiu.

Gritos irromperam de dentro do prédio.

Will estava diante do irmão, aterrorizado.

— Você está bem?

— Feliz porque o vidro não quebrou.

— É reforçado. Como vamos descer daqui? Eles vão nos matar.

A cúpula tinha um desenho ondulado que diminuía do outro lado na direção do chão. A noventa metros embaixo de seus pés estava o chão duro e polido do átrio. Dois painéis de vidro — reforçados ou não — entre eles e cerca de dois segundos de terror.

Will estava atônito, encarando o chão lá embaixo com uma expressão de horror completo.

— Will? Ei, Will. — Enfiando a arma no cós da calça por trás, Jack sacudiu Will pelo ombro. Will reagiu com violência, pernas abertas, esforçando-se para se equilibrar. — Will! Estamos bem. Vamos atravessar isso aqui até o outro lado, entrar no carro e dar o fora. Fácil.

Era claro que Will não estava convencido.

— Vamos, vai ser divertido.

— Divertido? Ah, é sua estratégia de enfrentamento se manifestando de novo. Entendo.

— Eu vou primeiro, você me segue. — Jack andou seis metros até a próxima placa de vidro segmentada, mantida pela rede geométrica intrincada de colunas de aço. Ele pulou algumas vezes. — Totalmente seguro.

— Por favor, não faça isso. — Will respirou fundo e o seguiu.

O antigo prédio de física — aquela relíquia de tijolos vermelhos de uma era passada — ficava em grande parte cercado pela concha cristalina do complexo de Física Quântica da Monarch Innovations. Apenas seus andares superiores novos ficavam acima da cúpula de vidro, os andares que continham o laboratório e a máquina do tempo da Monarch. Foi do andar térreo desse prédio que o agente sênior Randall Gibson emergiu para dentro do saguão abobadado do complexo de Física Quântica. Em seu fone estava o subcomandante, Donny, agora a cargo do pelotão que Gibson deixara no laboratório do tempo.

O fone de Gibson apitou — uma chamada da Torre.

— Actual para C-1, ativar os equipamentos de resgate.

Embaixo da armadura, a equipe de Gibson usava exoesqueletos delicados de fios e conexões, ligados a uma bateria de cronum portátil nas costas. Ao bater simultaneamente nas pequenas placas cromadas presas aos quadris, Gibson acionou a bateria. Sua pele formigou forte pelas linhas da fiação.

— Donny, está na escuta?

Donny era um bom rapaz. Gibson trabalhara com ele por anos: fácil de lidar, mais feliz quando recebia ordens, confiável em batalha.

— Sim, chefe. Estamos vivos.

Para isso que eram treinados. Cronum-1 podia agora se mover livremente. Interrupções no fluxo da causalidade não os afetariam.

— Actual, C-1 está cronum-ativo.

— Chefe, fique de olho. Relatório: tiroteio no quinto, e pelotão Ceifador derrubado. Cinquenta por cento de baixa. Parece um acidente com granada.

— Porra, está falando sério, Don?

Cronum-1 era o único pelotão no local autorizado a usar equipamentos. O pelotão Ceifador era cheio de soldados comuns. Nada especial, mas as baixas significavam deixar DNA, fibras... provas. Ah, a Monarch tinha os melhores faxineiros do mercado.

— Infelizmente sim, senhor.

— Você está no comando, Don. Estou supervisionando desinfecção do Guardião. Me informe se precisar de mim.

O pelotão Guardião estava esperando no átrio. Sem equipamentos, sem qualificações. Não era como Gibson imaginava sua primeira operação cronum ao vivo: cuidando de uma gangue de idiotas mascarados. Vai se foder, cara. E com areia.

O comandante do pelotão Guardião — um jovem oficial sênior, espingarda trespassada sobre o peito — bateu continência quando passou, como se ainda estivesse na Unidade Tática. Nem tirou a máscara para fazê-lo.

Cuzão.

A luz da superestrutura de cúpula dupla estava lançando sombras malucas que faziam doer os olhos de Gibson.

— Chefe — Donny piou pelo fone. — Atenção: os dois fujões do laboratório do tempo não estão entre os corpos.

Ideia estúpida para um prédio, pensou Gibson, observando tudo: o espaço de um campo de futebol americano entre onde estava e o outro lado da redoma. Prateleiras de Segways espalhadas para que os civis pudessem chegar até as escadas. Uma merda ineficiente.

— Faça o que fazemos, Don. Trave tudo. Eles vão ficar lá...

Os olhos passaram pela curvatura geométrica acima dele, a estrutura em rede interna e externa cruzando-se para formar mais padrões.

Gibson parou onde estava e olhou para cima. *Bem*, pensou Randall Gibson. *Já é alguma coisa, não é?*

— Don? — disse ele. — Olhe pela janela.

— Ei, Randall — disse o comandante do Guardião, de olho no horário. — Está pronto?

Gibson manteve os olhos no teto.

— Claro, claro. Olha, vou pegar emprestado essa bolsa de granada que seus rapazes estão usando.

Donny pirou.

— Que merda, chefe. Estou vendo o que acho que estou vendo?

— Espere vinte segundos, Don. *Depois* me diga o que você está vendo.

Jack e Will haviam percorrido dez painéis — talvez uns trinta metros — e estavam fazendo em bom tempo.

— Viu? Tranquilo. Quase na metade do caminho e sem acidentes. — Não houve resposta de Will, então Jack olhou para trás. — Will?

Will estava onde eles começaram.

Com olhos apertados, congelado no lugar, Will gaguejou:

— N-não consigo me mexer, Jack. Eu... — Ele olhou para baixo. — Ai, Deus.

— Will, olhe para mim, está bem? Para a frente. Passos lentos e firmes.

— Eu… — Will não conseguiu terminar a frase. Estava olhando para baixo, fixado no vidro aos seus pés, a queda além dele.

— Will?

A cabeça ergueu-se de uma vez, a respiração raspou na garganta e, de repente, Will estava correndo para cima dele.

— Opa — murmurou Gibson, ajustando o cano do lançador de granadas pela parte de baixo da cúpula. — Achamos um coelho.

Granadas de quarenta milímetros têm um raio de alcance de quase quarenta metros, então todos do pelotão Guardião agacharam-se atrás do balcão de informações. Gibson posicionou-se o mais longe do alvo possível, atirando em um ângulo. A mamãe Gibson não criara um idiota.

Gibson suspirou e puxou o gatilho. A M32 disparou com um *tunc* satisfatório.

Will correu direto para Jack.

— Will! Que legal! Rel…

Três painéis de vidro nove metros atrás do irmão embranqueceram quando a superestrutura inteira se estilhaçou embaixo deles. Jack caiu de bunda, a arma batendo com tudo no cóccix, tornozelo e canela acabados com a dor lancinante; Will despregou-se totalmente da superfície, os braços rodando, e ele bateu com tudo no vidro. Jack conseguiu ouvir o irmão gritar: *Que foi aquilo, porra?*

Ele não conseguia ouvir nada.

Will estava hiperventilando, cambaleando para ficar em pé, mas tinha algo errado. Os pés não suportavam seu peso. Os pés e as pernas de Jack eram um caos de dor excruciante. Os ossos queimavam. De barriga para baixo como estava, esmagado contra a cúpula de vidro, viu o que estava acontecendo lá embaixo: um pelotão de *smiles* se encobrindo atrás do balcão curvo de informações e um soldado sem máscara com um lançador de granada rotatória de seis tiros, encarando Will com a expressão mais feliz que Jack já vira em um rosto humano.

Cordite fedia e as partículas de vidro quente caíram no átrio. Gibson mexeu os ombros, estalou o pescoço e mirou um segundo tiro.

Gibson gritou o próximo tiro para Donny.

— Veja se consigo tombá-lo do telhado.

— Caramba, chefe. Sabe que eu podia simplesmente atirar neles daqui.

— Não ouse. Ainda tenho cinco tiros aqui.

Fuunk.

Jack esforçou-se para parar em pé, apesar da dor.

— Will, levanta.

Se o corpo de Will estivesse grudado na superfície quando o próximo tiro acertasse, ele poderia estourar seus órgãos.

— *Levanta!*

Will meio que levantou. Com um empurrão desesperado ele despregou o corpo do vidro quando uma parte dos painéis à esquerda foi atingida, mandando-o longe. Jack assistiu ao irmão sacudindo os braços, despencando e deslizando, os dedos arranhando o vidro. Estava perto da curva — ela era suave, mas outro estouro como aquele o mandaria voando sobre a beirada, noventa metros até o gramado da universidade.

Gibson apertou os lábios, insatisfeito.

— Tive uma ideia melhor. — Ele mudou os alvos.

Fuunk.

Jack chegou a meio caminho de Will quando a onda de choque bateu — lançando-o para trás.

Gibson mirou novamente.

Fuunk.

Os dois irmãos gritaram quando a parte do painel atrás de Will que recebeu o primeiro impacto de granada levou o segundo. O vidro grosso e reforçado irrompeu para cima. Os estilhaços da explosão tilintaram delicadamente quando choveram em punhados pesados e irregulares sobre a cúpula.

Zonzo e abatido, Jack esforçou-se para interpretar o mundo ao redor dele com os sentidos que haviam se misturado: ele cheirou a dor, sentiu o brilho, ouviu o medo. O mundo era duas imagens pairando uma sobre a outra. Na cabeça tocava o sinal de discagem telefônica sem parar. Ele se levantou sobre uma lua quente de cristal que pingava bolotas de policarbonato derretido. A atmosfera era acre e venenosa. Os olhos não funcionavam.

Seu irmão estava em pé, de volta ao topo, longe da curva, longe de Jack. Também estava em pé, mas cambaleava — baixo e instável.

Jack disse o nome do irmão. Will pareceu perceber que não estava sozinho naquele lugar e reconheceu o irmão. Estendeu a mão, como uma criança que queria ser erguida da doca para o barco.

O quinto disparo acertou exatamente entre eles. Jack voou para um lado, e Will pendeu na direção do buraco recém-aberto na cúpula.

Gibson soltou um assovio longo e alto quando o corpo se curvou pelo ar da noite e passou pela fissura denteada na cúpula dupla.

— Na mosca, filho!

A velocidade da percepção do tempo de Jack diminuiu. Ele estendeu o braço para Will, por mais inútil que fosse, esperando-o de volta, em segurança, mais do que ele queria qualquer coisa na vida. Suas botas prenderam-se no policarbonato duro, freando o voo para trás, e ele avançou, lançando-se na direção de Will, cruzando o espaço entre eles — de forma impossível — em uma batida de coração.

O mundo parou, Jack correu, e o mundo voltou a andar um momento cedo demais.

A centímetros da mão de Jack, o corpo de Will caiu através do buraco irregular da cúpula. Observando-o cair, todos os pensamentos de Jack tornaram-se um só: não.

O ar ao redor do corpo amolecido do irmão entortou. Inverteu? E estalou.

Jack deslizou, tropeçou, mas manteve o equilíbrio.

Will flutuou para quase oito metros abaixo da cúpula aberta, suspenso dentro de um minilapso criado por Jack.

— Ah... Monarch Actual. Aqui é o agente sênior Gibson no Prédio da Física Quântica.

— Que porra é essa que eu estou vendo, chefe?

— Cale a boca, Don. Está aí, Actual?

— Actual aqui. Que foi, agente sênior?

Gibson olhou a distorção espaço-tempo preenchendo a maior parte do buraco que ele havia estourado através de oito camadas de policarbonato empilhado.

— Actual... ao menos um dos dois fugitivos do laboratório do tempo é cronum-ativo. Originalmente.

— Como?

— Estão vivos. Actual. Teletransportando. Sem equipamento de resgate, sem tecnologia de Atiradores. Alvo manifestou espontaneamente uma deformação no campo M-J de forma intencional. Verifique os vídeos. — Gibson pendurou a M32 no ombro, virou-se para o comandante do pelotão Guardião. — Boa sorte.

E saiu pela porta.

O corpo de Will era um arco, os olhos para as estrelas, a boca aberta em uma exclamação silenciosa. Fragmentos de policarbonato aquecido e fumaça acre estavam suspensos dentro da bolha com ele, um retrato tridimensional congelado em uma esfera de tempo pausado. Havia caído longe do corredor que ligava o quarto andar do antigo prédio de ciências às instalações da administração do outro lado.

Quando o lapso acabasse, Will cairia mais de oitenta metros até o chão do saguão.

Os capangas *smile* lá embaixo estavam atônitos.

Jack saltou através da redoma estilhaçada sem pensar, direto no minilapso. Os pés de Jack bateram no peito de Will, mas ele não cedeu um milímetro.

Jack equilibrou-se ali, sobre a queda, surfando sobre o irmão no ar.

— Não acorde, não acorde, não acorde... — Havia sido uma aposta calculada. Will aguentou.

O esquadrão abriu fogo, Jack desviou, e dezenas de rajadas militares *zu-zu-zu*-niram quando bateram no lapso... e acertaram... deixando o lado de fora da esfera cheio de pontos como espinhas secas.

O esquadrão recarregou as armas.

O momento de brincadeira de Gibson com cinco disparos com granadas de quarenta chamou a atenção de todo mundo. Os pelotões comuns da Monarch fizeram um ótimo trabalho assegurando preventivamente a vizinhança — nada saía ou entrava —, mas agora a conversa em comunicadores encriptados estava ecoando notícias da mídia, que se aproximava por terra e ar. Civis estavam reunindo-se nas principais vias. Fora um movimento ousado iluminar a cúpula daquele jeito, mas ordens eram ordens. A Monarch queria que o Movimento de PAZ impressionasse; podia considerar a missão cumprida.

O fone apitou.

— Sr. Gibson?

Merda.

— Na escuta, sr. Hatch.

— O Guardião me disse que você é o responsável pelo caos que estou testemunhando. É isso mesmo?

— Muito provavelmente, sr.

Gibson estava avançando na direção do último BearCat — um dos dois que a Monarch havia cedido à segurança universitária seis meses antes na preparação para esse ataque. Uma história plausível sobre chaves roubadas de guardas mortos estava pronta para a mídia.

O veículo ainda estava parado no gramado. Quase todas as outras forças da Monarch haviam sido realocadas para controlar a multidão em um perímetro de quatro pontos. Ele deixou o microfone mudo, pôs dois dedos na boca e soltou um assovio agudo. Os dois que ocupavam o BearCat — um na metralhadora, o outro esticando as pernas — acenaram de volta com uma saudação.

— Explique-se.

Microfone ligado.

— Recebi ordens para fazer uma cena. A cena foi feita. — Microfone desligado. — Preciso de carona.

— Você está ciente de que um dos homens que tentou matar é considerado um elemento valioso? Precisamos dele vivo.

O homem na metralhadora desceu quando Gibson subiu no carro.

— O cara magrelo?

— Dr. William Joyce: um pioneiro na teoria de cronum e o criador de muito da tecnologia que você foi treinado para usar. — Hatch confirmou uma coisa em outra frase. — Guardião me disse que, por milagre, os dois alvos permanecem vivos.

— Senhor, considero um milagre que o Guardião esteja relatando tudo isso. — O motor ligou com um baque seco embaixo dos pés, silencioso dentro da cabine. — E estou voltando imediatamente para lhes prestar o benefício da minha sabedoria e experiência.

Faltava um tiro. O BearCat cuspiu poeira e avançou na direção da cúpula.

Jack saltou para o corredor e entrou no lapso. A mão penetrou a nuvem cintilante e envolveu o tornozelo do irmão.

— Eu não tenho ideia do que estou fazendo — admitiu ele.

Jack puxou o braço para trás. Will não se moveu. Como havia feito da primeira vez? O que ele estava sentindo? Pensando? Jack fechou os olhos, puxou gentilmente, e ainda assim Will permaneceu fixo.

— Vamos lá, Will.

Tentou de novo, imaginou Will como uma imagem em preto e branco e Technicolor saindo da mão de Jack e encharcando-o.

Algo quente chocou-se contra o braço de Jack. Um som curto estalou da garganta de Will.

— Aa...!

Um pouco do vidro estilhaçado começou a cair, parou... caiu. A exclamação de Will era um gaguejar errático, às vezes ao contrário. Jack sentiu o cheiro de cordite. A bolha estava se rompendo.

Foda-se o Technicolor. Jack puxou com tudo, e Will deslizou pesadamente para fora da deformação. O lapso rachou e falhou, uma poça brilhante de vidro quente tilintou de volta ao átrio quando centenas de balas perdidas se chocaram rapidamente na cúpula já prejudicada.

Com Jack segurando firme seus pés, Will passou a lacuna, ombros e cabeça batendo no parapeito. Bateu no chão com tudo. Doeu, mas ele estava vivo. Não tinha ideia do que havia acontecido; pelo que ele entendeu, o chão se elevou de repente, Jack se materializou ao seu lado, e agora estava...

— Eu não posso... não posso continuar...

O coração de Jack doía por ele. Na realidade, Will não estava bem... e aquilo era bem real.

Lá embaixo, alguém berrou:

— Dr. Joyce!

Will hesitou.

— Estão falando comigo?

Jack deixou Will chegar à conclusão.

— Dr. Joyce. O senhor está bem?

Jack espreitou por um vão na placa de metal polida que era o principal elemento do batente. Cinco capangas e seu comandante estavam com armas apontadas para o corredor. Não era bom.

— Não — gritou Will de volta. — Seus merdas.

— Senhor, houve um mal-entendido. Temos paramédicos a postos...

— Por que vocês estão aqui? — interrompeu Jack. — A Monarch é dona deste lugar. Dona do laboratório. Da pesquisa. Das pessoas. Por que fazer isso?

— Senhor — disse o comandante. — Jack...

— Vai se foder.

— Temos paramédicos a postos que podem tirá-los desse incidente em minutos.

***

Do último andar do prédio, Don tinha um ponto de observação claro até o saguão. Com um dedo pousado no fone em sua orelha, ele disse:

— Dr. Joyce está à esquerda. O irmão está à direita. Mire certo, trinta centímetros acima da plataforma.

Jack, ainda espreitando pelo vão no parapeito, viu a mira de toda a tropa mudar para o seu lado da barricada.

— Filhos da puta.

Encolhendo-se dentro de um casulo de um único segundo, Jack saltou da cobertura, desceu as escadas aos saltos e bateu no parapeito do quarto andar. Para os olhos de todo mundo embaixo daquela cúpula, Jack havia se teletransportado. De sua nova posição um andar abaixo, ele observou enquanto o tempo se rearranjava e seu lado da placa de aço era perfurado por um fuzilamento cintilante, fazendo Will se encolher. Jack tentou expandir outro momento, chegar ao terceiro andar, mas não conseguiu.

— Will, esses poderes podem ter sido uma fase pela qual eu estava passando.

— Hum... — disse Will. — É possível que você tenha usado muito?

Jack puxou a arma do cós da calça. A última vez que ele a usara queimava como uma marca na lembrança, vergonha tão real que parecia poder acabar com ele. Através do vão no parapeito, da cúpula de vidro, além das árvores da Alameda dos Fundadores, o logotipo da Monarch brilhava sobre a nova torre que dava para a cidade sonolenta e desimportante na qual havia crescido — a cidade onde todos eles haviam crescido.

Na sua mente, viu a cúpula explodir lá em cima. Viu o sorriso no rosto daquele desgraçado enquanto via Will cair para a morte.

Foda-se.

Jack puxou o ferrolho e se levantou, atirando. Três estalos, um disparo fazendo um soldado sozinho girar atrás da cobertura enquanto os outros do pelotão se esquivavam. Uma saraivada de metralhadora semiautomática rasgou a proteção de Jack em pedaços enquanto ele descia as escadas, faíscas seguindo a lateral da escadaria.

O tempo reduziu a velocidade. De volta ao trabalho.

Jack zuniu para o parapeito do terceiro andar, bateu o quadril nele e ricocheteou para o próximo lance de escadas. Estava em pé atrás da cobertura do segundo andar e atirando quando o momento o alcançou. Dessa vez, sua mira estava melhor. O momento dançou com ele, movimento e reações tornando-se previsíveis como minutos e segundos. Ele mirou e atirou diretamente. Três soldados caíram, projéteis batendo nas placas peitorais, perfurando as máscaras amarelas maliciosas.

O restante do pelotão buscou proteção, exceto o comandante. Jack demorou um momento a mais, e o Guardião esvaziou a arma — tão previsível como minutos e segundos.

Mas nem tanto. Canais de ar no peito e no rosto de Jack pulsaram como uma artéria quente e, como reflexo e pânico jogaram-no para trás na escada, um projétil tirou um pedaço do braço esquerdo de Jack. Girando com a força do disparo, Jack despencou até o primeiro andar como um saco de peças sobressalentes.

A pistola deslizou para o lado, caindo no térreo. O Guardião avançou, sem pressa, a máscara amarela sorrindo enquanto ele recarregava. Seu gêmeo de sorriso, o último soldado em pé, circundou o lado direito do balcão de informações com a arma nivelada.

O comandante apontou para o soldado subir as escadas. O soldado subiu, o comandante foi atrás dele, quando o espaço ao redor tremeu e estalou, prendendo os dois e o cano da arma do comandante. O comandante não era um homem pequeno, mas não havia como recuar a escopeta: estava congelada no espaço, como se o cano estivesse engastado no concreto.

Jack desceu as escadas, segurando o braço ferido cujo sangue escorria entre os dedos.

O comandante largou a arma, puxou uma pistola e recuou. Havia visto o suficiente nos últimos minutos para saber que atirar era uma perda de tempo até a bolha estourar. Jack entrou no lapso e pegou para si a escopeta do comandante, que, acuado, tencionou o braço — o rosto sorridente não bastou para disfarçar o pânico por baixo da máscara.

De dentro da bolha, Jack esvaziou o pente nele.

O ex-fuzileiro desapareceu, recuando sobre o balcão de informações em uma nuvem de sangue, acabando a vida com os pés no ar como uma comédia pastelão ruim.

Jack soltou a escopeta, pegou a substituta das mãos estáticas do pelotão. O lapso estourou, e o soldado quase perdeu o equilíbrio quando avançou... em seguida percebeu que sua arma havia desaparecido. Ele entendeu tudo rapidamente: a arma perdida agora estava na mão de seu alvo, e as pernas do comandante estavam estiradas atrás de uma mesa de recepção manchada de sangue.

— Dá o fora.

O soldado recuou, com as mãos erguidas, virou-se e correu.

— Will! Will, você está bem?

Will já estava no terceiro andar.

— Chega, Jack. Suas capacidades não foram testadas ainda. — Will chegou ao saguão, arfando. — Quero ir para casa. Assim que a adrenalina abaixar, pretendo vomitar. — Ainda ofegante. — Seu braço... você está ferido.

— Estou bem. Não é tão ruim quanto parece. — Naquele momento, era pouco mais que um rasgo superficial.

— Sangue demais para um corte tão trivial. Você se curou, e foi rápido. Seu relacionamento com o tempo mudou; disso, não há dúvida. — Will seguiu para a saída à esquerda na direção do estacionamento. — Você não vai se salvar de um trauma de órgãos maciço se alguém machucar você de verdade. Morreu, morreu. Tenha isso em mente.

Will tinha razão sobre a adrenalina: os dentes de Jack estavam rangendo. Pensamentos mais complexos que "ache o carro, vá embora" tropeçavam uns nos outros. Precisavam sair dali. Não podia aguentar aquilo por mais tempo. Não tinha nada mais em mente.

Sem alerta, as portas duplas caíram dos batentes de alumínio, e o balcão de informações explodiu em estilhaços. O ataque não chegou nem perto de atingir os dois irmãos, mas chamou a atenção. Alguém na Alameda dos Fundadores surgiu com uma metralhadora calibre .50 montada no teto de um carro.

— Ei, rapazes! Vocês não estavam indo embora?

Era ele, o cara que liderou o ataque no laboratório do tempo, aquele que os outros chamavam de "chefe". O cara que abriu uma risadinha feliz quando explodiu o teto bem embaixo de Will.

Ele desceu do BearCat, tirou um cigarro do bolso da manga e abriu um Zippo. Protegeu a chama com as mãos. Deu um trago profundo, saudável.

— Jack — disse Will. — Vamos. O carro está lá. Podemos...

— Espere aqui.

Will agarrou o braço de Jack.

— Espere *aqui*. — Jack afastou-se dele.

Will não queria aceitar.

— Não vá lá fora! Podemos resolver tudo isso, mas eu preciso...

— Resolver? Você ouviu os caras atirando lá fora. Quantas pessoas eles mataram? Você viu o que...

— Jack, não foi sua culpa.

A ferocidade na voz surpreendeu Jack.

— *O que* não foi minha culpa?

— O guarda. Seu amigo de escola. Atacar aquele homem não foi...

Mas Jack havia desaparecido. *Blink.*

O cigarro caiu dos lábios de Gibson.

— Eita. Donny? Vai. Vai, vai, vai.

O alvo havia se separado do elemento valioso, cobrindo um terreno como Gibson havia visto apenas em condições controladas. Jack rematerializou-se para fora da porta dupla da cúpula — aquela que Gibson havia metralhado e transformado em arte. Parecia que o garoto tinha mais uma rajada para ele.

Gibson virou a M32, mirando amplamente.

Fuuunk.

Jack saiu, observou a granada deixar um rastro de fumaça de explosivo à direita, na direção da parede da cúpula atrás dele. Então percorreu vinte e poucos metros, talvez mais, depois de a granada detonar. A onda da explosão quase o alcançou em câmera lenta, e depois disso o tempo despertou.

A força agarrou-o por trás, arrastou-o por um tempo e o fez bater com o peito na geometria antibalística do BearCat.

O Joyce mais novo estava de cara na terra, puxando ar. Gibson tirou a pistola do coldre.

— Garoto, quer adivinhar qual é uma das minhas atividades favoritas?

Engasgando, arfando:

— Aquela dança de *O silêncio dos inocentes*? — Ele queria que o tempo se invertesse e estalasse, proteger-se dentro de uma bolha de tempo-fora-do-tempo.

Nada aconteceu.

— Não — disse Gibson. — É isso aqui.

A pistola estalou, o cão bateu, e o joelho esquerdo de Jack explodiu. Jack observou aquilo acontecer de um ponto frio acima do ombro esquerdo, como se estivesse acontecendo na televisão. O alívio durou dois segundos antes de cada nervo e receptor de dor em seu corpo acender, e ele berrar.

— Para começar. — Gibson perguntou-se se seu cigarro ainda estava por perto. — Actual, aqui é Gibson. Alvo neutralizado. Donny, qual é a situação?

— Pegamos o cientista, chefe. Ficou a ponto de se cagar todo quando a última granada estourou. Podia ter nos avisado.

— Leve-o para a biblioteca. O "Cara" quer dar uma palavrinha com ele.

— Entendido.

A mente de Jack estava uma bagunça animal: uma escuridão uivante, confusa, piscando em vermelho. Queria escapar. Queria matar aquele homem. Queria ir para casa. Queria seu irmão. Ele e o irmão, na velha sala de estar. Percebeu que nunca usaria aquela perna de novo.

O fone de Gibson bipou, a frequência alterada remotamente.

— Agente sênior, boa noite.

Gibson conhecia aquela voz: o rosto por trás do rosto da Monarch. O Consultor.

— Gibson na escuta.

Se o Consultor estava na linha, as coisas estavam prestes a alcançar um nível indesejável de complicação.

— O sr. Hatch me disse que você neutralizou o alvo. O que quer dizer?

— Quer dizer que estou prestes a aliviar sua pressão sanguínea.

Com a cabeça movendo-se de um lado para o outro, Jack tentou avaliar o entorno, mas estava tão bom na grama. Will. Ele havia fodido tudo. Por que não ouviu seu irmão? O que foi que Will disse? *Não vá lá fora! Podemos resolver tudo isso...*

Não, antes disso.

— Não faça isso — disse o Consultor para Gibson. — Segure-o aí. Uma equipe de contenção de cronum estará no local em breve.

Gibson não gostou daquilo. Aquele garoto era cronum-ativo. Derrubá-lo, desassistido, exigiu colhões e sorte da parte de Gibson. Ele só conseguiu porque o alvo não tinha ideia do que estava fazendo. Um operador de cronum treinado era mais que capaz de estraçalhar um corpo se lhe dessem meia chance.

Jack foi mais fundo: o que Will disse? *Você se curou, e foi rápido.* Foi isso.

— TEC?

— Cinco minutos.

O tecido encharcado de sangue dos jeans de Jack estava se limpando, a mancha voltando para o buraco na perna, concentrando-se em um ponto, voltando para a carne destruída pouco antes de a cartilagem estilhaçada se autorreunir em uma junta funcional. As pontas do ferimento tremeram, vacilaram e se fecharam sem deixar rastro.

Eu diria que seu relacionamento com o tempo mudou, Will lhe dissera.

O buraco de bala fechou-se sozinho.

Os olhos de Jack piscaram várias vezes.

— Seu nome é Gibson — rouquejou ele.

Jack travou olhar com ele, e Gibson viu um curto futuro com nada além de olhos brilhando e sangue.

— Afirmativo, senhor. — Gibson já estava se movendo, as mãos agarrando o teto do BearCat antes de se lançar com os dois pés na cabine e trancá-la com tudo. O motor ligou, os faróis acenderam e o alvo estava *bem ali:* encarando-o sobre o capô. De volta dos mortos.

Gibson ergueu o dedo do meio para ele e virou o caminhão ao contrário.

6

Sábado, 8 de outubro de 2016.

4h48. Campus da Universidade de Riverport.

Dois agentes da Monarch arrastaram Will, como uma bagagem, para fora das portas à esquerda da Cúpula de Física Quântica.

Jack recuou para a luz fragmentada do saguão, agora vazio. Tentou empurrar-se de volta para as fendas entre os segundos, cobrir a distância em um piscar de olhos. Não aconteceu. Sentia-se amplo, endurecido e pesado, e não conseguia fazer nada além de andar arrastando os pés. Olhou de novo, e Will havia desaparecido.

A adrenalina deixou seu corpo de forma abrupta, e a visão afunilada de seu foco dispersou-se. A realidade de onde estava e de tudo que havia acontecido brotou e o jogou de joelhos. Um lapso grande, assolador, estourou de dentro dele, um chute no peito e nos ombros com tanta força que as costelas latejaram com uma dor lancinante. Haviam pegado seu irmão. Paul se fora. Ele assassinara uma pessoa.

Will havia implorado para irem embora. Jack não o ouvira. Tudo ficou uma merda porque ele fez o que sempre fazia: agir primeiro, pensar depois. Acabava com o assunto, pois ninguém acabaria. Estava tão atrapalhado que precisaria de um propulsor a jato e um mapa apenas para ver a luz do dia.

Haviam pegado Will. Paul se fora.

Havia uma série de desenho animado que ele e Paul amavam quando crianças: *Time Outland*. Zed gostava também. Seis anos antes, eles estavam em um sofá, vendo um episódio antigo por *streaming*. Um personagem apareceu na tela e fez um sinal com a mão que era marca registrada do *Time*: o sinal de tempo nos esportes: "Pense antes de agir!". Eles entoaram isso, pegaram pipoca, beberam cerveja e riram ao perceber como a série havia envelhecido.

Boa lembrança, *timing* bizarro.

Pare. Pense.

Aqueles eram os fatos, como ele os entendia.

Paul inspecionava um projeto de viagem no tempo para a Monarch. Will foi contratado para consultoria, mas foi mantido em grande parte fora do circuito. Não obstante, a máquina foi claramente baseada na pesquisa de Will. Então, a Monarch contratou mercenários ou usou suas tropas, vestidas com equipamento estranho, e as fizeram atacar o *próprio* laboratório. Tinham de "roubar" o núcleo da máquina e matar um monte de gente no processo.

Por quê?

Mataram um monte de gente, mas queriam Will vivo. Por quê? Era valioso para eles. O que provavelmente significava que não haviam terminado o serviço com a máquina.

Mas nada disso teria acontecido se Paul não tivesse ligado a máquina. O ataque foi desencadeado quase imediatamente depois, como se a ativação da máquina tivesse sido um sinal.

Devia haver uma resposta, mas Will era o cara com cérebro.

O envolvimento de Jack fora planejado? E suas habilidades? Eram pretendidas? Paul estava envolvido nisso?

Paul estava vivo, afinal? Se estivesse preso em algum ponto no fim do tempo, poderia ser salvo?

Uma hora antes tudo estava bem. Agora o mundo — o universo, talvez — estava desmoronando.

Will. Precisava afastar Will dessas pessoas. Ele passou o rosto na manga imunda da camisa, balançou a cabeça de novo, piscou, fez o que poderia para banir a sensação matadora de tristeza que ameaçava derrubá-lo e se ergueu.

Will primeiro. Depois, assim que Will estivesse seguro, Jack voltaria. Ele voltaria ao laboratório e iria atrás de Paul. No fim do tempo ou não, ele traria Paul de volta. Ninguém que ele amasse morreria naquela manhã. Ninguém.

Will foi levado à biblioteca, Gibson dissera. A biblioteca ficava próxima ao acampamento dos manifestantes. O acampamento ficava ao lado da entrada da universidade. A entrada ficava no início da Alameda dos Fundadores. Tudo bem. Jack orientou-se. Olhou ao redor. A biblioteca ficava a leste. Fosse lá quem tivesse levado Will para o oeste deve ter ido rumo ao estacionamento.

Um BearCat da segurança da universidade saiu às pressas do estacionamento atrás da cúpula, passando pela avenida mais próxima, ladeada de árvores, seguindo para o leste, direto para a biblioteca.

Jack desejou estar no espaço entre momentos e, enquanto o mundo não olhava, ele correu.

A cidade inteira estava em alerta com o que havia acontecido. Multidões espremiam-se contra as barricadas erguidas pela Monarch a dois quarteirões do campus. Os giroscópios da polícia transformavam rostos ansiosos em *flipbooks*, aqueles livrinhos de movimento, de neon. A mídia estava emitindo declarações pré-acordadas. Pilotos de drones civis relataram que seus brinquedos de repente despencaram assim que se aproximaram dois quilômetros do campus. Blogueiros gritavam enlouquecidamente; telefones e tablets transformaram-se em lixo apagado. Famílias queriam respostas. Pessoas estavam perdidas. Policiais gritavam com as tropas da Monarch. As tropas da Monarch seguiam uma política de não envolvimento total. Um evento ocorreu, a empresa tinha aprovação estatal para conter o evento, então a força local e a comunidade em breve seriam informadas.

A situação facilitou para Jack olhar de relance na direção do lado oeste da biblioteca sem ser visto e entrar. Uma cerca de compensado havia sido erguida ao redor do local. Placas de DEMOLIÇÃO EM CURSO — NÃO ENTRE estavam presas à cerca, por ordem da prefeitura de Riverport e da Monarch Construction. A cada quatro painéis da cerca havia um infográfico de emprego de um metro e vinte por um e cinquenta, atores de capacete com um sorriso de "consegui o meu". A maioria deles trazia pichações nada elogiosas e adesivos anti-Monarch.

Os grasnados e latidos dos megafones da Monarch disseram a Jack que a situação a dois quarteirões de distância estava se intensificando.

Jack subiu no capô de um BearCat abandonado, saltou sobre a cerca e foi até a porta dos fundos. Chegou ao chão com força nas pernas, a cabeça ainda girando, mas os olhos límpidos.

Móveis e enfeites haviam sido arrancados da biblioteca, deixando uma concha e o auditório sem porta. Ele entrou.

Estava escuro no auditório, esvaziado e sombrio. Os degraus da arquibancada já se encontravam sem assentos, e os painéis de carvalho estavam prontos para o depósito de lixo e para a história. Longos tubos moles de quase dois metros de plástico pendiam dos corrimões, enchendo o chão, junto com uma cobertura alta de poeira. Não ter instalações nem energia significava não ter iluminação. Pequenos geradores a gasolina roncavam do fundo do prédio antigo, em algum lugar mais bem iluminado que aqui, julgando pela luz que vazava do corredor.

— *Por favor. Me deixem ir. Eu...!*

— Will? — O terror havia acontecido ali, naquele recinto. Conseguia senti-lo, seu novo sentido vivo diante da agitação e do medo. Ficou gravado no fluxo de cronum na sala de forma tão clara quanto pegadas na neve.

— *Por favor. Me deixem ir. Eu...!*

A atenção de Jack gravitou na direção de um espaço aos pés das arquibancadas, na frente do antigo palanque de carvalho. Seus sentidos o atraíram até aquele ponto, como limalhas de ferro na direção de um ímã.

Will esteve ali. Cada célula dele sabia disso.

Figuras surgiram, não mais substanciais que a luz tênue que vazava para dentro do corredor, vinda do mundo lá fora: Will, rodeado por dois soldados da Monarch.

— *Por favor. Me deixem ir. Eu...!*

Jack observou o soldado à esquerda dar uma cotovelada na barriga de Will, derrubando-o. Em seguida, arrastaram-no na direção do corredor, onde evaporaram nas sombras. Desapareceram.

Um eco posterior... ou um vislumbre do futuro?

Eco. Jack não tinha certeza sobre como sabia, mas confiava naquilo. Tinha tantas perguntas para Will. Precisava saber que porra estava acontecendo com ele.

A entrada devia ser linda um ano antes. Agora a poeira reunia-se nos rodapés moldados, o chão em dois tons cheio de pedaços de material isolante e fiação descartados. A entrada terminava, abria-se para a sala principal da biblioteca, cercada por painéis de vidro jateado. Abajures de chão estavam enfileirados ao redor do espaço cavernoso. Mezaninos cheios de estantes davam para a sala principal, circundados por parapeitos de ferro fundido. A forma longa e ovalada do balcão de informações continuava no lugar, mas a maioria das outras coisas havia sido arrancada. Linhas apertadas de pinos cromados moldavam o piso quadriculado ao redor do balcão de informações: as pegadas de baias de internet desaparecidas.

Jack tentou descobrir um rastro de Will, sentir outra visão, examinando o salão principal.

Estava tão preocupado que só percebeu os dois soldados com máscara de *smile* vigiando uma arcada na parede a norte quando já era tarde demais. Percebeu seu erro assim que eles o avistaram.

Jack não pensou. Deslocou-se para a frente e agarrou a arma do primeiro soldado, sem perceber que estava presa nele. A máscara sorriu para ele e, em seguida, Jack tomou uma pancada no rosto, apesar do esforço. Recuperou-se a tempo de encarar o cano da arma que tentara arrancar.

Jack desapareceu, o soldado atirou, e seu parceiro tombou para o lado, morto — três buracos atravessaram a palavra PAZ.

A consciência do soldado sobrevivente desconectou-se por um momento quando percebeu o que havia feito. Virou a escopeta quando Jack trombou com ele à velocidade da distorção, jogando os dois em uma pilha de estantes de madeira dilapidadas empilhadas em fileiras de sete contra a parede.

O soldado não se moveu, sorrindo sem vontade para o próprio colo. Jack ficou em pé, afastando-se do corpo amolecido do soldado que acabara de usar como air bag.

O norte da sala, onde os dois soldados estavam de vigia, era circular e um pouco destacado da sala principal. Costumava abrigar as estantes de empréstimo, a julgar pela sinalização e pelas marcas retangulares que se abriam no espaço. Jack ouviu geradores estalando de uma pequena sala ao lado, de onde serpenteava um cabeamento.

— Jack?

Estava escuro na câmara de estantes, e a luz do corredor principal iluminava como o crepúsculo aquela sala vazia; superfícies claras, sombras profundas. Will estava lá, quieto e recostado à parede, mãos presas à cintura, e claramente aterrorizado. Jack procurou o soldado, pegou a faca de combate e cortou as amarras.

— Você está bem? Responda depois. Tem um monte de merdas que quero que me explique.

— Jack. Olhe.

Contra a parede curvada, perto do corpo do soldado caído, havia um pé. Com tênis. All Star de cano alto.

— Eles os trouxeram para cá — disse Will. — Alguns dos alunos do acampamento.

O garoto usando All Star estava caído contra a parede, os cabelos saindo de debaixo do capuz no chão, o peito estraçalhado.

Jack saiu, protegeu os olhos do brilho forte das lâmpadas e se moveu pelo perímetro deles. Adiante estava a saída ampla, sem porta. À direita, o corredor pelo qual ele havia entrado. À esquerda, um longo corredor que no passado usavam para estantes e periódicos.

Naquele momento, era um necrotério. Corpos espalhados pelo chão de tabuleiro de xadrez, que não foram mortos ali, mas descartados. Nenhum deles devia ter passado dos vinte anos. Amy, a garota que o interpelou na entrada, estaria ali, pensou Jack. Em algum lugar. Ele ainda estava com seus panfletos no bolso da jaqueta. RESPEITE A EXISTÊNCIA OU ESPERE A RESISTÊNCIA. Ele não aguentava olhar.

— Temos de ir — disse Jack, marchando de volta à luz. — Vamos, Will, precisamos ir.

Dois homens com a silhueta familiar e o rosto redondo da PAZ cercaram Will. Um tinha uma escopeta apontada para Jack; o outro, uma arma na cabeça de Will.

Jack praguejou por sua estupidez. Estavam na sala do gerador.

Precisava ter certeza de que, se fizesse uma jogada naquele momento, poderia deformar o tempo com rapidez o bastante para matar os dois homens em menos tempo do que levaria para puxar um gatilho. Ele não sabia; seus poderes eram intermitentes. Mas precisava fazer alguma coisa.

Então, alguém disse:

— Parem. Apenas... parem.

Jack apertou os olhos contra a luz. A mão amigável pousou no ombro de Will por um breve momento antes de a terceira pessoa avançar: roupas urbanas sem distinção, ombros largos, cabelo quase raspado. Tipo militar.

Aquilo estava errado. Muito errado. Jack foi acometido pelo calafrio nauseante de *déjà-vu*.

A figura entrou na luz.

— Paul?

O amigo de toda a vida de Jack emergiu das sombras com suas feições familiares traçadas com novos detalhes estranhos: linhas de expressão riscavam a testa de Paul, e o cabelo estava grisalho nas têmporas. Sua postura não era mais a de um coordenador de projeto; era o corpo economicamente musculoso de um soldado de carreira.

Paul Serene, o idealista apaixonado, fora substituído por um homem mais velho. A empolgação não vibrava embaixo de sua pele magra, o sorriso fácil havia desaparecido. A forma daquele homem era sua função, e sua função era a imposição de um desejo que reluzia forte e certo por trás dos olhos claros.

Aquilo não podia ser real.

— Desculpe — disse Paul e desapareceu. Uma dor em forma de bala de canhão impactou a lombar de Jack, fazendo-o cair de joelhos. Will, sem pensar na própria segurança, desvencilhou-se e correu para proteger o irmão.

O espaço entortou-se ao redor de Will. Dentro daquela depressão, o tempo inverteu-se e estalou. Um lapso apareceu ao redor dele, imobilizando o irmão de Jack em uma postura de pânico. Jack estava atordoado, de corpo e mente. Paul estava vivo. Ali. Mais velho. E...

Paul olhou para ele.

— Desculpe, Jack. Não gostei dos incidentes de hoje à noite. Mas eram ordens. — Palavras frias expressadas em uma voz carinhosa de um jovem amigo, agora muito mais velho que Jack.

Jack levantou-se. Paul se virou, despreocupado, e caminhou até Will.

Jack não podia aceitar. O que havia acontecido para transformar o idealista que mudaria o mundo que ele conhecera naquilo?

— Era para ser um salto de dois minutos no futuro — disse Paul. — O que recebi foi um passeio até o fim do mundo. O mundo que matei quando ativei a máquina.

— O mundo não parece tão morto, Paul.

Paul encarou Jack, enfiando as mãos nos bolsos do traje. O gesto adolescente tirou ao menos dez anos dele por um instante.

— Quando o fim chegar, anos de horror cada vez maior culminarão em um momento de insanidade perfeito, inimaginável e depois... esse momento nunca vai terminar. Nunca. Esse é o fim do tempo.

Mas encontrei uma saída — disse Paul com gentileza. — Eu sabia que precisava fazer alguma coisa, Jack. Foi o que me manteve vivo lá.

Ele deu um passo na direção do amigo com uma expressão séria.

— Viajei para o passado o máximo que consegui. Para 1999.

— Você me disse que a máquina não consegue levar uma pessoa antes do momento em que ela foi ativada pela primeira vez.

— Eu só disse que encontrei uma saída. Agora, ouça e compreenda: eu queria o máximo de tempo possível para construir algo que nos ajudaria a *desafiar* o fim do mundo, o fim do tempo, *sobreviver a ele.* — Seu rosto iluminou-se nesse momento, obviamente esperando uma reação mais forte de Jack.

— Paul — disse Jack. — É bom ver você. Eu estava preocupado. — Então, de forma incisiva continuou: — Podemos ter essa conversa sem uma escopeta apontada para a cabeça do meu irmão?

Paul escolheu ignorar o pedido.

— Eu vivi dezessete anos desde a última vez que nos vimos, Jack, mas ainda me lembro de como você era. — Paul falou com um sorriso terno, mas sem prazer nenhum no que dizia. — Se você fosse um homem razoável, um homem equilibrado, minhas ações agora seriam muito diferentes. — Paul estendeu a mão enluvada para um dos soldados. Obediente, o soldado desprendeu um *taser* do cinto e deixou nas mãos de Paul. — Não posso assumir riscos, Jack. Desculpe.

Fúria.

O mundo disparou para a frente, levando Jack com ele quando deu uma ombrada no soldado à direita. Com armadura completa, o assassino de rosto amarelo voou sobre a extensão dos gabinetes de arquivo, bateu com tudo na parede e caiu um metro e meio, até o chão.

A pressão do ar pulsou quando Paul se manifestou diante de Jack.

— Pare.

O pé de Jack voou na direção do joelho de Paul e ele se esquivou.

— Deixe a gente ir — chiou Jack. — Seja qual for a merda que aconteceu com você, deixe a gente ir.

— Não posso. Will sabe demais, e agora você é muito perigoso.

Jack ergueu o braço para acertar a cabeça de Paul. Não funcionou.

— Will é valioso demais, e você é meu amigo.

— Deixe a gente *ir*!

Paul desviou de outro murro com uma virada de cabeça.

— Jack.

— O que é a Monarch para você? Por que todos aqueles meninos lá fora... por que eles são... por que você...?

Paul interrompeu aquelas perguntas com um suspiro rápido.

— Agora não é hora. Podemos falar disso mais tarde. — Paul sorriu, um detalhe familiar. Tinha sorrido assim com piadas ruins, com pequenas vitórias e com *Time Outland.*

Déjà-vu.

O ombro de Paul se moveu, e ele deu um soco no rosto de Jack. Os sentidos de Jack contestaram. Nada fazia sentido. Em seguida, tudo virou escuridão.

Pedra fria, molhada e dura contra o rosto. Dor no crânio, como se alguém tivesse pegado uma chave de fenda para uma sutura óssea e girado. Sangue na boca com gosto de terra velha.

Em algum lugar em um canto escondido do salão, Will estava suplicando, frustrado.

— Não podemos deixar isso acontecer!

Lajota preta. Lajota branca. Ergueu o rosto do chão do saguão e sentiu algo escorregadio desagradável onde a bochecha estava pousada. Ele cuspiu sangue e poeira e ergueu a cabeça que zunia.

Jack ainda estava na biblioteca.

Doze metros adiante, Will estava frenético, desesperado para compreender e separar ideias. Paul estava sobre ele sem a intenção de brigar.

— Eu posso parar esse evento! Eu tenho os dados, eu fiz a pesquisa...!

— Sem riscos. Sem...

Paul encolheu-se, de forma abrupta e dolorosa; seus lábios estirados deixavam entrever os dentes brancos. O rosto avermelhou-se, cada tendão do pescoço protuberante, e então... o espasmo passou. Diminuiu. Paul respirou.

Fosse lá o que tivesse acontecido dentro dele, batera com força — a voz rouquejou.

— Sem perigo — disse ele. — Nós dois sabemos o que está por vir, Will. Sabemos muito bem que não pode ser alterado, negociado ou evitado. — Respirou fundo; o peitoral apertado expandindo-se embaixo do uniforme. — Agora, Will, pela última vez, como seu amigo... Venha comigo, ajude-nos a sobreviver ao que está por vir ou isso vai terminar aqui.

Jack ergueu-se. Seu ouvido interno não estava conseguindo distinguir cima de baixo, esquerda de direita. Com a cabeça pesada, observou a sala deslizar de lado. Sentiu a mão de Paul como um peso fraterno no ombro, antes de botá-lo de joelhos.

Will processou aquela informação.

— Você está me ameaçando?

— Você arriscaria o universo deixando um problema sem resolução? Não posso deixá-lo à solta, Will. Venha comigo. Precisamos de sua *expertise*.

— Você está errado. Pode ser consertado. Eu posso consertar.

— William. Você cuidou de mim quando eu tinha oito anos. Por favor, não me faça...

— *Eu posso consertar!*

O silêncio de Paul revelou tudo.

Jack deu um pulo, e dessa vez Paul empurrou-o na terra sem amor ou carinho. O esforço pareceu desencadear algo dentro dele, e Paul gritou. O espaço ao redor de seu corpo estremeceu por um segundo e na sequência estourou em fragmentos — um campo de distorção, brilhante e enlouquecido, circundando-o por um instante. Então, desapareceu.

Paul arfou como um homem com pulmão perfurado.

Jack não tinha ideia do que havia acabado de acontecer. A distorção era semelhante ao efeito que havia emanado da máquina do tempo. Os dois deviam estar conectados.

De repente, Paul pareceu muito velho para Jack, muito frágil.

— Não consigo atirar em você, Will. — Paul deu um suspiro tranquilizador, a espinha se empertigando. — Foram anos para entender o que deve ser feito... — Ele estava se recuperando com rapidez, muito mais rápido do que Jack. — Mas não temos anos para você chegar à mesma conclusão. Temos instantes. — Apertando um dedo no ouvido, Paul entoou. — Monarch Actual. Aqui é seu Consultor. Fogo.

E, em seguida, para Will:

— Nunca quis isso.

Algo passou de Paul para Jack em um relance único de abalar a consciência: um pedido de desculpas e uma esperança fútil de compreensão.

A primeira carga foi detonada, inundando os arquivos com chamas. Parado, indefeso e sozinho, Will entendeu que seu tempo na Terra havia terminado. Paul agarrou Jack, acelerou de um jeito impossível e lançou os dois através das portas da frente abertas.

A última vez que Jack Joyce viu o irmão foi quando a Biblioteca da Universidade de Riverport desmoronou, cujos cantos e colunas explodiram com altos estalos. Emoldurado na entrada vazia de um armazém infértil de conhecimento, o inferno chegou para William Joyce como uma cortina pesada e ruidosa que se abaixou sobre a história de sua vida.

Desapareceu.

Paul deslizou até parar, usando o corpo para proteger Jack da nuvem de poeira e escombros que rolou para fora e pelo pátio.

— Calma — disse ele. — Terminou.

Jack ergueu os braços, livrando-se de Paul, e desferiu um soco direto em seu rosto. Cambaleando, Paul balançou a cabeça e se reconcentrou apenas para se ver encarando o furo preto de sua pistola calibre .45 cromada fosca. Ele estava desarmado. Tão próximo do cano, o nível de vibração da mão de Jack era pronunciado. Paul desviou o olhar do dispensador mortal para encarar o homem que o segurava. A vermelhidão nos olhos lacrimejantes do amigo fizera com que parecessem duas vezes mais azuis.

Jack fungou o catarro, mas não conseguia impedir que as lágrimas rolassem.

— *Por quê?*

A expressão de Paul ficou sombria.

— Não.

Aquela não era uma resposta que Jack poderia aceitar. Ele estendeu a pistola para mais perto do rosto de Paul. Mais perto ainda. Teve de passar a mão sobre os olhos marejados.

— *O que você fez?*

Paul repetiu a palavra várias vezes.

— Não. Não. Não.

E...

O corpo de Paul Serene entrou em combustão, reluzindo; sua forma explodiu em uma geometria ao mesmo tempo impossível e humanoide, espelhada e refletiva. Por trás de tudo, de relance, estava o rosto de Paul, que gritava.

O uivo irrompeu, infiltrou-se e estourou, enchendo-lhe a mente de dúvida e medo. Naquele momento único, Jack sentiu a amplidão e o âmbito impossíveis da Criação — e sua insignificância. Paul soltou o grito em um idioma além dos idiomas, de uma idade mais velha que a de Deus.

E, em seguida, era Paul de novo, e sua expressão era tão desesperada e apavorada quanto a de Will momentos antes. A noite era silenciosa. Paul caiu de joelhos e despencou inconsciente no gramado.

Aquele era o cenário: ao lado da luz do túmulo incandescente do irmão, Jack Joyce estava sobre Paul Serene com uma arma na mão. Naquele momento, Jack estava no papel do carrasco, como Paul momentos antes. Era difícil não sentir o espírito de Will observando, aprovando. A arma na mão de Jack parecia pesada e correta, a um metro e meio da cabeça de Paul.

O mundo havia enlouquecido.

Jack sentiu uma batidinha no ombro. Virou a cabeça. Um rosto familiar sorria para ele, esquivando-se para o lado para olhar melhor.

— Oi — disse ela.

Era aquilo, ele sabia. Isso era a última coisa que ele podia aguentar. Não mais.

O sorriso dela ficou ainda mais belo.

— Zed? — perguntou ele.

Ela deixara a cor natural do cabelo voltar. Ruivo. As tatuagens haviam desaparecido. Mas era Zed. Até o cheiro era dela.

— Oi, Problema — disse ela. — Vejo você de manhã.

Só percebeu que ela apertou algo em seu braço quando ela já havia terminado.

Um chiado, uma picada e a noite terminou.

7

Sábado, 8 de outubro de 2016.

5h01. Riverport, Massachusetts. Dois minutos depois da demolição da biblioteca.

De dentro do BearCat da Universidade de Riverport, Gibson observou as equipes de incêndio chegarem e começarem a jogar água e retardante de chamas no que restava da biblioteca.

— Donny, está aí? Junte os outros. Aquele segundo alvo é cronum-ativo. Vamos à caça.

— Hum, não podemos, chefe. A Prioridade Um de Hatch é vigiar o laboratório. Um helicóptero está chegando para extrair o núcleo da coisa. Já estamos vestindo o uniforme.

Uma voz nova entrou na linha.

— Cronum-1, aqui é Monarch Actual. As ordens vigentes são para silenciar o rádio. Limpar o ar.

— Cronum-1 para Monarch Actual, calma aí. Estamos encriptados.

— Limpe o ar, Gibson. Não vou falar de novo. Mas, como você está na linha, quero que volte à Tower. Imediatamente. Monarch Actual, desligo.

Sábado, 8 de outubro de 2016. 5h23. Monarch Tower.

Gibson tomou o elevador até a cobertura, já de uniforme, com as mãos cruzadas atrás das costas para impedir que socasse a parede. Aquele moleque havia escapado dele. Não podia ser assim. Quatro anos de treinamento forte e trabalho de campo para se qualificar com uma armadura de cronum, desempenho sensacional, melhor da sala, e um idiota sem formação recebeu a dose certa e... Gibson *recuou estrategicamente.*

Correr foi o que ele fez. Do primeiro alvo cronum-ativo que ele encontrou em campo.

Quatro anos esperando uma chance de botar seu material para funcionar e *quem era aquele merdinha para olhá-lo daquele jeito?* Encarou Gibson como se este não fosse o filho da mãe mais cruel em todo o Vale da Morte.

— Vamos pegá-lo, Donny — disse ele para o nada, assentindo. — Destrinchá-lo como um frango.

O elevador apitou e as portas abriram com um chiado.

O escritório do sr. Hatch sempre o deixava perplexo. Chão de mogno polido e uma vista do mundo que fazia qualquer um acreditar em Deus. Paredes de vidro, teto de vidro. Um heliporto logo ao lado. Alguém esperando para levar o sr. Hatch quando e aonde ele quisesse. Anos de boas decisões. O sr. Hatch conhecia a merda toda. Cabeça boa. Visão cristalina. Esperto. Sabia como conduzir os subordinados. Melhor comandante que Gibson já tivera e o desgraçado nunca foi militar.

— Sr. Gibson — disse Hatch, sorrindo. — Obrigado por vir me ver tão logo depois da operação. O senhor precisa de descompressão?

— Não, senhor. Estou energizado, senhor. Presente e atento.

— Excelente. — Hatch apontou para uma das duas poltronas de couro vitorianas posicionadas diante da mesa. — Sente-se.

Gibson sentou-se. Hatch não. Ele não saiu de onde estava, atrás da mesa.

Hatch não disse nada, apenas olhou para Gibson, ainda sorrindo.

Gibson pigarreou. Nada em Hatch mudou.

— Senhor, eu...

— Nos conhecemos em 2003. Em um dos primeiros treinamentos de recrutas da Monarch Security. Seu dossiê chamou minha atenção, e viajei para encontrá-lo pessoalmente em Bagdá.

— Sim, em 3 de abril de 2003, senhor.

O sorriso. Hatch deixou-o no rosto por um instante. Gibson engoliu em seco por reflexo.

— O senhor tem feito coisas por esta empresa de que nunca poderá falar. Está de posse de informações privilegiadas no nível mais elevado. Entende o terror que enfrentamos e é um dos poucos que sabem do relacionamento desta empresa com nosso Consultor. Todas essas coisas que você conquistou. Sua taxa de sucesso é quase perfeita, e você tem o dom extremamente peculiar de inspirar lealdade naqueles sob seu comando. De cento e doze candidatos para o programa Cronum-1, nove conseguiram, e o senhor estava no topo daquela lista. Possui uma psicologia única, sr. Gibson, e um nível de flexibilidade moral que acho incrível. Mas me pergunto se o senhor tem uma imaginação holográfica. — Ainda sorrindo. — É capaz de construir uma imagem tridimensional de um futuro formado por ações que possa escolher no presente?

— Senhor, eu...

— É uma das coisas que nos separa dos animais. A capacidade de esperar gratificação agora para uma provável recompensa maior mais tarde. A capacidade, por exemplo, de escolher *não* guardar um rancor de um total estranho, mas em vez disso seguir ordens e se esforçar para manter vivo um homem essencial para a sobrevivência de nossa espécie. Mas eu o interrompi. Desenvolva seu pensamento.

— Senhor. — Gibson não gostava daquilo. Nunca imaginara que um dia o sr. Hatch pudesse olhá-lo daquele jeito. Agora estava imaginando todo tipo de coisa. Como quem ele poderia ser no fim daquela conversa e, de repente, ele não conseguia fazer um pensamento se conectar ao próximo. Como um idiota desgraçado. — Com todo respeito, sr. Hatch, eu fui designado para supervisionar a limpeza do pelotão Guardião. Deixei Donny...

— Nenhuma mente em todo o mundo compreendeu tão bem a teoria de cronum como o dr. William Joyce. — Hatch saiu da frente da mesa. — Eu lhe dei a missão explícita de mantê-lo vivo. Mantê-lo longe das mãos do nosso Consultor.

— Paul Serene, eu entendo, mas...

— *Este* — enfatizou Hatch — é um exemplo excelente do que estamos falando. Entende por que me refiro ao sr. Serene como "nosso Consultor"? O papel principal de Paul Serene é o de vilão em nossa dramatização iminente. No momento oportuno, o papel da Monarch será de herói salvador. Portanto, Paul Serene ligado à Monarch *destruirá* nossa credibilidade frente aos governos do mundo.

Hatch deu um passo comedido na direção de Gibson.

— Essa *verdade inquestionável* é o pilar mais essencial do Protocolo Salva-Vidas. Tecnologia inaudita deve ser entregue dentro de *pouquíssimo* tempo. Tecnologia exige desenvolvimento. Esse desenvolvimento exigirá financiamento, mão de obra e cooperação intergovernamental irrestrita, e terá de acontecer muito, muito rapidamente. O tempo está realmente acabando, sr. Gibson. A *expertise* do dr. Joyce teria economizado tempo para nós. Mas agora... agora ele está morto.

— Holográfico. Certo. Entendi.

— Vou retirá-lo do comando do Cronum-1, sr. Gibson. A partir de agora, o senhor receberá suas ordens de Donny.

— Senhor...

— Estamos perto do fim e não há espaço para segundas chances. O senhor está recebendo a última chance que lhe darei. Estava prestes a jogá-la na minha cara?

Gibson ficou quieto.

Hatch virou-se para encarar Riverport, girou um fone no ouvido e voltou ao trabalho.

A vida escoltou Randall Gibson até a porta e a fechou.

Paul Serene era um homem que vivia no espaço entre momentos, conhecido por poucos. Em sua vida, que parecia ter sido longa demais, aprendera muitas verdades. Havia construído uma empresa diversa e multinacional em segredo, a partir do esconderijo, usando seus dons e habilidades únicos. Encontrara muitas pessoas extraordinárias, muitas delas terríveis de se conhecer.

Fora assim por dezessete longos anos, a partir do momento em que entrara pela primeira vez na máquina do tempo até aquele instante.

Tudo por esse momento essencial. Pelo Protocolo Salva-Vidas.

As partículas de cronum são fundamentais para o funcionamento da causalidade. Sem partículas, sem causalidade. Sem causalidade, sem fluxo de eventos... e o que é o tempo senão um fluxo linear de eventos?

A ativação da máquina do tempo construída pela Monarch na Universidade de Riverport fissurou o campo de Meyer-Joyce: o campo de energia de cronum essencial para o funcionamento da causalidade. No fim das contas, a Ruptura faria com que os níveis de cronum caíssem vertiginosamente, o campo entrasse em colapso e o tempo parasse.

O universo ficaria preso em um único momento, dividindo-se infinitamente.

Por causa dele. Pelo que havia feito.

Por dezessete anos, Paul Serene viveu sabendo disso: Paul Serene havia matado o universo.

Tinha apenas uma chance para consertar seu grande mal.

O Protocolo Salva-Vidas permitiria que áreas da Terra fossem protegidas do colapso do campo M-J. Possibilitaria que os agentes se movessem livremente pelo planeta em sua missão de reparar o campo, restituir os níveis de cronum e, assim, reiniciar o fluxo do tempo e da causalidade — livrando a humanidade de seu coma.

Então, havia a questão dos Deslocadores: monstruosidades violentas não euclidianas nativas de ambientes livres de causalidade. Cada encontro em laboratório com um deles resultara em fatalidades violentas. Paul sabia muito bem do que eram capazes. Na idade de vinte e oito, passara o que parecia uma eternidade escondendo-se deles, abrigado embaixo de painéis de assoalho, esperando a morte no fim do tempo.

A tecnologia — e as capacidades defensivas exigidas para proteger dos Deslocadores o que restava de melhor na humanidade — precisava ser desenvolvida. Restavam apenas cinco anos. O desenvolvimento dentro daquele período não era possível sem enfoque e assistência em escala planetária.

Exigia nada menos que a humanidade se juntar, unida pelo desejo de sobreviver.

O que precisaria de algum esforço.

A ameaça precisaria ser vista como terrível, a solução tão clara, simples e única.

Tudo isso girou pela cabeça de Paul Serene enquanto ele lutava para reaver a consciência.

Muitos dos grandes não temem a morte ou a dor, mas não há pessoa viva que não tema o isolamento sem esperança ou fim.

Um terror noturno diferia do outro. Mas independente de como começasse, Paul sempre engasgava com a fumaça amarga do isolamento em chamas e dos polímeros de cadeia longa superaquecidos: a atmosfera que havia enchido aquela eclusa de ar defeituosa.

Essa mistura grossa cobriu sua língua, as membranas mucosas ficaram tóxicas, o gosto de remédio pingava no fundo da garganta enquanto tinha ânsia de vômito e lutava para respirar.

Um som de batida sempre acompanhava a sufocação inicial: pancadas ocas contra uma parede que Paul nunca conseguia encontrar, e a voz de Jack chamando seu nome muito, muito longe.

Paul sempre entrava em pânico. Ele corria na direção da voz, mas não encontrava uma maneira de sair da fumaça e voltar ao mundo real. Sempre sabia o que aconteceria em seguida, e sempre desejava que a fumaça o matasse primeiro.

Paul sabia que era o mesmo que ser enterrado vivo em um momento sem fim, sentir a psique esmagada como uma cúpula de fios de açúcar queimado. Conhecia o medo fatal a que todos os seres humanos estão suscetíveis e, ainda assim, seu medo da coisa monstruosa que conhecia seu nome, que o perseguia através do tempo, chegava a ofuscá-lo.

Estava ali, naquele momento. Conseguia ouvi-lo na fumaça. Com frequência, passavam-se anos entre os encontros, mas cada vez que se encontravam, a coisa se aproximava mais. Uivava dentro da sua cabeça.

Infinitos futuros em potencial dividiam-se e desabrochavam diante dele: corredores sem fim estendendo-se em direções infindas. Escolheu um e correu com a facilidade que uma criança assustada corre para o quarto dos pais.

O campus. A biblioteca incendiada. Jack estava com a arma de Paul, a pistola .45 de cromo fosco que Paul havia ganhado anos antes, um presente da viúva de um senhor russo que lutou na guerra, um dos fanáticos de Paul.

Nesse futuro, Paul não tinha ataques. Nesse futuro, ele arrancava a pistola da mão de Jack, fazendo-a girar para dentro da escuridão. Os olhos de Jack arregalavam-se com terror — um medo que não tinha nada a ver com Paul.

A monstruosidade estava lá, como sempre. A coisa com a luz mortal na palma da mão. Avançava das chamas das ruínas da biblioteca.

Com pânico crescente, Paul concentrou-se em Jack como meio de escapar, viu centenas de futuros dividirem-se a partir do homem, escolheu um e mergulhou. A cena dividiu-se, imagens clonadas separando-se, e depois o presente materializou-se.

Não havia escapatória. Nesse futuro, Jack se fora, e Paul encontrou a coisa esperando, como sempre. Ela uivava. Nada vivo soava daquele jeito. Nada. Era um uivo de dentro da cabeça, não de fora.

Bestial, fragmentada, brilhante e horrenda, ela avançou no rosto dele. A palma da pata mortífera brilhando como uma estrela.

Sábado, 8 de outubro de 2016. 5h50. Riverport, Massachusetts. Monarch Tower.

Paul levantou-se, arfando, com as faixas da máscara beliscando-lhe o rosto.

— Paul.

A fumaça havia desaparecido. Ele se sentou em uma cama estreita de aço, e as faixas de borracha esticaram-se quando puxou a máscara do rosto.

As mãos dela pousaram em seus ombros. O gosto ácido da fórmula rica em cronum encheu a boca, pulmões, corpo, acalmando o ataque. As células pareciam intactas e confiáveis. Ele estava vivo.

Conhecia aquela sala brilhante. O laboratório dela. Ele estava em casa.

— *Paul* — disse Sofia, com os olhos gentis e preocupados, o rosto suave. Ele relaxou, o animal em pânico dentro dele recuou.

Não estavam sozinhos. Martin Hatch estava lá com as mãos pacientes encaixadas na cintura, terno preto e em silêncio, sem dizer nada que não servisse a um objetivo. Martin estava com Paul desde o início. Foi com aquele homem, naquela cidade, que a ideia da Monarch fora definida.

Martin era o rosto e o diretor-presidente da Monarch Solutions, a empresa principal e a força global que permitiu que Paul rápida e facilmente reunisse a tecnologia e o talento para fazer o necessário para a sobrevivência da espécie. Uma empresa construída com agilidade, capitalizando os poderes e o conhecimento de futuro de Paul.

Martin recebeu o olhar de soslaio de Paul e respondeu com um meneio tranquilizador de cabeça. *Você está bem,* dizia o movimento. *Já estivemos aqui antes. Estou com você.*

Paul suspirou, a faixa soltando-se com um estalo.

— Jack. Onde ele está?

— Quando o esquadrão Garra localizou você, estava sozinho — disse Hatch, aquela voz forte como a pedra fundamental de qualquer parlamento. — Um pedido de busca em toda a cidade foi emitido para o sr. Joyce.

— A polícia normal não pode...

— Eu sei. Aloquei o Cronum-1 no caso.

— Paul — interrompeu Sofia. — As perguntas podem esperar. Como você está se sentindo?

— Quanto tempo fiquei fora?

— Não muito. Menos de uma hora dessa vez.

Esses episódios estavam se tornando mais frequentes. Examinou a mão esquerda, a luminescência embaixo da luva da túnica. Sentando-se e removendo a camisa e as luvas, ele examinou a propagação da doença que Sofia estava correndo para compreender, uma enfermidade que colocava Paul além da ajuda da medicina física. Seis anos antes, a carne do braço esquerdo sofrera uma transformação, ficando fragmentada e inconstante — o primeiro e mais poderoso sinal da metamorfose em disseminação. Desde então, espalhara-se para além do cotovelo, avançando para os órgãos vitais. Sofia lhe falou sobre as invasões causadas pela doença, embaixo da superfície da pele; dedos de corrupção brilhante subindo para tocar a parte inferior do cérebro.

Ele tremia. Pensamentos daquela *coisa* ainda estavam na cabeça, sua forma imensa e distorcida piscando entre estados. O odioso grito da cabeça. O desejo de transformar Paul em um deles. Levar a mente que ele protegera com tanto zelo por muito tempo.

Reinvindicá-lo com a luz daquela palma de mão reluzente.

A convulsão que tivera na biblioteca enquanto lutava com Jack foi a última tentativa da doença de controlá-lo à força de uma vez por todas. A mente de Paul permanecia dele, por ora, mas a infecção avançara mais alguns centímetros em seu braço.

— Não tenho muito tempo. — Dizer aquilo parecia uma admissão de morte. — As visões, meu reconhecimento de futuros possíveis, estão se estreitando.

Sofia tomou sua mão, a doente, sem preocupação.

— Fiz bons avanços para uma cura. Vamos continuar administrando esses tratamentos para manter os sintomas sob controle.

— O período de suas visões está diminuindo — disse Hatch. — A uma taxa preocupante.

— Nunca estive presente em qualquer visão além de 10 de outubro de 2016. Sabíamos que isso aconteceria.

O rosto de Sofia ficou sombrio, e ela lançou um olhar acusador para Hatch.

— Eu não daria ouvidos a isso.

Paul precisava permanecer vivo o suficiente para ver o mundo a salvo. Se ele morresse com o futuro do Salva-Vidas incerto, então o mundo morreria com ele.

O toque de Sofia era o único conforto real e egoísta a que ele se permitira em dezessete anos, mas apenas porque servia a um objetivo maior. Ela tratava um paciente melhor do que qualquer pessoa era capaz.

Ela tratava, mas não podia curar.

Paul lançou as pernas para fora do leito. Havia uma câmara do outro lado daquele pequeno laboratório. Lembrava um cubo de vidro, cheio de conexões a bancadas com equipamentos de monitoramento, encaixado em um campo de geração de interrupções de quatro pontos. Dentro da interrupção contida na caixa de vidro estava uma das criaturas que Sofia havia classificado, em nomenclatura informal, como Deslocador. Era um ser semelhante ao Palma Brilhante, mas de tamanho menor.

A câmara de interrupção era abastecida por um fluxo de energia de cronum diretamente do Regulador, a fonte de energia quase ilimitada no coração da Monarch Tower. O Regulador era o âmago do Protocolo Salva-Vidas, abrigado em uma câmara selada ao lado dos aposentos de Paul, no quadragésimo nono andar.

O Regulador poderia ser uma bênção à humanidade, se eles pudessem compreender como ele funcionava. Ele xingou William pelo orgulho e voltou sua atenção para a criatura na câmara.

Uma vez, não muito tempo antes, a coisa se debatendo na caixa de vidro era conhecida como dr. Kim.

Coisa. Singular. Não estritamente preciso.

O papel de Kim era descobrir os segredos do Regulador, aprender como melhor usar seu potencial para o Protocolo Salva-Vidas, e o tolo ansioso fora longe demais. Um erro, um deslize da mão, e ele deixou de ser Kim — transformado pela interação complexa de gravidade, probabilidade e causalidade que ocorriam dentro do núcleo do Regulador.

Sofia soube que o dispositivo foi uma criação do próprio Kim, uma história que o homenzinho corroborou com muita felicidade. Mas que estava longe de ser verdade.

Pelo seu erro, o dr. Kim agora existia em um estado de superposição quântica. Momento a momento, sua forma assentava-se em uma configuração e, em seguida, manifestava-se como outra. O olho não conseguia descansar, o detalhe não conseguia ser apreendido.

O Deslocador-Kim era um ser de puro ódio, debatendo-se contra fronteiras das quais nunca poderia escapar.

Deslocadores manifestavam-se apenas dentro de áreas livres de cronum — espaços em que a probabilidade e a causalidade haviam parado de funcionar. Colocar um gerador de probabilidade — como um ser humano — dentro de seu habitat tornava os Deslocadores incrivelmente violentos. Sofia levantou a hipótese de que o estado natural de um Deslocador era plácido, mas a exposição ao potencial era agonizante, levando-o a destruir a fonte da dor.

O dr. Kim era um ser humano. O próprio Paul estava sendo colonizado por uma condição semelhante à do dr. Kim. Portanto, concluiu Sofia, os Deslocadores derivavam de seres humanos.

Ao examinar o estado de superposição de Kim, ela acreditou que agora ele existia não como *um* dr. Kim, mas como *todos* os drs. Kim possíveis.

O Deslocador na câmara era forma e realidade em guerra, uma contra a outra.

Isso, concluiu ela, significava que os Deslocadores eram seres que existiam fora e através de todos os tempos, vivendo nos espaços entre momentos, quadridimensionalmente. O Deslocador-Kim existia. O Deslocador-Kim existiria. O Deslocador-Kim sempre existira — mesmo antes do momento em que o dr. Kim se transformou em um Deslocador.

A coisa havia desistido de tentar atacar sua jaula. Agora, existia em um estado de frenesi perpétuo, debatendo-se, dezenas de versões de si quase perceptíveis de momento a momento. Paul chegou a pensar em seus berros em camadas e múltiplos como o som de um ódio extremo.

— Martin — disse Sofia. — Cubra aquilo, por favor. — Ela acenou com a cabeça para Paul, que estava nitidamente aflito.

— Ele está assim desde o momento em que se transformou — disse Hatch, puxando um pano preto ao redor da câmara. — De onde pega a energia?

— Ele escolheu seu destino — disse Paul, mais para se confortar do que qualquer outra coisa.

— Um deles escolheu — respondeu Sofia. — Os múltiplos em que ele se transformou não, e suspeito que eles o odeiam por isso.

Sofia voltou para terminar suas administrações.

— Não é um destino adequado para um homem que pode ter salvado toda a humanidade. O Regulador foi seu presente para nós. Sem ele, você não teria como se esquivar do fim de todas as coisas. O Salva-Vidas não seria nada.

Paul era tão importante para o Projeto quanto o Regulador, e Kim sabia disso. Por isso o homem se trancou dentro da câmara de interrupção antes que a transformação se desse por completo: para oferecer um paciente totalmente infectado pronto para ser estudado e ajudar a encontrar uma cura para a doença de Paul.

Sofia pode não ter encontrado uma cura, mas os tratamentos que ela havia desenvolvido por meio dos estudos do Deslocador-Kim deram tempo suficiente para Paul estabelecer os fundamentos do Protocolo Salva-Vidas.

Paul atravessou a sala. Uma parede era inteira de vidro, diante de um complexo de laboratórios com teto de vidro, cada um povoado por homens e mulheres especialistas em suas áreas. Muitos deles, naquele momento, estavam trabalhando para descobrir maneiras de salvar Paul.

Inútil, mas ele não podia dizer isso a Sofia.

Precisava apenas sobreviver mais um ou dois dias, era tudo o que importava; em seguida o processo exigido para tornar o Salva-Vidas uma realidade teria êxito.

A carne do braço doía.

— Não posso me tornar um deles — disse para si e para os outros. — Esse tipo de loucura. Preso entre momentos. Para sempre.

— Paul — disse ela. — Esse não é seu destino.

— Eu me mataria primeiro.

— Não foi isso que eu quis dizer.

— Me querem com eles, Sofia. Quando uivam, sinto uma atração como nunca senti antes. Quando sonho com eles é como estar em casa.

— Você faz parecer com algo que deseja.

— E se, quando essa doença se espalhar, minha mente ficar instável? Em um momento de fraqueza, eu poderia entregar o futuro da humanidade. — Paul tomou a mão de Sofia. — Só preciso de mais alguns dias. Me dê esses dias.

— Não cuido de cadáveres — disse ela. — Você vai viver. Mas vou fazer o que pediu. Nos próximos dias. — Ela pousou a mão no rosto dele. — Por ora, não seja estúpido.

Hatch pigarreou.

Paul olhou para ele.

— Sim, Martin.

— Precisamos fazer o interrogatório.

Paul tocou com suavidade o rosto de Sofia e a beijou na testa.

— Descanse para o baile de hoje à noite. Seduza o mundo para mim, Sofia. Quero que você e Martin os deixem boquiabertos. Vou estar observando dos meus aposentos.

— E depois?

— Só você e eu. — Em seguida: — Martin, por aqui.

Paul levou o diretor-presidente para uma baia médica livre. O laboratório de Sofia estava em segurança no último andar, perto do escritório de Martin e longe dos olhos do restante da Torre. A associação de Paul com a Monarch, apesar de ser sua financiadora não oficial, acontecia estritamente sem registros. Ele nunca caminhava pelos mezaninos.

— Você disse que destacou Cronum-1 para trazer Jack — disse Paul.

— Isso mesmo.

Paul passou a mão pelo rosto suado, tirando a dor da mandíbula.

— Cronum-1 já o pegou uma vez.

— Randall Gibson já o teve uma vez. Eu o removi e coloquei Donny a cargo.

Paul ficou surpreso.

— Gibson era seu bichinho de estimação, Martin. Você limpou o canil dele durante todos esses anos. Esperava bom senso da sua parte, não um espancamento.

— Em sua defesa, Randall estava subequipado. Jack é cronum-ativo. Isso era inesperado. — Martin deixou aquelas palavras pairarem por um momento, talvez para enfatizar. — Ele me disse que Joyce acordou e escapuliu.

— Você duvida do relatório.

— O instinto de autopreservação de Randall é um traço principal.

— Como sua imprevisibilidade.

— É o custo de um agente adaptável que possui espectro amplo de flexibilidade moral, hesitação zero e força mental para operações de lapso. Sua taxa de sucesso permanece no segundo percentil. Em termos de custo-benefício, o homem ainda é valioso.

— Então. Agora que já terminou com a universidade, como estão as coisas lá fora?

Hatch agitou-se um pouco, endireitando os ombros.

— Quase tudo aconteceu exatamente como você disse que aconteceria.

Paul demorou-se um segundo e reduziu a relação subjetiva para o momento. Concentrando-se em Martin, observou os futuros potenciais irradiando do homem em quatro dimensões. Isolou sua consciência desses fluxos potenciais de causalidade e se concentrou nos fluxos que já estavam expirando. A consciência de Paul examinou aquele catálogo antigo desbotado, localizou o caminho interno que levou ao momento específico em que habitavam naquele momento e o rastreou de frente para trás.

Esse caminho reverso já estava fraco e desbotado, ficando mais tênue a cada segundo que Paul se afastava do presente. Paul apoderou-se dele, permitiu que sua percepção habitasse aquele passado possível agora extinto e olhou ao redor o mais rápido possível.

Martin, em seu escritório, oitenta e sete minutos antes. A superfície de vidro preto de sua mesa sofisticada canalizou a voz do agente sênior do Pelotão Garra.

— Estágio Um concluído, senhor. Todas as testemunhas detidas.

— Quantas?

— Treze. Viram o que precisavam ver.

Martin digeriu aquela informação.

— Treze é administrável.

— Senhor?

Martin Hatch irradiou uma densidade repentina de potenciais, uma ramificação ampla de caminhos consecutivos fluindo dele. O que ele diria em seguida determinaria o formato do futuro — o sucesso ou o fracasso, potencialmente, de tudo por que Paul trabalhara.

— Solte três, depois execute a opção linha-dura imediatamente. Civis e policiais estão contidos, mas não por muito tempo. Você tem sessenta segundos.

— Sim, senhor. Garra, desligo.

Hatch ouviu tiros antes de a ligação ser interrompida.

A ramificação murchou, caminhos não tomados já esvanecendo e sendo deixados para trás quando Martin Hatch enviou a Monarch para um futuro em que assassinariam dez alunos universitários no campus. O fluxo de tempo arrastou Paul para longe de outros futuros. Olhando para a frente, Paul viu como o caminho em que Martin os derrubara exigiria encobrimentos, levantaria perguntas e suspeitas e exigiria uma reformulação da mão de obra para atenuar as coisas. Por que o pessoal da Monarch isolou a universidade? Como uma empresa de segurança privada determinou para o Departamento de Polícia de Riverport quem podia ou não entrar em uma cena de crime? Por que a Monarch estava lidando com os atiradores?

Mas tudo isso estava previsto em seu contrato com a cidade, e os eventos avançariam com tanta velocidade que o caso nunca chegaria a um tribunal.

Ele viu a mídia explodir com a especulação sobre "PAZ": quem eram e por que tiveram como alvo o prédio da física quântica? Ele teve vislumbres da Monarch revelando o que havia dentro do laboratório, a maneira perfeita de preparar o público para o que Martin revelaria no baile de gala à noite.

Foi o movimento correto. Atrás dele, Paul observou uma dezena de caminhos de causalidade menores morrerem.

Paul desligou-se e voltou de uma vez para o presente.

— Causamos uma boa impressão — Hatch estava dizendo. — As testemunhas corretas escaparam; o restante foi neutralizado no local. A narrativa na mídia será a de um ato de terrorismo interno. Há uma boa gravação de nosso helicóptero erguendo o núcleo de tempo do Prédio de Física Quântica.

— Ótimo. Isso prepara o público para nossa atuação do segundo ato. Estamos em boa forma.

— Mas sua decisão de demolir prematuramente a biblioteca...

— ... estava registrada no pré-planejamento. Conforme a narrativa de um ataque extremista no Prédio de Física.

Como indivíduo, Martin Hatch possuía a necessidade mínima de expressão. O movimento do polegar sobre as mãos fechadas e o nível do olhar exalavam tolerância.

— É possível que você simplesmente não consiga atirar em um amigo da família?

Martin conhecia-o melhor que ninguém, mas mesmo assim... Paul achou perturbador o pensamento de ter perdido um momento de controle sobre sua transparência.

— Dezessete anos e aqui estamos, na noite em que começamos a desfrutar de nosso trabalho, e você questionando minha capacidade de colocar nossa missão em primeiro lugar?

— Nunca apoiei a eliminação de William Joyce. Nossos melhores homens e mulheres se esfalfaram por anos para compreender o Regulador. O dr. Joyce poderia ter nos esclarecido tudo em uma tarde.

— Ele estava no lado correto de nossa análise de custo-benefício, claro, eu entendo.

— Seis anos. Foi esse o tempo que debati sobre o dr. Joyce com você. Poderíamos tê-lo trazido para cá, interrogado e aprendido. Você e eu nunca saberemos o quanto ele teria levado essa empresa longe.

— Eu conduzi o Projeto Passarela por três anos antes de finalmente passar pela máquina. Naquela época, William era apenas consultor e solucionador de problemas. Nunca levantou perguntas. Nunca aconteceu, portanto *poderia nunca acontecer*. O tempo é um circuito fechado. Nada muda. Eu sei. Eu experimentei.

— O Regulador poderia ter sido nossa Pedra de Roseta. Talvez tivesse nos salvado, quando o fim chegasse. — Hatch se recompôs. Aquele tipo de explosão não era característico dele. — Não há nada mais a ser dito. Kim se foi, e Joyce também.

Esses pontos foram recitados, literalmente, da última vez que tiveram uma conversa semelhante.

— Will tinha o conhecimento e o poder para interferir. Estamos próximos demais da hora zero. O risco que ele representava era inaceitável.

Hatch manteve sua feição costumeira.

— Me convença de que o sentimentalismo não entrará em jogo quando você tiver de lidar com Jack Joyce.

— Por anos, tentamos e fracassamos ao replicar minhas capacidades. Jack sobreviveu onde falhamos. Ele é valioso.

— Nessa altura do campeonato, isso é irrelevante.

— Replicar os poderes que Jack e eu compartilhamos, sem minha... doença... diminuiria a dependência do Salva-Vidas de estoques de cronum e equipamentos de fuga, aumentando assim a viabilidade de sobrevivência ao fim do tempo.

— As interferências de William talvez fossem inconvenientes. Contudo, as ações de um insurgente cronum-ativo, como Jack, procurando vingança poderia arruinar...

— Martin. — Paul fitou os olhos do amigo. — Você é a Monarch. O sangue de dez pessoas está em suas mãos. As minhas estão mergulhadas em um oceano de sangue. Nenhuma vida vale a vida de tudo que foi, tudo que é e tudo que talvez seja um dia. Quando chegar nesse momento com Jack, não vou hesitar, mas por ora ele está no lado correto da minha análise de custo-benefício. — Martin manteve os olhos firmes. Aquilo era o bastante. — Escolhi você para ser o homem a proteger a humanidade na mais terrível das horas. Sua diligência agora apenas reafirma minha confiança.

Martin inclinou a cabeça em sinal de aceitação e despedida. Não aceitou a justificativa nem o elogio. Sem mais palavras ele saiu, encerrando a conversa.

A mão de Paul foi até o talismã que pendia ao redor do pescoço em uma corrente fina, entrelaçada. A bala de Orrie "Fogo" Aberfoyle: um lembrete de que o tempo não pode ser considerado óbvio e que ele, no fim das contas, se esgota. Para todo mundo.

8

Will estava assobiando enquanto trabalhava, sentado na bancada de madeira no celeiro sob uma lâmpada articulada isolando-o em um lago de luz morna. Jack estava do lado de fora do celeiro, brincando com seus bonecos antes de ir para a cama. Will deu uma olhada, sorriu e continuou a assobiar desafinado.

Jack ergueu os olhos, viu a bomba cair. Atravessou o telhado frágil do celeiro, estalando telhas, estilhaçando madeira. Em seguida, chamas: uma parede de fogo, brilhante, fria e…

Estava escuro. Ele estava com frio. Foi para o carro, movendo-se, a cabeça descansando contra a janela lateral do passageiro. O vento sussurrava estranhamente através de duas rachaduras de pontas finas no vidro. Buracos de bala.

Luzes de Natal. O cheiro de café. O táxi de Nick.

Uma pessoa compartilhava o assento traseiro com ele, enrodilhada, as palavras pintadas nas costas da blusa de capuz à luz da lua: RESPEITE A EXISTÊNCIA OU ESPERE A RESISTÊNCIA. Amy. Estava viva.

Nick olhou para ele no retrovisor.

— Então — questionou ele. — Como está sua noite?

O rádio estava murmurando. Alguém tagarela de que Jack se lembrava dos anos de ensino médio ainda berrava nas ondas do rádio, com a diferença de que dessa vez soava mais alarmado que insolente.

Ninguém estava falando de tempo congelado. Por que falariam? Todos haviam ficado congelados também. Ninguém nem sequer havia notado.

— Como você saiu do campus? — perguntou ele.

— Foi por pouco — respondeu Nick. — Nós estamos enrascados.

— Eles mataram todo mundo — murmurou Amy, virando o rosto para ele. — Como se não fosse nada de mais.

Havia respingos de sangue em seu rosto. Ela deixou que ele percebesse, em seguida se virou, puxando o capuz ao redor da cabeça como se estivesse tentando desaparecer e reaparecer em outro lugar.

— É verdade — disse Nick. — O noticiário diz que parece um ato de terrorismo interno. Algum grupo anti-Monarch.

— Esses caras eram da Monarch.

Amy sentou-se de uma vez, avançou no banco e apontou para o rosto de Nick.

— *Eu te disse, porra!* — Ela deu um soco nas costas do assento de Nick, com força, em seguida se encolheu. — Tentamos trazer outros para o carro — acrescentou Amy com a voz quase falhando. — Eles não conseguiram.

— Encontrei você dentro do táxi — disse Nick. — Devo ter deixado destrancado. — Então continuou: — Da Monarch? Sério? — Como se alguém tivesse dito que sua mãe tinha câncer.

Zed. Jack realmente a vira?

A garrafa de água que Nick usava para encher a pequena máquina de *espresso* girou e estourou. O banco da frente estava encharcado.

— Eles devem ter feito isso quando você saiu.

— Dois capangas, provavelmente. Não chegamos ao cordão de isolamento. Amy tinha uma saída. Derrubamos umas cercas vivas, arrebentamos uma cerca, cruzamos um campo de futebol e entramos com tudo na noite. — A voz de Nick não estava cumprindo sua missão de fazer jus à ousadia de suas palavras. Soava muito distante. — Papai vai me matar. É impossível pintar dessa cor de novo.

— Eles vão procurar este carro.

— Os policiais — disse Amy. — Eles devem estar caçando. Como podem não estar? Tudo isso foi por conta da *biblioteca*?

Ela se enrodilhou de novo, vulnerável, tremendo, com a adrenalina se esvaindo, tão diferente da militante grosseira que o encurralara poucas horas antes.

— Não — disse Jack. — Não tem nada a ver com você e seus amigos. Hora errada, lugar errado, só isso.

— Se você está dizendo… — murmurou ela.

Biblioteca. Os momentos finais de Will voltavam na memória dele o tempo todo. Desespero, despedida, chamas, fim.

Em seguida, Paul. Jack se perguntava o que teria feito com aquela arma se Zed não tivesse aparecido. Teria usado em Paul? Matado o garoto que crescera com ele?

— Nick? Aonde estamos indo?

— Para fora da cidade, imagino. Espere para ver o que acontece.

Amy ergueu-se.

— Tenho de ir para casa. Meus pais devem estar malucos.

— Eu sei, cara. Jack, seu telefone funciona?

Jack ligou-o. Nada além de barras multicoloridas confusas.

— Nada. — Mas os comunicadores da Monarch funcionaram bem o tempo todo. — Muito provável que tenham subido algo remotamente para cada celular na área. Eu vi um garoto de quinze anos fazer isso uma vez dentro de uma cafeteria.

Amy estava ficando agitada.

— Só me deixe no meu bairro, está bem? Preciso chegar em casa.

— Você está ouvindo o rádio? Todo mundo está pirando. Se estiverem procurando por nós...

— Então, pare o carro. Estou saindo.

— Não acho que...

— *Pare a porra do carro! Pare! Pare!*

— Ei, ei, se você...

Amy já estava estendendo a mão para a porta. Jack agarrou-a.

— Amy!

Ela avançou no rosto dele, cravou a unha, arrancou sangue. Antes que pudesse golpeá-lo de novo, ele a prendeu num abraço de urso e se esforçou para não se mover enquanto ela gritava tudo o que conseguia pensar para o teto.

— Gente, gente, vamos lá, nós...

— Olhos na estrada, Nick. Por favor.

Amy continuou gritando pelo que pareceram minutos. Ela chutava as costas daqueles bancos originais, e a cabeça de Nick sacudia para a frente e para trás a cada golpe. No fim das contas, a fúria arrefeceu, deixando-a fria e trêmula. Jack relaxou os braços; ela não o empurrou. Jack imaginou que, se ela fosse um pouco como ele, naquele momento estava sentindo como se afundasse em um poço muito fundo. Um monte de gente de quem ela gostava havia morrido. Seu mundo inteiro, pelo que ele sabia, e ninguém podia saber o que aconteceria. Ela nem havia começado a pensar naquilo. Nem ele.

— Eles mataram meu irmão — disse Jack, baixinho. A confissão dispersou o isolamento terrível que ela sentia, a solidão de amigos que para sempre seriam ausências. Aquilo tornou o desaparecimento deles real demais, destravou o dispositivo de segurança, e Amy desabafou. Ela o agarrou com força, as juntas travadas, seu corpo curvando-se a cada lapso desesperado.

Nick pegou uma caixa de lenços de papel do porta-luvas mantendo os olhos no espelho retrovisor.

— Jack — sussurrou ele tão discretamente quanto pôde. — Talvez você possa precisar de um para o seu rosto.

Jack pegou a caixa, quando Nick percebeu que o sangue ainda estava lá, mas os cortes não mais.

9

Sábado, 8 de outubro de 2016.

5h55. Riverport, Massachusetts. Propriedade dos Joyce.

Eles deixaram Amy a um quarteirão de casa, e Nick seguiu para a antiga residência de Jack.

Jack conhecia apenas um lar. Eram vários hectares do que fora uma fazenda de cavalos na virada do século, derrubada, reconstruída e reformada nos anos 1960 para servir de lar para os pais recém-casados de Jack e Will. A madeira antiga e aconchegante e os quartos arejados repintados a cada par de anos, com exceção do batente da porta da cozinha, que a família mantinha pelos entalhes feitos ali, cada um com o nome de Jack ou Will e a data em que havia sido feito, medindo a altura das crianças, dos adolescentes tagarelas até...

Jack tinha nove anos quando a rotina da família terminou. A mãe e o pai haviam morrido. Como mais velho, Will assumiu a tarefa de criar Jack, enquanto continuava seu trabalho científico.

Will nunca fora muito bom da cabeça. Enquanto os pais estavam vivos, certa ordem fora mantida, permitindo que Will funcionasse em alta eficiência, concentrando-se no que lhe interessava. Mantido por medicação e refeições regulares, Will ficava bem. Seus artigos científicos eram recebidos com interesse, até mesmo com aclamações. Seu futuro seria brilhante. Mas a perda dos pais mudou tudo.

Will não conseguia cuidar de si mesmo, muito menos de alguém tão volátil e carente quanto um garoto de nove anos órfão recentemente. Will substituiu a influência organizacional dos pais por uma série de planilhas, permitindo que Jack se mantivesse sozinho enquanto maximizava a quantidade de tempo que Will poderia passar no celeiro trabalhando.

Nos primeiros três anos, não houve uma noite em que Jack não ouvisse o Dodge estalando na entrada da garagem e sentisse o corpo inteiro pular com o pensamento de "papai está em casa". O que era seguido pela lembrança imediata de que papai havia morrido e Will estava dirigindo a picape.

Jack terminou o ensino médio enquanto trabalhava em dois ou três empregos, cuidando da casa, pagando contas e garantindo que os dois comessem regularmente. A concentração de Will estava em um mundo além de Riverport, a dimensão da história, o bem maior. A de Jack estava na casa.

Encontros com garotas faziam falta. Amigos eram poucos. Os bailes iam e vinham. Jack não compareceu à própria formatura, Will tampouco. Will porque havia esquecido, e Jack porque sabia que Will esqueceria. Uma olhada no quadro de cortiça da cozinha lhe dizia que a formatura nem sequer aparecera na planilha.

A fazenda era um lugar ótimo para quatro pessoas, mas um lugar triste para duas.

A fumaça da biblioteca incendiada era uma mancha tênue em um horizonte de amanhecer prateado.

Jack pediu para Nick estacionar em frente ao portão. Ficou lá, parado, por quase dez minutos, com os olhos no telhado da casa antiga, além dos bordos, além do celeiro. Nick não estava com pressa, apenas se recostou no capô e fumou. Os olhos do taxista estavam fechados, cabeça para trás e não cansado apenas.

— Quer tomar café da manhã? — perguntou Jack.

Nick deu de ombros.

— Não estou com vontade de comer nada, mas, claro, podemos tomar. Acha que Amy vai ficar bem?

— Por um tempo não.

— Sinto muito. Pelo seu irmão. Tenho certeza de que ele era forte.

— Ele estava muito absorto, não era confiável, e estava apaixonado demais pelas decisões irreversíveis que estava tomando.

— Mas?

— Mas, no fim das contas, acho que estava tentando fazer algo bom.

— Cara forte. Ninguém é perfeito. — Nick fechou o isqueiro, jogou o cigarro no asfalto. — E a Tailândia? Devem estar vigiando os aeroportos.

— Devem estar vigiando a casa.

Nick deu uma olhada na linha de telhas vermelhas do telhado. Nada suspeito.

— Se estivessem — disse Jack —, já estaríamos sabendo. — Jack pensou em seu apartamentozinho dilapidado. A chave enferrujada que encaixava na porta surrada. Podiam muito bem ter pertencido a outra pessoa. — Não — disse ele. — Vou ficar.

Nick girou a chave na mão, como um pequeno revólver, e entrou no carro. Jack sentiu a tramela pintada de branco deslizar com suavidade, mas o portão emperrou. Lembrou-se do truque: ergueu o portão, em seguida o empurrou, e ele abriu. Nick passou com o Charger pela lombada, e Jack entrou.

O táxi avançava em silêncio e devagar, com as luzes apagadas.

— Siga a estrada.

Ao lado da cerca havia um quartinho de ferramentas dilapidado, sem uso e mantido para as pinturas; ao lado dele ficava um barco de madeira raso já velho embaixo de um encerado laranja. Era do pai deles, e nenhum dos irmãos quis se livrar daquilo. A grama crescia sem controle ao redor dele, ainda verde apesar do outono.

A estrada serpenteava por um bosque de quatro sicômoros envelhecidos, cada um lançando uma sombra laranja como chama de folhas viradas, abrindo-se para a visão completa da casa e do celeiro. Da última vez que Jack vira o lugar, tinha as laterais brancas com detalhes marrom-escuros. Desde então, Will havia claramente decidido que precisava de um trabalho de pintura. Metade de um lado da casa estava pintado por acaso de azul-celeste; ao lado, um andaime automático estava largado e parcialmente enferrujado.

— Meu Deus, Will. Vá até o fim ou contrate alguém.

Doía no coração ver o lugar daquele jeito. Algumas janelas estavam escuras de sujeira. Outras haviam sido manchadas com sabão ou cobertas com jornal.

— Esse lugar parece abandonado.

— Não, tenho certeza de que Will estava morando aqui.

— Dividindo com ursos?

— Paul... — O nome ficou preso à garganta de Jack. — Me disseram que Will talvez tenha parado com os medicamentos.

Nick desligou o motor e o carro roncou até parar.

— Vamos — disse Jack, saindo. — Vai ser uma aventura.

Ele desceu, tocando as botas no solo natal. O ar da manhãzinha cheirava como no passado.

Uma risada insegura fez os pelos dos braços arrepiarem.

Will falou, tentando parecer bem-humorado.

— ... você não pode simplesmente...

E lá estava ele, mas não de verdade, aos pés dos degraus do alpendre de madeira. Estava acontecendo de novo. Will estava mais jovem, barbado, usando os óculos grossos que Jack não via desde que tinha catorze ou quinze anos.

— Ei! Ei! Fecha aí! — alguém ralhou, mas Will não reagiu. Seu sorriso nervoso ainda estava lá, como se esperasse por uma reação que pudesse interpretar. O abuso não fazia sentido.

Outra pessoa irrompeu, e Jack os viu, dois homens que estavam mortos havia seis anos, baleados no Mirante de Bannerman: Princesa e o vice de Aberfoyle. Estavam mais jovens também. Mais magros. Cabelos melhores.

O vice irrompeu, mais razoável, mas não menos intimidador.

— Você teve três meses. Sem pagamento. Sem pagamento significa que vamos ficar com a casa.

Will não os encarava.

— Vocês... vocês não vão levar a casa. Eu... eu conversei com o sr. Aberfoyle. — Will estava falando consigo mesmo, como quando ele trabalhava, quando desatava algum nó teórico complicado. Não estava presente. Aqueles desgraçados estavam tirando vantagem dele. — O sr. Aberfoyle é... é aquele... que... — Will estava agitado, piscou com força, uma, duas, três vezes.

Jack conhecia aquele tique. Ele limpou os olhos. O que quer que fosse, Will estava no fundo do poço.

Will balançou a cabeça, piscou com força, balançou a cabeça de novo. Usou o polegar e o indicador para reajustar os óculos. Ainda não olhava para os homens, os olhos nos degraus ou nas árvores. Seus tiques estavam tirando o que havia de melhor nele. Jack sussurrou o nome do irmão inutilmente.

Princesa olhou para o vice, abriu aquele sorriso de peixe pré-histórico, em seguida olhou feio para Will.

— Estamos deixando você nervoso?

Algo bateu no cascalho, coberto de capim e se chocando — uma sacola de compras —, e um garoto de doze anos, longe de onde Jack estava, berrou:

— Ei!

Jack sentiu-se capitular, o *déjà-vu* arrastando-o de novo.

Princesa nem mesmo olhou para o recém-chegado.

— Cai fora, moleque.

Os joelhos saíam dos jeans; aqueles sapatos de brechó haviam durado quatro anos. Jack esquecera que, no passado, tinha uma camiseta com um NÃO pintado no peito e ele amava aquela jaqueta. Pensou que a jaqueta o fazia parecer sério: lona cáqui, dois bolsões, cheia de zíperes.

Jack sabia que aquelas comidas na entrada haviam sido pagas com três horas recolhendo latas depois da escola. Lembrou-se de fazer essas compras em um supermercado cujo dono era Orrie Aberfoyle.

Will era uma caricatura de boas maneiras.

— Jack, seja bem-vindo de volta ao lar. — Ele estendeu o braço para a porta, um *maître* de desenho animado, ainda sem olhar ninguém nos olhos. — Por que não vai lá para cima?

Will nunca tinha uma ideia real do que estava fazendo quando se tratava da raça humana. Ele foi ficando melhor com o passar do tempo, mas ainda faltava capacidade de julgamento. Pobre-diabo.

Jack Joyce, com catorze anos de idade, estava entre dois capangas e seu irmão, os cabelos caídos sobre os olhos.

— O que tá rolando?

O diferencial de tamanho era surpreendente. A linha dos olhos de Princesa e do vice abaixou na direção do garoto como dois cofres sendo abaixados de uma janela no décimo segundo andar. O menino encarou o olhar deles sem se esquivar. Ele ergueu as sobrancelhas, solícito:

— Posso ajudá-los?

Princesa olhou direto para o menino e disse:

— Esse jeito espertinho ainda vai dar problema pro seu irmãozinho, Will.

As sobrancelhas do menino caíram. Sua voz era muito nivelada.

— Se eu fosse espertinho com você, seu merda, você nunca saberia.

Jack gargalhou, cobrindo a boca com a mão. Os olhos pinicavam.

Princesa ergueu o punho, interceptado pelo vice.

— Cara, ele é só um garoto.

Princesa hesitou, os olhos irradiando morte. Em seguida, abaixou o punho imenso.

— A gente volta.

— Estarei aqui — disse o garoto.

Seu grande merdinha, pensou Jack.

Os capangas saíram à direita e literalmente desapareceram. O garoto observou-os partirem.

Tremores tomaram conta das pernas do garoto, e Jack viu quando ele caiu no chão — primeiro com os joelhos rasgados, em seguida com as mãos. Eles se curvaram no cascalho com tudo. A respiração do garoto era entrecortada. Estava trêmulo.

Will disse:

— Palavrões são inaceitáveis, jovenzinho. Mamãe e papai teriam ficado perplexos. — Parecia um sonâmbulo falando.

A cabeça do garoto ergueu-se para Will, os olhos amalucados e furiosos. Will não se moveu. Estava fazendo aquele movimento irritante com os dedos, e seus olhos encaravam o cascalho ou as árvores. A fúria do garoto tomou matizes de medo, indignação e descrença. Depois de contenção. O menino estava sabendo lidar com tudo. Negócios, como de costume.

Os tiques de Will estavam diminuindo, mas ainda não se movia.

— Perplexos...

O garoto levantou-se e bateu as mãos empoeiradas na jaqueta de homem sério. Passando o braço de Will sobre o ombro, o garoto virou o irmão na direção da casa.

— Privilégios revogados, senhor — murmurou Will.

— Você tem razão, Will. Desculpe.

— Suas notas estão caindo. Notas ruins são inaceitáveis. Sua educação...

— É meu futuro. Eu sei, Will. Olha os degraus.

Os irmãos subiram os degraus do alpendre.

— Vou levar você para a cama — disse o garoto.

— Não, tenho muito trabalho.

— Vou levar você para a cama.

— Tudo bem.

O garoto conduziu o irmão até a porta da frente e a abriu para ele.

— Quanto devemos?

— Devemos? — Como se estivesse sonâmbulo de novo.

— Para o sr. Aberfoyle.

— Como você conhece o sr. Aberfoyle?

O garoto escoltou-o para dentro de casa.

— Vamos levar você para a cama.

— Tudo bem.

A porta de tela fechou-se atrás deles, e o mundo voltou ao foco.

Nick estava olhando de um jeito estranho para Jack. O que era justo.

— Você deve estar se perguntando…

— Muitas coisas.

— Um montão de lembranças.

— Minha avó costumava dizer isso. Falar com o ar. Com Deus, especificamente.

— Conseguia respostas? — perguntou Jack em tom de piada.

— O bom Senhor lhe contou quando ela morreria, inclusive os minutos. Você estava conversando com alguma coisa ali atrás?

Conversando. Cara, todo mundo em Massachusetts tinha uma história de vida pós-morte. Jack chamou um eletricista, anos antes, para arrumar um soquete de uma lâmpada que não parava de piscar. O cara não conseguiu consertar e comentou com Jack que provavelmente era alguma coisa de espírito e aconselhou a fazer amizade com ele.

Não havia motivo para complicar as coisas.

— Não. Foi só uma noite ruim.

Jack subiu os degraus abaulados do alpendre. Pegou as chaves, procurou uma que nunca usava. Lá estava ela, ainda estampada com o nome da sapataria em Ducayne onde ele mandara fazer quando tinha quinze anos.

— Sabe, Nick. Fantasmas não andam por aí porque não podem se livrar de nós. Andam por aí porque nós não conseguimos nos livrar deles.

— Você é um cara surpreendente, Jack.

— Essa não é minha. — Jack virou a chave e a fechadura estalou. — Um eletricista que me disse.

A porta abriu, empurrando para o lado uma pilha solta de correspondências fechadas. O ar frio lá dentro era mofado, levemente rançoso. Nick comentou que cheirava como seu antigo quarto na universidade.

Os carimbos de data nas correspondências eram de no mínimo uma semana, alguns mais antigos.

— Não deve ter energia.

A porta abriu direto para a sala de estar, cuja escadaria inclinava-se para cima e por trás da lareira. A cozinha ficava à direita e, antes dela, havia a sala de jantar e a cristaleira. Pela varanda envidraçada podia-se ver o caminho de entrada e os sicômoros.

Quando Jack morava ali, conseguiu impedir a invasão paulatina de Will em uma casa que era um memorial aos seus pais. Muitas das características interiores existiam por escolhas que a mãe e o pai haviam feito; ecos que Jack quis manter nos ouvidos pelo máximo de tempo que pôde. Estavam quietos agora. O lugar havia mudado.

Coisas menores permaneceram como estavam: paredes azul-claras, pinturas a óleo bucólicas de algum artista anônimo de posto de gasolina e prateleiras feitas em casa onde Jack punha seus bonequinhos para serem derrubados com armas de dardos. Sorriu por um instante antes que a lembrança das últimas horas e o peso fantasma de uma arma real na mão estragassem a recordação.

Sobre aquela camada básica, Will havia dado sua cara para o lugar. Uma lousa branca equilibrava-se sobre a prateleira da lareira, já azulada pelos incontáveis rabiscos e apagamentos. A cristaleira havia sido esvaziada e a louça, substituída por arranjos instáveis de periódicos científicos. A mesa de jantar era um espaço de trabalho atulhado de papéis e correspondências, as quatro cadeiras empilhadas no canto, substituídas por um único e surrado assento ergonômico tipo sela com quatro rodízios.

Doía ver o lugar daquele jeito, apagado, empoeirado e equivocado.

— Seu irmão era mesmo daqueles que traziam trabalho para casa. — Nick passou pelo sofá coberto com plástico, movendo-se com um claudicar pronunciado, e descansou ali.

— Você se machucou?

— Estou bem. Bati meu joelho alguns anos atrás, é isso.

— Hóquei?

— Foi... em um acidente de carro.

As coisas se encaixaram: a ignição no táxi de Nick, dependente de um bafômetro. Nick "The Prez" Marsters. Jack conhecia a história. Saiu nos jornais um ano ou um pouco antes de Jack ir embora de Riverport.

A percepção deve ter ficado estampada no rosto de Jack, porque Nick revirou os olhos, jogou a cabeça para trás e disse para o teto:

— Não foi como os jornais noticiaram. Eu não estava bêbado. — Lançou um olhar para Jack. — Eu não estava. *Bebendo,* sim. Bêbado, não.

Jack foi procurar café e descobriu que a cozinha fora usada com mais frequência do que fora limpa. A geladeira estava vazia, exceto por quatro caixas pequenas de leite, um pote de gengibre em conserva, duas garrafas de água esterilizada e um punhado de chalotas presas por um elástico já apodrecendo. O café estava na bancada, o leite estava quase decente e a pia continha uma pilha de pratos texturizados com riscos de mofo verde-escuro. Provavelmente, o aroma musgoso que Nick achou tão familiar.

A torneira tremeu e cuspiu. Ele enxaguou a chaleira, acendeu o fogão, pôs a água para ferver e voltou para perguntar a Nick como ele queria seu café.

— Foi um pedestre — disse Nick. — Apareceu no meio da estrada, eu desviei o carro e dirigi em zigue-zague até atravessar uma cerca e destruir um gazebo.

Jack apontou para a cozinha com o polegar.

— Puro?

— Gazebo de um *juiz.*

Nick estava cochilando no sofá quando o café ficou pronto. Jack abriu espaço entre os papéis na mesa de jantar, deixou as duas canecas e se sentou. A luz da manhã trouxe mais cor ao lugar. A fumaça do café subia cheirosa e agradável da caneca desbotada de Jack. Letras apagadas aconselhavam a nunca, nunca, jamais, em tempo algum desistir. Era uma frase de Churchill. O pai de Jack lhe dera a caneca quando o filho começou a ter aulas de violão.

Seu anuário do ensino médio estava aberto em uma página de fotografias da classe. O segurança da universidade olhou para ele em preto e branco, quinze quilos mais gordo e com aparelho nos dentes.

Jack memorizou seu nome.

10

Naquele momento, Paul estava fora da sede em uma sala de operações composta de suporte para nove monitores e três operadores lidando com seis diferentes drones de materiais perigosos — não muito diferentes daqueles usados para explorar zonas mortas radioativas, embora esse tivesse controle de motor mais fino. Ali dentro da zona verde da área designada na documentação oficial da Monarch como Marco Zero, Paul observava enquanto drones rastreados com mãos de garra e cientistas com isolamento quântico e passo lento trabalhavam o terreno abandonado dentro do Armazém 21B. A visão que essas telas múltiplas ofereciam nem sempre era perfeita. As equipes no Marco Zero precisavam substituir as câmeras com frequência. Nada sobrevivia muito na zona vermelha.

— O que me incomoda é que Will será lembrado como um lunático — disse ele a Sofia. — E que suas teorias nunca foram levadas a sério.

Sofia recostou-se em um console, curvando um microfone fino na sua direção.

— Drs. Connor e Chang, por favor compareçam à unidade remota C. Um dos receptores está degradado. Obrigada. — Ela se voltou para Paul. — Como você será, pelo que me conta. — Ela ligou uma lanterninha, passou o facho do olho esquerdo para o olho direito e de volta, depois desligou-a. — Como eu serei, por todo o trabalho que tenho feito aqui.

— A ativação da máquina fissurou o campo Meyer-Joyce. A Ruptura vai crescer, o contador de cronum universal vai atingir zero e o tempo em si vai terminar. — Esse era o fato. — Nesse sentido, a humanidade não vai se lembrar de nada: presa, inconsciente, em um submomento que se autodivide em uma infinidade. Aqueles de nós escolhidos para continuar serão torturados por coisas mais importantes que falta de reconhecimento. — Ele suspirou. — Mas temos mais cinco anos. Tempo suficiente para o Protocolo Salva-Vidas ser desenvolvido a contento e se tornar operacional.

Sofia apertou dois dedos na carótida de Paul.

— Sobre isto — disse ela. — Verifiquei de novo meus cálculos, pela terceira vez, e não consegui encontrar erros. — Ela verificou o pulso dele olhando para o relógio.

— Sofia...

Ela recuou a mão.

— Você esteve nesse evento de fim do tempo, sim, eu entendo. Viu relógios e calendários e jornais. Eles forneceram uma data. Mas os dados não mentem: temos apenas dias, não anos. No ritmo atual de deterioração, o campo Meyer-Joyce *vai* entrar em colapso... em dois, talvez três dias no máximo. Você deve levar essas descobertas a sério.

— A forma ondulada...

— Entrou em colapso, como você tem dito com tanta frequência. O futuro está escrito porque os eventos no passado levaram você a testemunhar o futuro. Eu entendo. Mas deve considerar a probabilidade de que o motivo por que suas visões não se estendem para além de alguns dias é porque *será* quando o tempo acabará. Não em cinco anos, não no mês que vem, mas *nesta* semana.

— *Chega!*

Sofia encolheu-se e deu um passo para trás.

— Por favor — disse ele. — Chega.

Outro momento de perda de controle. Estava ficando comum. Ele se esforçava para reter o foco, manter a disciplina e deliberar. Tomou a decisão e montou um protocolo para seu comportamento quando aquela semana final chegasse, sabendo que a mera programação talvez fosse a única coisa a mantê-lo em missão assim que a doença se instalasse de uma vez por todas. Se tivesse de pensar demais, planejar demais, ajustar demais — ele abriria as portas ao erro, ao pensamento falho, à justificativa danificada e a uma falta de perspectiva. Precisava confiar no plano estabelecido por seu eu mais esclarecido e menos instintivo. Era um soldado agora, que recebia ordens da pessoa mais completa que ele costumava ser. Não podia tolerar ninguém interferindo naquele código.

— É tarde demais para uma correção de curso. O futuro está travado.

Os dentes de Sofia estavam cerrados.

— Não estou trabalhando noite e dia simplesmente para esperar o tempo entre agora e o Juízo Final passar.

— Vamos... — Paul olhou para os monitores. — Vamos mudar de assunto. Os estoques de cronum na Tower, como estamos indo?

O Armazém 21B, aninhado às margens do que foram no passado os prósperos estaleiros de Riverport, era um laboratório muito respeitado. De algum modo, as marcas do primeiro dono sobreviveram, apesar das flutuações entrópicas inconstantes que o lugar possuía. As bancadas de trabalho permaneciam em pé, embora a maioria do equipamento original já tivesse virado pó. Um beliche bem construído sobreviveu em camadas na particulação empoeirada e agregada de idade e tempo. Descansando sobre uma cafeteira para doze xícaras desmontada, em um ângulo na direção da câmera, ficava uma fotografia empoeirada de uma família de quatro pessoas: mãe, pai, dois filhos. A fita amarelou, desprendeu-se e curvou três cantos.

Como Paul desejava nunca ter ativado aquela máquina...

Os cientistas no Marco Zero restituíram a vida no robô com garras e deram sinal de confirmação para a câmera. Na sala de operações, um controlador inclinou-se sobre um manete e rolou o robô na direção da peça central do recinto: uma anomalia nervosa e pulsante de espaço-tempo encapsulada e presa dentro de um dispositivo de doze bilhões de dólares criado para reunir e escoar as torrentes desenfreadas de energia de cronum que ela espalhara nos últimos seis anos.

Delicadamente, o operador manipulou a pinça de trabalho minucioso para substituir vários componentes queimados no recipiente. Criado ao redor do lugar, um arranjo elaborado de baterias de cronum absorvia a emissão da anomalia o mais rápido que podia.

— Nossos estoques de cronum estão mantendo o nível — disse Sofia. — Conter o dr. Kim representa nossa maior drenagem atualmente. Mas é necessário. Se não tivéssemos o Regulador, duvido que seríamos capazes de contê-lo.

— Salva-Vidas — disse Paul. — Está recebendo o que precisa?

— Nesse ritmo, os capacitores da Tower estarão totalmente carregados em dezoito meses. Bem antes de seu cronograma. No entanto, *se* o fim do tempo ocorrer daqui a cinco anos, como você diz, e o Marco Zero continuar a gerar partículas de cronum à taxa atual, estimo que teremos energia de cronum armazenada nessas baterias o suficiente para manter a causalidade em uma área limitada por alguns anos. Tempo suficiente para desenvolver uma solução para a crise. Se houver solução.

— E se o campo M-J entrasse em colapso nesta semana?

Sofia olhou para ele.

— Apenas responda à pergunta.

— Menos de um ano. Dezoito meses se formos extremamente parcimoniosos. Menos de um mês se, por algum motivo, o Regulador parar de funcionar. Realmente gostaria que você me deixasse examinar a pesquisa que seu pessoal está fazendo. Tenho confiança de que…

O celular de Paul começou a vibrar contra o peito.

— Quero que você faça seu pessoal ficar de olho nos níveis de cronum do ambiente — ele lhe disse. — E procure quaisquer flutuações ou deformações no campo Meyer-Joyce. Se detectar qualquer coisa, qualquer coisa mesmo, me avise. — Paul pegou o telefone. Era Martin Hatch. Sabia sobre o que era. — Martin.

— Paul. Nós recuamos, mas devo insistir no envio de tropas agora.

— Jack ainda está na fazenda?

— Sim. Ele e o cúmplice.

— Estarei livre em… — Paul verificou o relógio e olhou para Sofia.

— Noventa minutos — disse ela.

— Posso estar na fazenda em uma hora e quarenta e cinco.

— A equipe é totalmente capaz de pegar Joyce sem seu envolvimento.

— O irmão dele morreu, Martin. Faz seis anos que ele não vai para casa. Neste momento, ele está passando por um surto de luto e adrenalina. Daqui a duas horas poderei convencê-lo, sem o imobilizar e o arrastar. Informe se alguma coisa mudar.

Hatch não disse nada.

— Martin?

— Tudo bem, Paul. Mantenho você informado.

11

A luz da manhã havia mudado. A xícara de café intocada de Nick havia parado de fumegar. A "nunca desista" de Jack estava pela metade, dois dedos ainda presos à alça. Perdera uma hora mexendo nos papéis sobre a mesa. O que conseguia entender eram as contas, cartas de recusa de periódicos de revisão paritária e vários bilhetes de um psiquiatra pedindo para Will voltar para outra consulta.

As coisas que não conseguia decifrar estavam cem por cento na linguagem amalucada de William Joyce: cálculos, rabiscos, artigos sobre radiação Hawking, notas de rodapé sobre vários isótopos e — de forma alarmante — correspondência de consulta de preços para um laser de dez mil terahertz. O que estava riscado com tinta vermelha. Em 1997 e 1998, ele estivera em contato com universidades de segundo e terceiro nível ao redor do planeta — todas prestes a construir uma usina para pesquisa de energia nuclear. Sob aquela pilha de correspondência, Jack encontrou credenciais falsas e canhotos de empresas aéreas. Encaixados na página de identidade de um passaporte norte-americano forjado, expirado oito anos antes, o dr. Howard Gordon Wells olhava para Jack com uma expressão distintamente não impressionada. O dr. H. G. Wells era um William Joyce muito novo.

Uma pegadinha estúpida e precisa como aquela era algo que um Will mais jovem teria considerado delicioso. Will era assim antes de os pais morrerem. Engraçado. Apaixonado.

Lasers. Reatores nucleares. Isótopos. Uma passagem para a Argentina. Passaportes falsos. Toda aquela correspondência. H. G. Wells.

H. G. Wells. Jack soltou a xícara de café, virou-se no assento para encarar a janela e olhou para o celeiro.

O celeiro era o único lugar no qual ele era proibido de entrar — o lugar onde Will perdera totalmente o controle certa noite, deixando Jack e Paul mortos de medo.

Os dois garotos talvez tivessem dez anos de idade à época. Era uma noite fria, lembrou Jack, e Will não voltara para casa ainda. Jack fez o jantar, e ele e Paul assistiram ao DVD do *Time Outland* pela trigésima sétima vez, e em seguida correram ao redor da casa com seus bonequinhos e, não pela primeira vez, Paul perguntou a Jack por que eles nunca podiam entrar no celeiro. O que Will fazia lá?

Jack disse a Paul o que Will sempre lhe dizia:

— Trabalho.

— Que tipo de trabalho?

Com aquela pergunta óbvia, o celeiro transformou-se de algo comum em algo tão impenetrável quanto um bloco de concreto, de algo normal como o chão embaixo dos pés para uma porta trancada que escondia um grande segredo.

Qualquer coisa poderia estar lá.

— Bombas!

— Coisas para dar superpoderes!

— Uma nave espacial!

Era uma missão para o *Time Outland*. Pensando em movimentos de guardas imaginários, eles se esgueiraram escada abaixo, cruzaram o caminho de cascalho, esperaram, depois saltaram dos arbustos para grudarem as costas na madeira vermelha e rústica do celeiro.

Rapidamente descobriram que Will mantinha o celeiro trancado. Vinte frustrantes minutos depois, Jack estava prestes a desistir quando Paul percebeu que o celeiro tinha um chão de terra: podiam cavar um túnel embaixo da parede.

Oito minutos mais tarde estavam dentro: terra no peito, grama saindo pelos cabelos, bonequinhos nas mãos.

— Uau — disse Jack, maravilhado.

— Que chato — disse Paul, maravilhado.

Jack virou-se para ele, condoído.

— Sério? Olhe para essa coisa!

O interior do celeiro fora redesenhado de forma rústica. Os proprietários anteriores da fazenda tinham um estábulo, cuidavam de cavalos para outras pessoas que não tinham espaço para fazê-lo. O celeiro tinha uma entrada ampla nos dois lados — mais a norte selada permanentemente com placas pregadas com cuidado. Todos os estábulos haviam sido arrancados, abrindo um bom espaço, que fora preenchido com equipamentos de aço inoxidável como Jack nunca tinha visto. Muitos deles tinham cabeamento de energia correndo deles até uma sala com cadeado usada para armazenar comida.

— Parece uma fábrica — dissera Paul. — O que é aquilo? — Ele estava apontando para uma plataforma imensa, achatada, em formato de rosquinha que ocupava a metade de trás do espaço. Uma estrutura de ferro mantinha o círculo-passarela longe da terra. Will estava construindo uma estrutura ao redor dela. Uma solda de oxiacetileno estava ao lado, próxima a pilhas de cortes irregulares de aço e ferro.

A peça central do círculo era um porta-copo grande de metal liso e brilhante, e em seu interior não tinha seja lá o que quer que devesse ter.

Jack estava mais interessado nas bancadas e nos espaços de trabalho, tudo brilhando prateado e perfurado com fileiras certas de furos. Pedaços e peças de equipamentos estavam presos nos buracos, mantendo-os estáveis. Suportes de metal preto seguravam lentes e cubos de vidro. Um tubo longo e preto apontava para uma série de monóculos grossos.

— Acho que é um laser — disse Paul. — Seu irmão deve ter muito dinheiro.

— É por isso que nossa energia vive caindo — comentou Jack. — Tipo, toda semana, um dia inteiro. Acordo e nada funciona.

Paul bateu o nó dos dedos em uma pilha de caixas com uma cobertura de lona jogada sobre eles: fusíveis. Centenas deles. Paul já havia avançado, estava dando uma olhada mais de perto nos objetos arcanos de formato não identificável e fez um trabalho preguiçoso ao tentar pronunciar "interferômetro".

Jack descobriu um par de óculos escuros de segurança que o faziam parecer o Exterminador. Paul pegou a deixa e um tiroteio surgiu. Balas imaginárias ricochetearam em Jack, então Paul pegou uma das lentes soltas, cncaixou no olho (dolorosamente) e declarou que era um ciborgue. Jack avançou sobre Paul. As lentes caíram na terra e um entrevero de ciborgue contra ciborgue começou. No fim, seguiu-se uma vantagem injusta para o Exterminador quando ele recorreu às cócegas.

Paul soltou-se, cambaleando para trás com um *bam-bam-bam* de duas mãos...

E então Will estava lá, branco como cera. O que ele viu foi Jack e Paul congelados no meio do combate, como guaxinins embaixo de um holofote. Cacos de lentes e feixes espalhavam-se na terra, óculos de segurança pendurados na orelha esquerda de Jack. A loucura passou, e Jack percebeu como estavam enrascados naquele momento.

Will os transformou. O choque transmutou-se em fúria, uma fúria que o deixou irreconhecível. Jack ficou sem palavras. Paul gritou de verdade. Paralisado com o medo do pensamento de que eram presas fáceis, dentro de segundos Will agarrou os dois pela gola da camiseta.

A voz de Jack evaporou. Paul gemeu e começou a chorar.

Will os arrastou até a porta, gritando como um demônio. Jack não disse uma palavra, a camisa prendendo nas axilas, os tênis riscando a terra. Paul continuava choramingando, gaguejando desculpas. Na soleira, Will jogou os dois para fora na noite. Jack amorteceu a queda com as mãos nuas, o cascalho rasgando a pele da palma das mãos. Paul rolou.

Uma silhueta elevou-se na entrada, um pesadelo de carne e osso. Com um grito animal final, Will bateu as portas, banindo os dois garotos para a escuridão. Em seguida, o estalar de correntes: Will trancou o celeiro com violência por dentro.

Paul soluçava. O coração de Jack batia tão rápido que impediu os pulmões de trabalharem direito. Gritos vinham de dentro do celeiro a cada novo desastre que Will descobria.

— Quero ir para casa — disse Paul.

— Vai. Eu vou... eu...

— Vai ficar bem?

Quando Will descobria algum novo horror, gritos novos reverberavam pelo pátio, ecoando pela fileira de árvores.

— Acho que não.

— Desculpa. Desculpa.

De volta ao presente, Jack estava do lado de fora, olhando o celeiro. As portas estavam entreabertas, o interior escuro iluminado pela luz da manhã que atravessava as telhas faltantes e os vãos nas tábuas. Empurrando a porta aberta com uma das mãos, ele se esgueirou para dentro.

Vazio.

O equipamento se fora. Cada parafuso. A sala de alimentação à esquerda de Jack e o depósito de materiais à direita estavam destrancados. O chão da sala à esquerda fora escavado e a depressão de um metro e oitenta fora coberta por madeira. A cobertura de madeira tinha meias-luas serradas nos cantos, possivelmente para o cabeamento. Vãos semelhantes foram cortados nas paredes interiores e exteriores da sala.

— Geradores — murmurou Jack. O interior do buraco e o lado de baixo da cobertura eram acolchoados. À prova de som. Lembrou-se das caixas de fusíveis, das manhãs quando nada funcionava. Independente do que Will estivesse fazendo ali, exigia energia. Muita energia. Não era um buraco pequeno.

A sala à direita tinha chão de concreto e ar-condicionado. Uma janela fora instalada para dentro do celeiro. Uma sala de controle, talvez.

— Uma espaçonave — disse Jack, em sua melhor voz infantil. — Se apenas soubéssemos, hein, Will?

Algo bateu no alpendre. Nick gritou. Jack correu do celeiro, deslizando no cascalho e avançando a toda velocidade para a casa. Encontrou Nick imobilizado, com o rosto para o chão, o braço esquerdo preso dolorosamente para trás e erguido por alguém de jaqueta e boné de beisebol. Um atiçador de lareira deslizou pelos degraus.

— Solte-o!

O agressor de Nick obedeceu, pulando para trás e endireitando as costas.

— Ele começou.

Jack não sabia ao certo se era ela que via; se era, ele esperava nunca mais ter que vê-la novamente. Mas ali estava ela, e seis anos de raiva, coração partido e perguntas não respondidas e entaladas na garganta queriam sair de uma vez.

Em vez disso, Jack subiu os degraus e ajudou Nick a se erguer.

— Tudo bem?

— Tranquilo — disse ele, mexendo o braço — Quem é essa?

— Zed — disse Jack. — Esse é Nick. Nick, Zed. Zed, que porra é essa?

— Ele me assustou.

— Eu quis dizer "que porra é essa" em um sentido mais abrangente.

— Quer saber como eu encontrei você?

Jack fechou os olhos.

— O bafômetro. Você rastreou a câmera e o bafômetro.

— Não. Eu me perguntei qual seria o pior lugar para você ir e vim.

Nick olhou nervosamente para a fileira de árvores.

— Ele entende — disse ela.

Era desconfortável, mas Jack precisou admitir: queria que Paul viesse atrás dele.

— As coisas mudaram.

— Eu sei.

— A Monarch pode entrar aqui, mas não vão sair, isso eu posso garantir.

— Quer dizer, soldados?

— Sim.

— E não franco-atiradores, que estão a mais de um quilômetro de distância e invisíveis.

Jack não tinha resposta.

— Vamos entrar.

Nick girou a chave.

— Eu não. Estou fora. Aliás, vai se foder por não me contar sobre seu desejo de morrer.

— Nick, espera. Não é isso. A Monarch... eles não vão deixar isso passar, simplesmente. Sabem que você esteve aqui.

Zed concordou.

— A Monarch está profundamente preocupada com as últimas horas. Ações realmente atrapalhadas da administração. Mesmo assim, provavelmente já estão organizados agora. Não posso impedir que vá, mas precisa saber que vão pegar você em algum momento.

— Meu pai precisa tomar remédios. Sou tudo o que ele tem.

Jack compreendeu.

— Cuide-se, Nick.

— Certo. — O taxista girou a chave. — Namastê, malucos. — E seguiu para o carro. Jack e Zed observaram enquanto ele saía pela estrada e desaparecia além dos sicômoros alaranjados.

— Meu nome não é Zed — disse ela.

— E você trabalha para a Monarch.

— E eu trabalho para a Monarch.

— Então, com quem estou falando?

— Beth Wilder. — Ela tocou-lhe o braço e pousou um beijo rápido em seu rosto. — E ela está feliz em vê-lo.

Beth entrou. Jack a seguiu.

***

Zed — "Beth" — pegou a caneca de café frio de Nick e pôs no micro--ondas. Enquanto ela ligava o aparelho, Jack catalogou as mudanças: seus cabelos pretos tingidos agora tinham a cor ruiva natural. As tatuagens haviam desaparecido, bem como os piercings. Vê-la mudada deixou-o desesperadamente saudoso de quem ela era. As mudanças que o tempo talhou nela lhe diziam muito da história que ele perdera. Ela se portava de um jeito diferente — costas retas e ágil quando antes era relaxada e econômica com postura e movimentos. "Beth" levou a caneca à mesa e sentou-se. Zed teria botado os pés sobre ela.

Ele sentia falta do fio brilhante da corrente que ia da argola do nariz até o brinco na orelha, além do parkour, o skate e os problemas em que se metia e que podiam acabar mal. Ela não se importava. O destino recuava e sua audácia, que fazia os olhos brilharem, deixava Jack sem saída a não ser entregar os pontos. O mundo o deixava menos para baixo e parecia mais brilhante quando ela estava por perto.

— Cabelo diferente — disse ela. — Cor de pele diferente, postura, vocabulário, cor de cabelo, estilo, sem piercings nem tatuagens, redução de seios. Malhar dá uma mudada no corpo. O trabalho dentário muda um pouco o rosto. Perdi o sotaque de Jersey.

— Então, qual era o verdadeiro? — Ele puxou uma cadeira, virou-a para ela e se sentou. — O sotaque de Jersey ou este?

Ela abriu aquele sorriso de Bruce Willis que ele conhecia tão bem, com ou sem trabalho dentário.

— Este.

— Por que fazer tudo isso? Por que...

— Jack. — Ela se inclinou para a frente e pôs as mãos nos joelhos dele, perturbando-o. — Não podemos fazer isso aqui. Não temos tempo.

— Você teve tempo para um café.

— Enquanto você esteve fora, eu fiquei aqui, trabalhando para a Monarch. Fazendo conexões, infiltrando-me na operação deles. Não podia correr o risco de Paul me reconhecer... o jovem ou o mais velho.

— O mais velho estava aqui o tempo todo?

— Por mais de uma década, nos bastidores e sem registro nenhum. Ele ficava em um apartamento no quadragésimo nono andar da Tower.

Pouca gente consegue chegar lá. Quando ele sai do prédio, é sempre de helicóptero em um campo aéreo particular. Nunca visto nem ouvido. Todos os registros dizem que Paul Serene era o coordenador do Projeto Passarela, vinte e sete anos, e que morreu na última noite em um ato de terrorismo interno. Morto por um grupo chamado Movimento PAZ.

— Se ele é um fantasma, como sabe tanto sobre ele?

— Meu colega Horatio está bem infiltrado no sistema deles. Ele é da nata em um dos projetos paralelos da Monarch. Estar onde não é chamado é um dos hobbies do Horatio.

— Acho que ele era amigo do Will. Hacker, de bigode, gordinho bem-arrumado?

Ela ficou desconfortável.

— É ele. Obviamente Horatio e eu precisamos ter uma conversa sobre higiene. De qualquer forma, ouça bem: esta é a parte importante. O que aconteceu na noite passada na universidade foi um desastre, e não estou falando dos garotos mortos. A máquina do tempo da Monarch iniciou um circuito de retorno entrópico dentro do campo Meyer-Joyce pequeno, mas fatal, o que no fim das contas resultará na ruína completa da causalidade.

— Isso explica algumas coisas. — Lapsos, poderes e visões entre elas.

— Me ajude a salvar o mundo. Vai levar um dia. Dois, no máximo.

— Zed...

— Beth.

— Passei quatro anos procurando por você — disse Jack, tremendo um pouco. Vê-la de novo estava afetando seu corpo, e se tornou difícil manter a voz estável. — Eu não sabia nem se você estava *viva*. Pensei... pensei que os capangas de Aberfoyle...

— Vou ser direta — disse ela. — Sabia o que meu desaparecimento faria com você e desapareci do mesmo jeito.

Que dia de merda.

— Você não tem a dimensão completa ainda — disse ela —, mas estamos envolvidos em algo que é muito maior que qualquer outra coisa. — Em seguida, de novo com aquele sorriso: — Não que isso signifique alguma coisa a mais, Problema, mas senti saudades dessa sua cara de idiota, *de verdade*.

— Você... — O ar parecia um pouco mais rarefeito. Ele tentou respirar. — Você não tem *ideia* de quanto fui longe tentando encontrá-la.

— Você chegou perto, no Arizona. Eu estava no complexo quando você apareceu. Não digo isso para te torturar. Estou dizendo porque fico feliz que tenha ficado do meu lado. Não achei que ficaria. Você estava lindo naquela bicicleta.

— Você me *viu*?

— Sim, quando parti. Mas já estava na minha hora.

— Atravessei o país em cima daquela coisa. Aqueles desgraçados quebraram toda a bicicleta e me deixaram na interestadual.

— Eles precisaram. Não podiam arriscar que você descobrisse que eu estava lá e viesse atrás de mim.

— Você poderia ter me deixado um bilhete e me economizaria quatro anos.

— O que você encontrou no quintal dos fundos daquela casa onde eu me escondia?

— Você sabe o que eu encontrei. Tudo que era seu. Até as joias. Identidade. Roupas. Porra, Zed, eu fiquei louco.

— Beth.

— Pensei que os capangas do Aberfoyle tinham te matado.

— O que fez você concluir que não tinham?

— Ninguém veio atrás de mim, do Paul ou do Will. Imaginei que você tivesse desaparecido como o fantasma que sempre foi.

— Dizem que fantasmas são a presença de uma ausência. Estou bem aqui, Jack.

— E quem é você?

Ele percebeu que ela estava prestes a dar uma de suas respostas evasivas. A expressão dele disse *não*. Algo como tristeza pairou no rosto de Beth. No fim, ela apenas deu de ombros: *Não sei o que lhe dizer*.

— Um bilhete não era opção. A primeira regra de um bom desaparecimento é não levar nada nem deixar nada para trás. — Ela se inclinou para a frente, sondando a expressão de Jack, buscando um pouco de compreensão. — Estava me preparando para este momento, exatamente este, desde que tinha oito anos de idade.

— Não entendo.

— Vai entender.

Talvez fosse matéria/antimatéria tê-la ali, à mesa de sua família, um pedaço de outro mundo se materializando naquele. O planeta inteiro devia ter explodido porque ela estava bebendo café na casa onde ele crescera. Viva.

— Vamos — disse ela, levantando-se. — Me mostra a casa. Se há respostas aqui, quero que as encontremos primeiro.

Andam por aí porque nós não conseguimos nos livrar deles.

No andar de cima, eles pararam na porta do que fora o quarto de Jack por vinte e dois anos.

— Se houvesse qualquer coisa aqui, a Monarch já teria levado — disse ele. — Eles acabaram com uma universidade. Não pensariam duas vezes em fazer um arrombamentozinho e entrar.

Jack andava por aquele corredor toda manhã. Às cinco horas, descia as escadas, vendo o sol baixo e dolorosamente claro atravessando as janelas enquanto caminhava com lentidão até a cozinha com os pés descalços no chão frio. Ele ligava o fogão, preparava o café da manhã para dois. Cereal. Café. Torradas. Ovos. O de Will ia para o micro-ondas para esperar ele acordar poucas horas depois.

— Jack?

— Oi?

— Você ouviu alguma coisa do que eu disse?

— Hum… — Ele piscou com força, sentindo o cheiro de ovos mexidos. — Desculpe. Não.

— A Monarch ficou com Will sob custódia por alguns anos, mas na época ele havia se livrado ou destruído a maior parte de seu trabalho. Não ficou com nada que interessasse a Monarch.

— Eles tiraram tudo o que quiseram de Will.

— Will projetou mais do que uma máquina do tempo. Ele foi o pioneiro de um campo científico inteiro.

— Um campo que era desacreditado universalmente, sim, eu sei. Foi como quase perdemos a casa.

— Foi desacreditado intencionalmente. Seu irmão era um cara incomum, mas não estava errado sobre muita coisa. É essencial para os planos de Paul que ninguém mais tenha essa tecnologia… nem sequer fique curioso sobre ela. A Monarch é muito eficiente. Que merda, eles conseguiram aprovar uma emenda constitucional permitindo que seus paramilitares operassem dentro de nossas *fronteiras nacionais*. Infiltraram a empresa no tecido de tudo que mantém a sociedade unida: medicina, tecnologia, armas, caridade, planejamento urbano, polícia nacional. Caramba, nas *creches*.

Creches.

— Por que você disse que está sendo treinada para isso desde que tinha oito anos?

Ela balançou a cabeça.

— Quando Paul passou pela máquina na noite passada, ele foi até o fim do tempo, mas não para sempre. No final, voltou para 1999. Dezessete anos no passado. O jovem que você conheceu viveu cada um desses anos até esse momento. Então, entenda: Paul tem aqueles dezessete anos na sua frente agora. Dezessete anos de treino com os poderes que tem, mais o conhecimento prévio do futuro mostra como a Monarch cresceu tão rapidamente.

— E você sabia de tudo isso seis anos atrás. Por isso estava aqui. Mas por que se envolveu comigo?

— Este era seu quarto?

— Hum... — Ah, que merda. — Sim, mas não há nada aqui que...

— Faz seis anos que você não entra neste quarto. Não tem ideia do que pode haver aqui.

— Espere, é sério, não tem...

Beth girou a maçaneta e empurrou a porta. Ela bateu na parede, fazendo um ruído oco.

— Bem — disse ela. — Isso é um avanço.

— Eu gostava desse programa. Você também.

— Nós dois sabemos que não é disso que estou falando.

O quarto era aconchegante, pequeno, com uma única janela, que parecia ter saído de um livro de imagens e dava para o pátio posterior e para a fileira de árvores além. Uma estante estreita continha romances, muitos deles com adesivos do sistema decimal Dewey nas lombadas. Quando criança, Jack conseguia muito material de leitura de liquidação de bibliotecas e sebos. Recostados contra as lombadas gastas estavam os bonequinhos de dois dos quatro principais personagens de *Time Outland*, o plástico amarelado com a idade. "Setembro", o franco-atirador magrelo, e a hacker bonitinha com seus cabelos cor-de-rosa.

Embaixo da janela ficava a cama da infância de Jack, bem-arrumada e coberta com um edredom do *Time Outland*. Rosa, com a personagem Digit estampada — a hacker — piscando e fazendo o sinal de "tempo" ostensivamente com as duas mãos. *Time Out*. T. O. *Time Outland*.

Sempre havia alguma mensagem ao fim de cada episódio sobre ser fiel a si mesmo, tirar tempo para pensar ou algo assim.

— Eu ainda digo que ela era a melhor do time — disse Jack, na defensiva.

— Como eu nunca vi este quarto?

— Tinha esperteza. Era engraçada. Os outros apenas eram orgulhosos e tinham passagem livre.

— Tão defensivo. Prefiro de longe o esquisito magrelo com um fuzil de franco-atirador. Setembro tinha as melhores falas.

— Talvez tenha sido ela o motivo de eu tomar decisões ruins com ruivas.

Beth girou o quadril e imitou a posição de Digit:

— *Time out!* Pense antes de agir! — Piscadela.

— Nojenta — disse Jack.

As coisas velhas de Will invadiram os cantos do quarto de Jack. Gabinetes, latas de café cheias de recibos, post-its com datas e rótulos presos por um elástico. Pilhas de fitas de vídeo de Carl Sagan. Modelos de resumos de coisas que podiam ter sido moléculas feitas de kits de construção de brinquedo. Uma esfera de doze lados servindo de peso para uma pilha de manuscritos. Polaroides de laboratórios, rotuladas com nomes de universidades sul-americanas. Jack não lembrava de nada daquilo.

Ele caminhou, ergueu a esfera, virou-a nas mãos. Os papéis embaixo dela tinham representações manuscritas dela e fragmentos de cálculos.

— Então, você gostava do Setembro — disse Jack.

— Hein?

— O magrelo esquisito com fuzil de franco-atirador. — Jack deixou a esfera de lado e examinou as fotos.

— Ah, sim, claro. Ele era magro, usava muito preto, tinha uma voz descolada...

Algumas fotos pareciam com disparos de um laser mirando em uma pequena bola de chumbo. Ele as colocou de volta com o restante da bagunça.

— ... fazia as coisas sozinho — Jack terminou a frase para ela —, ninguém sabia de onde vinha, desaparecia o tempo todo, reaparecia no último minuto...

— Ei, não fique chateado, bobão. Setembro pode ter sido um esquisito solitário com uma história pregressa rasa, mas fazia as merdas que precisavam ser feitas, certo? Logo você vai perceber como esse traço de caráter é valioso.

Jack não estava entendendo nada. Seis anos se passaram. Mais de trinta mil quilômetros rodados. Medo. Tristeza.

Ela tocou a mão de Jack. O contato foi apavorante.

— Ei. Eu era Zed. Eu sou Beth. Se eu pudesse te poupar da dor, teria poupado. Na verdade, poupei várias vezes.

Cara, que olhos grandes ela tem.

— Vamos, seu irmão não era idiota. Deve haver alguma coisa que a Monarch não viu. Caramba, é *você*? — Beth foi direto até uma pilha de caixas no canto, em cujo topo havia um porta-retratos com uma foto em preto e branco de toda a família. Todos os quatro. Jack devia ter uns oito anos quando foi tirada. — Belo penteado.

— Minha mãe tinha uma coisa com Paul McCartney.

Ela pôs a fotografia de volta onde havia encontrado.

— Will passou uma fase Manchester de verdade, não é?

— Ele era diferente na época. Antes de nossos pais morrerem. Mais ligado. Engraçado, até.

— A morte deles o pegou de jeito?

— Não acho que foi a perda que fez Will pirar. Acho que todo mundo sabia que ele pegaria tudo que tinham construído e gastaria nos experimentos idiotas. Como um viciado triste que não consegue se controlar.

— E então você descobriu.

— Alguns anos depois.

— E partiu de Riverport. — Ela olhou para ele, escolhendo as palavras. — Mas os experimentos, eles não eram idiotas, eram?

Aquilo era difícil. Odiava o quanto pensava que a conhecia bem, embora aceitasse que não a conhecia nem um pouco.

— Por que você está aqui?

— O fim do tempo está chegando, Jack. O treinamento, a viagem, o pessoal no Arizona... conhecer você... tudo aconteceu para eu poder estar aqui e fazer algum bem. Disse e fiz todas as coisas certas. Estou dentro da Monarch. Estou a postos. Estou pronta.

A resposta parecia já determinada.

— Então, você vem do futuro?

De novo, aquele sorriso amarelo de Bruce Willis.

— Ainda não.

12

Alguns anos antes, Will reclamou para si o sótão para fazer um escritório, o lugar no qual ia para compor seus artigos e correspondências. Agora, estava repleto de caixas de papelão cheias de uma mistura nostálgica que nenhum dos irmãos era capaz de descartar.

Jack abriu uma tampa solta e olhou lá dentro: mais papéis.

— Tem mais coisas aqui do que me lembro.

— Interessante. — Beth tomou um caminho mais para dentro da confusão de engradados plásticos, sacos de lixo e caixas de empresas de mudança.

— Há quanto tempo está com a Monarch?

— Há quatro anos. Estou um pouco abaixo do nível médio. Tentei o programa de agente cronum. Você encontrou alguns deles na universidade. Passei pelo treinamento todo e não passei no final.

Jack franziu a testa.

— Você...?

— De propósito. Queria ter o treinamento, mas não ficar presa a uma unidade de especialistas. Melhor ser subestimada e rotulada como genérica. Mais espaço para me mover sem ser percebida.

Havia um catre e uma pequena escrivaninha com um monitor de tela plana barata de doze polegadas preso à parede sobre ela. E um telefone antigo de baquelite com o fio enrolado pendendo da parede. Talvez Will tivesse começado a passar as noites ali.

— Já fez algo de que... se arrependeu?

— Não. Sou muito boa em *não* estar no lugar errado na hora errada.

Jack pensou nos últimos momentos de Aberfoyle. *Eu acredito em causa e efeito.*

— E é por isso que ainda não estou preocupada com o interesse da Monarch em você. — Beth desviou da carcaça podre de uma poltrona reclinável com pilhas de impressões encadernadas. — Alguma coisa parece fora do lugar para você?

Jack correu os olhos sobre as pilhas de caixas ordenadas, pilhas largadas de sacos de lixo cheios de roupa.

— Sr. Squishy.

— Como?

Jack andou de lado passando pelas pilhas de *Scientific American* na altura do joelho para pegar um elefante de pelúcia desbotado do alto de uma pilha de caixas em um canto.

— Papai ganhou este aqui em um parquinho quando eu tinha, sei lá, seis anos? Andei abraçado com ele pela casa por anos. Will costumava dizer: "Squish sabe todos os segredos de Jack".

Beth piscou, deu meia-volta e começou a bater nas caixas de cima a baixo. *Tap tap. Tap tap. Tap tap.* Nada especial. Chutou o fundo de uma delas. Tinha a elasticidade de um bloco de concreto.

— Esta aqui.

Juntos, eles jogaram as três caixas que estavam em cima para o lado e abriram a tampa da quarta. Encaixado com cuidado dentro dela estava o que poderia ser a parte de cima lisa, dura, cinza metálica de um...

— Cofre. — Beth rasgou a caixa. Uma trava de combinação manual pequena e regular. — Proteção mínima. Menos de trezentos dólares na Home Depot. Me arranje uma furadeira que eu abro.

— Sério?

— YouTube.

— A gente deixava um monte dessas coisas no celeiro. Espere aí, vou buscar.

Beth acenou para ele. Tirou um dispositivo do tamanho de um palmo do bolso e verificou a energia nele.

— Certo. Olhe por aí, veja o que mais consegue encontrar.

Jack apontou para o aparelho tecnológico preto na mão de Beth.

— O que é isso?

— Negócios. Volto logo.

E, desse jeito, Jack se viu sozinho e cercado por batalhões de detalhes esquecidos fiéis a uma história que ele havia tentado esquecer.

***

Os músculos na mandíbula de Martin Hatch estavam se movendo.

— Preciso insistir — disse ele mais uma vez. — Deixe-me dar a ordem. Podemos fazê-lo de forma rápida e silenciosa.

Paul estendeu a mão com luva de couro. Um agente de prontidão lhe entregou sua arma e a armadura.

— Eu vi muitos futuros para William Joyce, e a maioria deles mostrava como ele fazia mal à nossa causa. Ele precisava morrer. O caminho em que estamos agora não mostra Jack sendo uma preocupação imediata. Temos tempo.

Martin não estava entendendo.

— Nós dois sabemos que um indivíduo motivado condicionalmente e isento das leis de causalidade possui um potencial enorme de prejudicar esta empresa... em uma linha do tempo de qualquer extensão. Uma palavra sua e essa variável será removida para sempre.

Paul puxou a luva remanescente, escondendo a luz de sua carne, e flexionou a mão estranha, dolorida.

Martin insistiu no tema.

— Eliminar Joyce é um ato de diligência conscienciosa, não apenas para nossos acionistas, mas para nossa *espécie*. Estamos à beira do declínio, Paul Serene.

Paul prendeu a armadura de ombro, subiu o zíper do suéter de lã leve e se encaixou em um sobretudo.

— Não. Tentamos várias vezes replicar minha condição. E várias vezes fracassamos. Dr. Kim, aquele pobre-diabo uivante, é o exemplo do que temos condenado cada uma de nossas cobaias. Ainda assim, Jack está aqui, intacto, mente e corpo sãos, manipulando o tempo tão livremente quanto eu. Não podemos simplesmente *matá-lo*, Martin.

Um agente puxou a porta da van, deixando entrar o ar frio da manhã.

— Não antes de melhores opções serem despendidas.

Atrás da porta da casa, Beth respirou fundo, concentrou-se e avançou rapidamente para fora, desceu as escadas em um trote, os olhos examinando a fileira de árvores. O celeiro estava destrancado. Assim que entrou, verificou duas vezes o dispositivo na mão. Era uma bola de poliuretano com seis centímetros de diâmetro presa a um quadradinho do tamanho de um telefone celular com uma tela monocromática de uma polegada. Ela ligou o aparelho, desceu pelo menu de cinco itens até a opção MOSTRAR, e a tela até um ponto central em preto e branco. Um ponteiro de luz branca girou em trezentos e sessenta graus ao redor do ponto e desapareceu: a unidade parecia calibrada.

Verificou o relógio, em seguida subiu a escada até o palheiro. As portas do palheiro que ficavam de frente para a casa e a fileira de árvores adiante estavam fechadas. A parede de cada lado das portas do palheiro tinha algumas prateleiras, e as prateleiras continham algumas ferramentas.

Beth ignorou todas e foi até o rifle de caça.

De pernas cruzadas na poeira, Jack encarou o cofre. Em seguida, olhou para as pilhas altas do passado. Depois, olhou para o elefante de pelúcia na mão.

— Você queria que eu encontrasse isto — disse ele. — Que combinação você teria usado? Que combinação achou que eu saberia que você usaria? — O elefante não tinha respostas. Jack verificou o relógio. Estava ali fazia duas horas. Precisava ir embora. Depois, a meio caminho de se levantar, escolheu ficar sentado. Talvez o passado tivesse algo a dizer. — Se você quer me mostrar, me mostre.

Nada. Apenas luz poeirenta e o cheiro de veneno de rato e bolinhas de naftalina.

Depois, bem quando estava prestes a sair, a luz mudou. O sol atravessou a janela e afundou no horizonte a leste, o interior do sótão girando entre luz e escuridão várias vezes, cada vez mais rápido e então...

Um homem entrou no sótão, fechando a escotilha atrás dele. Jack ouviu algo ser pousado na escrivaninha, o som de duas travas estalando. Papéis. Duas travas clicando até fechar.

Um corpo abriu caminho até o cofre, e Will estava agachado ao lado de Jack, olhando para o copo e com os arquivos com elásticos na mão.

— Cinco à esquerda — sussurrou ele. — Vinte e sete à direita...

— Noventa à esquerda — terminou Jack para ele. — Minha data de nascimento.

O cofre rangeu ao abrir, e Will desapareceu.

Beth tinha um rolo de fita plástica preta no bolso do uniforme. Deixando o rifle nas tábuas do assoalho, ela pôs o dispositivo de bola e caixinha com a maior velocidade possível contra a estrutura do rifle — a tela de LED do dispositivo de frente para o cabo, a bola na direção do cano — e começou a enrolar o corpo com a fita. Segurava bem, mas a coisa realmente precisava de um suporte personalizado ou um trilho Picatinny. Era bem complicado.

Beth deixou uma lata de pregos na velha cadeira dobrável, puxou-a até a frente das portas do palheiro e descansou o rifle nela com o sensor-bola na direção das portas de madeira fechadas. Verificou o relógio e esperou.

A pasta dentro do cofre era fina, nada impressionante. Continha uma papelada. Propriedade. H. G. Wells era dono de um ginásio de natação. Dentro da pasta havia uma chave colada com fita adesiva.

Não foi o que chamou a atenção de Jack. Ele pôs a pasta de volta no cofre e examinou um documento de duas páginas com o título alarmante de BOTÕES DO PÂNICO.

Jack examinou-o rapidamente.

Localizações: sótão, cozinha, quarto de Jack.

Manutenção: verificar os selos nos potes ao menos uma vez a cada 6 (seis) meses. Precisam ser hermeticamente fechados. Se os selos se degradarem, o éter se dissipará.

Sótão vai primeiro. Segundo andar vai 60 (sessenta) segundos depois. Se o segundo andar falhar, espere o sótão desmoronar dentro do segundo andar depois de aproximadamente vinte minutos.

Materiais sensíveis a serem deixados mais próximos dos jarros no sótão e no quarto de Jack para garantir a evaporação.

Jack ficou sentado com o papel na mão por um tempo. Depois, olhou para os quatro cantos do sótão. Sujeira e lixo estavam empilhados por toda parte. Ele pegou Squish, levantou-se e investigou o canto mais distante, aquele empilhado com caixas de documentos. Ele as empurrou, abriu caminho através de algumas camadas e foi recompensado com a visão de algo que o fez recuar.

Escondido atrás de tudo estava um jarro de vidro de apenas três litros e meio recostado à parede com o que parecia ser uma bomba caseira feita de cano amarrada a ele com fita isolante velha e já descascada. O jarro estava cheio até a tampa com um líquido claro e tampado com um selante. Um fio verde grosso saía da bomba e passava por uma fenda nas tábuas empoeiradas.

Na estante de madeira sobre o dispositivo havia uma pasta. Na capa havia um desenho feito à mão da esfera de doze lados que Jack vira em seu quarto.

O telefone de Jack bipou, fazendo-o ter um sobressalto.

— Que porra.

O nome na tela era NICK (TÁXI).

Ele deixou Squish no alto das caixas e estava prestes a atender a ligação quando algo dentro dele *pulsou*. A sensação era nova, ainda que familiar. Ele a sentiu horas antes, antes do primeiro lapso bater.

— Nick?

— Jack. Cara. Você ainda está na casa?

Jack olhou para o canto atrás dele. O vidro brilhava para ele entre duas caixas de maçãs. Havia uma escondida em cada canto. Will havia preparado o sótão para virar uma bola de fogo.

— Por quê?

— TV. Ligue a TV.

Meu Deus. Como Will fez aquilo sem se matar? O cara não conseguia preparar um cereal sem botar fogo nas cortinas.

Jack perambulou pela bagunça, voltou à escrivaninha e ligou o monitorzinho ordinário. Canal do clima.

— Em que canal devo colocar?

— Canal doze.

Jack zapeou. Utensílios de cozinha. *Who's the Boss?* Tubarões. Nazistas. Seu rosto.

— Que p...?

— É. Se importa de me explicar isso?

Jack apertou o botão de volume.

— Fica quieto um minuto.

Era seu rosto, mas a voz que ouviu era profunda, tranquilizadora, masculina:

"... certamente é Jack Joyce, o irmão de um especialista da Monarch Innovations despedido pouco tempo antes. A Monarch Security está trabalhando com o Departamento de Polícia de Riverport para determinar se esse é um detalhe pertinente. Temos relatos de vários sobreviventes que indicam que o objetivo declarado de Joyce era detonar a biblioteca com os manifestantes dentro dela. Seria irresponsável da minha parte especular sobre o motivo nessa altura do campeonato, mas fica claro que ele está associado ao grupo conhecido como 'Movimento PAZ*'."*

Corta para imagens ao vivo, no campus. A repórter era uma asiática bonita. Seu entrevistado era um afro-americano de pele escura, careca e uns bons trinta centímetros mais alto. O dono daquela voz profunda, tranquilizante.

Era um olhar letárgico e um discurso sossegado; a maneira como Hatch não olhava para a repórter, mas diretamente para a câmera, sem piscar. Esguio dentro daquele terno de cinco dígitos, Martin Hatch irradiava a ameaça potencial de um predador alfa.

O efeito era suave, profundo e hipnótico, e fez Jack não gostar dele de imediato.

"Jack Joyce é um itinerante de carreira com preferência por pontos focais: Afeganistão, Síria, Tailândia. O Departamento de Polícia de Riverport, o FBI*, o* NSA*, o* DSN *e a Monarch Security têm interesse nele. Se vir esse homem, não se aproxime. Ligue imediatamente para 911. Obrigado."*

A repórter cortou para uma imagem ao vivo do local onde estavam as ruínas fumegantes da biblioteca. A luz do sol do início da manhã reluzia na madeira úmida, enegrecida. Arcos de mangueiras contra incêndio lançavam arco-íris. A garganta de Jack fechou-se. Os restos do irmão estavam em algum lugar ali embaixo.

A expressão da repórter era séria, padrão, suas feições agradáveis. As entranhas de Jack doeram de novo.

"Jack Joyce, que teve vários problemas com a lei no passado, é suspeito de tentativa de assassinato e demolição prematura da biblioteca da Universidade de Riverport. Seu cumpliíí..."

O momento desapareceu pelo que pareceu segundos; a imagem na tela reduziu a velocidade, desintegrando-se. A náusea cresceu no estômago quando o segundo se estendeu e se dividiu, se estendeu e depois... voltou à forma.

"... iiiíce e irmão, William Joyce, que fez ameaças à equipe da universidade após ser demitido, morreu na explosão da biblioteca. O Departamento de Polícia de Riverport solicita com urgência que quaisquer informações relacionadas ao paradeiro de Jack Joyce sejam enviadas diretamente a eles."

Um lapso estava vindo. E logo. Nick pigarreou.

— A Monarch está na frente da minha casa, Jack. Entro?

— Eu não entraria.

— E meu pai?

— Desculpe. Não sei.

O volume no telefone caiu e depois aumentou.

— Espere aí. Alguém está ligando. Merda, eu acho que é... estão ligando do telefone do meu pai.

— Não atenda.

— Eles estão com meu pai.

— Não podem te ameaçar se você não tiver respostas. — O telefone de Jack apitou no ouvido. Merda. Número desconhecido.

— Estão ligando para você agora?

— Nick, preciso ir. Entre, diga para eles que eu te sequestrei. Faça o melhor por você e por seu pai. Seja lá o que acontecer, não vou culpá-lo.

Jack encerrou as duas chamadas e, em seguida, encolheu-se quando uma campainha próxima trinou: forte, aguda e alta. O telefone de baquelite de trinta e cinco anos na parede estava vibrando. As narinas de Jack abriram-se; ele se decidiu e atendeu, irritado.

— Ligue no meu celular. — E desligou. O celular tocou. — Então, o que faremos?

— Jack.

Paul. Mil palavras não poderiam aliviar tudo que lutava para sair, então Jack baixou a bola.

— Explique. — Caminhou até a janela para poder ver o celeiro, mas não havia sinal de Beth.

— Sinto muito por Will.

A fúria veio naturalmente forte.

— Vai sentir.

Paul não reconheceu a ameaça.

— Pensei muito sobre Will. Não quis aquilo. Mas ele forçou minha mão, Jack.

— Ei, não se preocupe, Paul. Ainda estamos juntos, certo? — Jack experimentou uma raiva tão profunda que bagunçava sua visão. A capa do telefone soltou um estalo baixo.

— O que fiz vai me assombrar até eu morrer.

— Então, menos que um dia.

— *Me escuta!* — A respiração de Paul de repente ficou espasmódica, trêmula. — Estou tentando ajudar você. Ajudar a gente.

— Sabe, não sou bom no telefone — disse Jack, cheio de charme. — Que tal conversarmos sobre isso cara a cara?

Paul suspirou.

— Tudo bem — disse ele. — Desça aqui. Estou na cozinha.

Gibson saiu da reunião com Hatch diretamente para a sala de pelotões. Quando entrou, soube de imediato que todos sabiam. Donny foi homem nesse sentido, aproximou-se e deixou Gibson lhe dar um soco na cara.

— Não se preocupe, chefe — o garoto disse, tateando o nariz e limpando o sangue com o polegar. — Foi uma decisão de merda. Nenhum de nós aqui engoliu.

Irene assentiu. Todos assentiram.

Gibson disse a Donny:

— Quais são nossas ordens?

— Esperar. Tranquilizar.

— Não, isso não está certo. Eles devem estar indo atrás de Joyce. Precisam da gente.

Donny balançou a cabeça.

— Hatch mandou Técnicos e Atiradores. Depois da última noite, ele quer que fiquemos meio dia fora.

— Para "descomprimir" — disse Mully.

— Eles querem a gente descansado para fazer a segurança do baile de gala de hoje — Voss comentou.

Técnicos e Atiradores. Tropas padrão cronum-ativas e pôneis amestrados musculosos usando tecnologia cronum de primeira geração em uma tentativa de imitar um par de poderes de Serene. Todos eles mais apaixonados por seus equipamentos do que por suas crenças.

— Donny, consiga para mim um lugar em uma das unidades de Técnicos no destacamento da fazenda dos Joyce.

E foi assim que Gibson chegou ao bosque que cercava a casa de Joyce.

Era uma manhã bonita. Clara, fresca. Sua filha, Lorelei, teria gostado. Talvez ele comprasse o lugar quando tudo estivesse terminado. Podia escolher uma daquelas grandes árvores lá, construir uma casa para a menina. Sentar-se naquele alpendre e observar Tamiko empurrar Lorelei em um balanço feito de pneu. Ouvir a risada da criança percorrer o jardim.

Ele estava deitado de bruços, envolto no traje camuflado, ao lado de um dos idiotas do pelotão Garra, a cerca de meio quilômetro do terreno de Joyce. Ele passou pela lateral do fuzil de franco-atirador de cano longo no qual descansava o rosto do rapaz.

— Esse é um dos nossos?

O franco-atirador ergueu a mão camuflada por folhas, bateu no selo da Monarch no meio do fuzil. A disciplina era fraca ali. Um agente digno desse nome teria grunhido uma afirmativa e mantido o olho pregado na mira.

— Sistema de alvo baseado em Linux. Condições de clima, velocidade do vento, velocidade do alvo.

— Tem Netflix aí?

O *wookiee* bufou.

— Talvez. Quando a mira trava o alvo, eu consigo acertar a bunda de um besouro em movimento a um quilômetro e meio e bater punheta ao mesmo tempo.

— Parece que você está a uma inovação de distância do desemprego.

O soldado soltou uma risadinha tossida menos convincente.

Caralho, Gibson estava entediado. Ele entrou naquele destacamento porque sabia que o sr. Hatch queria o menino Joyce morto e Serene não queria. Se Randall conseguisse entregar ao sr. Hatch a cabeça daquele moleque *e* uma negação plausível, então o chefe conseguiria o que desejar sem nenhuma consequência. Gibson podia dizer que estava apenas se defendendo.

Caralho, ele estava entediado. Estava ali com aquele babaca na terra pela última hora e nada estava acontecendo.

— Já teve que cagar na calça em serviço? — Sem resposta. — Essa imobilidade é parte do treinamento? Cagar em uma bolsa? Ficar deitado em uma trincheira por quatro dias esperando um alvo. Digo, se você precisar ir, você vai, certo?

O atirador murmurou alguma coisa sobre ser um preço pequeno a pagar pela liberdade.

Que babaca. Provavelmente estava usando uma agora.

Caralho, estava entediado.

Então:

— Alvo identificado. Celeiro. Andar de cima. Mulher.

Gibson levou o binóculo ao rosto. As portas do palheiro haviam sido abertas. Alguma vadia com boné de beisebol, uniforme. Achou gostosa, mas não conseguiu identificar o rosto.

— Bem, olá, docinho de coco. — Boné afundado, cabeça sempre abaixada. Mas um corpão bem torneado. — Sou Randall. E você?

O pino ao lado do gatilho clicou.

— Alvo travado. — Em seguida: — Perda visual. Alvo saiu da janela.

Uma voz, profunda e reconfortante, murmurou no comunicador.

— Terra Alta Um. — Era Hatch. Gibson ficou em silêncio. — Por favor, descreva o alvo.

— Mulher caucasiana. Vinte e cinco anos. Cerca de um metro e sessenta. Boné de beisebol. Aparentemente desarmada — murmurou o franco-atirador.

— Nosso Consultor não apareceu?

— Todas as unidades relatam que não saiu ainda, senhor.

Silêncio na linha. Em seguida:

— Vocês têm sinal verde. Prossigam.

Jack desceu as escadas com a arma na mão.

Alguém tossiu na cozinha, dando um suspiro tranquilizador.

Jack saiu da escadaria, moveu-se para a esquerda na direção da cozinha, o interior abrindo-se diante ele.

Na parede ao fundo, fotos enquadradas, geladeira, bancada e armários… alguém que parecia Paul.

— Oi — disse Paul.

Paul não parecia ofendido por ter uma arma apontada para o rosto — aquele rosto familiar, mas diferente.

— Exceto pela noite anterior, faz quase vinte anos desde que vi você, Jack. E aqui estou, sem saber o que dizer.

Paul sorriu, e Jack quis fazer algo que não sabia se traria arrependimento.

— Ver você aqui, o jovem de quem me lembro, nesta casa... é bizarro. — Paul virou o polegar para o varal de roupas. — Will guardou cada saquinho Ziploc que você usava para o almoço. Depois do jantar, toda sexta-feira à noite, nós lavávamos e pendurávamos ali naquele varal. Ele fez uma caixa com esses saquinhos durar anos.

— Will está morto. Você o matou.

— Jack...

Jack puxou o cão da automática, inutilmente.

— Cale a boca e comece a falar.

— A pessoa com quem você cresceu não existe mais, Jack. Foi melhor assim. Mas eu ainda lembro. Deve valer de alguma coisa. — Paul puxou a corrente prateada ao redor do pescoço, puxou o que ela prendia: sua bala de prata. — Eu me lembro de tudo.

A visão da bala fez Jack pensar na arma em sua mão; a arma em sua mão fez com que pensasse em Paul segurando a arma apontada para Will. Pensar em Will afastava a piedade.

— Não acho que se lembre.

— Will tinha razão: algo estava errado com a calibragem da máquina. O tempo vai terminar. Eu vi. Na verdade, o tempo vai terminar *porque* eu vi. A forma de onda desse futuro em potencial específico entrou em colapso agora e se tornou uma certeza inevitável.

— Exceto... — Jack precisava acreditar que havia uma resposta ali. — A máquina do tempo. Eu volto, encontro a gente, digo para não usar a máquina e isso nunca vai acontecer, Will nunca vai morrer e eu passo o resto da vida tentando esquecer o quanto eu quis te dar um tiro.

Paul balançou a cabeça com tristeza.

— Isso aconteceu?

— Quando eu voltar, isso terá acontecido. E daí... acho que não vamos sequer nos lembrar que tivemos essa conversa.

— Então, se os eventos do presente que habitamos agora nunca ocorreram... o que motivaria você a voltar no tempo e nos alertar?

Ouvir aquilo foi como observar Will morrer de novo. Jack balançou a cabeça.

— Tem um jeito.

— Você não pode mudar o passado. Sinto muito.

O ódio fez Jack avançar.

— Você está mentindo.

— Se mudar o passado fosse possível, eu teria localizado o protótipo de Will... a primeira máquina, mais antiga que a da Monarch, aquele que ele construiu naquele celeiro lá fora... e faria o máximo para fazê-la funcionar. Então, eu usaria para viajar de volta e impedir que a máquina da Monarch fosse feita. Isso impediria a Ruptura de ocorrer e me pouparia de uma vida terrível. Mas não é possível.

A mente de Jack acelerou. Não havia resposta para aquilo.

— Você sabe onde está a máquina de Will, Jack?

— Se isso for verdade, então por que fazer tudo isso? Por que matar meu irmão? Por que matar todas aquelas pessoas na universidade?

Paul ponderou as palavras com cuidado.

— Há motivos por que a noite passada foi necessária. Primeiro, levamos o núcleo do laboratório e o instalamos em uma Passarela secundária dentro da Monarch Tower. Informamos a todos que foi feito como uma medida de segurança pelo pessoal da Monarch. Agora, o mundo sabe que um projeto sigiloso da Monarch foi alvo de um grupo terrorista. Segundo, preciso que a atmosfera da nação esteja perfeita. O público e a administração querem um alvo simples para seu ódio. Logo vou fornecer esse alvo de uma maneira que seja vantajoso para os objetivos da empresa. Para isso funcionar, os eventos na universidade tiveram de ser... *midiapáticos*. Estrondosos.

Houve um tempo, lembrou Jack, em que Paul não conseguia nem usar uma ratoeira.

Paul fitou os olhos de Jack com seriedade. Sem malícia.

— A Monarch não existe para mudar o futuro... existe para nos ajudar a *sobreviver a ele*. Temos um plano — disse ele. — Chamamos de Salva-Vidas.

— Se você me entregar um folheto, Paul, eu juro por Deus...

— Não podemos impedir a Ruptura, Jack. Não podemos impedir a chegada do fim do tempo. Essa forma de onda entrou em colapso. Mas

Salva-Vidas vai garantir... *garante* que nossos melhores e mais brilhantes continuem capazes de reparar e recriar o fluxo de causalidade *depois* de o campo Meyer-Joyce desmoronar e o tempo acabar.

Levou um segundo para Jack entender plenamente que sua raiva estava sendo diluída no horror. Horror ao perceber que compreendera as decisões de Paul... e talvez até simpatizasse com elas.

— E Will?

— Will era único. Um pioneiro. Ele recebeu a oportunidade de desempenhar um papel-chave no sucesso do Salva-Vidas. Mas você conhece Will. Ninguém consegue pensar por ele. O conhecimento e a *expertise* que tinha e o desejo *poderoso* de usá-los contra nós transformaram-no em uma ameaça muito real ao futuro da humanidade. Eu amava Will como a um irmão, Jack. Você sabe disso.

Estava difícil manter a arma reta, e a visão ameaçava ficar turva.

Paul deu um passo à frente e disse, com o máximo de suavidade que pôde:

— Você está diante da mesma escolha.

Parada o mais longe possível das portas do palheiro, Beth realizou exercícios de respiração, concentrada no que estava prestes a fazer. Sacudiu as mãos para tirar a tensão, verificou o relógio de novo e, em seguida, pegou as notas no uniforme. Eram algumas páginas amassadas e arrancadas de um Moleskine, escritas em tinta azul, meticulosa e bem cuidada para o máximo de legibilidade. Não eram permitidas bagunças.

Ela as conhecia de trás para a frente, mas verificou os horários de novo de qualquer forma; correu a lista de verificação, verificou o relógio, fechou os olhos e respirou.

Cinquenta e sete segundos.

Dentro da casa, Paul Serene disse:

— Seis anos atrás eu fui exposto a uma explosão quase letal de radiação de cronum. Fiquei doente, e meu relacionamento com o tempo mudou ainda mais. Posso, com esforço, me deslocar para a junção entre os diversos futuros possíveis... e escolher em qual deles entrar. — A carne do braço doía, mudando a cada minuto de um estado para outro. Paul estremeceu discretamente.

— Você quer me dizer como esta cena termina?

— Eu uso a capacidade com parcimônia, Jack. Me custa muito. Uso para salvar nações, não para ganhar na loteria. Estou aqui porque confio que você não vai me matar, mas vai me ouvir.

— Não confio que eu não vá fazer isso.

Paul insistiu.

— Esse conhecimento prévio seletivo me permitiu sutilmente exercer influência profunda em governos de nível municipal, estadual e nacional e, consequentemente, no mundo. A história vindoura é uma montanha-russa, Jack. As extinções e conflagrações pelas quais naveguei e nossa espécie idiota passou, meu Deus. As atrocidades que precisei facilitar para evitar uma catástrofe maior mais adiante. — Paul não conseguia olhar para Jack enquanto dizia aquilo e abria e fechava a mão esquerda, desconfortável. Ele sacudiu a cabeça para clareá-la, voltando ao assunto principal. — Equipes discretas de lobistas, a manipulação de economias favoráveis, pessoas inaceitáveis e a alavanca de especialidades de divisões dentro da Monarch... todas formam um bisturi que pode cortar um tecido profundo, remover, remodelar e não deixar cicatrizes. Foi o trabalho de dezesseis anos para chegar a esse ponto.

— E?

— Chamamos de Protocolo Salva-Vidas. A Monarch vem explorando as inovações de Will e os avanços do dr. Kim para permitir que pessoas comuns operem livremente em um ambiente livre de cronum... o fim do tempo em si.

— Então, você pode ter uma dezena de pessoas perambulando em um mundo congelado, esperando para morrer. Que merda você fez nesses dezesseis anos, Paul.

— Algumas centenas de pessoas, na verdade, todas as principais especialistas em sua área, todas cuidadosamente selecionadas. — Paul suspirou. — Se tivermos mobilidade, teremos uma oportunidade de reiniciar a causalidade. É nossa única chance. — Paul empertigou-se. — Venha comigo. Venha para a Monarch Tower. Precisa ver o que estamos construindo.

Jack negou com a cabeça.

— Preciso pensar. Dispense seus capangas.

— Com todo respeito, Jack...

— Pensar não é meu ponto forte, sim, eu entendo. Faça isso, Paul, ou da próxima vez que você me vir estarei acenando para você enquanto a Monarch Tower cai no rio Mystic.

Paul ergueu as mãos.

— Tudo bem. Tudo bem. Por favor, faça com que eu não me arrependa disso. — Paul tocou a orelha com o dedo. — Monarch Actual, aqui é seu Consultor.

Dez segundos.

— Tudo funciona, tudo funciona — disse Beth a si mesma. Cinco segundos. Quatro. Uma respirada de saideira. Dois. E fora.

Vai.

Dois passos, vira, encare o bosque e...

Beth virou a cabeça para a esquerda quando o projétil do fuzil 338 passou e estourou uma caixa de madeira nova nas tábuas velhas da parede ao fundo do celeiro. Ela traduziu o momento em um giro total de corpo, ergueu o rifle de caça e deixou o Aponta-Tiros lhe dizer exatamente de onde a bala tinha vindo.

Um tiro soou pelo jardim frontal.

Descrença.

— Filho da mãe.

— Monarch Actual!

Paul deslocou-se pela sala para longe da arma de Jack.

— *Monarch Actual!*

Em seguida, zuniu para fora da cozinha e para o andar de cima.

Jack deslocou-se atrás dele, exagerou, bateu nas costas do sofá e capotou sobre ele. Paul estava gritando do quarto no andar de cima quando Jack percebeu que ele havia deixado abaixada a escada do sótão.

Gibson ficou louco.

— Porra, você *errou*?

Que merda era aquela? Ficar deitado na terra, no cu da madrugada, com um nerd paramilitar superequipado se cagando todo apenas para ver o cara foder a missão toda na única coisa que tinha para fazer.

Houve um zunido curto e a cabeça do atirador voou para trás. Ele despencou, sem vida, sobre o fuzil caro.

Gibson gritou:

— Isso!

Em seguida, jogou longe sua rede de camuflagem, agarrou o fuzil e começou a descer o barranco na direção da fazenda. Talvez a manhã não fosse totalmente perdida no fim das contas.

Do lado de fora: um segundo tiro do celeiro. Beth ainda estava viva e armada, evidentemente.

Zunindo e rumando escada acima, Jack parou antes da porta do quarto, em seguida entrou com a arma apontada. Nada de Paul.

— Caralho.

Ele conseguia sentir sua capacidade de mergulhar no momento diminuir como uma espécie de perda de fôlego anímica. Ele entrou no corredor, esperou um momento e reuniu energia suficiente para se deslocar com tudo pela escada até o sótão.

Encontrou Paul no meio da vida de Will, esperando. Um estalo dolorido na mão de Jack em que estava a arma e, de repente, a arma estava na de Paul.

— Vamos conversar sobre isso.

De volta ao esconderijo, Beth abriu a jaqueta e verificou a carga em sua armadura de resgate: um arnês leve estilo cinto e braçadeira feito de placas segmentadas presas a uma fonte de força distribuída pela cintura. Um clique rápido revelava que a bateria de cronum nas costas do cinto estava totalmente carregada.

Puxando da jaqueta, ela pegou uma bolsa de malha do bolso da perna, desenrolou-a e puxou um rolo bem enrolado de fios. Dois conjuntos. Uma ponta tinha uma série rudimentar de plugues, a outra, uma série de cinco dedais.

Deslizando os dedais na ponta dos dedos, Beth prendeu o fio fino com velcro ao antebraço e ao bíceps, e em seguida encaixou os cinco plugues nas cinco tomadas no arnês de ombro. Repetiu o procedimento no outro braço.

A armadura de resgate estava pronta para ação.

— Você poderia ter vasculhado este lugar a qualquer momento que quisesse. Por que agora?

— Nós vasculhamos. Não havia nada aqui na época, mas isso — Paul olhou ao redor —, muito disso aqui é novo. — Ele abriu a caixa mais próxima, fuçou, pôs de lado papéis e pastas. — Você viu algum diagrama ou esquema de um dispositivo como uma esfera de doze lados? Preciso de você para pensar: é muito importante.

Jack deixou-se recostar na escrivaninha.

— Claro — disse ele. — Sim. Ali no canto.

— Onde?

— No fundo. Perto do elefante de pelúcia.

Jack amava aquela casa. Mas não era muita coisa sem uma família nela.

— Sabe, Paul — disse Jack. — Você derrubou um prédio em cima do meu irmão. — Estendendo a mão por trás do monitor, ele encontrou o botão do pânico: uma caixa de metal do tamanho da palma da mão com uma tampa idiota de plástico que cobria o detonador vermelho e gordo. Ele abriu a tampa.

Paul mudou de lado e olhou para as pilhas de revistas e papéis.

Viu o jarro. Soube imediatamente o que era. Reagiu de acordo.

— Parece justo que eu lhe devolva o favor.

O detonador fez *clique*.

Havia dois corações naquele sótão. Os dois pararam por um instante. Detrás da pilha de tubos de plástico, algo estalou e em seguida chiou. A fiação escondida ao longo da dobra do teto enegreceu e fritou. E foi isso.

Jack jogou a cabeça para trás, exasperado.

— Pelo amor de Deus, Will.

Paul pôs a mão na arma, Jack reagiu...

Então, o sótão explodiu.

Gibson saltou sobre a cerca a tempo de ver a janela do sótão cuspir vidros, desenrolando uma língua de chamas espessas sobre o pátio.

Em seguida, o lapso bateu e toda a Criação de Deus... parou: sons que Randall Gibson nem sequer notara — o farfalhar das folhas na brisa da manhã, o sibilar distante do tráfego, o trinar de um pássaro solitário tentando acasalar; tudo estendido, estranho e discordante, embaixo de uma explosão que se transformou em um rugido que virou um lamento transmutado em nada além de um assovio nos ouvidos.

Aquela coluna giratória de chamas com estilhaços de vidro pendia de uma maneira absurda, como se fosse um erro, pelo céu azul brilhante.

O medidor de cronum em sua armadura de resgate marcava plena carga. Desenhado pelos Merlins da Monarch, a armadura era uma braçadeira ao redor da cintura e ombros que se encaixava à perfeição sob a jaqueta. Permitia um perfil discreto, melhor que a porcaria com jeito de androide da NASA que os Atiradores usavam. Lado ruim: a carga era uma droga.

Se Paul Serene ainda estivesse vivo lá dentro, seria um móbile; movendo-se sem assistência através de um lapso; era apenas uma das coisas que aquele esquisitão de olhos de peixe morto podia fazer.

Não, o Consultor ficaria bem. Melhor verificar aquele corpo durinho no celeiro.

Uma palma de Deus fez desaparecer o passado de Jack, varrido por toda a onda destruidora de chamas. Avançou de todos os cantos, o sótão preenchido e desaparecendo em um instante barulhento. De dentro de sua bolha de tempo suspenso, Jack observou como tudo o que restava de sua vida pregressa morria em menos tempo que um piscar de olhos.

As chamas hesitaram, pararam, recuaram e voltaram com tudo.

Dentro de uma termosfera de tempo congelado, até mesmo a poeira nas tábuas embaixo de seus pés permanecia imperturbável, como a parte da parede presa dentro da bolha.

Todo o resto: Hades.

Do outro lado de uma parede imóvel de chamas, algo brilhava através da fumaça e da névoa suspensa.

Uma redoma de tempo suspenso do tamanho de um homem.

Dentro dela, trêmulo e furioso, estava Paul Serene.

Gibson esgueirou-se para dentro do celeiro, caminhou até a escada e subiu. Que lixão: latas, prateleiras, porcarias. Tudo mais velho que ele.

Lá estava ela: com as costas apertadas contra a prateleira enferrujada ao lado das portas do palheiro, rifle na mão, parada como uma estátua.

— Ei. Esperando por mim? — Ele gostava do jeito como a camiseta a abraçava, embaixo daquela jaqueta de lona que atrapalhava a visão. A cabeça estava baixa, concentrada no rifle, os cabelos ruivos presos para trás em um rabo de cavalo. Ele abaixou a cabeça em um ângulo para espreitar o rosto da mulher embaixo daquele boné.

Ele observou o Aponta-Tiros preso à arma. Um dispositivo incomum, que revelava a Gibson que ela sabia em que estava se metendo, mas preso com fita a um rifle de caçar veados velho e barato? Não podia ser civil, do jeito que liquidou o atirador do pelotão Guardião. Então, quem era aquele pedacinho de mau caminho?

Ao examinar o rifle, Gibson observou as mãos da mulher — especificamente os dedos, que estavam cobertos por dedais de borracha.

Como os que ele usava, presos à armadura de resgate.

O corpo durinho olhou para ele por baixo da aba do boné.

Sacudiu o ombro e apontou direto para o meio da testa dele, mas Gibson estava pronto, trocando o peso de lugar e saindo de lado. Aquilo fez o velho sorrisão se abrir no seu rosto. Ela girou com o impulso perdido, e ele saltou sobre ela na fração de segundo em que ficou de costas para ele. Ele agarrou o rifle e o empurrou como uma barra sobre o pescoço da mulher.

Ela o surpreendeu. Soltou-o imediatamente e caiu. Com o peso deslocado, Gibson avançou, batendo em uma estante frágil, ainda que imóvel.

Descobriu que a mulher tinha uma pistola. Ele percebeu. Ele…

Caramba. Era a fracassada da Wilder.

— Solte o rifle — disse ela.

— Você deve estar zoando com a minha cara.

— Solta!

— Você conseguiu foder sua vida em grande estilo, Wilder. Estou realmente impressionado.

Ele jogou o rifle longe. A três metros de distância, a arma perdeu toda a carga de cronum que havia absorvido dos dois e congelou, suspensa no ar.

— Me poupe. Sei tudo sobre você, Gibson.

— Quer que eu dê um autógrafo nos seus peitinhos?

— Quero que você desative sua armadura.

— Claro, e eu quero que você chu...

Ela o interrompeu de forma nada tolerante com um:

— Não. — E negou bem devagar com a cabeça.

Gibson repassou uma lista de coisas a fazer assim que tirasse aquela arma da mulher.

— Desative — insistiu ela.

— Por quê? Está com pressa?

— Você tem uma filha.

— E daí? Acabou de atirar em Larry, e a irmã dele tem diabetes.

— Lorelei não precisa crescer sem o pai dela. Três.

— Ou o quê? Vai me *assassinar*?

— Matei Larry. Dois.

— Tudo bem. Tudo bem. — Ele aproveitou o momento para examiná-la: altura, peso, constituição, cabelos, olhos, corpo, sotaque, características especiais. — Você devia ter atirado. — Gibson bateu as placas de liberação nos quadris, e a fonte de força desconectou-se. Gibson congelou.

Ela abaixou a arma com as mãos trêmulas.

Gibson estava congelado, não era mais uma ameaça com a armadura desativada. Mesmo imóvel, preso em um momento autodivisor, sua expressão lhe dizia que não havia acabado.

Era um erro. Assim que o lapso se rompesse, Gibson passaria um rádio para dedurar seu esconderijo. Ou a mataria. Ou pior, se pudesse.

Ela deveria matá-lo. Não seria o primeiro, nem o último, mas matá-lo significava matar o amor e a alegria que ela vira nos olhos de Lorelei.

Beth sabia que aquilo significava condenar aquela garotinha a se tornar alguém muito parecida consigo mesma: ferida e roubada, cheia de perguntas que nunca seriam respondidas.

— Você não deveria ter feito isso — disse Paul.

O lapso avançou, lentamente, excruciante, fervilhante.

— Valeu a tentativa.

Paul olhou para a arma roubada na mão, como se nunca a tivesse visto. Em seguida, verificou o pente.

— A gente se recupera bem rápido, não é? Dos ferimentos. Nossa relação com o campo de cronum constitui uma espécie de sistema imunológico secundário... um que nos mantém vivos, protegidos não de infecções, mas de infortúnios. Mas não impede que sintamos a dor de nossos erros e permite que deixem cicatrizes. Eu mesmo tenho muitas cicatrizes. — A bala bateu contra o lapso de Jack antes que ele registrasse que Paul havia erguido a arma. — De alguns ferimentos que nosso privilégio não consegue nos salvar. — A bala pairou, impaciente, a cinco centímetros da cabeça de Jack. — Não confunda nosso novo estado de ser com ser invulnerável, Jack. Você é tudo, menos invulnerável.

O escudo de Jack estremeceu e expirou. Ele se esquivou para a esquerda, e a bala passou pela orelha, faiscando na parede presa no tempo atrás dele.

O oxigênio desapareceu, de forma chocante — engolido para alimentar as chamas em câmera lenta. A boca esforçava-se para respirar, mas era inútil. Jack sentiu o peito apertar — rápida e dolorosamente.

O lapso perdeu a força, o calor começou a aumentar, o peito de Jack queimava de dentro para fora e, em seguida, no térreo, as cargas secundárias estouraram.

Os tornozelos de Jack arderam quando o assoalho foi jogado para cima. Estava no ar — e na sequência a causalidade parou. O lapso voltou, guilhotinando o rugido, transformando em silêncio. Ele e Paul bateram de volta no assoalho parado no ponto do estilhaçamento e voo, gotas de chamas subindo pelas fendas na madeira direto para o sótão. A mão de Jack entrou por uma dessas fendas, mão e antebraço desaparecendo nas chamas. Com um grito, ele recuou, pouco antes de o lapso voltar e as mandíbulas estilhaçadas do assoalho fecharem, selando-se novamente. Ele cambaleou, e então as tábuas voltaram a voar, jogando-o de lado. Com um grito ele rolou, batendo o rosto enquanto o cabelo se incendiava por um instante.

O tempo perdeu o ritmo de novo, diminuiu a velocidade abruptamente... então congelou.

Paul não hesitou: desapareceu da sala e saiu do sótão, descendo para fosse lá o que tivesse restado do segundo andar.

Engolindo em seco inutilmente, a visão ficando turva, Jack mergulhou em um momento — o assoalho, o sótão e as chamas passando por ele em um instante. Seu quadril bateu na escrivaninha, girando-o pela ruína em chamas do alçapão e quase tombando-o através da janela estourada. Ele percebeu o movimento no portão para a propriedade, lá fora, ao lado da estrada.

Era impossível, mas as tropas da Monarch estavam se movendo através do lapso, entrando na propriedade, onde dividiram-se em dois grandes grupos: um continuou pela estradinha até a casa, o segundo circundou o celeiro até chegar ao fundo. Nenhum sinal de Beth em nenhum lugar.

O assoalho e as paredes estouraram, expandindo-se e se retraindo, rompendo-se e se juntando. Sua casa transformou-se em um coração superaquecido no meio de uma arritmia completa.

Paul avistou o alçapão e saltou dentro dele, transferindo seu peso e movimento para um rolamento que tinha a intenção de impulsioná-lo pelo corredor e na direção das escadas. Bateu com tudo no assoalho, esquivou-se, encolheu o ombro e passou correndo bem quando a porta do quarto de Jack foi arrancada das dobradiças por uma nuvem superaquecida. Com um grito, transformou a corrida em um deslizamento, passando sob a lâmina giratória da porta, mas tarde demais para evitar queimaduras na pele e nos cabelos — pouco antes de a explosão hesitar e retrair tudo.

Parou.

Paul cambaleou até ficar em pé, batendo nas roupas — nada estava queimando. Fosse por sorte ou nostalgia, Paul, de qualquer forma, passou um segundo olhando para o quarto que não visitava desde que era criança. Através da porta aberta, em uma mesa, esperando por ele, estava a resposta a uma obsessão.

Uma pequena réplica feita de arame de uma esfera geodésica de doze lados. Era uma forma, um desenho que residira no cérebro de Paul nos últimos seis anos. Era a forma do objeto de que ele havia incumbido os maiores cérebros científicos para resolver, compreender, replicar, implementar.

Era a forma do objeto que estava no coração da Monarch Tower. A coisa em que todas as descobertas foram baseadas, ainda que com mínima compreensão. Uma obra-prima do design arcano, criada pelo gênio que Paul precisou matar.

— O Regulador.

Um modelo tridimensional, encarapitado sobre uma pilha de documentos amarelados.

Ele avançou, canalizando o fluxo de cronum para influenciar a porta, possibilitando que ele a soltasse do lapso, empurrando-a até abrir. Paul estendeu a mão para proteger o modelo, agarrando-o...

Seguiu.

A bomba na parede atrás da mesa voltou a explodir, acertando o rosto de Paul pouco antes de o escudo surgir, e a onda de choque veio contra — e através — da porta frágil. Papéis amarelos voaram como pássaros em chamas quando ele bateu na parede ao fundo; o rosto em agonia, as roupas incendiadas.

Berrando e urrando, ele rolou para sufocar as chamas, evitando por pouco a morte quando o cofre do sótão acima caiu através do teto enfraquecido e despencou a toda velocidade, passando a trinta centímetros da cabeça que se debatia.

E parou.

O tempo esforçava-se contra o impedimento, avançando aos tropeços, lentamente, tão hesitante que a causalidade continuava a despedaçar o lugar com minúcia agonizante: placas rompendo-se, papel de parede empretecendo, recurvando-se, inflamando-se. Fotos enquadradas caíam quando os cordões que as seguravam se queimavam — o vidro estalando e rachando com o choque termal enquanto as imagens dentro dos quadros escureciam e morriam.

Erguendo-se aos tropeços, Paul girou na direção do quarto — a porta esmagada suspensa no ar, o interior um inferno. Tudo no quarto fora perdido.

O modelo do Regulador estava destruído, mas Paul segurava algo que lhe dava esperança.

Papéis chamuscados e rasgados estavam presos no punho cerrado: restos do projeto de Will para o Regulador, carbonizados e meio destruídos, mas era alguma coisa.

O lapso desmoronaria a qualquer momento. Meio cego e agoniado, Paul Serene avançou escada abaixo, passou pela cozinha e saiu pela porta dos fundos.

No sótão, Jack girou para longe da janela quando o teto despencou em uma grossa chuva de vigas em chamas, telhas e placas isolantes. O teto separou-se da parede, e estilhaços incendiados espalharam pela propriedade. Uma parte explodida do telhado permitiu que o céu aparecesse através das costelas do teto.

Bem diante dele, o assoalho despencou completamente quando o peso do cofre destruiu as tábuas, fazendo-o despencar até o corredor lá embaixo, abrindo um buraco no chão e quebrando tudo até chegar aos armários da cozinha.

Uma nuvem de chamas jorrou através do alçapão — e congelou. Em algum lugar lá embaixo, Paul gritava de dor. A conflagração parou e estremeceu, voltou parcialmente no tempo, em seguida avançou, repetida, como se indecisa sobre o que deveria acontecer posteriormente.

De repente, a cena começou a tremer cada vez mais. As coisas poderiam irromper no tempo real a qualquer momento.

Contra o bom senso, Jack fez seus pés se impulsionarem para a frente na direção do buraco imenso no assoalho. As beiradas da abertura vibraram sem parar para cima, fechando-se, antes de tremer de novo para baixo. O ciclo acelerou-se, para cima e para baixo; chamas, faíscas e destroços entrando e saindo, fazendo olhos e pele queimarem.

Com o antebraço diante do rosto, o chão tremendo e estalando, Jack deslizou — escorregou — e despencou através do buraco com um grito.

Parou.

Ele despencou através de uma nuvem de destroços presa no tempo. Pedaços de cinzas imóveis, papel de parede, lascas talhavam mãos e roupas quando ele caiu, bateu no corredor do segundo andar e rolou para trás por uma abertura no assoalho que o cofre havia deixado ao cair. As costas bateram em armários esmagados quando ele caiu em pé no chão da cozinha, cheio de destroços — onde o cofre jazia de porta para baixo sobre o entulho.

Gemendo, Jack se abaixou para procurar uma saída. A porta do fundo da cozinha havia caído. No lado contrário, entulhos em chamas enchiam a sala de estar enquanto choviam da explosão no sótão. Vacilante entre cair e se erguer, se retorcer de um jeito ou de outro, era uma cortina de morte subindo e descendo. Ele correu na direção dela. Afastando com as mãos faíscas e cinzas, mergulhando sob uma viga que se erguia e caía como um machado, Jack acelerou pela sala de estar, protegendo o rosto. Saltando pela mesa incendiada da sala de jantar, ele tropeçou no espaldar de uma cadeira presa no tempo, caiu no chão, rolou com ela e — com o ombro dolorido pelo impacto — cruzou a porta de tela ao fundo da casa e entrou na estufa.

O calor abafado deu lugar ao frio mudo. Jack deslizou até parar, o quadril batendo forte em uma estante de plantas enferrujada. Todo dolorido, ele parou um segundo para avaliar o próximo passo. No passado, aquele lugar era cheio de vida. A mãe fizera dele um ventre verdejante, um lar que lhe trazia felicidade. Jack amava-o no inverno, quando o mundo estava até as canelas de gelo e aquela estufa suarenta ficava fechada, quente e viva. As orquídeas eram sua paixão.

Jack Joyce, naquele momento com vinte e oito anos, correu através do frágil mausoléu da mãe morta, os pés percorrendo o concreto encrustado com mofo, passando estantes e canteiros enferrujados e arruinados, e empurrou com tudo a porta de vidro debilitada e escurecida pela sujeira para cambalear, arfando, sob a luz do sol da manhã.

Os olhos pretos de uma dúzia de rifles de assalto esperavam por ele.

Sem pausar, ele se transmutou em velocidade e voou para a frente quando o pelotão de Técnicos disparou — errando por uma ampla margem, as balas faiscaram para longe da estufa parada no tempo. Os ossos delicados na mão dele estalaram quando o punho se chocou contra o rosto do primeiro soldado, bem abaixo do nariz, então girando e chutando o companheiro atrás do joelho. Ele não se importou com o rifle de assalto, que estava preso ao homem, mas pegou a pistola no coldre enquanto o restante da equipe se orientava e reagia. O primeiro soldado despencou no cascalho de costas. Jack pegou a arma e se deslocou de volta para a estufa momentaneamente à prova de balas quando o pelotão abriu fogo e o segundo soldado caiu na terra, cobrindo a cabeça.

Jack voltou à velocidade normal atrás de uma fileira de vasos empilhados às pressas ao lado da parede da estufa, os ossos da mão já se curando. Ele se levantou rapidamente, e a mão, ainda em processo de cura, perdeu a força, e a pistola voou de seu punho.

Jack teve tempo suficiente para bufar um "Que porra…!" descrente quando Beth abriu fogo do palheiro.

Pegos desprotegidos, os Técnicos com armadura de resgate espalharam-se rapidamente. Tecnologia de cronum, como os assassinos na universidade, mas muito menos sofisticada.

Recuperando a arma enquanto os Técnicos buscavam proteção, Jack percebeu uma segunda unidade: um grupo cercando o celeiro. Tinham entendido o que estava acontecendo e buscavam invadir o celeiro por trás, pegando Beth de surpresa. Ele disparou três vezes, acertando um homem no quadril e fazendo o restante repensar o plano. Jack recuou para trás dos vasos enferrujados quando um enxame de tiros voou na sua direção, cada rajada faiscando para longe. Em vez de penetrar a terra e o vidro, eles paravam no tempo.

A casa estava em um estado terrível, lentamente despencando em pedaços do sótão e do segundo andar; parava, voltava um pouco, apenas para avançar de novo na direção do inevitável.

Era difícil se concentrar. A tontura estava de volta. Os deslocamentos e trocas eram custosos para ele. Precisava se preparar.

Quatro soldados uniram-se atrás da garagem do outro lado da casa. Jack ergueu-se e lançou um escudo de lapso. O momento localizado autodivisor estendeu-se ao redor dos quatro soldados, prendendo-os no lugar — "Rá!" — por cerca de um segundo antes de o equipamento que eles usavam para mantê-los em movimento partir o lapso.

— Merda.

Jack zuniu para a frente, encerrando a distância… e suas capacidades terminaram aí.

O chão chacoalhou. Jack esqueceu onde estava.

Um soldado atirou uma rajada às cegas de detrás da garagem. Projéteis zuniam sobre a cabeça de Jack. Ele se encolheu, transformando seu impulso adiante em um deslizamento de joelhos pelo cascalho branco da estrada. Endireitando-se o máximo que pôde, o instinto fez com que se levantasse aos tropeços — não pelo lado oculto da garagem, mas para o alpendre, até encontrar a porta de entrada da casa agonizante.

Literalmente encontrar a porta de entrada. Em seu pânico, ele não estendeu o campo de cronum para ativar a porta, e Jack bateu nela como se fosse concreto.

O pelotão da garagem reagrupou-se, rastejando ao longo da parede do lado sul. Beth os manteve para trás, erguendo uma parede de poeira diante deles com três rajadas de tiros.

Jack ficou em pé e encarou Beth. Enquadrada pelas portas superiores do palheiro, ela apontou para si e, em seguida, para o grupo atrás da garagem. Depois, apontou para Jack e estendeu o polegar para o grupo que estava ao redor do celeiro. Jack fez sinal de concordância, respirou fundo e correu a toda velocidade na direção do celeiro — arma sacada e atirando. De sua posição elevada, Beth abriu fogo com o rifle de Gibson.

Paul irrompeu pela porta da cozinha, meio cego, para o alpendre que circundava os fundos e a lateral da casa. O estalo ocasional de metralhadoras fez com que ele pulasse, abrindo um escudo de lapso como reflexo. Nenhuma bala chegou; a ameaça não era para ele.

Ele correu do escudo para o lado contrário — para dentro do jardim ao fundo cercado pelo bosque — e desviou para deixar a casa entre ele e o tiroteio que estava acontecendo na parte da frente. Seu campo de cronum já estava funcionando para restaurar sua visão; a ardência cáustica e dilacerante dos ferimentos faciais diminuía a um pálido formigamento da pele.

Os tiros lá na frente da casa aumentaram de alguns estalos para um fuzilamento multialvo completo. Jack ainda estava vivo. Paul girou, preparou-se para ganhar velocidade para curvar o lado detrás da casa e atacar e prender seu amigo nada habilidoso — acabando com aquela loucura.

Mas parou. O que viu fez a força fugir de suas pernas.

Eles existiam. Cinco deles, atrás da casa, próximos à fileira de árvores. Piscavam, gigantescos, contorcendo-se.

Então foi ali, à luz da manhã, escuro, cintilante e monstruoso, como se tivesse direito de estar em um mundo que abrigava as memórias mais felizes de Paul. Aquela coisa...

A coisa se moveu.

O chão chocou-se contra o seu traseiro antes que seu ouvido interno tivesse a chance de perceber que ele havia tropeçado. O Deslocador com a palma brilhante avançou sobre ele, sem pressa, como todo pesadelo alarmante porque ela *podia*, porque ele não conseguiria se livrar. Porque o universo em si sabia que Paul Serene estava muito pior que *morto*.

A coisa ergueu a mão preta, instável para mostrar a estrela mortífera na palma.

Ele ficou paralisado; era um animal preso no túmulo de seu crânio, com a morte na entrada.

Entoando. A mesma sílaba, repetitiva, para sempre. A tempo, ela penetrou e o som se transformou em uma palavra.

Paul ouviu quando a garganta tossiu a palavra "vá", várias, várias e várias vezes.

Os pés empurraram o chão frio, cavando trincheiras no solo úmido. O corpo contorcia-se, os dedos arrancavam grama, e ele fazia força para se levantar, raspando o peito na terra. Paul empurrou o corpo para cima e logo estava correndo, direto para o bosque.

Jack deixou que o tronco da árvore absorvesse seu peso e deslizou para o chão; sua jaqueta prendeu nas axilas quando ele chegou ao chão. A pistola vazia e aberta soltava fumaça, repousando nos dedos amolecidos. Oito homens mortos. Um deles ajoelhado ao seu lado, cujo rosto encostava na mesma árvore, morto pelas balas. Outros estavam espalhados pela área, congelados, como aquele, no momento em que morreram: alguns em meio a uma pirueta, alguns de costas, um no ar. Sangue esguichado pendia como um borrifo de rubis. Quando o lapso lentamente avançou, cada um dos mortos entrou na última dança da vida.

Jack não conseguia olhar.

A garganta arranhou e arfou, a cabeça pairando, enjoada até a morte, o cérebro de Jack exaurido. Beth chamou por ele do celeiro. Ele a ouviu encaixar outro pente na arma.

— Sim — ele respondeu, o que custou toda a força que tinha.

— Levante, Jack. Agora.

A árvore em que estava ficava à direita do celeiro. Era um lugar perfeitamente agradável para se sentar naquela manhã ensolarada e observar a casa da família morrer. A mesa de Will voou pelo sótão estraçalhado em uma língua de chamas, caindo na estrada de cascalho. Papéis flamejantes acompanharam a queda.

Então lhe ocorreu a causa da urgência de Beth: o som. Atravessou o caminho pelo jardim, pulando de forma esquizofrênica através de submomentos fatiados e compartimentalizados. Era o som de um motor de combustão. Um dos grandes. Jack tinha ouvido pela primeira vez naquela manhã, fora da casa vazia de Zed — Beth —, no escuro: o ronco murmurante de um motor a diesel de trezentos cavalos de um BearCat da Monarch.

O instinto de sobrevivência levantou-o. Estender seu campo de cronum até o soldado morto ao seu lado quase exauriu Jack a ponto de desmaiá-lo, mas ele conseguiu tirar o rifle e dois pentes de munição do homem antes de o lapso o chacoalhar. O corpo em queda voltou a congelar a meio caminho do chão.

Mesmo antes de ter passado as árvores, o BearCat abriu fogo, e rajadas pálidas de balas estalaram de algo paciente, furioso e apoiado no teto do veículo. Saraivadas de calibre largo explodiam como bombinhas pelo entabuado preso no tempo e invulnerável no lado de fora, o palheiro.

Jack gritou o nome de Beth e aquilo chamou a atenção dos canos finos da metralhadora sobre o BearCat. Sem interromper os tiros, voltou a torrente de balas na direção de Jack, que não teve escolha além de correr na direção da cobertura da garagem — sem poderes à disposição. As linhas vermelhas trêmulas das balas traçantes riscavam o ar, ricocheteando em espirais onduladas de um ambiente que não cederia.

O atirador do BearCat tentou alvejar a figura em fuga, mas não conseguiu girar rápido o bastante. O fogo varreu o caminho e se desviou da garagem, rajadas sendo rebatidas loucamente. Alguém gritou: "Ei, ei, *ei*! Olha a merda que você está fazendo!".

Uma rajada tripla e arriscada de Beth chamou a atenção deles, e o BearCat deu meia-volta, ajustando o ângulo para pegar Jack e Beth no arco de tiro.

Jack teve um vislumbre do veículo, observando o atirador no teto protegido por todos os lados com placas na altura do ombro. Outra coisa chamou sua atenção: as placas aplicadas ao chassi do BearCat. Segmentado, seguia o eixo X e Y do veículo. O desenho era semelhante às armaduras usadas pelo Movimento PAZ e pelos soldados de cronum da Monarch. Aquela estrutura mantinha o BearCat ativo dentro do lapso.

Jack encaixou o rifle no corpo e atirou. O coice mandou a primeira bala para o alto, faiscando no capô. O segundo tiro acertou em cheio um dos segmentos polidos da armadura. O painel absorveu o impacto, entortando-o, mas sem efeito.

O atirador abriu fogo. Uma rajada de calibre .50 atingiu a garagem, fragmentando-se. Uma agulha de chumbo derretido riscou a testa de Jack.

Ele se jogou para trás da cobertura e recuou com a mão no rosto.

As mãos de Paul estavam arranhadas pelos tombos e por bater na casca das árvores para corrigir o curso repentinamente. O caminho fora escolhido sem pensar e, ainda assim, logo percebeu, sempre soubera para onde estava indo.

Era fácil deixar o montinho passar, construído como era com habilidade e astúcia. Feito em uma elevação leve coberta com folhas mortas e troncos, o abrigo parecia parte do ambiente — mais agora do que quando Jack e Paul brincavam lá quando crianças. A floresta o incorporara. Pilhas de agulhas de pinheiros cresceram contra ele, enquanto o musgo proliferara sobre o teto de terra e madeira.

Era um sinal.

Não. Ele estava em pânico. Ele…

Eles estavam em todos os lugares: no fundo do abrigo, passando entre duas árvores, *lá!*

Ele correu para o abrigo dilapidado, chutou longe as pilhas de folhas mortas e puxou a porta primitiva de tronco talhado, abrindo-a na sua direção, a madeira que apodrecia partindo-se no batente, jogando para cima terra macia na qual emaranhados de minhocas se contorciam furiosamente, e caiu em um crepúsculo de cheiro pútrido. A porta frágil estalou, empenada pela umidade, quando encaixou no batente feito à mão. A luz que havia ali passava pelas fendas no entabuado rústico. O chão era de terra fria, úmida.

Com o olho grudado em uma fenda nas placas da porta, Paul viu dois Deslocadores, monstruosos como o dr. Kim, lado a lado, a menos de vinte metros de distância. Sibilando, brilhando, estalando, torturados enquanto diferentes versões de sua forma, lutavam pela dominação, cambaleando na direção dele como se ele fosse a causa de sua dor.

Um colchão de espuma podre decompunha-se em uma plataforma de terra elevada contra a parede. Do lado oposto, uma prateleira de madeira rústica havia despencado, logo abaixo da longa e única janela do abrigo — um lugar para comer e observar a floresta, talvez. Uma cobertura pesada de galhos e terra descia para fechá-la. Paul aproximou-se, espreitou pelas placas e gemeu. O controle estava se perdendo.

Mais três Deslocadores, espalhados de forma desigual, entre nove e quinze metros de distância.

Ele estava cercado.

— Assim que as pessoas pararem de atirar, — Jack disse a si mesmo — vou entrar num avião e sumir.

Em seguida, ele se lembrou de que, desde que saíra do último voo, ele havia entrado direto na lista de Mais Procurados.

Tudo porque Paul queria fazer o bem. "Essas pessoas confiam em mim. Sou responsável pelo seu sustento. Juraram que essa porra gigantesca sem licença e abastecida por buraco negro é perfeitamente segura...", Paul dissera.

Beth arriscou um tiro: a rajada estalou sem causar dano nenhum na cabeça encouraçada do atirador no BearCat, mas o manteve abaixado.

Will sabia que a máquina estava com defeito. Disse que estava *obviamente* com defeito. A calibragem errada passou por todo mundo na equipe de Paul. Foi sabotagem? E se tiver sido, quem fez o trabalho?

Quem na Monarch tinha experiência para ajustar uma máquina do tempo, causar tamanho dano e esconder isso de uma equipe de especialistas?

Jack precisava de uma posição elevada se quisesse acertar um tiro sobre o escudo do atirador. A garagem era baixa demais. Se ele fosse até o celeiro, colocaria ele e Beth exatamente onde aqueles capangas da Monarch os queriam: no alvo exato. Precisava de outra opção.

Jack sentiu o lapso mudar. Piscando para tirar o sangue dos olhos, viu toda a câmera lenta parar. Havia uma onda diferente dentro da energia do corpo; e um impulso oposto, sutil contra a energia do mundo.

O lapso estava voltando, lentamente, e aumentando em velocidade.

Na estrada, a escrivaninha de Will se remontou. As chamas alimentaram a própria redução, parecendo abastecer a lenta reconstrução da casa. As cinzas transformavam-se em pilhas de papel. O cascalho remexido arrumou-se quando a escrivaninha saiu do chão.

Jack acenou para Beth em frenesi. Ele apontou para o BearCat, em seguida para ele e para ela, contou três nos dedos, depois fez mímica de atirar. Ela assentiu, concordando.

A mesa estava no ar, a trinta centímetros do chão e acelerando enquanto o lapso se ativava. A casa começou a sugar a explosão para dentro de si — as tábuas voando avidamente de volta ao lar. Os caixilhos da janela remontaram-se em sua viagem de volta às paredes, preparando-se para se autoencaixar.

Jack girou atirando e Beth fuzilou lá de cima. O atirador reagiu com rajadas automáticas, mesmo se esquivando atrás do escudo. Jack avançou com as energias recuperadas e correu pelo cascalho, rodopiou e aterrissou de bunda na escrivaninha instável. Beth quase acertou alguns tiros; o atirador gritou, e a metralhadora parou de espocar por um momento crucial.

A escrivaninha inclinou-se rapidamente. Jack soltou o rifle para manter a pegada, mas o móvel não havia simplesmente caído na frente da casa; havia estourado e saiu girando.

Enquanto a escrivaninha rodava embaixo dele, Jack encolheu as pernas, agarrou sua borda — as quatro pernas agora para o ar — e cambaleou para ficar em pé no lado de baixo.

O motorista do BearCat estava gritando:

— Atire, filho da puta! Ele está bem ali.

Beth esgotou o pente de munição, o que lhes deu mais alguns segundos, e em seguida o atirador estava de volta ao posto.

Jack abrigou-se no lado de baixo da mesa quando ela ficou na altura do segundo andar, quando uma lista telefônica de 1997 em chamas saiu de debaixo da mesa e acertou Jack no rosto.

Sua cabeça inclinou-se para trás. Seu centro gravitacional manteve-se por um momento… mas a mesa continuou a rodar. Uma perna de aço ergueu-se, bateu com tudo no peito, dobrando Jack para a frente quando a dor explodiu abaixo do ombro. Ele lançou os braços para a frente quando a perna da mesa o empurrou para baixo. As pontas dos dedos tentaram se prender ao canto do móvel, mas não havia como segurar. Em vez disso, em desespero, os dedos fecharam-se na perna, como um homem empalado agarra a lança que o atravessou. A rotação era lenta, assim conseguiu agarrar com as duas mãos, pendendo solto, os braços erguidos e sentindo os dedos escorregarem.

A mesa estava subindo, dois andares sobre o cascalho em sua jornada até o sótão, quando a metralhadora se voltou para Jack.

Tiros traçantes — mirados alto demais — passaram em sua direção como um chicote fatal.

Estilhaços e destroços miraram-no, vindos do chão.

— Caralho.

Jack saltou da mesa e deixou a tempestade atingi-lo. Uma caixa de papelão cheia de romances bateu no peito quando uma fita de tiro traçante zuniu para baixo, fogos de artifício nervosos sibilando e apitando entre a tempestade de escombros. A caixa abandonou Jack em sua parábola, continuando seu caminho enquanto ele pairava livre, pernas e costas atingidas por lixo e lembranças antes de rolar através da parede derrubada até bater no chão do sótão.

Jack arfou, rolando de lado quando a mesa baixou como guilhotina e parou.

O lapso congelou. A parede do sótão era uma flor desabrochada pela metade.

Silêncio e ofuscamento. O fedor de coisa morta da terra e das roupas de cama.

Alguém gargalhou, e Paul se virou.

Dois garotos estavam no abrigo com ele, na ponta dos pés e com os cotovelos pousados no fantasma da bancada que havia caído, observando a floresta, embora a janela estivesse fechada para toda a luz.

— Não existe esse negócio de bruxas — o primeiro menino disse. Os cabelos pretos estavam recém-cortados e aprovados pelos pais. Mesmo ali, sua camisa estava enfiada no cós das calças, o cabelo penteado à perfeição. O garoto ao lado dele, de cabelos claros, era outra história: jaqueta cáqui de brechó com bolsos grandes, jeans azuis sujos e aquela camisa dos Riverport Raptors que ele usaria até surrar.

As vozes das coisas de fora usavam o cérebro de Paul como amplificador. Como tal, elas *uivavam* por ele — longas e entrecortadas.

— Quem mais viveria num lugar como este senão uma bruxa — perguntou o Jack de dez anos ao Paul um pouco mais novo. — Olhe para este lugar.

— Os privados de direitos — respondeu Paul com suas roupas arrumadinhas.

Ele sempre repetia as expressões difíceis que a mãe usava, tentando parecer muito mais velho do que era.

— O que...?

E desapareceram. O uivo cessou.

Algo forçou a porta, sacudiu-a, seu escudo tênue tremeluzindo.

A arma de Paul estava em riste no segundo em que a porta abriu. Uma única rajada passou pela cabeça da mulher envolta em trapos que estava lá, em pé. Ela se virou, empurrou a porta para deixar entrar o ar e abaixou a mochila sobre o colchão apodrecido.

O tiro diminuiu e se dissolveu, ecoando, distorcido através das árvores presas no tempo.

As mãos dela eram envelhecidas, e ela murmurava para si, tirando os fones de ouvido. Abrindo a bolsa, ela tirou duas latas de feijão abertas, meio filão de pão e um cheeseburguer frio.

Aquela era a Bruxa da Floresta, a figura que Paul e Jack transformaram em mito. E, em seguida, ela desapareceu.

Uivos. As mãos de Paul ergueram-se aos ouvidos; com tudo, a pistola bateu nele no processo. Choro, o choro transformando-se em grito. Uma respiração, e o grito tornou-se um urro.

— O quê? O que vocês querem? — Ele grudou o rosto nas fendas da porta, arregalando os olhos para examiná-los.

Ah, Deus, estavam a seis metros. Cinco deles.

Paul olhou para a arma carregada na mão. Melhor ele morrer ali do que deixar que o pegassem. Melhor morrer pelas próprias mãos do que se tornar um dr. Kim. Melhor se matar do que viver para ver o mundo se transformar em um purgatório sem cor e infinito, povoado por monstros e torturado pela lembrança.

Melhor, mais gentil, que ele deixasse de existir.

A metralhadora parou de disparar. Jack imaginou que estivesse recarregando.

Ele arfava como um peixe fora d'água. O peito era uma escoriação gigantesca onde a perna da mesa o acertara; sua tosse era úmida e vermelha.

Rolar pelo chão do sótão lhe custava. As metades lascadas de uma costela ou duas raspavam-se, causando-lhe uma dor vívida. As pontas denteadas encontraram-se quando o corpo começou a se curar rapidamente; as costelas quebradas beijaram-se, em seguida se fundiram, perfeitas. A pele coçava com a sensação de dedos por dentro do corpo, desfazendo a escoriação no peito. Com as costas arqueadas por tudo isso, ele viu que o cofre estava de volta ao andar de cima, a seis metros de sua cabeça. Um canto ergueu-se pela metade no chão esboroado, pronto para repetir sua queda através do corredor do primeiro andar e dentro da cozinha no térreo.

O arquivo de Will estava dentro do cofre aberto: a escritura da propriedade. A chave. A única pista real que Jack deixou dentro daquela construção em chamas.

O lapso rompeu-se. O cofre caiu pelas tábuas do assoalho bem no momento em que Jack estendeu o braço e lançou um escudo.

O quarto explodiu novamente, as chamas erguendo-se dos quatro cantos, papéis voando da pasta para fora do escudo para evaporarem.

— Não!

Ele cambaleou, salvou alguns e os enfiou no bolso da jaqueta.

***

Paul preparou-se para momentos de dúvida, para provações como aquela. Dezessete anos preparando-se para superar mais do que qualquer homem jamais suportara para conquistar um futuro para a raça humana. Tirou vidas, manipulou nações e economias. A alma do homem que ele fora tinha sido entregue a uma causa maior havia muito tempo. Era sua obrigação desfazer o que fizera.

Ele tirou as emoções da equação, desmembrando a situação naquilo que precisava ser feito.

Ele precisava viver.

Se não levasse a cabo seus planos, toda a Criação pararia.

Para viver, precisava se livrar daquilo que estava fora do abrigo. O que estava fora do abrigo era...

A escuridão invadiu os cantos da visão. Ele sacudiu a cabeça; reduziu--se a uma equação, uma peça no tabuleiro.

O que estava lá fora era uma ameaça. A única maneira de sair era por aquela porta. Se ele esperasse, eles entrariam. Se ele permitisse que o inimigo ditasse seus termos, estaria acabado.

Sem um segundo de hesitação, Paul Serene chutou a porta e saiu atirando. Era a única opção que lhe restava.

As equipes da Monarch estavam chegando a um acordo sobre a mudança repentina do campo de ação. O lapso vibrou e voltou ainda mais forte. Por trás, enquanto Beth recarregava, a mão de Gibson voltou o suficiente para alcançar as placas de desativação de sua armadura de resgate.

Quando Beth girou para aproveitar uma oportunidade de tiro em um dos líderes de equipe, Gibson agarrou-a por trás com sua faca de combate pressionada contra o pescoço da mulher.

— Tudo bem, doce de coco, solte a arma.

Beth deixou o rifle cair nas tábuas.

— Viu, Wilder, é por isso que você não passou. Idiota. — Sua respiração batia quente na orelha dela. — E agora... agora você passa de um soldado para algo que faço no meu tempo livre.

Naquele momento, a segunda equipe de Técnicos irrompeu nos fundos do celeiro enquanto o atirador do BearCat abria fogo na frente do palheiro. Rajadas pesadas com traçantes giravam e cuspiam, ricocheteando em superfícies presas no tempo, mandando desvios em alta velocidade que batiam no chão do celeiro para voltar ao espaço, destroçando homens.

Gibson gritou e saltou de lado, liberando Beth para agarrar o rifle roubado e rolar para longe dele. Ela girou, agachou-se sobre um joelho e mirou no nível de Gibson.

Gibson jogou-se pela borda da plataforma no celeiro lá embaixo.

O BearCat estava detonando o palheiro. Do sótão dentro da casa, Jack conseguiu ver Beth acocorar-se, reduzindo ao máximo de tamanho, mas era apenas uma questão de tempo até um ricochete encontrá-la.

Ele estava sem arma, e o BearCat era blindado. Teve uma ideia estúpida, então a pôs em prática.

Correu na direção da parede estourada do sótão, mergulhou no momento e se lançou para fora — mirando o BearCat. O deslocamento neutralizou o impacto, e Jack aterrissou em pé no capô. O motorista não teve tempo de gritar um alerta, pois Jack já havia encaixado as mãos em uma seção das placas de mobilidade de cronum que cobriam o veículo e canalizou tudo o que tinha nela.

A energia de cronum fluiu dele para a bateria do veículo. Mantendo a cabeça sob a metralhadora de teto, Jack despejou tudo o que tinha na armadura de mobilidade do BearCat.

Em algum lugar dentro da cabine, as coisas começaram a se incendiar. Jack soltou, cambaleou sobre o para-brisa, agarrou o cano da arma para se erguer.

A bateria de cronum estourou. Em seguida, o tanque de combustível incendiou-se.

Quando Jack saltou para longe, o BearCat explodiu, e a parte traseira do veículo voou.

E tudo ficou preto.

Paul saiu atirando, mantendo diante dos olhos o rosto daqueles que amava — Sofia, o Jack de que se lembrava, sua mãe. Esses talismãs manteriam a escuridão, o medo e o horror sob controle. Esses...

O primeiro tiro atingiu a cabeça do Deslocador mais próximo. Paul teve um vislumbre de um rosto humano atrás da distorção e um jorro de sangue, mas não fazia diferença. Em menos de um segundo, a forma da criatura passou por meia dúzia de versões de si mesma — todas elas vivas e furiosas.

Ele atirou várias vezes, e cada morte era um resultado insignificante para a litania infinita de potenciais eus para cada Deslocador.

Não havia balas suficientes no mundo para matar nem sequer um deles.

Não pareciam importar-se com a tentativa de assassinato. Os Deslocadores reunidos não reagiram; não se moviam. Paul esquivou-se à direita e alterou o curso, rumando para a casa, logo após a fileira escassa de árvores adiante.

Eles não o perseguiram, mas ele sabia que não deixariam que fugisse.

Grande parte da equipe no celeiro estava morta. Aqueles que sobreviveram estavam tentando se recuperar. Beth viu Gibson fugindo pelos fundos do celeiro, seguindo para a casa. Supôs que ele estivesse procurando Serene, buscando confirmar para seu chefe, Hatch, se Paul estava vivo ou morto.

O grande problema dela era que Gibson conhecia sua identidade. Assim que o lapso se rompesse, os comunicadores voltariam a funcionar, e Gibson imediatamente revelaria o esconderijo de Beth. Ela deveria tê-lo matado, sabia disso, mas ela conhecera sua filha. Era uma criança doce e amava o pai. Ela merecia uma família.

O pensamento surgiu: *De quem estamos realmente falando aqui, Beth?*

Ela precisava matá-lo. Agarrando a beirada da porta do palheiro, ela balançou para fora, amparou as botas contra a parede externa e deslizou até o chão, olhando apenas uma vez para o BearCat congelado e semiestourado diante dela — Jack estático, inconsciente no meio do ar, sobre as chamas. Vários homens atrás da garagem estavam no mesmo estado. O restante estava caindo na direção do bosque.

— Volto já — prometeu ela a Jack, correndo para a casa.

Ela entrou pela porta dianteira, empurrando escombros em queda e incendiados suspensos no espaço. Foi como Gibson tirou vantagem dela, saltando sobre Beth em meio ao caos à esquerda com uma faca na mão.

Beth esquivou-se para a esquerda, ergueu o rifle à direita e os dois combatentes erraram o alvo. Gibson agachou-se, girou e saltou de novo antes que Beth pudesse virar o rifle.

O lapso vibrou, e o estrondo de morte da casa causou um estouro ensurdecedor engasgado. Beth protegeu a cabeça, mas Gibson não hesitou: aproximou-se e a golpeou quando um pedaço de gesso em chamas caiu com força em sua nuca. A lâmina errou o alvo, mas ainda assim abriu um pequeno corte no bíceps dela. Beth gingou para se afastar.

O lapso estremeceu de novo, agora mais forte. Ela precisava salvar Jack antes de o BearCat explodir de verdade, matando-o.

— Consultor! O senhor está aqui?

— Você tinha uma família, Gibson — disse ela. — Em vez dela, você quis isso aqui.

Gibson girou, golpeou. Beth se desviou do ataque com facilidade, aproximando-se.

— Acabou.

Um soco rápido na boca fez com que ele cambaleasse para trás e suas panturrilhas batessem no sofá. Com um movimento, ela bateu nas duas placas dos quadris — travando-o no ar. O teto lá em cima abaulou-se com o peso do colapso em chamas. Em cerca de quatro segundos relativos, a sala se transformaria em um inferno.

Beth saiu correndo, percorrendo a distância entre a varanda e o BearCat. O veículo estava balançando sobre o pneu esquerdo dianteiro, a parte de baixo traseira do carro explodiu. Jack foi atingido pela onda do estouro quando foi jogado para cima, fazendo-o desmaiar e desativar seus poderes, deixando-o congelado.

Beth conseguiu pisar perto do para-brisa e em seguida saltou na canela de Jack. Agarrando-a, ela se ergueu até o teto inclinado do veículo, pendurada em Jack o tempo todo. Esperando que fosse dar certo, Beth bateu as duas mãos e canalizou a carga da armadura de resgate para dentro dele. As barras no cinto apagaram uma a uma e...

Jack reanimou-se, todo peso morto, e se chocou contra ela. Eles rolaram pelo capô e caíram com tudo na terra. Beth rolou e se levantou com o impulso. A armadura tinha uma única barra de cinco.

Jack caiu no chão sem sentir nada, quase inconsciente. Ela agarrou a jaqueta dele com as duas mãos, puxando-o para a cobertura do celeiro. O lapso pulsou, a casa explodiu por uma fração de segundo, duas vezes mais rápido, antes de se retrair e em seguida avançar de novo em uma câmera lenta excruciante.

Ela precisava carregá-lo para trás do celeiro antes que a tubulação de gás da casa explodisse, mas Jack estava amolecido. Ela o soltou, em seguida pegou-o de frente e o levantou.

— Você... — Jack conseguiu observar o bastante para afirmar. — Você... me salvou?

— Ainda não — disse ela, puxando-o do chão. — Venha, Problema, levanta ou a gente morre.

Jack concentrou-se. Viu a casa sugar a si mesma de volta e tremer. Sentiu o mesmo movimento em sua corrente sanguínea; o movimento que lhe dizia que o lapso estava prestes a se romper. Aquilo era tudo de que precisava.

Em pé e aos tropeços, passaram o celeiro e a garagem e continuaram correndo através dos sicômoros. Assim que chegaram perto da cerca, Jack agarrou o braço de Beth.

— Espere, espere. — Jack parou e olhou para a casa.

A fachada continuava a se abrir, mas em seguida parou. Estremeceu. Então, de uma vez, puxou-se de volta para dentro em um movimento desconcertante. A madeira estourada e as janelas estilhaçadas retornaram perfeitamente ao lugar, tranquila e completamente, fechando-se depois de um sopro final de fagulhas e chamas. Selada.

Deixando o lar da família Joyce intacto.

O lugar onde crescera, inteiro e completo, pela última vez.

O lapso rompeu-se. A casa explodiu para cima e para os lados quando os freios se soltaram e a causalidade avançou. A onda de choque jogou Jack e Beth no chão; a detonação de éter, C-4 e rede de gás estourou e incendiou o prédio — incêndio que choveu ao redor deles.

O celeiro absorveu um golpe fatal e, depois de um momento, estalou e desmoronou longe deles.

Os sicômoros queimaram. Tudo havia acabado.

Os outros Deslocadores moveram-se para o lado, surgindo em novos locais através das árvores, deixando a Palma Brilhante vir à frente.

Aproximar-se. Reivindicar o homem que estavam perseguindo fazia tanto tempo.

Paul encarou o brilho de algo pior que a morte chegando, as pernas e a mente traindo-o por um instante, atendo-se àqueles últimos momentos *dele*, de ser Paul. Aqueles eram os últimos suspiros, os últimos pensamentos. Tudo que era, tudo que havia construído, estava prestes a se virar contra ele, corrompido, invertido e pervertido. Era uma eternidade de caos e perda. Uma eternidade.

Brilhava a doze metros. A seis.

Paul não conseguia se mexer. Não conseguia olhar.

Conseguia senti-la, irradiante, a poucos centímetros.

Rugia, exigia que fosse vista.

Ele não conseguia abrir os olhos. Seus dentes, rangendo um contra o outro, reprimiram um grito.

O chão estremeceu com um rugido terrível quando a casa dos Joyce explodiu. Pássaros gritaram quando voltaram à vida, voando livres da copa das árvores. Paul sentiu a onda de calor atravessar as árvores e cobrir seu rosto.

Fluxo de cronum normal. Causalidade de volta. O lapso se rompera.

O lapso se rompera, e ele estava sozinho.

Vivo.

Fraco, cheio de gratidão, Paul Serene despencou na terra úmida e chorou.

13

Sábado, 8 de outubro de 2016.

9h30. Riverport, Massachusetts.

— Está bem quieto aqui.

Nick estava dirigindo de modo lento, mas constante, afundado no banco à frente do volante, olhando para a frente por trás dos óculos escuros. Riverport às nove e meia de uma manhã de sábado deveria estar mais agitada — mesmo no outono e com a maioria dos universitários ainda fora da cidade, de férias. As pessoas deveriam estar formando filas nos cafés. Deveria haver trânsito. Artistas de rua na região da Main Street deveriam ter disponibilizado seus chapéus e capas de violão para ganhar uns trocados durante o dia. Mas não naquele dia. Naquela manhã, a atenção de todos se voltava para a universidade. Quem estava espalhando coroas de flores, prendendo fotos em quadros de homenagens no local ou simplesmente oferecendo seu respeito, estava se movimentando devagar, processando o sentido das notícias daquele dia.

— Tem certeza de que eles não podem me localizar? — Os itens essenciais do bafômetro estavam espalhados no assento da frente, ao lado da webcam e da máquina de café amassada de Nick.

Beth estava no banco de trás, e Jack permanecia fora de vista com a cabeça apoiada no colo dela.

— Tudo está tranquilo para você, ainda que os policiais e a Monarch investiguem sua placa. — Ela olhou para Jack; a cara da tragédia de Riverport, o Bin Laden de Massachusetts, graças ao resumo feito por Hatch no ar naquela manhã. — É melhor sairmos do táxi assim que pudermos. — Ela havia analisado Jack, à procura de ferimentos, e não encontrou nada além de pele mosqueada onde cortes e arranhões já tinham cicatrizado depressa.

— Eles deveriam ser a solução — disse Nick.

— Quem?

— Vocês. A Monarch. Empregos. Um futuro. Esperança. Vocês prometeram que nos salvariam.

Beth se ressentiu, quis contestá-lo. Ela não era a Monarch. Nunca foi a Monarch. Estava dentro da Monarch para derrubar a empresa. Mas Nick tinha razão: ela não havia conseguido impedir nada.

— Qual é seu filme preferido, Nick?

— *Um maluco no golfe*.

— Faça-me o favor de dizer *Star Wars*.

— Não gosto de filmes de arte.

— Sabe aquela cena em *Matrix* na qual Neo descobre como corrompê-la? Quando ele engana o sistema, consegue superpoderes e reescreve a realidade?

— Claro.

— Nessa história, o Neo é a Monarch. A Matrix é o planeta Terra. A invasão é o dinheiro, a influência, a falta de vergonha, as mentiras, a prepotência, a falta de consideração e uma falta enorme de bom senso de nossa parte.

— E superpoderes reais.

Então era isso.

— O que deu em você?

— Pessoas da Monarch estavam esperando na minha casa. Imaginei que eles também estariam de olho na casa de Jack. Então observei a casa dele por um tempo antes de entrar. Sabe o que eu vi?

— Quando a casa de Jack explodiu, babacas da Monarch apareceram e morreram simultaneamente.

Ao mesmo tempo, um BearCat surgiu do nada e explodiu na frente da casa dele.

— Além disso, seu namorado parecia carne moída quando você o colocou no banco de trás. Agora ele está bem. — O táxi parou no sinal vermelho. Nick olhou para Beth pelo espelho retrovisor.

— Isso é idiotice? Tipo *Arquivo X*, Alex Jones, Área 51, algo assim?

Beth desviou o olhar do tráfego para olhar nos olhos de Nick.

— É uma conspiração. Mais do que você pode imaginar. Envolve outras dimensões. Foi tudo planejado.

Ele olhou para ela de novo e então para a estrada, e não disse nada.

Jack arriscou levantar a cabeça e olhou para a rua.

— Parece o fim do mundo. — Do lado de fora, via-se um rio amplo de um lado e fileiras de balcões abandonados do outro.

Nick passou por elas com cuidado pelo canto da Main Street, permanecendo nas ruas afastadas quando podia, e então acabou seguindo um caminho batido ao lado do rio.

— Quem constrói uma escola de natação aqui?

— Esta região era residencial no passado — disse Beth. Um cão de três patas atravessou a rua diante deles e desapareceu na mata. — No passado bem passado.

Jack se endireitou. A mão de Beth, ainda presa à proteção, escorregou do ombro dele.

— Will não comprou este lugar por causa da vista. — Jack olhou para as mãos de Beth, passou um dedo pelo dedal emborrachado que cobria seu polegar até o primeiro nó, e então pelo metal encapado que levava a uma pulseira da mesma cor e do mesmo material.

— Armadura de Mobilidade em Estado Zero — disse ela. — O eixo tem sua própria carga de cronum, mantendo meu campo pessoal M-J, mesmo em um vácuo completo de casualidade. Isso quer dizer que posso andar com hesitação, desde que a carga dure.

A ponte estava mais à frente. O endereço indicava a piscina bem embaixo dela.

— Antes de fazermos isso — disse Jack —, preciso de algumas respostas. Aquela manhã no Mirante de Bannerman. Aquele show com Aberfoyle: o desmanche, os iates, o que aconteceu, além de Aberfoyle e seus homens, o *timing*. O fato de ninguém nos ter feito perguntas. Como…?

— Você gosta de Douglas Adams? — perguntou ela.

— Do escritor?

— Ele escreveu que o segredo para voar está em aprender a se jogar no chão, e errar.

— E?

— Mesma coisa.

Jack pensou naquilo.

— Não, não é.

— Aqui estamos nós! — Beth estava apontando para uma construção logo abaixo da ponte. Era totalmente comum. Na placa meio apagada, meio perdida para a gravidade e para a vegetação, estava escrito BR BURY SWIMMING HALL. Beth estava fora do táxi, caminhando em direção ao local.

Jack a seguiu. Bandos de gaivotas e pombos tomavam a parte sob a ponte. Matos não muito densos subiam alto contra as escoras mantidas por uma parede em ruínas. Nem mesmo o grafite tinha sido atualizado desde os anos 1990. O corredor era amplo como a ponte em si e feito da mesma parede. Dois andares, todas as janelas cobertas por tábuas. Portas duplas de aço envolvendo a madeira estavam no meio da construção, com uma placa se desfazendo logo acima. Degraus levavam à porta, e na lateral havia uma rampa de acesso a cadeirantes, de concreto. A grama e a vegetação tinham passado uma ou duas décadas prejudicando o concreto e a alvenaria, dividindo-os, como explosões verdes chegando ao céu.

Beth se voltou para o táxi.

— Nick, você tem um pé de cabra, um macaco, algo...?

Nick, fora do carro, estalou a língua e fez um sinal positivo antes de dar a volta até a parte de trás.

— Então... — disse Jack, tentando parecer casual. — Você... viu... alguém enquanto estava fora? Um cara?

— Na verdade, não.

— Ah?

— Eu tinha muito o que fazer naquela época. Bem, houve um cara, acho.

— Que cara?

Nick veio correndo.

— Aqui está!

Beth pegou o macaco, testou o peso e caminhou até a porta.

Jack se aproximou e passou a sussurrar:

— Foi sério?

Beth estava ocupada tentando enfiar o ferro entre as duas portas.

— Vocês estão... em contato?

Beth parou o que estava fazendo, olhou em seus olhos, e disse seu nome no tom mais bem-intencionado que ela conseguiu:

— Jack. — Ele entendeu a dica.

Ela enfiou o ferro ali e começou a serrar a outra ponta dele.

Jack achou muito desconfortável observar e desviou o olhar. Metal e madeira rangeram, lascaram, mas finalmente cederam.

— Acho que entendi.

Jack segurou a maçaneta de uma das portas; ela segurou a outra. Como era esperado, a tranca havia se aberto ao ser separada da casa. A porta rangeu pelo concreto.

Beth analisou o que isso revelava.

— Ah, abaixe-se. — Uma porta de segurança adequada. Grossa, de metal, pesada, com uma tranca com código.

Nick assoviou.

— Ele não estava de brincadeira.

Beth fez um gesto.

— Onde seu irmão conseguiu isso? NORAD?

— Espere um minuto. — Jack se aproximou. A trava com código parecia ainda ter eletricidade. Ele digitou seis números e esperou.

Do lado de dentro, veio uma batida tripla que chamou a atenção e, de repente, a porta de ferro de meia tonelada se soltou, abrindo uma polegada.

Beth analisou e olhou para Jack.

— Minha data de nascimento — disse ele.

— Huh. — Beth empurrou a porta para abri-la. — Pode passar.

— Ei! — Nich estava esperando, seis metros atrás, remexendo-se. — Seu irmão, huh, ele não... não há armas de fogo nem Claymores... ele não teria coisas assim, certo? Ele não era assim. É uma porta protegida, é só o que estou dizendo.

Beth olhou para Jack, que deu de ombros. Ela entrou primeiro. Devagar. Jack foi atrás, até o hall de entrada da escola de natação. A luz se esforçava para atravessar as janelas altas, revelando uma cápsula do tempo fria de meados dos anos 1990 iluminada pela pouca luz do ambiente. Havia uma placa para a Competição de Natação de Riverport de 1996 ("Diversão ao Sol!"): um mural de cortiça que se desintegrava e ainda mantinha tachinhas coloridas e anúncios escritos à mão para nadadeiras usadas e filhotes que precisavam de bons lares. Havia uma máquina de jogo empoeirada no canto, com a cobertura colorida descascando e a placa sob ela desfazendo-se em pedaços leprosos.

Jack disse:

— O clima aqui dentro é de ar-condicionado.

O balcão ficava de frente para catracas que levavam a portas móveis que iam do teto ao chão, daquelas que faziam Jack pensar em um hospital. Uma placa laminada anunciava que a piscina seria fechada para sempre no dia 1º de março, e os funcionários agradeciam a todos que tinham nadado ali, alguns deles por cinquenta anos.

Havia algumas fotos enroladas no chão embaixo do aviso, com uma fita grudenta amarelada e gasta nos cantos. Jack analisou uma delas: três senhores segurando uma foto em preto e branco de quando eram mais jovens na mesma piscina, pouco tempo depois do fim da Segunda Guerra Mundial.

Ele a deixou de lado.

Nick enfiou a cabeça ali dentro.

— Cheiro de pé. — Hesitou e entrou. — E não do bom.

Independentemente do que aquilo significasse.

Jack abriu uma caixa de papelão, conferiu os cartões de avaliação (todas as notas decaindo com o tempo) e os quadrinhos amassados, e pegou uma fotografia colorida e emoldurada de um rato branco em uma jaula ao lado de...

— Parece a máquina da Monarch — disse Beth. — Uma versão modelo dela.

Nick se aproximou.

— A Monarch tem uma máquina? Que tipo de máquina?

O equipamento da foto era pequeno, do tamanho de um rato, e certamente não fora construído com a estética como foco principal: os fios e toda a estrutura estavam expostos. Escritas cuidadosamente com caneta esferográfica, estavam as palavras: "Em memória de Schrodinger, o primeiro viajante do tempo". Embaixo, havia uma nota fiscal de doze mil dólares de uma empresa de mudança.

— O endereço de retirada era em casa — disse Jack. — De 1999. E o endereço de entrega, aqui.

Jack soltou a nota, alisou-a totalmente sobre o balcão de fórmica de dois tons e então passou pela catraca. Ao ultrapassar as portas, teve uma bela vista da luz fraca e das sombras escuras. As portas bateram nas paredes de azulejo, ecoaram do outro lado do corredor e então de novo.

Ele caminhou em direção a Beth e a Nick.

— Temos eletricidade aqui?

Beth tomou o caminho mais civilizado pelas catracas.

— Você acha que haverá eletricidade? Depois de todos esses anos?

Jack não conseguia ver muita coisa à sua frente. Uma luz fraca entrava pelo vidro imundo que percorria uma parte do meio do telhado, mas ainda estava muito escuro ali dentro. Ele conseguiu ver a depressão escura da piscina olímpica e algumas coisas cobertas com lona contra as paredes dos dois lados.

Nick entrou, mexendo no celular.

— Nada de ligações — disse Beth a ele.

— Calma, irmã. — Ele ergueu o telefone brilhante. — Estou aliviando a situação. — Ele tocou um ícone e a luz de LED se acendeu. Nick deu a volta, passando a luz pelas paredes. — Está vendo todos esses cabos? Industriais. Bem claro.

O celular de Nick acendeu um prisma grande e amarelo de metal, de cerca de dois metros e meio de altura e talvez quatro e meio de comprimento. Ao lado dele havia quatro galões de duzentos litros, um deles com uma bomba manual de metal desgastada.

Jack olhou mais de perto.

— O que é isso?

— Um gerador — disse Beth, com o telefone iluminado.

— Diesel, a julgar pelos tambores.

— Essa coisa é pesada — disse Nick. — A embalagem o mantém parado. Você disse algo sobre seu irmão ter uma máquina?

Jack olhou para Beth, que abaixou a luz para a base do gerador e seguiu a massa de cabos pelo chão até onde caía dentro de uma piscina seca. Jack e Nick acompanharam. De uma vez, os três feixes de luz seguiram o caminho dos fios isolados pelos azulejos tomados por bolor, por cima de estações de trabalho montadas em mesas dobráveis, até o aço texturizado de uma rampa de acesso e a construção circular enorme que dominava a ponta.

Silêncio, até Nick dizer o que ninguém estava pensando:

— Seu irmão encontrou um maldito óvni?

Beth riu.

— Não, Nick, isso é loucura. — Jack pulou dentro da piscina. — É uma máquina do tempo.

— Precisamos acender as luzes — disse Beth. — Nick, parece que você sabe algo sobre isso. Pode fazer o gerador funcionar?

— Máquina do tempo?

— Nick?

— Hum... sim, claro, claro.

Jack estava explorando o interior da piscina, observando o conteúdo de várias estações de trabalho que Will montara.

— Computadores, equipamento de diagnóstico. Eu me lembro de muitas dessas coisas de quando era criança. Ele tinha tudo isso montado no celeiro. Menos os laptops, que são novos.

Nick disse:

— Pessoal! — O gerador voltou à vida. — Acho que alguém esteve aqui.

Beth conferiu os tambores encostados na parede, perto do espaço do gerador.

— Tem galões de combustível aqui. Não tão empoeirados quanto os outros. Nick pode estar certo.

Nick encontrou a caixa, virou-a e fileiras compridas de luzes fluorescentes se acenderam, cada uma de uma vez, expondo o laboratório de Will.

No canto do fundo da piscina, tomando o espaço todo, havia uma versão da máquina que ele tinha visto no laboratório da universidade. Alça, câmara de ar comprimido e, no meio, uma esfera geométrica conectada ao restante dele com voltas de cabo grosso. O projeto da Monarch era claro e bem estruturado. Aquela coisa parecia poder ter sido alimentada por um velho Buick. Era metal e solda, com alguns toques de tungstênio e titânio onde importava; ao redor do centro, por exemplo.

Perto da rampa, havia um antigo laptop em um carrinho polido. O computador estava aberto, com um pen drive verde fluorescente ligado a um conector à parte. Havia um bilhete no alto da tela com a caligrafia de Will. Estava escrito: Mensagem para Setembro no pen drive.

Jack ligou o laptop. O computador organizou os pensamentos e acionou o sistema operacional.

— Você acha que ele queria que alguém encontrasse isso?

Beth entrou na piscina, checou o laptop.

— Então ele e mais alguém usaram este lugar como um ponto de entrega mensal, uma maneira de ficar em contato por fora. Setembro foi o último. Gostaria de saber de qual ano.

Jack conferiu o diretório do pen drive. Só um arquivo de vídeo.

— Vamos ver com quem ele está falando.

Seu dedo sobrevoou o botão do mouse.

— Jack? Você está bem?

Aquela podia ser a última vez que Jack ouviria a voz do irmão dizer algo novo. A última vez que veria o irmão vivo.

Ele clicou no arquivo. O player se abriu. A imagem se moveu de um lado a outro enquanto Will acertava o ângulo.

— Quatro de julho — disse Will. — Dois mil e dez. — Ele gravara a mensagem aqui, em seu laptop. O fundo eram as estações de trabalho, o lado raso da piscina seca, as portas de saída. — Setembro, espero que receba isto.

Sentiu um frio no peito.

— Setembro é uma...

— Pessoa — concluiu Beth.

O vídeo continuava.

— Eu... voltei aqui porque não tive escolha. O que aconteceu. A Contramedida, claro, se foi. Terminada, completa. Pronta para usar. Fui ao meu workshop na doca. É um desastre. A Contramedida se foi. Foi tomada. Espero que você a tenha, porque... quem quer que a tenha pegado... — Will estremeceu, com as duas mãos na cabeça. — A oficina foi destruída. Totalmente destruída. Eu preciso ter certeza. Se o que você disse é verdade, então um dia nossas vidas podem depender de eu saber a verdade a respeito do ocorrido. Entre em contato comigo. Encontre-me. Por favor.

O vídeo terminou. Jack fechou o laptop.

— Contramedida?

— Não sei.

— Acho que sabe.

— Não sei!

Nick estava observando do lado mais distante do corredor, perguntando-se por que mamãe e papai estavam discutindo.

Jack parou.

— Acho que devemos ligar isso.

Beth não tinha certeza.

— Consigo driblar a segurança, mas iniciar uma máquina do tempo é uma das poucas coisas que a internet não explica.

— Paul me mostrou. Acho que posso fazer de novo. Não deve ser muito diferente.

— Essa não é minha preocupação. Me preocupa o fato de isso ser uma *máquina do tempo*, Jack. Como aluna de cultura popular, não tenho vontade de passar pela época de Bradbury completa.

— Pense bem: se ligarmos essa coisa, voltamos para *antes* do incidente na universidade. Entramos lá, *paramos o ocorrido* e então isso nunca acontece.

Beth balançou a cabeça.

— Eu sei que você sabe que não é possível.

— Claro que é possível! Temos uma...

Ela ergueu as mãos, pedindo um tempo.

— Pare. Isso não tem a ver com voltar para o antes. Tem a ver com causalidade. Estamos aqui tendo essa conversa porque a universidade aconteceu. Se pudéssemos voltar e impedir que o evento da universidade acontecesse... e não podemos... então, a causalidade não ocorreria.

A expressão de Jack foi de pesar. Beth teve a impressão de ter chutado um cachorro.

— Voltamos, Jack. Disso, tenho certeza. Mas não ocorre como você gostaria.

— Você quer explicar isso?

— Estamos no laboratório escondido de seu irmão. Ele deixou uma mensagem para alguém com quem ele trabalhou a respeito de algo chamado “Contramedida”, uma medida que defende. A única coisa relacionada à máquina do tempo que precisa de defesa no momento é a Fissura. Ele disse que a Contramedida foi tomada no dia 4 de julho de 2010. Para mim, parece haver uma chance de nós a termos tomado. Talvez seja o que fazemos. Tomamos, a levamos de volta à nossa época e consertamos a Fissura.

— E você uniu todas as peças.

— É uma teoria.

— E você acha que não notei a quem aquela mensagem foi enviada? Setembro?

Beth sentiu um aperto no peito.

— "Vai, Time Outland"? Magrelo estranho com um...

— Com um rifle de atirador, entendi.

— Você quer me contar o que está realmente acontecendo aqui, Zed?

— Sinceramente, não sei se a mensagem de Will foi para mim, Jack. Não sei se "Setembro" é um nome que dou a ele em algum momento. É a verdade. Estou mais interessada na data daquela gravação. Você se lembra de 4 de julho de 2010?

Como poderia se esquecer? Dezesseis anos atrás. Paul, Zed, ele próprio no Mirante.

— Aberfoyle.

— Coincidência, você acha?

— Coincidência que você tenha desaparecido no mesmo dia em que a Contramedida sumiu?

— Espere aí, não é...

— Não é o quê? Paul e eu fomos despertados às quatro da madrugada por três idiotas que decidiram nos matar porque você chamou o chefe deles. Eles atravessam a cidade conosco e você faz aquele truque de mágica em cima do Mirante. Will, que estava sendo mantido com uma arma apontada do outro lado da cidade, de repente é solto sem perguntas, e mais tarde, naquele dia, sua oficina é destruída. Então, você e a Contramedida desaparecem no mesmo dia. Mas, olha, agora você voltou. E você trabalha para a Monarch.

Beth mordeu o lábio.

— Isso parece bem ruim, não?

— Sim, Zed, é bem, bem ruim.

— O que precisa que eu faça?

— Se você trabalha para o outro lado, então não posso impedir que você faça o que pretende fazer em seguida. Só posso pedir para não fazer.

— Sempre estive do seu lado, mesmo quando fui embora.

Jack não queria que suas emoções ditassem o que ele disse em seguida, por isso olhou para a máquina.

— Aqui está o que sei — disse ele, tentando parecer confiante. — Uma máquina só pode me levar ao momento de sua ativação. Esta máquina foi ativada muito antes da Monarch. Se ela puder me levar de volta para antes de a máquina da universidade da Monarch ser ativada, então poderei encontrar Will. Posso salvá-lo e ele pode nos ajudar a resolver essa situação. — Argumentos complexos não eram seu forte, mas Jack fazia o melhor que podia. — Espera, pense: só porque agora diz que não voltei e salvei Will não quer dizer que não possa criar um presente no qual tenha feito isso. Provar que posso ou não mudar o passado é impossível, certo? Porque independentemente do que seja o presente, ele está ligado a um passado construído em uma causalidade que tem negado todas as tentativas de mudança. Isso não quer dizer que criar uma dessas alternativas é impossível. Só quer dizer que provar que isso é possível é importante. Certo? Só posso tentar e ver o que acontece.

Nick veio do fundo do quarto.

— O quê?

— Você é mesmo o irmão de Will — disse ela. — Tivemos algumas conversas assim no passado. Talvez seja por isso que gosto tanto de você.

Jack deu de ombros.

— Então talvez fique aqui dessa vez.

— Talvez eu fique.

Sábado, 8 de outubro de 2016. 15h43. Na frente do ginásio de natação de Riverport. Cinco horas e trinta e sete minutos depois.

Beth puxou um pedaço de grama e ajustou seus óculos de sol.

Uma luz amarela reluziu na água.

— Dizem que o rio está voltando à vida agora, desde que as docas foram fechadas. — Embaixo da ponte, do outro lado do amplo apoio na frente do ginásio de natação, juncos surgiam de uma península artificial de lixo acumulado. Os patos não pareciam se importar.

Os olhos de Jack estavam voltados para o único prédio que dominava o novo horizonte de Riverport: Monarch Tower.

— No noticiário, estão falando sobre a festa de hoje à noite, vai ser enorme. O CEO deles está lançando uma série de bobagens de “prometo ao mundo”.

A construção era um obelisco preto assimétrico com cinquenta andares de altura. O logo da Monarch, uma borboleta fragmentada e geométrica, brilhava vermelha contra aquela superfície de vidro preto lustroso.

— Nós chamamos isso de Mordor — disse Beth.

— "Nós"?

— Nem todo mundo nesse prédio é um réptil, Jack. A Monarch se dá bem porque cumpre a maioria de suas promessas. Olhe ao redor. Você se lembra de como Riverport era quando você partiu? Estava se transformando *nisto*. — Ela movimentou o polegar em direção ao bairro abandonado ao redor deles. — Massachusetts não se destaca. Nem chega perto de Worcester. Seis anos depois e olha só: passeadores de cães, novos-ricos e pessoas que não podiam comprar nem um trailer agora estão reclamando de suas mansões que não têm uma mesa de pingue-pongue.

— Vou usar essa máquina, Beth. Tenho que usar.

— Eu sei.

— Eu poderia voltar o suficiente para impedir Paul de fazer as coisas que fez, sabe? Impedi-lo de se transformar no que é agora.

— Você pode tentar, você tem razão em relação a isso.

— Não vai me impedir?

— Não preciso, Jack.

— Você está muito relaxada em relação a isso.

— Quer ver um truque?

— Claro.

Beth enfiou a mão no bolso e pegou dois fones de ouvido de espuma macia. Entregou um a Jack e colocou o seu. Jack fez a mesma coisa, desconfiado. Então, Beth puxou um revólver.

— Hum. De onde pegou isso?

— Do porta-luvas do Nick. — Ela abriu o cilindro, tirou as seis balas e colocou uma de volta. O cano tremeu quando ela o girou, e então ela o fechou.

— Já vi esse filme, deixa pra lá.

Beth pressionou o cano contra a cabeça…

— Não!

… e atirou.

Bang.

Jack tentou pegar a arma. Ela desviou.

Bang.

Ele tentou de novo. Ela desviou.

— Pare!

Bang.

— Zed!

A arma ainda estava encostada na cabeça dela.

— Se eu parar, você não vai entender.

Bang.

Jack deu um soco no rosto de Beth. A cabeça dela foi impulsionada para trás. A arma descarregou, o tiro voou a um ângulo de quarenta e cinco graus passando por sua cabeça. Arrancou um pedaço de um tijolo com um ruído curto e agudo.

— Largue! — gritou ele, impotente, depois de empalidecer.

— Porra. Desculpa. Porra. Você está... você estava...

Ela olhou nos olhos dele, irritada, encostou o cano na têmpora e puxou.

Bang.

Quando ela desviou o olhar havia uma marca circular onde o cano tinha sido encostado. Então, ela descartou a arma.

— Não posso morrer — disse ela, arrancando os fones de seus ouvidos. — Não posso morrer porque, quando eu tinha oito anos, conheci meu eu mais velha. Não posso morrer porque ainda não fiz isso, não voltei e não encontrei meu eu mais jovem, entende? Sempre fiz o que quis, sabendo que, na pior das hipóteses, eu seria internada no hospital. Parkour, artes marciais, deslizamento, mergulho, salto de bungee jump, escalada, surfe no trem, andar com piratas e depravados, ficar acordada até muito tarde, não olhar antes de atravessar a rua, tudo que sempre dizem que não se pode fazer... passe livre. É um jeito muito, muito bom de viver. Ninguém consegue me matar, ninguém pode me derrubar. As leis da causalidade não permitem. — Ela apontou em direção à sala de natação. — Passo por aquela máquina? Me encontro? Pronto, todas as apostas se perdem. Depois disso, eu poderia desenvolver uma alergia a amaciante de roupas e cair morta. Engasgar com um bendito kiwi. — A adrenalina desapareceu de seu corpo e ela relaxou. Beth se recostou com tudo na parede. — Você queria saber como eu fiz aquela mágica no Mirante de Bannerman? Tem algo a ver com isto: mesmo motivo pelo qual não estou morta no chão agora com a arma de Nick na mão. — Ela olhou para os juncos, jogou os fones de ouvido neles com o resto do lixo.

Jack havia retirado os dele e olhava para ela.

— Você poderia simplesmente *ter me dito*.

— Você não teria compreendido. Vai aprender que sou capaz, mas e se eu entrar naquela máquina, me encontrar e a partir de então duvidar de todas as minhas atitudes? Você precisa agir. Independentemente do que custe. Se fracassarmos, tudo morre.

— E não encontrar seu eu mais jovem não é uma opção, certo?

— Certo. Se eu não o encontrar, então não estou aqui, não estamos conversando, e ninguém vai tentar parar a Monarch. Se meu eu mais velho não animar o mais novo para ir a uma parte da Costa Oeste e para os campos de treinamento da América do Sul, eu não me torno eu e ninguém estará aqui para salvar as coisas. Mas não sou só eu. Você precisa fazer a coisa certa, ainda que signifique abandonar seu irmão, matar seu amigo, qualquer coisa que signifique que vencemos. Esteja preparado para fazer as coisas que nunca pensou que teria que fazer, porque a alternativa é muito pior.

— Paul disse algo parecido.

— Nós dois estamos certos, mas ele está agindo do jeito errado. Isso é tudo o que sei. — Ela havia dito sua parte. Pronto. — Então, a missão é esta: voltamos, encontramos a Contramedida, descobrimos o que ela faz e então, provavelmente, a trazemos de volta para cá. Assim, consertamos a Fissura e salvamos o mundo.

— Beth.

— Sim, Jack?

— Não sabemos nem o que é a Contramedida nem como ela é.

— Não. Mas sabemos quem a teve por último e onde. O restante, improvisamos.

Sábado, 8 de outubro de 2016. 16h37. Ginásio de natação de Riverport.

Nick ligou a cafeteira, encontrou alguns copos de plástico no café de frente para a piscina e então preparou um *espresso* razoável com o que sobrou de suas cápsulas. Os três sentaram-se em cadeiras de acampamento à beira da piscina, ao lado das estações de trabalho de Will. A luz do sol pelas entradas verticais imundas estava ficando amarelada conforme o pôr do sol se aproximava.

— O que você se lembra de 2010? — perguntou Beth.

Nick deu de ombros.

— O melhor, o pior. Eu era jogador de hóquei, posição de centro e todo mundo sabia meu nome. Meu rosto estampava canecas de café. Eu estava na faculdade e estraguei tudo. Você?

Jack deu de ombros e bebericou seu café.

— Passei os primeiros seis meses cansado de meu irmão, os últimos seis meses procurando por ela. — Jack indicou Beth com o polegar.

— E você, Beth?

— Os primeiros seis meses, saindo com um cara, os últimos seis meses em um acampamento no Arizona. Corri muito.

— Que tipo de acampamento? Tipo…

— Um monte de caras esperando o fim do mundo. Forças especiais. Acreditava que eles sabiam o que ia acontecer e haviam tomado algumas decisões. Eu estava ali para aprender.

— Armas e coisas assim?

— Principalmente cognitivo, mental e físico. Atitude. Trabalho em grupo. Crítica e adaptabilidade. Disciplina. Controle do estresse. Multitarefa. — Ela terminou de beber o café e analisou a velha máquina de Will.

— Então você está mesmo fazendo isso — disse Nick.

Beth ficou de pé. Jack a segurou pelo braço.

— Se fizermos isso, vamos voltar só seis anos. É mais do que quinze anos depois de você ter se encontrado. Você não precisa vir junto. Fique aqui. Se eu não voltar…

— Eu estou decidida. Não me enlouqueça agora, Jack, está bem? Vamos fazer isso.

Os olhos dela estavam firmes e a voz, inalterada. Jack a deixou passar, mas não gostava disso. Então ele foi se reabituar à instrumentação… o equipamento de Will era muito mais primitivo do que o da Monarch. Beth não o acompanhou. Ela subiu a rampa.

"Paul disse algo parecido." Foi o que Jack dissera a Beth mais cedo. Ele estava na câmara a vácuo da máquina, com a palma da mão contra a estrutura de metal. Paul entrara na máquina da Monarch e renascera como algo totalmente diferente. Beth estava no mesmo caminho; os dois achavam que estavam certos; os dois sabiam que o passado não podia ser alterado, estavam dedicados à causa e, ela sabia, os dois seriam remoldados pela viagem naquelas máquinas.

A máquina não deveria cheirar a nada mais do que algo velho e a graxa industrial, mas cheirava. Tinha um cheiro próprio, o peso duradouro da...

— Morte.

Ela entrou na câmara a vácuo, uma câmara de ferro pesada, de três metros quadrados, reminiscente de algo submersível. Estava claro como a Monarch havia baseado seu design no trabalho de Will, pois era funcionalmente idêntica: sentido horário para viajar para o futuro, anti-horário para o passado. Diferente da máquina da Monarch, aquele corredor era rígido, não era montável, e escuro, muito escuro, nas duas direções. O fedor aumentou quando ela ficou de pé na câmara.

Ela saiu.

— Acho que alguma coisa morreu aqui dentro — disse ela, esperando uma resposta óbvia.

Jack estava passando de console a console.

— Will desperdiçou muito dinheiro nesse sistema de segurança para um gambá conseguir entrar aqui. É cheiro de velho. Certo, Nick, pode nos trazer um pouco de suco?

O raciocínio de Jack não fez com que ela se sentisse melhor. Ela olhou para a câmara escura, detalhes internos meio formados à sombra. Beth conteve um arrepio.

Nick redirecionou a força da máquina. Ouviu-se um baque e o interior foi iluminado com a energia de uma lâmpada de filamento antiga, que logo se acendeu. O corredor tremeu quando nos bastidores os equipamentos se remexeram e o centro ficou on-line. Beth deu alguns passos cuidadosos para trás, descendo a rampa.

A vibração uniu forças com uma instabilidade secundária, suas batidas e ritmos separados começavam a balançar os componentes que se soltavam do Caminho. Uma onda de distorção surgiu com dificuldade ao redor do equipamento do corredor, mas não conseguia ganhar força.

O tremor e as batidas aumentaram em intensidade conforme os sistemas sob a máquina começaram a emitir alarmes desesperados e estridentes. Isso não estava dando certo.

— Droga, não. Nick! Reinicie a energia! — Afastando-se do console de destino, Jack movimentou-se para reiniciar a máquina quando Beth entrou em seu caminho.

— Não.

— Como assim, "não"? Vou tentar de novo.

— Não vai, não. Claramente tem alguma coisa errada com essa coisa, e nenhum de nós faz ideia do que seja. Se você estragar isso, estamos ferrados.

— Não podemos parar de tentar. As anotações de Will estão espalhadas aqui. Talvez possamos...

— Teríamos a mesma sorte se tentássemos reparar o Grande Colisor de Hádrons. — Ela suspirou. — E eu vi a caligrafia de seu irmão. Precisamos de um especialista. Felizmente, eu sei onde encontrar um. A dra. Sofia Amaral, diretora da Divisão de Pesquisa de Cronum, é uma das poucas autoridades na pesquisa mundial de seu irmão. Uma das poucas que arriscaram a carreira para dar alguma credibilidade a Will. Ela acredita, e ela construiu a máquina da Monarch. Bem, ela e o dr. Kim.

— O que quer dizer que ela trabalha na Monarch Tower.

— Trabalha lá, mora lá, quase nunca sai dali. Ela é um dos nossos mais valiosos trunfos.

— E esse dr. Kim?

— Morreu — disse Beth. — Acidente de carro. É o que dizem. Sofia é suficiente. Todos os técnicos abaixo dela estão trabalhando em divisões compartimentalizadas na necessidade de saber.

— E as pessoas que trabalham com Paul na universidade?

— Havia algumas pessoas que tinham um entendimento operacional que poderíamos explorar.

— Havia?

— Eu mantive contato com eles para o caso de se tornarem úteis, mas há três semanas eles desapareceram. Um deles da universidade e três deles da divisão de cronum. E assim, sobra Sofia, e provavelmente Paul, e não podemos convidar Paul para beber umas.

— Não — Jack concordou. — Mas ele me convidou para a festa.

— Quando? Antes de você tentar matá-lo numa explosão?

— Naquele momento, ele pareceu querer muito que eu fosse dar uma olhada na festa.

— Isso é como se render. Se for só eu, posso…

— Gente — Nick interrompeu —, olha, o que acham de relaxarmos hoje? Esperar até todo mundo ficar bem e de ressaca amanhã cedo, então nós a pegamos quando ela sair para comer um hambúrguer. Sim?

Beth negou com a cabeça.

— Se eu fosse Paul nessa situação, com a universidade daquele jeito, Jack à solta e eu sabendo que Jack estava tão bem quanto eu? Eu a manteria trancada, a chamaria para a apresentação desta noite, e então faria com que desaparecesse até que eu precisasse dela de novo. Se não a pegarmos hoje, pode ser que não tenhamos outra chance. — Isso seria difícil. — Meu disfarce ainda é bom. A única pessoa que me reconheceu na fazenda foi Gibson, e ele estava na casa quando explodiu. Posso entrar na Monarch Tower, me aproximar de Sofia e tirá-la de lá.

— Você não tem nenhum poder.

— Não posso morrer. Não está bom para um poder?

Nick hesitou.

— Como é?

— Claro — respondeu Jack —, mas você ainda pode ser *presa*. Ainda assim pode fracassar. Você não pode tirá-la de lá sozinha.

— Os escritórios dela ficam no último andar. Lá em cima, há um heliponto.

— Consegue pilotar?

— Disseram que eu precisaria. Sério, Jack, eu sozinha sou nossa melhor chance.

Ele ergueu as mãos e se afastou.

— Tudo bem. Como quiser, Zed. Você é quem manda.

Nick e Beth estavam sentados de modo esquisito, aproveitando o silêncio enquanto Jack saía da piscina e deixava a construção. A batida da porta de segurança ecoou por todas as câmaras do local.

— Ele ainda quer salvar o irmão — disse ela. — Pensou que pudesse passar alguma mensagem em 2010 que pudesse salvar a vida de Will em 2016. Ele está frustrado, mas vai ficar bem. A ciência não é muito a praia dele, sinceramente.

Nick assentiu.

— Sim, deve ser difícil para o cara. — Remexeu os dedos.

— Então — disse Nick. — Você é *Zed*, certo?

14

Sábado, 8 de outubro de 2016.

19h58, 49º andar, Monarch Tower. Escritórios de Paul Serene.

A parede de vidro oferecia a Paul uma bela vista de Riverport. A cidade não tinha nada de especial, mas nem Alamogordo antes de Oppenheimer, nem Sarajevo antes de Gavrilo Princip ou, por acaso, Belém, se quisesse ser grandioso.

Nas plantas oficiais, suas salas eram listadas como escritórios.

Quando Paul tinha motivo para sair do prédio, ele ia e vinha em um helicóptero particular, e sua existência permanecia um segredo da empresa.

Paul nunca quisera nada material. Investimentos inteligentes tinham rendido a seus pais uma casa agradável e ao filho deles a liberdade de ter a vida que quisesse. O mundo sempre estivera aberto a Paul. Mas foi Riverport, Massachusetts, não as universidades da Europa nem as zonas de guerra maquiavélicas das finanças do mundo, que o havia moldado.

De todos os lugares da Terra, aquela cidade fora seu calvário.

Riverport o havia criado, mudado. Pressionado e ligado pelo destino, tudo havia acontecido aqui.

Roupas de camuflagem urbana estavam sempre prontas, dispostas na cadeira ao lado dele; peças que dariam autenticidade ao *press release* que ele em breve filmaria. Ele havia encomendado a cadeira, entalhada de um único tronco de cipreste retirado de uma floresta chilena. A árvore tinha mais de três mil e seiscentos anos quando Paul a derrubou e a transformou em algo em que pudesse se sentar. Era mais velha do que as Américas, do que o cristianismo, mais velha até do que a matemática.

Era a cadeira preferida de Paul.

O tempo acabaria. Mas, talvez, se usasse todas as partes de sua riqueza, talento, determinação e intelecto, ele poderia salvar o destino da humanidade do fim que escrevera.

— Você está fazendo de novo.

Se ele tivesse morrido naquele dia, não haveria ninguém para desfazer o que viria. Ele havia arriscado tudo para salvar Jack, por amizade. Ele não poderia ser tão irresponsável de novo.

— Paul.

Sofia havia entrado, vestida para a festa com um vestido justo, longo e italiano. Com o tablet na mão e a mente sempre no projeto.

— Desculpe, o que disse?

— Rangendo os dentes — disse Sofia.

Paul sentiu o estômago revirar, uma ânsia atrás dos olhos. Ele se controlou.

— Eu ouvi o rangido do corredor. Você vai precisar de um dentista mais do que precisa de mim se não aprender a relaaaaaa...

Sofia se movimentou devagar e parou quando o tempo hesitou, antecipando um lapso. Estava se tornando mais frequente agora, era impossível negar. Paul manteve a compostura e esperou para agir.

— ...xaaaarrr. O átrio do piso térreo é lindo, e o espaço de demonstração é perfeito. Há algo que queria me mostrar?

— Você está prestes a encantar o mundo com a maravilha da tecnologia de cronum, e todos os nossos esforços estão prestes a se unir. O Protocolo Salva-Vidas tem uma chance. Você está aqui comigo. É só de que preciso. — Ela não havia notado nada. Aquela hesitação breve foi mais forte do que da última vez. Uma grande viria.

— Nervosa? — perguntou ele.

— Nem um pouco. — Ela se aproximou dele. — Quando o mundo vir com seus próprios olhos o que conquistamos, nossos críticos parecerão tolos. A reputação dos drs. Joyce e Kim será restaurada, o valor da ação da Monarch subirá ao céu, e eu finalmente terei você para mim. Ainda que tenhamos que viver às sombras pelo resto de nossa vida.

O *timing* estava certo. Deus havia concordado.

Ele enfiou a mão dentro da jaqueta e tirou uma tira fina de papel amassado.

— Mas, se conseguir tempo para dar uma opinião a respeito disso, eu ficaria grato.

Ela lhe lançou um olhar curioso, colocou o tablet em cima da cadeira dele e segurou a coleção imunda de papéis com as duas mãos.

Os olhos dela se arregalaram.

— O Regulador.

— Vá com calma — disse ele. — São apenas parciais, mas talvez você...

— As anotações do dr. Kim. Há outras?

Ele quis dizer a ela que *Kim era um mentiroso. William Joyce criou o Regulador*. Mas isso seria um erro. Se ela soubesse disso, questionaria outras verdades e se forçaria a analisar o raciocínio torto de William e as convicções paranoicas... e ele precisava que ela se mantivesse focada; naquela noite e na pesquisa. Se havia alguém que poderia aprender algo novo a respeito do equipamento no centro da Torre, era Sofia. Mais ninguém.

Ela olhou para ele com uma expressão de carência.

— Paul, há mais papéis como este?

Ele balançou a cabeça, negando.

— William Joyce os roubou durante o tempo que passou conosco. E os manteve em sua casa. Só consegui salvar esses.

Ela pareceu esquecer-se dele quase imediatamente, voltando às impressões e aos diagramas.

— Eu... eu vou precisar de um tempo.

Então, ela o surpreendeu pegando sua mão, segurando-o de novo.

— Amo você. Você aceita isso?

Ele pousou a mão na dela.

— Aceito.

O coração de Paul doía por ela, por sua Sofia.

Ela não sabia, não tinha como saber, que assim que o jogo começasse ela nunca mais o veria.

Sábado, 8 de outubro de 2016. 19h58. Ginásio de natação de Riverport.

A acústica no ginásio de natação era incrível.

— Beth! Você precisa ver uma coisa!

Nick estava na piscina, em uma das cadeiras. A TV portátil estava ligada. Ela veio de uma sala dos fundos, com as mangas enroladas. Vinha fazendo manutenção em seus equipamentos quando tinha a oportunidade.

Quando Beth desceu a escada de três degraus até o chão, Nick aumentou o volume.

"... detalhes de novo. O homem mais procurado do estado, Jack Joyce, foi preso na frente da Sullivan's Deli há cerca de meia hora. De acordo com testemunhas, Joyce, de vinte e oito anos, se aproximou de um patrulheiro uniformizado, com as mãos erguidas. O que aconteceu em seguida ainda não está claro. Tiros foram trocados, e evidências sugerem que Joyce se feriu. No entanto, ficamos sabendo que logo depois ele foi jogado ao chão e algemado. A WSRPTV acredita que ele foi levado à Delegacia de Riverport, onde..."

— Desligue isso.

Nick clicou no controle remoto.

— Pensei que ele estivesse no andar de cima.

— Estava! Ele disse que dormiria por algumas horas. Não compreendo.

— Os policiais o entregarão para a Monarch. O idiota acha que quando ele entrar no prédio vai conseguir invadir e salvar a situação.

— Há muitos deles? — perguntou Nick.

— Sim, e ele não é muito bom. Está totalmente despreparado, não tem proteção, não faz ideia de como Sofia Amaral é, e não tem ideia de como é a disposição do prédio.

— Ah.

Beth conferiu o relógio. Algumas horas até o baile começar. Os convidados chegariam em breve.

— Além disso, eles têm meios de suprimir os níveis de cronum, o que certamente impactará em sua capacidade de se recuperar da droga que eles estão prestes a fazer com ele. Você tem que me levar para a Monarch Tower. Agora mesmo.

Sábado, 8 de outubro de 2016. 20h10, 49º andar, Monarch Tower. Escritórios de Paul Serene.

O machado estava prestes a descer na única vida que Paul conhecera por quase duas décadas. Sua proteção do desconhecido desapareceria. Em vinte minutos, ele gravaria um relato. No momento certo, esse relato seria liberado.

A partir daquele momento, o mundo mudaria para sempre.

Todo dia era um *déjà-vu*. Quanto mais ele chegava perto do fim, mais rapidamente o desconhecido dava espaço a lembranças de um futuro que ele ainda não tinha vivido. Ele esperava que, nos dias antes de sua morte, seria um homem atravessando nada além de lembranças até se pegar repassando a lembrança de sua própria morte.

E então não haveria nada.

Ele olhou para trás. Sofia, à mesa, com os pedaços da pesquisa de William Joyce espalhados pelo vidro escuro, repassava uma página por vez, ditando observações em seu telefone, aos murmúrios.

Passos no corredor. A urgência do toque indicava a Paul que ninguém bateria à porta.

A porta se abriu. Martin Hatch entrou, pousando uma mão na maçaneta de latão.

— Jack está aqui — disse Paul.

Martin parou.

— Ele foi transferido para este prédio.

— Sofia. — Paul segurou a mão dela. — Preciso ir. Você me encontraria depois? Para um brinde.

Ela sorriu e assentiu.

— Até mais, então. — Ele soltou a mão dela, pegou o uniforme do braço envernizado de três mil e seiscentos anos de história e foi de encontro a seu futuro.

Sábado, 8 de outubro de 2016. 20h15. Na frente da Monarch Tower.

Nick parou o táxi a três quarteirões da Monarch Tower. Holofotes se acenderam cedo, espalhando-se pela superfície escura. As luzes do hall e do lobby podiam ser vistas dali: limusines e carros blindados, um detalhe da Monarch Security em portas formais abertas enquanto analisava as calçadas e as ruas. Flash de câmera, flash de câmera.

— Eles o trarão aqui hoje? — perguntou ele a Beth.

— Eles vão querer colocar Jack amortecido o mais rápido possível, antes que ele perceba que cometeu um erro e aja. Esta é a melhor e a única localização. Certo, ouça: Serene vai evacuar a dra. Amaral assim que ela fizer a apresentação. Então, vou tirá-la dali por helicóptero antes que ela suba ao palco. Preciso que você estacione perto e mantenha o celular à mão. Se alguma coisa der errado, é nosso plano de fuga reserva. Entendeu?

— Vou confiar que você pelo menos esboçou esse plano em um guardanapo.

— Vamos, Time Outland.

— O quê?

Beth saiu, fechando a porta.

Sábado, 8 de outubro de 2016. 20h17. 35º andar, Monarch Tower.

O elevador desceu em direção ao trigésimo quinto andar.

— O estúdio está pronto para você no quadragésimo nono — disse Martin. — Ao lado de seu quarto. Eles estão prontos, assim que terminarmos com Joyce.

— E as equipes do Movimento PAZ?

— Prontas, como você pretendia. Elas sabem o que fazer assim que o lapso começar.

— Ótimo.

— Paul — disse Martin —, você e eu trabalhamos para isso durante metade de nossas vidas. Faltam dez minutos para a meia-noite e, ainda assim, tenho que perguntar: existe alternativa para que você não se sacrifique desse jeito?

— Nenhuma — disse Paul. — Tudo está em risco. Apenas prometa que Sofia vai receber cuidados quando eu partir. O helicóptero e o piloto estão esperando. Tire-a daqui e a mantenha protegida longe assim que as formalidades terminarem.

— Se você acha que é necessário. Temos Joyce.

— E pode ser que ele use uma máquina do tempo em algum momento. Variáveis infinitas. Mantenha-a longe.

— Como quiser.

Eles entraram em um corredor simples, com uma parede de vidro de um lado, luzes pelo chão e pelo teto. Guardas armados protegiam uma porta à direita no lado mais distante.

— Estou ferrado, Martin. Sempre estive. Desde que entrei naquela máquina.

Paul parou e olhou para seu compatriota.

— O lapso está se aproximando. Peça que as equipes da PAZ ativem seus equipamentos agora. Eu me sentirei melhor. Sem erros.

O rosto de Martin estava sério, quase triste.

— É isso, então.

Paul segurou o braço de Martin.

— Sabendo que meu destino tem sido um dom, ele me permitiu tomar decisões que tornaram a Monarch a força salvadora que é. Mas isso não valerá de nada se a empresa emergir heroicamente do caos iminente. Para que isso aconteça, temos que ter um vilão.

Sábado, 8 de outubro de 2016. 20h20. Na frente da Monarch Tower.

Carpete vermelho, corda de veludo e equipes de cinegrafistas tomavam a calçada na frente do Monarch Solutions Visitor Center, a entrada para o átrio da Monarch Tower. Seguranças, à paisana ou não, cercavam o quarteirão. Moradores da região esperavam conseguir dar uma olhada em alguns dos grandes nomes da Costa Oeste, que eles sabiam que estariam ali. O repórter que Beth tinha visto na TV no ginásio estava ali, percebendo que a Monarch tinha decidido ir adiante com o baile, apesar de toda a tragédia recente na universidade, e que Martin Hatch era esperado para fazer um relato.

Beth atravessou a rua, seguiu em direção à entrada oeste, longe das pessoas. Alguns homens estavam de plantão, todos bem-arrumados, com terno e entediados.

— Oi, Davis, você está bonito.

— Oi, Wilder. Ainda de uniforme?

— Eles me levaram para cima. Bradley Cooper vai aparecer? Soube que ele estava na cidade.

— Qualquer um cuja manicure ganha mais do que eu pode ir se ferrar. Tenha uma boa noite.

— Com certeza. — Beth andou entre os dois guardas em direção à entrada de segurança e então se virou. — Oi, Davis. Soube que eles pegaram Joyce.

Davis se virou para olhar para ela.

— O pessoal de Gibson tomou conta há cerca de uma hora. Eu o vi no trinta e cinco. Não tem cara de terrorista, mas quem tem?

Beth passou pela segurança e entrou no átrio, chegando ao lobby pelo lado oeste. O andar do lobby era dividido em três partes, da esquerda para a direita: a área principal do evento, a recepção e as vitrines. As portas centrais voltadas para o sul levavam ao corredor de segurança. Depois dele, ficava o Centro de Visitantes, onde os convidados estavam sendo recebidos naquele momento. Em poucos minutos, guardas abririam as portas de segurança e deixariam todos entrarem.

A área de exposição receberia a plateia para o evento principal: muitas informações sobre a pesquisa de cronum, projeções de uso, mas nada específico demais. Hatch estava guardando isso para a grande revelação. A plataforma do evento principal era um palco elevado com uma série de luzes e bancos. Uma tela da altura de dois andares era o pano de fundo. Técnicos de luz e de som andavam por ali, ajeitando as partes finais, deixando as coisas escondidas, realizando as últimas checagens.

Nas coxias, fora da vista do andar principal, ela viu um piloto sendo auxiliado a entrar em seu Juggernaut, com os braços esticados no exoesqueleto enorme movido a cronum. O piloto ajeitou as pernas nas estruturas do Juggernaut. Técnicos consultavam tablets e diagnósticos, pediam ao piloto para realizar alguns procedimentos simples para confirmar se a roupa estava em perfeito funcionamento.

Os Juggernauts eram protótipos, um projeto à parte que tinha sido realizado sob a proteção da Divisão de Pesquisa de Cronum da Monarch. O torso era uma meia concha simples, geométrica. Cada faceta do baú tinha alguns fios acomodados no centro. Do lado de dentro, o piloto o comandava com um aparato de cabeça para os olhos e os ouvidos.

Os protótipos eram para ser mostrados, por isso a parte de trás da coisa era uma estrutura simples e completamente exposta.

Beth pensou que os técnicos queriam visibilidade ali dentro e que um piloto pudesse entrar e sair depressa, se precisasse. Ainda assim, não deixavam de ser altamente funcionais. A estrutura tinha poder hidráulico suficiente para virar a estação, e vinha armada. Um aparato de vários mísseis ficava acima do corpo sem cabeça da coisa, em um braço fino e articulado, e um canhão substituía o punho esquerdo da roupa.

Parecia que Hatch planejava se mostrar inteiro.

Havia mezaninos de um lado do salão, do segundo andar até o quadragésimo oitavo. Os quadragésimo nono e quinquagésimo, ela sabia, não podiam ser acessados.

Sábado, 8 de outubro de 2016. 20h20. 35º andar, Monarch Tower.

Um guarda tocava uma placa de acesso. A porta para a sala na qual estava Jack Joyce se abriu. Era uma sala de reunião comum, exceto pelos quatro trechos de tecnologia abstrata em cada canto. Não era nada complexo, mas não precisava ser. Plantas e armários tinham sido empurrados de lado para garantir o máximo de cobertura para os amortecedores de cronum. As enormes cortinas tinham sido abaixadas.

Paul sentiu que a sala tinha sido nulificada antes de entrar; o peso familiar era percebido mesmo do corredor.

O operador sênior novo do Cronum-1 estava ali, com o punho cerrado. Donny desviou os olhos da pessoa algemada à cadeira de aço escovado à frente dele, acenando ao reconhecer seu superior.

Jack estava curvado na cadeira, com o queixo no peito e a calça jeans manchada de sangue fresco. Ele era a única coisa no centro da sala.

Ao perceber o humor de Donny, Paul olhou para Hatch.

— Nada sobre os restos mortais de Gibson?

Hatch balançou a cabeça levemente.

Claramente, Donny ainda estava processando o que era visto como pesar.

Pela experiência de Paul, essa raça de homem já tinha substituído todas as emoções secundárias por primárias.

— Donald, certo?

— Sim.

Paul ouviu seus dentes baterem com essa familiaridade.

Hatch pigarreou.

Cronum-1 era excepcional apenas por seus membros de elite serem o primeiro e único grupo a passar por análise do ponto de vista afiado de custo-benefício de Hatch. Os técnicos trabalhavam de um modo semelhantemente leve, mas atuavam apenas como soldados. C-1 eram, para um agente, especialistas multifacetados capazes de se adaptar, sobreviver, se infiltrar e conseguir sucesso em quase qualquer ambiente. Altamente treinados, altamente valorizados.

Mesmo assim, Paul queria muito enfiar dois dedos na clavícula do cara.

Donny notou.

— Quero dizer… sim, sr. Consultor.

Martin deu um passo para o lado, fazendo um gesto com a palma da mão virada para cima em direção à porta.

— Importa-se de sair? Gostaríamos de passar um tempo com o sr. Joyce.

Donny olhou para Jack pela última vez e saiu da sala depressa.

Jack virou a cabeça, cuspiu sangue no carpete. Resmungou.

Paul agachou-se na frente do amigo.

— Jack.

Jack disse:

— Espere. — E cuspiu de novo. Um monte de saliva preta com um dente caiu no tecido de sua calça. — Você pode pôr isto em meu bolso?

Paul suspirou, pegou o dente entre o polegar e o indicador — poderia ser um molar — e o limpou no braço de sua roupa antes de enfiá-lo no bolso da jaqueta de couro de seu amigo.

— Não posso mais falar sobre isso. — Paul sentou-se no carpete numa meia posição de lótus. — A opinião de Martin é muito clara: nós deveríamos matar você. Não quero, mas sei que Martin tem razão. O que vamos fazer? Diga.

Jack parecia estar formulando uma resposta, mas então apagou.

— Paul — disse Martin, checando o relógio de pulso. — Preciso ir. Estão me esperando no andar de baixo.

— Claro. Estarei observando de meus aposentos. Vamos voltar aqui depois de fazermos o que precisa ser feito... e vamos decidir a respeito de Jack. — Paul se levantou, olhou para o amigo pela última vez e marchou em direção à porta.

Martin não o seguiu. Permaneceu na sala, curvado para a frente, espiando, como se quisesse memorizar o rosto de Jack, com a cabeça inclinada para o lado, como um animal curioso.

— Martin.

Martin Hatch se endireitou, ajustou a jaqueta e acompanhou Paul no corredor.

Sábado, 8 de outubro de 2016. 20h27. Estacionamento.

Encontrar uma vaga no estacionamento numa tarde de sábado era um terror, mesmo com a cidade em choque. Nick acreditava que algumas pessoas precisavam fugir, e outras queriam dar um foda-se ao grupo que acreditavam ter acabado com a universidade. Talvez fosse por isso que, apesar do medo e da raiva, houvesse localizadores de astro em frente ao prédio da Monarch Tower.

Se ao menos eles soubessem que as pessoas que observavam eram as mesmas que os havia aterrorizado. A Monarch havia se preparado muito para aquele baile. A publicidade prometia que aquela noite revelaria o futuro. A nova revelação reinventaria a sociedade, assim como a mídia impressa e a internet tinham feito antes, para mudar a vida no planeta Terra para sempre.

Pedidos grandes de uma empresa atraíam a atenção de quem interessava.

Do terceiro andar do prédio de estacionamentos, Nick tinha uma boa visão das pessoas na rua. Às vezes, quando um novo sedã estrangeiro chegava, as pessoas se adiantavam um pouco e câmeras de celular piscavam.

Outras vezes, as pessoas gritavam, e quem havia saído se virava, sorria e acenava. Nick não conseguia identificar ninguém ali embaixo. Ele pensou que podia ter conferido a cobertura ao vivo pelo celular, mas tinha só vinte e cinco por cento de bateria. Não podia correr o risco de estar sem ele, caso Beth ligasse.

Então, alguém apareceu e Nick reconheceu, ainda que não de cara. O homem não saiu de uma Mercedes lustrosa. Sua chegada começou como uma perturbação na multidão, do outro lado da rua. Primeiro, alguns viraram a cabeça e gritaram, e então o espaço se abriu quando uma pessoa passou pela multidão. De cima, foi como ver um tubarão passar por um cardume.

Na última vez em que Nick viu aquele homem, ele estava caminhando pelo campus da Monarch, o único atirador sem a máscara de *smile*, como se não se importasse, atirando nas pessoas. Os outros estavam cercando as pessoas, amontoando-as, mas aquele cara estava sorrindo e atirando em todo mundo que corria.

Randall Gibson estava péssimo. Quem não olhava para a Torre, olhava para as roupas rasgadas de Gibson, para seus braços sangrando, para seu rosto fodido. Randall Gibson era o retrato perfeito de um homem que sobrevivera à explosão de um prédio.

Ele sentia dor, estava claro. Forçava uma perna e a mandíbula tensa indicava que ele rangia os dentes tanto por dor quanto por fúria. Olhava fixamente para a frente ao caminhar em direção à rua. Quando chegou ao semáforo, tocou o botão de atravessar e esperou.

Por baixo do sangue e da poeira, Nick percebeu que um prejuízo grande tinha sido feito ali.

A luz ficou verde. Gibson atravessou a rua, passando pelas pessoas, e caminhou até a entrada oeste da Monarch Tower.

Nick e Beth tinham conversado na piscina. Ela lhe havia falado sobre Gibson, sobre como ele estivera na casa de Jack quando ela explodiu.

Ela disse que ele a havia identificado. Sabia que ela trabalhava para a Monarch.

Lá embaixo, estava um homem que procurava sangue. Ele tinha vindo à procura dela.

Nick conferiu o celular.

— Eu deveria enviar uma mensagem de texto para ela. Vou enviar.

Então, ele parou. Não tinha o número. Não tinha o maldito número.

Sábado, 8 de outubro de 2016. 20h27. Átrio térreo, Monarch Tower.

Jack estava no trigésimo quinto andar. O escritório e o heliponto de Martin Hatch ficavam no quinquagésimo. Havia outros pontos para escolher, mas um pássaro no quinquagésimo podia ser garantido. Beth não tinha mentido para Davis: sua unidade faria parte da segurança dos mezaninos, mas ela estava adiantada. Assim, teve tempo de observar antes que alguém percebesse o que ela estava fazendo.

O segurança da porta anunciou que eles abririam o átrio.

As pessoas no meio do átrio pegaram suas bandejas do bar temporário, acertaram seus sorrisos e tomaram posição.

Havia dois elevadores dos dois lados do bar, que tinham substituído temporariamente o posto da recepcionista. As baias tinham três paredes de vidro e se fixavam na parede preta brilhosa, com uma porta na do meio. Foi quando Beth viu sete dos oito membros restantes do Cronum-1 no quinto andar, recostados na grade, observando toda a confusão. Ela conseguia imaginar Irene querendo cuspir na cabeça deles.

A atenção do C-1 passou para a direita, quando Donny saiu depressa de um elevador. A conversa estava animada, aquecida. Havia comoção, e então todos eles seguiram em direção aos elevadores. Beth correu para a baia do outro lado, subindo enquanto eles desciam.

Sábado, 8 de outubro de 2016. 20h39. Na frente da Monarch Tower.

Nick só tivera dois empregos na vida: lanterninha em um cinema da rede Cineplex e taxista. Nesses dois empregos, toda noite terminava limpando assentos e reunindo objetos perdidos.

O porta-malas do táxi parecia ter sido lotado de gambás. Roupas íntimas, sapatos, carteiras, identidades, dentaduras, celulares, bijuterias, resultados de exames médicos, brinquedos, óculos, bolsas e um laptop. Também havia dois ternos completos, ainda no plástico da lavanderia.

O primeiro ficava enorme nele. O segundo, apesar de não ficar perfeito, dava para o gasto.

Dois minutos depois, ele havia tirado a calça jeans e o capuz e estava errando o nó da gravata. Merda.

Ajeitou os cabelos no espelho retrovisor e então procurou no chão do lado do motorista. Encontrou um copo vermelho de plástico.

No porta-luvas havia uma garrafa pequena de Bourbon e um maço descartado de cigarros. Nick enfiou alguns dedos no copo, pegou o casaco do teto do táxi e apareceu no nível da rua o mais depressa que pôde.

As pessoas ainda chegavam e a multidão ainda estava se esforçando para ver. Os guardas perto da corda estava dizendo sim e não às pessoas, verificando se elas tinham convite. Nick teve que passar pela entrada principal. Os guardas da entrada da esquerda não estavam muito distraídos. Ele se enfiou na multidão, sem o casaco, copo na mão, mantendo-o firme na medida do possível com a pressão das costas e dos ombros.

Ele olhava para os guardas, procurando o mais ocupado. Cara pesado, de óculos e um microfone preso à orelha, segurando uma loira de cinquenta e poucos anos que acreditava ter o direito de estar ali.

— Sem convite, não entra.

— Qual é seu nome?

— Meu número de segurança é...

Uma dança muito velha.

Nick usou alguns corpos para se esconder do guarda e, então, como se tivesse acabado de pensar nisso, perguntou:

— Ei, cara. Desculpe por interromper. — Nick levantou o copo. — Estou num intervalo. Posso levar isso lá fora?

O guarda levantou uma mão para a mulher, fazendo com que ela se calasse por um segundo. Para Nick:

— O que você disse?

Nick tirou o cigarro da boca.

— Eu disse que estou num intervalo. Dez minutos. Posso levar isto para fora?

— Você está bebendo?

— Steve disse que eu podia. Ficamos aqui dentro o dia todo.

— Entre na porr... com licença, senhora. — Mais civilizado. — Entre de novo. E vista seu casaco.

— Mas...

— Antes que eu tenha que denunciá-lo.

Nick suspirou, cumprimentou e passou por cima da corda.

Sábado, 8 de outubro de 2016. 20h53. Na frente da Monarch Tower.

A coisa estava prestes a ficar feia para Davis e seu parceiro quando o pelotão de Gibson saiu pela porta atrás deles. Donny bateu o ombro em Davis para tirá-lo do caminho quando o Cronum-1 parou na frente do que restava do ex-operador sênior.

— Chefe?

O olho esquerdo de Gibson estava inchado e fechado. Os cabelos estavam divididos em mechas. Faltava-lhe um dente. A pele e as roupas estavam escuras devido à cinza, à poeira e ao sangue, espalhados pelos braços e joelhos. Tirar o peso da perna esquerda fazia com que ele parecesse encolhido, como que saído de uma caixa.

— Oi, Donny. Quer tirar esses desgraçados de perto de mim?

— Claro, chefe.

Davis e seu parceiro se afastaram, incentivados pelo olhar frio de Voss e de Irene.

— Viu Beth Wilder por aí?

— A fracassada? A unidade dela está trabalhando internamente, com certeza. Por quê?

— Coloque-me para dentro.

— Claro. Voss, arrume um médico.

— De jeito nenhum. Coloque-me para dentro. Davis, você não diz nada. Donny, vamos.

Sábado, 8 de outubro de 2016. 21h. Monarch Tower. Átrio.

A tela de dois andares se apagou depois de mostrar imagens de terras desconhecidas, de laboratórios, de trabalhadores; de crianças e inovações passou ao logotipo da empresa, com a palavra MONARCH se apagando por cima.

Martin Hatch subiu ao palco. A multidão aplaudiu.

— Convidados, obrigado por estarem conosco nesta noite. Vocês todos me conhecem. Sou Martin Hatch, CEO da Monarch Solutions. Sei que alguns de vocês perceberam os quatro objetos esquisitos ao nosso redor.

Hatch apontou as quatro torres de alta tensão delineando o terço oeste do átrio, envolvendo a plateia. Cromadas e com listras indicando perigo, cada uma tinha uma bateria pequena de cronum presa à sua base. Cada uma era cuidada por um técnico de cronum.

— Ouvi meu amigo Harold Ashworth, CEO da Exxa, perguntar a sua querida esposa se o grande anúncio da Monarch poderia ser a produção de mobília *avant-garde*.

A multidão riu.

— Não, Horward, não estamos.

Mais risadas.

— Para que a demonstração de hoje impressione, peço que todos vocês garantam estar dentro dos limites amarelos marcados no chão.

Beth conferiu seu caderno cheio de datas e horários, além de informações futuras. A Beth do futuro havia escrito, naquele caderno, que o baile da Monarch estava prestes a ser tomado por um lapso.

O elevador parou. Saindo do trigésimo quinto andar, ela acionou sua armadura de resgate. A pele formigou forte e parou. A Monarch Tower era uma baita operação. Dentro de cinco anos, seria uma arcologia em perfeito funcionamento: uma cidade dentro de uma construção em Riverport. Totalmente autossuficiente: apartamentos, uma escola pequena, jardins, água, reciclagem... tudo. O local perfeito para se esconder quando o fim dos tempos viesse.

Isso se o Protocolo Salva-Vidas estivesse pronto até lá. Ainda na fase de planta, Horatio não havia conseguido conceber como eles conseguiriam dar eficiência de cronum aos níveis exigidos a tempo. Apesar do tamanho da empresa, a Monarch não tinha capital, recursos nem funcionários para fazer dar certo em cinco anos. O Salva-Vidas não queria só proteger a Torre; exigia operadores que pudessem sobreviver por meses na mata. As reservas de energia necessárias para fazer aquilo eram monstruosas. Impensáveis.

O microfone preso à orelha permitia que ela ouvisse o que acontecia na Monarch. Algumas pessoas de sua unidade já estavam trabalhando, no andar de baixo, atualizando as frequências da Monarch. Perguntas estavam sendo feitas a respeito do destino de Jack Joyce. Por meio do microfone, Beth sabia exatamente onde eles o estavam mantendo.

Beth passou com o cartão pela primeira porta e entrou nos corredores do trigésimo quinto andar. Aceitou que seu progresso seria acompanhado, que perguntas seriam feitas, mas não importava. Quando a noite terminasse, a Monarch saberia que ela havia notado. Sequestrar o principal cientista deixaria isso bem claro. Ela encontraria Jack, o libertaria e o incorporaria ao plano. Isso se o idiota ainda estivesse respirando.

Ela dobrou a esquina, estava seguindo em direção à sala onde Jack estava sendo mantido quando o primeiro pré-lapso ocorreu. Foi inesperado, mas ela aproveitou a oportunidade, começou a correr, mexeu a mão esquerda duas vezes para acionar o fluxo de cronum, colocou-se entre os dois guardas congelados no fim do corredor e usou a mão esquerda para abrir a porta trancada.

Ela derrapou até parar a tempo de não entrar no campo de lapso que teria nulificado sua armadura de resgate e a deixado imóvel.

Jack estava em sua cadeira, congelado.

Beth fechou a porta ao entrar. O lapso se desfez.

— O que você disse? — perguntou um dos guardas.

— Não disse nada — respondeu o outro.

Jack foi reanimado. Beth levou um dedo aos lábios. Em silêncio, ela desativou as torres de alta tensão.

— Ei — sussurrou ele.

Ela desdobrou a faca, cortou as amarras que o prendiam à cadeira, olhou em seus olhos e explicou em detalhes como pretendia acabar com ele.

As luzes diminuíram e Hatch esperou a música aumentar. A tela se acendeu com uma mistura de cor e movimento numa mensagem: sons orquestrados conforme imagens familiares se intercalavam com as de estradas emolduradas pela floresta, veículos em movimento, pessoas passando. Suor, esforço, olhos aguçados e dentes à mostra, tudo chegando a um final explosivo no logo da Monarch.

Em troca de seis pessoas, uma agência da Mayfair havia oferecido quarenta e cinco segundos de idiotice.

Hatch esperou respeitosamente os aplausos cessarem.

— Amigos — disse ele —, vamos falar sobre morte.

A tela atrás dele ficou branca: uma cena em uma ala de hospital. Uma família triste se reúne ao leito de morte de uma avó.

— Independentemente de sua localização — disse Hatch —, o maior assassino é o tempo.

A cena se apagou e deu espaço a um campo de batalha no deserto, um tenente pedindo reforços, e poeira laranja oferecendo uma profundidade fantástica.

— Na Monarch Solutions, escolhemos retirar o tempo da equação da morte.

De volta ao hospital. Um tenente deitado em uma maca.

Reconhecendo as torres de alta tensão que cercam a cama do tenente, a multidão soltou um "Aaah", intrigada.

— Imaginem se pudéssemos parar o tempo para os doentes terminais. Imaginem um soldado com um ferimento gravíssimo, ou um ente muito amado, perfeitamente suspenso pelo tempo necessário, ao alcance de um botão.

Hatch estalou os dedos e uma copa iluminada envolveu o tenente deitado na tela.

— A tecnologia do cronum continua a se autodividir por quanto tempo um médico técnico achar necessário. A situação da pessoa nunca piorará, e ela nunca envelhecerá. Se for preciso, ela pode continuar naquele estado zero por anos, por décadas, até encontrarem uma cura para a doença ou um doador de órgão, ou quando um órgão puder ser fabricado.

A multidão aplaudiu.

— Mas há muitos mais usos.

Luzes surgiram, levadas a cantos escuros no fundo do palco. A plateia se admirou quando dois Juggernauts ganharam vida, se levantaram e caminharam até a frente do palco, raios laser passando pela plateia reunida.

Nas coxias, Sofia Amaral batia o pé e conferia o relógio. Sua vez estava chegando, mas a mente estava em outro lugar. Não conseguia parar de pensar nas anotações que Paul havia recuperado da casa de Joyce: os planos do dr. Kim para o Regulador.

Como Joyce havia conseguido aqueles documentos? Joyce e Kim tinham sido colegas, anos antes, isso ela sabia. William Joyce deve ter adquirido os documentos durante sua época como consultor do Projeto Passarela, e então analisou os designs de Kim em segredo. Os pedaços que restaram estavam tomados por anotações e observações. Teria Joyce colaborado no projeto Regulador? Teria se sentido deixado de lado? Teria havido um mal-entendido entre os dois?

Não importava naquele momento. Sua descoberta crucial era: estava claro que o equipamento *não* foi criado para funcionar como fonte de energia, mas sim para liberar sua enorme carga em uma explosão concentrada. Mas por quê? Por que Kim construíra tal equipamento? E por que sua tentativa de descobrir os segredos do aparelho, como se sua criação tivesse sido pouco além de um capricho do destino?

Ela balançou a cabeça. Não recebera os detalhes. Havia mais coisa acontecendo e claramente estava acima de seu nível de segurança. O homem que ela amava vinha guardando informações dela; sua *expertise* e profissionalismo não eram considerados confiáveis. E isso a magoava profundamente.

Isso havia feito com que ela reavaliasse seus cálculos e, por mais que tentasse, não conseguia encontrar erros no processo, no cálculo, no raciocínio. O fim dos tempos se aproximava. E chegaria mais cedo do que Paul acreditava. Ela tinha que conversar com ele. Ele podia não ter confiado nela no que dizia respeito à verdadeira natureza do projeto Regulador ou seu papel nele, mas o orgulho de Sofia exigia que Paul ouvisse o que ela tinha a dizer. A vida do universo estava em jogo.

— Foi burrice entrar, Jack.

— Fui preso para que você não precisasse se arriscar — disse Jack, levantando-se e esfregando os punhos.

— Pode se preocupar quando eu voltar e encontrar meu eu mais jovem. Até lá, estou protegida por uma cadeia de causalidade ligada a uma onda em colapso. Pegue isto. — Ela entregou uma arma a ele.

— E você?

— Vou pegar uma quando o próximo minicolapso surgir. Preciso que me diga quando sentir que um está vindo. Usamos isso para passar de esconderijo a esconderijo até chegarmos ao térreo. Quando o lapso principal chegar, levamos Sofia à cobertura e roubamos o helicóptero de Paul. Com sorte, podemos voltar para a piscina antes que o colapso aconteça.

— Ouvi Paul dizer que estava observando o baile do andar de cima. A segurança está bem reforçada lá.

— Certo, tudo bem. Nick está do lado de fora à espera. Podemos marcar na saída a oeste, tentar a estrada.

A tela atrás de Hatch virou uma colagem de dez rostos: os dez alunos mortos naquela manhã na Universidade de Riverport.

Observando do fundo, Nick reconheceu duas pessoas que ele tentara salvar: um homem e uma mulher, acuados na Alameda dos Fundadores enquanto corriam até o táxi dele.

Eles desapareceram quando Martin Hatch, o homem que tinha encomendado a morte deles, concluía seu sermão.

Nick mantinha os punhos dentro dos bolsos de seu terno alugado, suando.

— Amigos, aqui é onde eu acho que a tecnologia do cronum mostra seu valor. Imaginem uma cena como a que aterrorizou esta cidade hoje cedo, então imaginem que o local estivesse cercado com quatro torres de alta tensão de estado zero. Todo mundo dentro dessa proteção congelaria. O tempo pararia.

Hatch estava de lado e ergueu um braço na direção de uma pessoa que estava de pé no fundo do palco.

— Nosso técnico de cronum. — Uma funcionária de terno da Monarch deu um passo à frente. Descendo o zíper à frente do corpo, ela revelou a estrutura leve de cromo e fios que seguiam os contornos de seu peito e membros. — Nosso modelo superleve, construído para o básico. A agente Wilson está usando uma "armadura de resgate". Isso permite que ela se movimente livremente em um estado zero e libere itens e pessoas desse estado à vontade. Em seguida...

Uma figura maior apareceu do lado esquerdo, segurando um rifle. De perfil, ele era um homem de armadura branca moderna e justa com uma máscara de gás preta. Nas costas, havia um domo amplo, tomado pelo que pareciam ser fusíveis do tamanho de latas de refrigerante. Cada um dos fusíveis brilhava com uma luz amarela. A figura virou-se e desceu a rampa em direção à luz.

— Nosso Atirador. Totalmente móvel dentro de um estado zero, ele está protegido para operações de combate. Como algo extra, ele também consegue manipular sua relação com seu invólucro pessoal Meyer-Joyce, entrando ainda mais no lapso, habitando brevemente um momento menor dentro de um maior, mas sem perder mobilidade. O que isso quer dizer é que, dentro de um estado zero, o Atirador tem a capacidade da supervelocidade, cruzando distâncias curtas em acessos rápidos. Útil para reação rápida e para manobras.

Hatch estendeu os braços e dois pontos encontraram os exoesqueletos sem cabeça e de superfície clara parados dos dois lados do palco.

— E finalmente nossos grandes amigos: os Juggernauts.

A plateia enlouqueceu. Eles amaram os dois caras enormes.

— Senhores, se puderem ter a gentileza. — Hatch fez movimentos circulares com as duas mãos.

Os Juggernauts rodavam de modo direto, exibindo as costas abertas. Ouviu-se uma batida e um gemido baixo quando os dois pilotos soltaram suas rédeas e se libertaram.

— Saímos da metade de trás da carcaça dos Juggernauts para dar a vocês uma visão melhor de como esses caras funcionam por dentro.

O que eles estavam mostrando era incrível. Nick queria ver mais do show, principalmente todos os detalhes dos protótipos do Juggernaut, mas não podia. Precisava encontrar Beth. Um elevador próximo se abriu; quando os passageiros saíram, Nick entrou.

Uma tela com informação se abriu em uma parede de vidro.

— Bem-vindo, visitante. Como posso ajudar?

— Uh...

Nick percebeu que ele não fazia ideia de para onde ir, e também que a maior parte do prédio estava trancada sem um acesso de segurança.

Do nada, várias pessoas e um hardware tomaram o elevador: caras grandes e uma mulher séria com roupas da Monarch.

— Trigésimo quinto andar — disse um deles.

Alguém passou um cartão e apertou o botão.

O último era Randall Gibson.

Nick endireitou as costas. Ele não se mexeu, fingindo estar muito interessado no mapa da parede.

— Ninguém toca nela — disse Gibson, baixo. — Nós a encontramos, cuidamos dela e relatamos.

Gibson estava arrebentado. Ele enchia o elevador com um cheiro forte de suor e fumaça. Um de seus olhos estava fechado. Qualquer uma daquelas pessoas poderia ter matado Nick com a mesma facilidade com que desligam uma televisão. O elevador começou a subir. Nick observou o átrio ruir sob ele.

— Como conseguiu sair dessa, chefe? Ouvi que...

— Triângulo da vida — murmurou Gibson. — Escondi a sujeira embaixo de um sofá. Vigas e coisas caíram em cima do sofá e me ofereceram um abrigo apertado. Destroços caíram no abrigo, me deixaram em um espaço. — Ele tossiu. Parecia resfriado. — Estou bem.

— Acionados — disse um deles. — Lapsos.

Trinta segundos depois, o elevador parou no trigésimo quinto andar; na mesma altura do elevador vizinho de parede de vidro, duas pessoas entraram.

Nick olhou pelas paredes de vidro que separavam os dois elevadores e logo reconheceu as duas pessoas dentro, do outro lado.

Jack e Beth.

— Chefe!

Beth ergueu a cabeça na direção deles, reconheceu o pelotão de Gibson e então avistou Nick.

Nick balançou a cabeça, relutante e assustado. Não queria ser reconhecido num elevador cheio de assassinos.

O elevador de Nick foi esvaziado depressa quando as portas para o de Beth e de Jack se fecharam com um sibilo. Ela olhou para ele e perguntou, sem emitir som: *Que porra é essa*?

E então eles desceram.

— Agente sênior Gibson, senhor! — Dois conhecidos na Monarch pararam na frente do pelotão. — Senhor, Jack Joyce... ele...

Nick saiu do elevador quando o pelotão de Gibson voltou para dentro para buscar Jack e Beth. O elevador se fechou e partiu.

Os dois guardas da Monarch, com cara de que suas carreiras se esfacelavam diante de seus olhos, desapareceram pela porta de segurança pela qual tinham aparecido, berrando ao microfone.

— Certo — murmurou Nick, sem saída. — E agora?

Martin Hatch aceitou o aplauso.

— Agora, amigos, se puderem fazer a gentileza de ficarem dentro da zona amarela, gostaríamos de concluir com uma demonstração prática dessa tecnologia que transformará o mundo. Vamos precisar que todos vocês se espalhem de modo igual e observem as marcas que foram feitas.

As pessoas se mexeram, cada uma escolhendo uma marca, assumindo uma posição.

Hatch recebeu um sinal de positivo dos quatro técnicos de cronum.

— Três, dois, um. — Hatch estalou os dedos.

Os técnicos ativaram as torres de alta tensão, os níveis de cronum dentro daquela parte do campo M-J caíram, e todos ficaram parados.

Os agentes no palco assumiram novas posições. As torres de alta tensão se desligaram, a multidão se animou, exclamando enquanto os agentes se "teletransportavam" diante deles, e aplaudiu.

Hatch estalou os dedos. A multidão parou. Os agentes se reorganizaram. As torres se desligaram. A multidão ganhou vida. O riso e o aplauso se transformaram em um rosnado extático.

Repetição.

Surpresa. Delírio. Símbolos de dólar.

Da perspectiva da plateia, sempre que Hatch estalava os dedos, tudo mudava em um instante.

O sorriso de Hatch era amplo, mas não havia alegria em seus olhos.

Ele estalou de novo.

Paul, em seus aposentos no quadragésimo nono andar, bebericava de uma pequena taça de champanhe, vestido para as operações com uma armadura e uma camuflagem urbana.

A demonstração de Martin estava aparecendo em um circuito fechado exibido em um laptop. Tudo parecia estar indo bem. Então, a chamada veio por um canal seguro da Monarch: Jack estava à solta.

Paul imediatamente ligou o feed das câmeras dos elevadores e ali estava Jack na companhia de uma funcionária da Monarch, seguindo em direção ao térreo. Para a demonstração de Martin.

Sofia. Ela estava lá embaixo com Martin, esperando para fazer a apresentação.

O elevador identificou a funcionária que acompanhava Jack como Beth Wilder. Paul pediu o arquivo dela. O rosto dela apareceu diante dele, e ele sentiu, em seu âmago, uma parte perdida de sua própria história se encaixar.

— Conheço você, Beth.

Ele bateu o dedo na mesa, entrou em contato com o chefe de segurança de plantão.

A voz do outro lado exigiu identificação.

Paul Serene havia fundado a Monarch e, ainda assim, seria parado na recepção se entrasse desacompanhado.

— Estou espalhando um alerta para Beth Wilder, funcionária mike-romeu-um-zero-um-quatro com a autoridade de Martin Hatch, código mike-romeu... — Qual era? Qual era mesmo o número? — Um-um-nove-quatro-golf-sierra. Está entendendo? — Escolher uma ideia e abandonar as outras era dolorido. Sua mão latejava. Ele precisava de outro tratamento, logo.

— Quem é? — O idiota na linha perguntou de novo.

O sucesso do Salva-Vidas exigia que ele fosse uma não entidade, mas não deixava de ser um absurdo.

— Está entendendo?

Uma pausa na linha.

— O código confere.

— Vinte Técnicos, cronum habilitado. Térreo. Prejuízo extremo. Você terá proteção contra o lapso. Templo duplo.

— Independentemente de quem seja, não vamos precisar de vinte homens para deter uma garota.

Aquela ruiva bem centrada era uma mulher que Paul conhecera havia muito, muito tempo.

— Eles não conseguirão detê-la — disse Paul ao chefe de segurança, saindo de seu assento. — Mas pode ser que eles a desacelerem.

Cortando a linha, ele correu em direção ao elevador.

O elevador se abriu, paralelo ao palco principal. A plateia estava adorando congelar e descongelar. Aquilo era divertido para eles, um show, não ciência moderna que poderia mudar o mundo. Os elevadores ficavam fora da proteção das torres e permaneciam não afetados pela demonstração.

— Beth, temos dez, talvez quinze segundos antes de o lapso surgir. — O segundo elevador com os homens de Gibson estava logo atrás deles.

Beth saiu.

— Chame Sofia. Ela é brasileira. Mede um metro e setenta, pesa uns cinquenta quilos. Cabelos escuros, na altura dos ombros. Leve um tablet. Ela vai estar nos bastidores. Cheque as coxias. Vou chamá-los.

Ela se enfiou entre as pessoas antes que Jack pudesse protestar.

O segundo elevador se abriu e a equipe Cronum-1 sumiu, e nesse momento Jack já tinha ido em direção à cobertura lateral do palco: cortinas pretas, seguranças posicionados.

Ele estava nas escadas de alumínio, nos bastidores, em pouco tempo.

O lapso chegou, desorientador. O mundo todo parou.

A área para demonstração tinha sido cercada por fitas amarelas, com membros da plateia recebendo o pedido para que se afastassem. Os apresentadores da Monarch estavam descendo do palco e se pondo ao lado de membros da plateia, pretendendo surpreendê-los quando o lapso se desse.

Gibson fez um sinal para que sua equipe esperasse. Hatch estava no palco, aguardando o lapso passar para poder terminar a apresentação. Gibson não queria que ele desconfiasse que alguma coisa estava acontecendo.

— Nada de atirar — disse Gibson. — O sr. Hatch precisa que isso dê certo.

— Ela está armada, chefe. Quer mesmo levar facas a uma briga de armas? — perguntou Irene.

— Ela não vai atirar. Sabe tão bem quanto nós: essas pessoas são à prova de balas enquanto imóveis, mas quando o lapso se der e as balas começarem a se espalhar… cabeças explodem.

Irene suspirou e soltou a faca.

O elevador começou a funcionar de repente, voltando para cima para pegar um passageiro. Alguém no andar de cima tinha canalizado o fluxo de cronum do Regulador ao elevador, parte do sistema de emergência da Torre. Isso exigia autoridade. O elevador voltou a subir.

— Sistema de emergência. Alguém com influência está vindo.

Gibson pegou sua faca.

— Aja depressa.

Das coxias, Jack percebeu que o palco estava vazio. Os agentes estavam em posição na multidão, prontos para surpreender alguns convidados selecionados, materializando-se na frente deles.

Jack viu Sofia nas coxias, paralisada na posição de olhar seu relógio.

Mergulhando em um momento, ele atravessou o espaço, invisível, até o lado dela.

— Certo, doutora. Vou precisar que trabalhe comigo. — Jack apareceu atrás dela, passou uma das mãos por sua cintura e com a outra tampou sua boca; e tudo nela estava paralisado, duro como pedra. — Sinto muito por isso.

Com um pouco de concentração, ele estendeu o campo de cronum até Sofia e sentiu quando ela começou a se soltar.

Sofia acordou com uma mão sobre a boca e se assustou.

— Ssh! Não vou machucar você, mas não posso soltá-la. Você precisa me ouvir.

Isso não deu certo. Ela cutucou Jack com força nas costelas, pisando com o sapato de salto no pé dele, com força. Jack controlou-se para aguentar a dor.

— Sou um amigo! — sibilou. — Meu nome é Jack Joyce. William Joyce era meu irmão.

Beth se movimentou devagar na floresta de corpos inertes, lançando olhares em direção ao palco. Hatch estava imóvel. Ela não conseguia ver Jack. Cronum-1 estava totalmente concentrado nela.

— Precisamos que você nos ajude — Jack continuou.

Sofia tentou se afastar dele.

— Não me importo! — E então, parou.

Ela percebeu que o mundo ao redor havia parado de se mexer totalmente. A demonstração era para encapsular a plateia — não o prédio inteiro.

— Você admirou Will. Acreditou no seu trabalho. Ele mencionou você nas anotações dele.

Sofia não estava ouvindo. Estava observando tudo, como uma criança que vê neve pela primeira vez.

— Estado zero — disse ela. — Existimos dentro de uma deformação no campo Meyer-Joyce. Mas vemos. Ouvimos. Respiramos. Nós nos movimentamos. — Ela se virou para ele, ainda em seus braços. — Você precisa vir comigo. Paul precisa de você.

Sofia olhou para trás, para Hatch, tão estático quanto todos aqueles olhares diante dele.

— Paul está enganado. Will teve uma Contramedida, entende? Podemos parar o fim antes que aconteça.

— Contramedida — Sofia o interrompe. — Para reparar a fissura no campo Meyer-Joyce. Para...

— Para nos salvar — disse Jack. — Do fim dos tempos.

— Você! — Era Paul... um retrato de fúria do lado oposto ao palco.

Todos os agentes do cronum na plateia se viraram por reflexo... sem saber o que pensar da cena no palco. De apresentadores a soldados: todos com armas em punho.

O técnico de macacão vociferou:

— De joelhos!

Armas estavam sendo apontadas a todos eles, incluindo Paul.

Paul não tinha tempo para eles, e atravessou o palco em direção a Jack.

— Fique longe dela!

Jack percebeu que eles não faziam ideia de quem Paul era.

— De joelhos! — O técnico gritou. Todos que seguravam as armas ficaram tensos. — Último aviso!

Gibson arriscou olhar e viu os idiotas do palco apontarem armas para o Consultor.

— Não atirem! Não atirem! Alvo: homem, esquerda! Todos os outros são amigos. Atiradores: podem ir!

Os dois Atiradores de armadura, com latas de refrigerante brilhando, surgiram da plateia, e a energia quente surgia de suas unidades de trás. Sofia gritou quando eles passaram. Jack soltou Sofia e se jogou cinco metros à frente no palco quando os Atiradores pararam. Com um movimento, ele viu o cano do rifle na testa.

Paul atravessou o palco, batendo o ombro nas costas de Jack e continuando, até parar na frente de Sofia.

Jack girou com o golpe de Paul, e a pistola caiu de sua mão e escorregou pelo palco, suas costas em chamas. Paul segurou a mão de Sofia.

— Venha comigo.

Os Atiradores avançaram, cada um deles segurando com força um dos braços de Jack, jogando-o em cima do palco, de cabeça, em direção à pilha ordenada.

Jack deu um passo para trás, levemente, e o movimento reverso deixou os Atiradores cara a cara. Ouviu-se o quebrar de pratos, e os braços de Jack quase foram arrancados.

Ele se virou e viu Paul levando Sofia para as sombras das coxias.

Beth viu Paul levar Sofia pelo lado direito do palco, à sua esquerda. Ela se moveu depressa, abaixada, mirando o círculo nos fundos do palco.

O técnico de macacão estava com a arma dela, enquanto os Juggernauts se viravam de modo esquisito para atirarem de um jeito que não atingiria Hatch, ainda congelado no palco como o anfitrião satisfeito. Mas eles estavam tendo dificuldades para passar pelo mar de pessoas sorridentes que pareciam feitas de concreto.

Os atiradores se recuperaram quando Jack avançou para pegar sua arma. Eles dividiram o foco dele indo da esquerda para a direita. Ele seguiu um e lançou um sublapso localizado sobre ele. O Atirador diminuiu a velocidade, e então escapou do campo, sua armadura de mobilidade o tornava imune.

Enquanto Jack era distraído, o outro Atirador apareceu por trás e bateu o rifle como um porrete nas pernas dele. E foi quando Jack percebeu que as armas estavam descarregadas, modelos para a apresentação.

Jack se abaixou com tudo quando uma Técnica se aproximou com algemas, lançou-se à frente, esticando as pernas dela, rolando para a proteção do lapso que havia derrubado quando ela atirou em sua direção.

Certo, a arma estava carregada.

A bala acertou o escudo. Jack ficou de pé, os joelhos fracos, lado a lado com Martin Hatch, que não se movia.

Os níveis de energia de Jack estavam baixos. Os Atiradores, aparentemente, não estavam tendo o mesmo problema.

Eles o estavam cansando.

Beth saiu da multidão e seguiu para o lado esquerdo do palco.

Irene estava à sua espera.

— Ei, galinha. — Faca em punho, em posição de combate.

Não havia inocentes atrás de Irene, então Beth tirou a arma.

Irene deu um salto para baixo do palco.

Jack permaneceu embaixo do escudo, ficou de pé com dificuldade e deixou que eles fossem até ele: um Atirador para a esquerda e outro para a direita. A Técnica estava morta diante dele com a arma ainda erguida. Dois Juggernauts atrás, mas ele imaginou que os autocanhões fossem apenas para a apresentação.

Os Atiradores comunicaram algo um ao outro, e então um abaixou depressa, perdendo a velocidade quando bateu no escudo. Tempo suficiente para Jack entrar em um submomento, pular para trás, agarrar a unidade do Atirador que passava, e puxar. Ouviu-se um som assustador de energia e, num reflexo, Jack chutou o Atirador para longe do escudo, e este caiu batendo nas costas de seu parceiro. O primeiro detonou quase instantaneamente numa coroa de energia amarela e intensa, mandando o pacote de cronum no segundo, uma erupção que fez com que ele voasse pela plateia, onde explodiu e ficou. O Técnico foi pego naquela primeira explosão, foi jogado para trás pela erupção... deixando todos os três atores congelados em um balé catastrófico, no ar, conforme suas armaduras encurtavam.

Jack ficou sem armamento. Seu escudo tremelicou e desapareceu.

Beth apareceu por trás do palco a tempo de ver Paul Serene arrastar Sofia na direção de um dos dois elevadores. O segundo elevador se abriu e vinte homens fortemente armados e protegidos saíram.

Paul olhou para seu segurança e gritou:

— Peguem a moça!

Beth mergulhou embaixo do palco quando os dois abriram fogo, tiros abrindo crateras no mármore italiano preto.

— Ei, galinha. — Irene estava de volta.

A lâmina veio do nada, cortou a parte de cima do ombro direito de Beth, uma linha de dor perigosamente próxima à carótida.

O espaço era pouco e baixo sob o palco, com suportes em diagonal. Irene lançou-se a um segundo ataque, e Beth atirou por reflexo, sem alvo, mas o som foi o suficiente para fazer com que sua oponente se retraísse.

Beth se retorceu para escapar do segundo ataque de Irene, mirando o ombro esquerdo em direção ao chão, atirando duas vezes ao se aproximar. Mas Irene havia acompanhado o movimento de seu ataque abortado e o usou para rolar e desaparecer na massa da sombra, das formas mal delineadas e do toldo. Beth atirou mais duas vezes, torcendo pelo melhor.

Cheia de adrenalina e respirando de modo ofegante, Beth se apoiou nos joelhos, ignorando o sangue em suas mãos e em suas pernas, e partiu para o lado lateral da plateia. Escapando da cortina preta, ela se manteve abaixada e voltou a ficar entre as pessoas, equidistante entre os dois Juggernauts que estavam agora se movimentando no espaço aberto dos dois lados do palco.

Hatch ainda estava congelado no palco. Um Atirador estava parado atrás dele, no meio de uma explosão, assim como o Técnico que ele havia atingido. Acima da cabeça de Beth, um segundo Atirador estava sobrevoando a primeira fileira da multidão, com a unidade se rompendo. Jack estava no palco, respirando ofegante.

— Jack!

Ele a viu. Ela gesticulou para ele ir atrás de Paul, e então correu mais para dentro da multidão que não se mexia, atirando duas vezes no ar. Todas as unidades presentes, exceto os Juggernauts, foram atrás dela como se fosse sua missão.

Jack correu para dentro das coxias, em direção aos elevadores.

Beth apareceu na área da recepção — bar, garçons, bandejas de champanhe — e para além deles, até o terço final do átrio. Ali, eram só negócios. A área era dividida em nove ilhas, cada ilha com uma ou duas subsidiárias da Monarch Solutions: Innovations, Industrial, Pharmaceutical, Multimedia, Technology, Business, Energy, Financial, Security, Childcare, Aerospace, Agricultural, Human Resources, Protective Services, Automotive, L&T, Consumer, Construction, Entertainment e Communications.

Mesmo ao passar depressa pelas vitrines, foi fácil para Beth ver como a Monarch estava se tornando onipresente. Hatch e Serene estavam envolvidos em tudo. Superpoderes e conhecimento prévio faziam maravilhas.

Seus perseguidores entraram na área da recepção enquanto ela correu para se esconder atrás de uma vitrine enorme do console do jogo da Monarch Entertainment que será lançado no próximo outono. Eles abriram fogo contra ela, com fragmentos acertando pessoas que passavam por ali e objetos.

As balas acabavam perdendo a velocidade até parar.

Quando o lapso se desfizesse, eles continuariam em seu curso mortal.

— Essas pessoas são *investidoras*, idiotas! — gritou ela.

Felizmente, o demo de Hatch havia atraído todo mundo que estava no átrio. A área de vitrines estava praticamente vazia, e ela estava fugindo das pessoas.

Os perseguidores não ouviram. Ela viu vinte Técnicos saindo, Cronum-1 tomando a traseira e Gibson cara de monstro superirritado.

Gibson sabia o que Wilder estava aprontando. Ela estava voltando aos elevadores, chamando a atenção do perseguidor de Joyce, que parou de olhar para o sr. Serene e para a dra. Amaral.

Ele contornou a C-1, voltou pelo caminho por onde eles tinham vindo.

— Andar superior. Agora.

Os reforços atiraram em Beth com pouco medo de acertar alguém, mas a linha de fogo de Beth incluía a multidão do outro lado do átrio, logo atrás de cada idiota que estava indo atrás dela.

Merda. Ela dissera a Jack que não podia morrer. Hora de engolir o que disse.

Três pelotões de cinco homens desceram um corredor enquanto o quarto manteve a guarda. Beth esperou atrás da vitrine da Medical no fim, no corredor mais à esquerda. Em poucos momentos, quinze homens armados estariam em sua linha de tiro ao passarem pelas vitrines finais. Ela virou quando ouviu o pelotão mais próximo dobrando a esquina.

O lapso se desfez.

Um Atirador na frente do palco se estendeu em direção à plateia, unidade traseira explodindo, antes de cair com tudo nas mesas e nos vidros. No Palco, um Atirador detonava enquanto ele voava para cima daquela bela Técnica de macacão. Tiros foram dados simultaneamente no palco e embaixo dele. Tiros reanimados ganharam vida na seção de exibição e estouraram uma vitrine da Monarch GMO.

Mas Hatch não estava ali.

As pessoas estavam enlouquecendo.

Beth atirou cinco vezes nas pernas dos rivais e correu até o elevador mais próximo do lado leste. O pelotão do meio se movimentou para ajudar seus amigos feridos, enquanto o terceiro e mais distante se abriu, perfurando um carro-conceito impresso em 3-D enquanto fugia.

Jack sentiu o lapso passar quando o elevador chegou no quinquagésimo andar.

O elevador disse:

— Boa noite, dra. Amaral.

Jack guardou a identidade de Sofia no bolso.

— Já tive noites melhores.

Uma porta de segurança estava se fechando quando ele saiu. Um pouco depois, a porta se fechou de vez, batendo atrás dele.

Descendo um corredor à esquerda, ele ouviu Sofia gritar.

Paul passou por uma porta de segurança e entrou no jardim privado de Martin, de noventa e dois metros quadrados: uma plataforma a céu aberto, verde e com caminho pavimentado, com uma visão da cidade. Uma série de degraus de pedra levava ao escritório de Martin à frente. O caminho de galhos também levava à direita, em direção às operações de cronum, até o prédio. Quando a Torre foi feita, Martin foi claro: ele queria estar perto dos elementos mais importantes do Protocolo Salva-Vidas.

— Mais rápido — disse ele. — Precisamos chegar ao helicóptero antes...

Ele soltou a mão de Sofia quando a pele macia dela virou pedra. O lapso havia ocorrido de novo. Sofia estava de pé, parada. O movimento captado em sua pose, a expressão de seu rosto perplexa e ansiosa.

Atrás dela: monstros.

Deslocadores. Aqueles da fazenda de Joyce, os mesmos que ele sempre via. Ele tinha certeza disso agora. Mais à frente, avançando, vinha Palma Brilhante.

Jack os viu quando Paul abriu a porta para o jardim da cobertura no fim do corredor comprido e esmaltado. Jack se abaixou, lançou-se à frente, mas não foi rápido o bastante.

Ele sentiu o lapso voltar como uma pulsação percorrendo seu corpo todo.

Com um avanço desesperado, ele apoiou uma mão na porta, abriu-a e passou.

O corredor apertado levava a uma área ampla e verde aberta ao céu da noite, cortado pelas vigas lentas de luz posicionadas em todos os cantos do quarteirão da Monarch Tower. Um caminho em forma de Y dividia o gramado verde: um caminho levava à esquerda, em direção à fachada de pilares e de vidro do que tinha que ser o apartamento de Martin Hatch. O outro ia para a direita, em direção a uma porta na construção. Deviam ser os laboratórios de cronum, como Beth dissera.

Na frente do apartamento, havia um deck com pilares a céu aberto.

Uma entrada em forma de L levava, por cima de uma queda de cinquenta andares, a um heliponto suspenso onde um helicóptero esperava, bem aceso, polido e como um tubarão. Paul tinha deixado de correr, e Sofia havia parado novamente quando o lapso chegou.

Uma parede de Deslocadores ficava entre ele e Paul. Paul estava preso, aterrorizado. Era o rapaz de quem ele se lembrava do Mirante de Bannerman.

A falange de Deslocadores se retraiu, gritando com algo parecido com ira — ou dor? — quando Jack abriu a porta. Como se sua aparição tivesse enviado uma onda de fogo para todos eles.

De uma vez, eles esqueceram o pobre e aterrorizado Paul e se aproximaram de Jack.

Jack era um gerador em potencial mais próximo do que Paul e, como ele estava criando isso no caminho, gerou mais variáveis agonizantes dos Deslocadores. Ele era uma presença excruciante a esses monstros e, assim, algo a ser destruído.

O único que não se voltou foi Palma Brilhante.

Sofia permanecia entre Jack e Paul, potencial e casualmente parada como uma pedra. Segura, invisível aos Deslocadores e sem poder ser prejudicada.

Os Deslocadores grunhiram, remexendo-se e brilhando, e Jack fugiu, correndo muito, de volta por onde viera. Eles estavam perto demais, eram muitos, e ele não tinha para onde fugir.

Paul se afastou. Palma Brilhante hesitou, virando a cabeça de Paul para a horda que vinha correndo. Olhando pela última vez para a presa suada, Palma Brilhante virou-se e saltou atrás de seu perseguido.

Paul permaneceu ali, surpreso por continuar sobrevivendo.

A criatura o prendeu bem ali. Por que ela havia decidido...?

Corra, idiota.

Paul voou em direção à porta de segurança, e para dentro da Torre. Os laboratórios de pesquisa de cronum teriam geradores de lapso. Ele estaria seguro ali até o lapso passar. Quando passasse, quando Jack estivesse morto, ele voltaria para buscar Sofia.

***

A reação de cronum da Monarch Tower havia começado, canalizando partículas para os elevadores e mantendo-os ativos. Beth se sentia grata por isso.

Quando ela saiu no quinquagésimo andar, foi recebida com muitos tiros e viu, pelo brilho causado por eles, a parede oposta de vidro parada no tempo.

— Rebata, cadela!

Gibson. Ele havia dado a volta e a interrompido.

Mais uma saraivada de tiros veio na direção dela, vindos da porta.

Beth ergueu as mãos, protegendo o rosto da chuva de fragmentos quentes.

Ela não pensou. Apertando duas vezes com a mão livre, ela empurrou a porta do elevador e saltou no espaço entre o elevador e a parede de vidro à sua frente.

Cristo, o som estridente dos tiros sempre tinha que parecer feliz? Nenhum deles tinha conexão. Num único movimento fluido, ela caiu no carpete, rolou, pressionou a mão livre no vidro, destrancando-o e deixando-o vulnerável, e atacou duas vezes. A parede caiu de uma vez, com cubinhos de vidro para manter a proteção, e Beth entrou, fora da linha de visão de Gibson.

Sala de reunião. Parede de vidro com porta à frente dela. Corredor do lado de fora. Cubículos do outro lado da parede de vidro.

Horatio havia passado com ela por esse nível. O heliponto do lado de fora do escritório de Hatch. Escritório do lado oposto ao jardim. O jardim era... *por ali.*

Ela pressionou as mãos duas vezes, abriu a porta e pegou o corredor à esquerda.

Na junção de quatro corredores, quinze metros à frente, Gibson apareceu no canto com o rifle na altura do quadril.

— Calma lá, molenga.

Um tiro forte ressoou no espaço entre eles.

Dor. As pernas de Beth fraquejaram.

Ela caiu no chão, de cara, com força. A dor tirou seu fôlego.

— Assim está melhor.

Um pedaço do lado externo de sua coxa esquerda tinha sido arrancado. Com uma mão cobrindo o ferimento, ela pegou a arma perdida.

Gibson impediu. Tiros foram dados e passaram a centímetros de seus dedos. Ela encolheu a mão de novo.

— Deixe a mão aí, querida. — Gibson deu um passo à frente.

C-1 estavam na retaguarda, os oito deles.

— Vou atirar naquela merda. — Ele cuspiu para o lado. — Para começar.

— Chefe — disse Donny.

— Agora não, Donny.

— Chefe.

— Eu disse *não*...! — Gibson parou.

Uivos.

— Merda.

Jack Joyce veio correndo do canto, trazendo consigo uma confusão de gritos e barulho.

— Deslocadores!

Gibson, Donny e Reeves os viram vindo e se espalharam pelo mezanino. Irene e Voss correram para o outro lado, entrando mais na confusão de cubículos em direção aos laboratórios de cronum reforçados atrás deles.

Mully vinha cobrindo o corredor curvo de madeira que levava em direção ao jardim particular de Hatch e precisaria cobrir mais espaço para escapar. Bristol observou quando o pensamento reativo atrapalhou a habilidade de Mully de se adaptar. Ele poderia ter derrubado a parede de vidro, como Beth tinha feito, e se esquivado da onda. Mas não fez isso.

Uma pata curvada brilhando subiu e passou por trás do ombro de Mully. Sem diminuir a velocidade, o Deslocador ergueu quem gritava por cima do ombro e o jogou de volta ao bando. Bristol viu uma cabeça subir atrás da confusão, juntamente com dois braços, para arrancar Mully de vista.

Bristol viu tudo isso quando deveria estar correndo.

Uma Beth estabanada viu dois Deslocadores fazerem coisas com a geometria de Bristol, enquanto o soldado era pisoteado, coisas que ficariam na mente dela para sempre.

Jack parou e a levantou, a horda dez metros atrás.

— Levante-se, levante-se, levante-se!

Não teve como. Os Deslocadores já estavam perto deles.

Beth fechou os olhos.

Uivos.

Jack se virou, protegendo-a, e...

Um Deslocador voou para a esquerda, pela parede arrebentada do escritório. Outro foi agarrado pela cabeça e puxado para o chão. Um terceiro Deslocador, o maior, enfiou um pé no peito da criatura, derrubando-a no chão. O fluxo de cronum saiu em arco do corpo sem apoio e resvalou nas paredes.

Jack viu flashes do mesmo corredor, decorado e com design de vários tipos enquanto o campo M-J dividia o lugar em diferentes linhas do tempo. Às vezes, ele não estava decorado, só destruído. Corredores diferentes, resultados diferentes, presentes diferentes.

Com seus próprios olhos, Jack viu a realidade se aproximar da ruptura total.

O grande Deslocador abriu os braços e *gritougritougritou.*

Olhos arregalados, mãos abertas. Palma Brilhante.

O grupo se controlou, acovardado. O Deslocador no chão se debatia sem parar, simultaneamente.

Jack se inclinou para trás.

Beth estava de pé, segurando-o, apoiando o peso em uma perna.

— Por aqui. Corra. — O sangue escorria entre os dedos, cobrindo a ferida.

— Beth, o que está acontecendo?

De repente, o lapso ruiu, e todos os tiros parados voaram, paredes de vidro se estilhaçaram e os Deslocadores abruptamente... desapareceram.

— Isso não vai durar. *Corra.*

Paul chegou à ala de pesquisa de cronum quando a causalidade voltou. Estaria terminado? Não... só mais uma pausa temporária.

Ele conseguia sentir que aquele acontecimento ainda não havia passado.

Esse cansaço estava lhe custando. A falta de foco estava voltando, a sensação de se sentir arrancado de seu corpo, do mundo. O desejo de se entregar ao carinho, permitir que a liberação percorresse seu corpo todo e o levasse. A voz de sua doença, sua síndrome de cronum, crescia, aumentava, mais sedutora, dentro da câmara de sua mente. Tomava o espaço antes ocupado por seu próprio conselho.

Tratamento. Ele precisava de tratamento. O laboratório de Sofia. Ele administraria o tratamento a si mesmo, dentro da segurança de uma bolha de causalidade geradora de energia, e acalmaria essa loucura.

Quando o caos passasse, teria trabalho a fazer. Prejuízo para conter. Passos a dar. Os passos finais.

Ele atravessou os espaços secundários dos laboratórios, passou por quadros iluminados por luz fria e pelo murmurinho do maquinário estéril.

O laboratório de Sofia ficava no fundo dessa série, de onde ela podia supervisionar todo o trabalho que estivesse sendo feito em seu nome, com sua orientação. Estava elevado acima das caixas amplas de vidro nas quais os laboratórios ficavam. Passando pelos laboratórios secundários, as salas de Sofia eram sempre visíveis pelos tetos transparentes de acrílico fundido. De design moderno, as salas de Sofia eram configuradas para que ela morasse e também trabalhasse ali, um alongado chato com uma janela comprida de observação suspensa acima do laboratório de teto de vidro. Tinha sido feito para as especificações dela, segundo as ordens de Paul.

Movendo-se depressa em direção a essas salas, e para o alívio que elas ofereciam, Paul observou uma ampla labareda sair pela janela de observação, cuspindo vidro.

Explosões secundárias tomaram completamente o telhado e as paredes do laboratório de Sofia. Destroços pesados foram lançados para fora e para cima e bateram nos tetos de vidro nos laboratórios secundários.

Paul observou sua única esperança de deter o progresso de seu problema literalmente ser destruída em chamas.

Assustado, Paul desmaiou.

Quando voltou a si, suas mãos estavam sangrando e uma estação de trabalho próxima tinha desaparecido, uma mesa dividida ao meio. Seu braço esquerdo estava pegando fogo, assim como seu peito. Um gosto de cobre tomou sua boca. Seu peito estava iluminado pela luz das estrelas e sua mente estava tomada por uivos.

Lembrar-se de si foi como lutar para se lembrar de um sonho. A memória muscular levou sua mão ao peito, e os dedos cobriram a bala de Aberfoyle. Ele era Paul Serene. O futuro da humanidade. E ele devia viver.

Monitores acima da estação de trabalho brilhavam com informações sem sentido. Ele encontrou um laptop, digitou suas credenciais com dedos trêmulos e acionou os feeds seguros. Chamou o feed para o quinquagésimo andar.

Escaneado.

Encontrou os corredores. Paredes destruídas, vidro quebrado, dois membros da Cronum-1 que haviam dado fim à própria vida de modo horrível como manchas complexas em carpetes caros.

Escaneado.

Jack e Beth, correndo para o jardim. Ali estava ela: Beth.

Apoiando-se numa perna, com a outra ferida.

Aproximando-se de Sofia, que agora estava reanimada e descobrindo--se totalmente sozinha.

Paul procurou seu fone, mudou as frequências, entrou em contato com o piloto do helicóptero.

— Saia!

— Senhor?

— Leve esse pássaro para longe desta construção, piloto, ou vou me matar. *Vamos!*

Jack se aproximou de Sofia depressa, com as mãos para cima e abertas. Ela não foi receptiva.

— Não! De novo, não! — Ela estava quase ofegante. — A mente é... pode levar choques assim! Onde está Paul? Paul estava aqui. Onde está...?

Beth pegou a mão de Sofia com sua mão ensanguentada.

Sofia se retraiu.

— Ai, Deus, você está ferida!

— Ferida — disse Beth. — E sem tempo e com pouca paciência. Então, por favor, redescubra o velho monólogo interno. — Beth caminhou com dificuldade em direção aos degraus de pedra que levavam ao escritório de Martin, arrastando Sofia consigo.

A escada levava a um átrio em estilo romano, com piso vermelho e branco: um lugar onde Martin podia se sentar e olhar para o jardim ou se encontrar com pessoas de negócios. Seu escritório ficava do lado mais afastado do átrio, trancado. Felizmente, uma entrada em forma de L levava diretamente para um heliponto quadrado que ficava ao lado da construção.

O helicóptero já girava as pás, aumentando o barulho com um ronco da turbina. O piloto olhou para os dois e para cima de onde estava, fazendo o veículo subir.

— Jack! Aquele cara está partindo sem nós!

Jack desceu pela entrada, deu a volta à esquerda, seguiu em direção ao heliponto quando o helicóptero se ergueu. O piloto viu Jack e ficou na defensiva, sobrevoando pela lateral da construção.

— Jack! — Beth viu o que ele estava fazendo. — Não seja idiota!

Beth precisava de um médico, e aquele helicóptero era a única maneira que tinham de sair dali.

Jack se lançou em direção à abertura, abrindo os braços em uma tentativa de localizar um lapso perto do helicóptero. Acabou de cara no chão, a sessenta metros da queda de cinquenta andares. Ele voltou a si quando Beth o pegou pela gola, fazendo com que ficasse de pé, e riu alto: o helicóptero voou embaixo da plataforma, meio virado, pás imóveis, no espaço. Sofia se assustou com o que viu.

Jack sorriu, satisfeito consigo mesmo.

— Se for idiota, mas der certo, não é idiota. Certo?

— Eurocopter Airbus AS365 — murmurou Beth. — Do jeitinho que ela pediu.

A bolha não era grande o suficiente para abranger o pássaro todo, só a parte do meio e as hélices. Jack viu o piloto, ainda animado, mexendo nos controles sem parar, mas não indo a lugar nenhum.

— Pode saltar com essa perna?

— Temos um problema maior. — Beth apontou para o caminho de onde eles vieram. Cronum-1 havia saído do jardim, movendo-se com velocidade em direção ao heliponto.

— Eles perderam dois de seus homens — disse Jack. — Estão putos.

— Mantenha Sofia em segurança, eu...

Jack segurou a mão de Sofia.

— Confie em mim.

E Jack jogou Sofia Amaral da beira da Monarch Tower.

A médica caiu sem fazer barulho, chocada com a possibilidade de sua vida acabar tão de repente. Ela caiu na direção do helicóptero, mas abrindo os braços, ligando-se à bolha de lapso temporal que Jack havia lançado ao redor do helicóptero.

Sofia Amaral ficou congelada, suspensa no espaço, a um metro e meio da porta aberta do passageiro do helicóptero preso.

— Uuuu!

A cara de Beth era de confusão ou de tentativa de assassinato.

Jack fez um gesto, percebendo o sucesso.

— O que foi?

— Sua coragem — disse ela. — Que coisa. — Beth deu um passo para trás e saltou em direção à beira quando o Cronum-1 começou a explodir. Saltou da beirada, e a dor do movimento forçou um grito, e ela se lançou no espaço. Tentou apoiar as botas na porta lateral aberta do helicóptero e torceu para que o melhor acontecesse.

Ela caiu de pé através da bolha, passou pela porta e chegou ao chão acarpetado ali dentro, batendo na porta fechada do passageiro. A dor tomou seu corpo, da perna ao cérebro, e Beth escorregou pela superfície, totalmente apagada. *De volta ao jogo, Wilder; de volta ao jogo.*

— Chame o médico!

Jack lançou uma bomba de cronum quando o Cronum-1 alcançou o átrio romanesco de Hatch, acertando o fogo. Ele atingiu a borda da plataforma correndo, saltou pelo espaço...

— Desculpe, doutora — apoiando as botas com tudo no peito da dra. Sofia Amaral. Ela não se moveu nem um pouco e os pés de Jack não suportaram mais seu peso. Suas costas se conectaram com seu esterno e ele bateu o corpo. Uma mão segurou o braço esticado de Sofia, deixando os pés de Jack se balançando cinquenta andares acima das ruas de Riverport.

Beth já tinha atravessado os assentos de passageiros de couro cor de creme, enfrentando a inconveniência de ter que fazer isso com uma arma ocupando uma mão, enquanto gritava com o piloto.

Balançando-se, Jack levou a mão à borda da porta do helicóptero, segurou e começou a forçar Sofia a se soltar da bolha de lapso temporal. Quando sua inércia diminuiu, ele puxou mais, apoiando o pé na porta. Lançou-a para a frente, agarrando-se em uma alça de segurança presa no teto.

Sofia gritou, um som que foi do silêncio a um grito humano abafado, e de repente havia se tornado um peso morto, caindo diretamente para baixo.

Jack pegou a mão dela com força, e o ombro sofreu o impacto quando segurou seu peso todo. Do heliponto, Gibson gritava. Cronum-1 estava quase à beira da base.

Beth olhou para trás.

— Coloque-a para dentro!

Jack puxou-a para cima, e Sofia passou os pés no carpete, em pânico, enquanto seu vestido longo a impedia de levantar as pernas para dentro do helicóptero. Alguém começou a gritar, e as hélices giravam e giravam no ar. Donny, com o rosto vermelho e furioso, olhou para eles, e então desapareceu da base do heliponto.

Beth prendeu o cinto com uma das mãos. E disse ao piloto:

— Certo, cuzão. Segure-se e você chegará em casa em pouco tempo para ficar com Kimmel. — Ela guardou a arma e se ajeitou.

Jack ouviu Gibson dizer o nome de Donny enquanto ele levava Sofia para dentro do helicóptero. Sofia se ajeitou em um assento dobrável, esforçando-se com o cinto de segurança.

— Beth! Segure o manche!

Donny se adiantou à beira do heliponto, e sua trajetória o levou diretamente para a porta aberta do passageiro, com a arma apontada bem na cara de Jack.

Jack abriu os braços e nulificou o campo.

O helicóptero começou a funcionar e Jack foi erguido quando as hélices lançaram Donny em duas direções de uma vez.

Gibson viu tudo com o rosto transfigurado, contorcido pela ira devido à perda de seu melhor amigo e segundo em comando. Sua arma foi descarregada na direção deles sem pensar duas vezes.

O manche havia se afundado na mão de Beth quando o helicóptero voltou à vida, mas ela não deixaria que ele vencesse. Jack voltou pela porta aberta quando a estrutura do helicóptero se inclinou, segurando-se com força num apoio do banco quando Beth fez com que o helicóptero desse um mergulho.

Beth segurava o manche desesperada. Mantendo o veículo baixo, ela o virou acima do rio Mystic. Quando o voo ficou estável, Beth tocou um contato em seu celular e ouviu pelo fone.

— Horatio, você está na Monarch Tower? Preciso de um favor.

Dentro da Monarch Tower, no mezanino do trigésimo quinto andar, Nick observou uma reunião dos malucos mais ricos e inteligentes do mundo.

Para tudo era preciso de um cartão de segurança, e ele não tinha um. Estava encurralado.

— Ei, você.

Um homem marchou em direção a Nick pela curva do mezanino. Bigode grande, camisa por baixo da qual havia algo sobre um estádio.

— Horatio — disse ele. — Amigo da Beth. Parece que hoje é meu último dia. Vamos sair daqui.

— Sim, senhor, sim — disse Nick.

— Uma parada primeiro. Muito importante. Andar cinquenta.

15

Notícias começaram a ser dadas em menos de trinta minutos depois de o lapso se desfazer.

Simultaneamente, em vários lugares pelo mundo, impossibilidades ocorriam. Todas elas captadas em vídeo. Intencionalmente.

21h12min42. Píer 14, São Francisco.

Testemunhas filmaram dois policiais se aproximando de um suspeito com tasers na mão. O suspeito, um homem de trinta anos, de descendência africana, não ofereceu resistência.

No espaço de uma única janela, a cena toda muda: dois desconhecidos aparecem. Estão vestidos de preto, da cabeça aos pés, exceto pelas máscaras de *smile*. As letras brancas em suas camisetas formam a palavra PAZ. Eles acenam com simpatia.

Os desconhecidos, de alguma forma, de repente pegam os tasers dos policiais. Os policiais estão com os rostos pintados com maquiagem de palhaço, seus cintos estão abertos e as calças, abaixadas. Ainda se movendo depressa, os policiais tropeçam e caem na calçada.

O suspeito grita:

— Ah, meu Deus! Ah, meu Deus! — Sem parar.

Os desconhecidos fingem rir, e então atiram nos dois policiais.

No espaço de um quadro, eles desapareceram.

O incidente foi filmado por três testemunhas diferentes.

21h12min42. Na frente do restaurante Melisse, Santa Monica.

As câmeras de segurança filmaram uma socialite celebridade saindo do restaurante acompanhada por um homem. Empunham uma Infinity 160 de metal. O manobrista sai do carro e mantém a porta do passageiro aberta para a mulher, enquanto o companheiro dela dá a volta por trás do carro para se sentar no banco do motorista.

No espaço de um quadro, o veículo e a socialite desaparecem. A gravação mostra o homem aproximando-se do manobrista. A filmagem para.

21h12min42. Viper Room, West Hollywood. A treze quilômetros do restaurante Melisse.

Neste local estava acontecendo uma apresentação de uma banda de heavy metal muito conhecida. Câmeras de segurança e gravações feitas por celular e carregadas por presentes mostram a banda no palco, no meio da apresentação. No espaço de um único quadro, a socialite que havia desaparecido aparece no palco ao lado de dois homens de preto com a palavra PAZ nas camisetas e máscaras de *smile*. Os homens acenam animadamente para a plateia. Depois de um momento, a socialite cai.

A banda, notando o que está acontecendo, chama os seguranças.

Os dois suspeitos mascarados correm até a beira do palco, saltam em direção à plateia e desaparecem.

7h12min42. Al-Salamiyah, Síria.

Gravação de uma única câmera fixa.

Vinte homens amarrados estão ajoelhados de costas para dez homens encapuzados que seguram pistolas automáticas. Um homem encapuzado realiza um discurso breve para a câmera. Os dez homens, então, levantam as armas em direção à nuca dos cativos.

Um homem aparece no meio do quadro, usando uma roupa com a palavra PAZ. Acena alegremente para a câmera. Dentro de um segundo, desaparece. Os cativos têm um segundo para reagir a essa intrusão, antes de, no espaço de um único quadro, as armas que eles estão segurando desaparecerem de suas mãos.

Ao mesmo tempo, eles são atingidos nos joelhos e os dez homens encapuzados caem ao chão, gritando. Dá para ver que as mãos dos cativos estão livres agora, e as armas automáticas que tinham desaparecido foram colocadas na frente deles.

Essa cena foi mostrada em vários sites do Oriente Médio. Quando a imprensa ocidental o viu, o arquivo tinha sido visto quatrocentos e oitenta e nove mil vezes.

00h12min42. Washington, D.C.

O incidente mais simples de todos.

O presidente dos Estados Unidos, nos últimos meses de seu mandato, convoca uma reunião de imprensa tarde da noite para falar sobre um tiroteio em massa na Universidade de Riverport e, agora, sobre o ataque à Monarch Tower em si.

Além de contar à nação o que está sendo feito, ele expressa a esperança de que seu sucessor tenha melhor sorte do que ele teve para conter essa doença norte-americana. Conclui garantindo à imprensa e ao público que medidas sólidas foram tomadas sob esse chamado "Movimento PAZ", que um terrorista é terrorista independentemente de sua nacionalidade, e que as pessoas podiam esperar uma ação forte e decisiva em breve. Os acontecimentos da noite foram assustadores e tristes, mas os norte-americanos não devem se sentir intimidados. Devem seguir em frente, como sempre fizeram.

O *smile* aparece atrás dele e à direita, com uma arma de calibre alto direcionada à nuca do presidente. Durante o instante que um agente do serviço secreto leva para gritar "Arma!", o gatilho é puxado.

Ouve-se um tiro, o presidente titubeia e uma bandeira sai do cano da arma.

Está escrito: ACABOU O TEMPO.

O *smile* desaparece sem que consigam pegá-lo.

O presidente é tirado dali às pressas.

Sábado, 8 de outubro de 2016. 21h45. Monarch Tower. Escritório de Martin Hatch.

Martin Hatch colocou um dedo de Dalmore de cinquenta anos em um copo de cristal da Toscana. Naquele momento, as paredes de seu escritório estavam transparentes, oferecendo uma vista calmante do átrio e do jardim. Cartuchos tinham sido retirados. No dia seguinte, funcionários com equipamentos adequados reparariam os furos feitos pelas balas. Os limpadores de janela estavam, naquele momento, retirando os resquícios de Donny do quadragésimo nono andar ao quadragésimo sexto.

— Nosso capítulo final começa com um *non sequitur* — disse ele a Paul. — É só o que temos. O futuro está escrito; nós dois sabemos disso. Os acontecimentos do baile, a destruição do laboratório de Sofia, seu sequestro... isso não muda nada.

Paul andava de um lado a outro, balançando a cabeça, claramente querendo aliviar a mão infectada, mas com medo de tocá-la.

— Não. O baile: um desastre. O laboratório e as espécies de Kim: destruídos. Os tratamentos, a pesquisa: tudo virou cinza. Como Jack sabia? Como eu não previ isso? Em todas as minhas explorações, aprofundadas a cada pesquisa, *como pude não perceber que isso aconteceria?*

— Sua agitação não nos rende nada.

— Algo age contra mim aqui. Está errado.

— Paul.

— Está errado.

— *Paul.*

Paul levantou a cabeça, assustado.

— Você está preparado. A coesão mental falha sempre colocaria em risco o Protocolo Salva-Vidas. Você deixou passos claros para o avanço. Não precisa mais pensar nem se preocupar. Confie nesses passos. — Martin bebericou, deixando o licor tomar sua boca antes de descer por sua garganta. — Vamos seguir e preparar uma boa base para o desenvolvimento do Protocolo Salva-Vidas. Vamos seguir com a salvação do mundo.

A ira ardia por baixo da pele de Paul, mas as palavras de Martin foram absorvidas. Acalmou a parte dele que era mais parecida com ele no passado.

— Sim.

— Vamos interrogar.

Martin movimentou-se atrás de sua ampla mesa, com o copo pesado de cristal batendo na superfície do vidro escuro. Ele tocou uma tecla virtual, transformando a parede de vidro, que deixou de ser transparente e passou a ser opaca antes de ganhar vida como uma tela de vídeo, dividindo-se e subdividindo-se em telas múltiplas. Dezenas de pessoas cobriam os acontecimentos da Monarch Tower.

— Nossos informantes em Washington têm trabalhado para manter o FBI longe de nossa porta por mais algumas horas — disse Martin. — Será tudo de que precisamos.

— Sofia — Paul murmurou.

— Eles a levaram ao ginásio de natação, naturalmente. O helicóptero foi abandonado e um carro foi roubado. Será um alívio finalmente pegar o protótipo enferrujado de Will quando isso acabar.

— Jack acha que ele pode mudar as coisas...

— Tomei algumas medidas para trazer Sofia de volta em segurança e conseguir aquela máquina para nós. Respeito a estrutura da causalidade tanto quanto você, Paul, mas me pergunto se deveríamos ter pegado a máquina anos antes para acabar com isso.

Paul estava irado.

— Ela levou um tiro na perna.

— Sofia?

Paul negou, balançando a cabeça.

— Não, a mulher com Jack. Beth Wilder. Quando a conheci, ela me contou que seu nome era Beth. Ela sofreu o mesmo ferimento. Estava fresco. Eu fiz um curativo, pelo amor de Deus. — Ele pensou na máquina de Will acumulando pó no fundo daquela piscina do outro lado da cidade. Monarch sabia sobre ela havia anos, tudo para ficar de olho em Will. — Ela passa pela máquina. Tudo o que acontece, acontece. Não importa.

— Paul? Veja. — Martin observou vários canais de notícias. Todos eles indicando um segundo ataque do Movimento PAZ a um alvo da Monarch dentro de vinte e quatro horas: a própria Torre.

Primeiro, o laboratório da universidade, e agora a revelação da nova inovação da Monarch: a tecnologia do cronum.

Martin passou pelas notícias.

"... o que é 'tecnologia cronum'?..."

"... disse que o hardware demonstrava capacidade de estar em todas as partes, a qualquer momento..."

"... paciente em suspensão perfeita, e um grande avanço no campo médico..."

"... apesar dos ataques, os preços das ações aumentaram com a descoberta de documentos e com o vídeo lançado..."

"... grupos terroristas interessados na tecnologia..."

"... Hatch não foi encontrado para comentar..."

"... Cronos, claro, por ser o deus grego do tempo..."

"... um campo de estudo já amplamente zombado, agora parece estar se vingando..."

"... Diz que o Exército está interessado em explorar usos do..."

"... essa tecnologia faz com que os limites se tornem inúteis..."

"... ameaça à paz global, alguns dizem que a sobrevivência de nossa espécie..."

"... usando máscaras de *smile* como piada. As autoridades pedem para as pessoas não..."

— O palco está montado — disse Martin, virando-se para olhar para Paul. — O mundo sabe o que a Monarch pode fazer.

Ele ligou uma série de canais e gravações.

"... difícil explicar os acontecimentos da 'PAZ', independentemente de quem for esse grupo enigmático, mas temos certeza de que a gravação e os acontecimentos são autênticos..."

"... filmagem verificada por especialistas. Washington se recusou a comentar..."

"... medo e paranoia pelo país hoje à noite, com muitos ainda convencidos de que os acontecimentos são uma farsa complexa..."

"... família do presente a um local não revelado..."

"... especulação de que os eventos da 'PAZ' são uma campanha viral para promover a nova tecnologia da Monarch..."

"... o que está impedindo os terroristas do Movimento PAZ de aparecerem em qualquer lugar, a qualquer momento, com armas ou, Deus que me perdoe, com armas nucleares?"

"... nossos líderes estão seguros? Algum lugar consegue ser protegido de forças hostis com essa tecnologia? Conosco agora está..."

— A plateia está arrumada e pronta — Martin continuou.

— A especulação corre solta. Além disso, esperamos que as vendas de armas aumentem muito por causa disso.

— Como os acontecimentos do baile estão sendo retratados?

— A nosso favor. Está unida à narrativa do ataque à universidade, relacionada ao Movimento PAZ. Está se mostrando útil no direcionamento da solidariedade em relação à Monarch. Então, nossos dois principais objetivos são alcançados: o mundo sabe que a Monarch é a única organização que busca o desenvolvimento do cronum e o grupo terrorista que entrou no laboratório da universidade matando quem estava na frente agora está tomando liberdades com as leis do universo.

Martin termina sua bebida de uma vez e se levanta, ajeitando a jaqueta.

— Fase um: o evento na universidade nos colocou como alvo e o Movimento PAZ como o vilão facilmente reconhecido. Fase dois: com a ajuda de nossas explorações e conhecimento, conseguimos coreografar os eventos simultâneos e assustadores do Movimento PAZ de modo imaculado. Resultado: cada detalhe importante do PAZ está sujeito à especulação da imprensa: os alvos, os locais, o *timing*, as máscaras... o nome. A capacidade de representação e a confusão estão desempenhando um papel essencial de tirar a extensão da razão, causando medo e aumentando o pânico público. Um terrorista, estrangeiro ou nacional, poderia se materializar em qualquer lugar a qualquer momento. Demos os primeiros passos para criar um mundo no qual ninguém vai se sentir seguro em lugar nenhum. Todos os olhos estão agora no Movimento PAZ e na Monarch Solutions.

— Um bom começo — Paul concordou. — Estamos perto agora.

— Agora, podemos ir além. Seu anúncio foi feito minutos atrás a todas as maiores agências de um endereço anônimo.

A parede se voltou a uma única imagem: Paul Serene, e atrás dele dois homens de roupa preta e máscaras de *smile* do fantasmagórico Movimento PAZ.

— Estou falando com você.

"Sou Paul Serene. Estou relacionado entre os mortos."

"Minha vida terminou ontem à noite, juntamente com a de muitos outros, no campus da Universidade de Riverport. Assassinado por homens e mulheres como aqueles atrás de mim. Ou foi o que disseram."

Subjanelas se abriram, mostrando uma colagem de *newsfeeds* e sites oferecendo informações sobre Paul Serene, fotos recentes de um homem mais jovem em comparação com o mais velho que falava.

— Campo Meyer-Joyce. Familiarize-se com esse nome. Ele logo se tornará o foco do pouco que sobra de sua vida.

"O campo Meyer-Joyce mantém a causalidade, o fluxo de causa e efeito e a passagem linear do tempo. Ontem de manhã, no sábado, 8 de outubro, às quatro e vinte e dois da manhã, eu modifiquei um equipamento experimental da Monarch Solutions... e feri mortalmente o campo Meyer-Joyce.

"Alguns de vocês já testemunharam os primeiros efeitos disso: flutuações de energia, anormalidades visuais, tempo perdido.

"Em pouco tempo, vocês todos verão as consequências da degradação do campo M-J. Realidade, causalidade, probabilidade... todas essas coisas logo começarão a se esquecer de suas próprias regras.

"Perto do fim, um horror enorme, do tipo que vocês não conseguem imaginar, ocorrerá. Presos e isolados dentro de uma realidade encolhedora e esquizofrênica, uma realidade só para vocês, os amores os esquecerão. Mães e pais não conhecerão seus filhos. Os mortos voltarão como se nunca tivessem partido. Legiões dos vivos desaparecerão. O que já foi nunca mais será. Suas almas pequeninas se deteriorarão para navegar e se afogar em um mar de Tudo.

"Morrer sozinho numa maluquice perfeita ou viver para sempre dentro de um momento final aterrorizante que nunca, nunca para. A escolha é de vocês.

"É o fim de todas as coisas. A morte do tempo.

"Somos a PAZ, e trazemos PAZ a vocês.

"É hora de o sofrimento acabar.

"O universo tem cinco anos para viver.

"Vocês não terão mais notícias nossas."

Martin clicou na parede para fechá-la.

— O terror aumentará conforme os acontecimentos forem ocorrendo. O mundo não conseguirá negar que a realidade está se revelando lentamente. Quando as pessoas perceberem que não existe solução...

— A Monarch vai aparecer no portão levando o Graal.

— Protocolo Salva-Vidas: a única maneira viável de sobreviver e desfazer o fim do mundo.

— Mas só com o apoio combinado e inquestionável dos governos do mundo. — Paul respirou fundo.

— Estou pronto.

Martin aproximou-se de seu amigo e apoiou as duas mãos nos ombros dele.

— O que você está fazendo é muito gentil, Paul. Está salvando tudo que havia, que há e que haverá. E essas pessoas... — Hatch apontou para a tela na parede e para as dezenas de cabeças — viverão para ofender você por isso.

Paul sorriu, mas não era de alegria.

— Só se eu tiver sucesso.

— Vou deixar você se preparar.

— Está indo embora?

— Não por muito tempo, amigo. Nunca por muito tempo.

Sábado, 8 de outubro de 2016. 21h56. Monarch Tower. Laboratórios de Cronum, 50º andar.

Horatio havia levado Nick por alguns elevadores para longe do caos do átrio, diretamente ao quinquagésimo andar. Eles entraram no que Horatio chamava de laboratórios de cronum. O lugar estava uma bagunça. Vidro por todos os lados, a estrutura cruzada do teto falso destruído dentro de uma câmara abobadada de cerâmica branca. No fundo da câmara onde ficavam os laboratórios, acima da estrutura do teto falso, a destruição de um teto caro e móvel estava sendo avaliada por dois técnicos de roupa amarela. Nick chutou um monte de espuma retardante de fogo, observou quando ela se afastou cada vez mais.

— Estou dentro do sistema de Monarch há meses — Horatio dizia. — Instalei um kit quando os sistemas da Tower ainda estavam sendo finalizados. Apesar de eu não ter conseguido pegar muitas coisas na divisão de cronum nem Hatch.

— Por que achou que havia o que pegar?

— Beth deu uma história convincente. — Horatio seguiu para a esquerda, longe do grupo de incêndio. — Beth e eu sabemos que Hatch e a divisão de cronum estão aprontando alguma, mas nunca encontrei nada que realmente fosse interessar à mídia parcial, nada que a Reuters se esforçaria para publicar.

Além da cobertura grossa no vidro quebrado, o laboratório parecia intacto. Horatio procurava nos bolsos enquanto andava, pegou um bilhete amassado e o conferiu.

— Há coisas relacionadas à divisão C e à saída de Hatch em um servidor à parte ao qual não tenho acesso, que existe só no quinquagésimo andar, mas tenho a senha do grandão. Esta era a minha única chance de chegar a esse andar, e precisou que a torre toda se ferrasse para fazer acontecer. A sala de reunião mais à frente estava reservada para conversas diárias entre Hatch, Sofia e a divisão C. Atualizações diárias, correções de curso diárias. Qualquer terminal ali teria acesso ao servidor da divisão C.

Nick se aproximou dele.

— Você acha que há coisas ali que podem... derrubar a Monarch?

Horatio deu de ombros.

— Estou aqui há alguns anos. Seria péssimo encontrar algo agora, não acha? Mas... sim, acho que sim.

Nick olhou ao redor, não gostou nada daquilo.

— De quanto tempo precisa? Se formos pegos, vamos sair por uma janela.

Horatio abriu a porta da sala de reunião.

— Depois de hoje, estou fora. É minha última chance.

Mesa comprida de mogno. Placas brancas nas duas paredes. Domo central de teleconferência. Assentos de cinco mil dólares. Tela para reunião. Terminal construído na base da mesa, bem na frente da porta.

Horatio sentou-se e começou a trabalhar.

– Olha, Horatio...

Horatio bateu o cartão de segurança na mesa e continuou digitando.

— Cinco minutos. — Ele pegou um pen drive, enfiou-o em uma abertura na superfície polida da mesa, alisou a anotação e digitou.

Esperou.

A tela se acendeu com o logo geométrico da Monarch.

— Sim — disse Horatio, batendo no teclado.

Nick pegou o cartão.

— Vou deixar o elevador pronto. Cinco minutos.

Se Horatio ouviu, ele não respondeu. Nick havia acabado de sair quando Horatio disse:

— Jesus H. Macy.

Nick voltou, espiou por cima do ombro dele.

— O que foi?

— Espere. Preciso… preciso copiar isto. E… porra. Espere.

Ele digitou mais. Arquivos foram copiados no pen drive.

— Então, Hatch tem pressionado pelo desenvolvimento do Protocolo Salva-Vidas; esse plano importante que já está garantindo lucros e tem uma agenda de cinco anos que nunca vai cumprir. A equipe Salva-Vidas está falando de colheita de cronum e de ordens de estocagem de tecnologia de magnitude mais eficiente do que temos atualmente, tecnologia que permita que grupos inteiros de especialistas passem por zonas sem cronum por meses ou anos e tecnologia de torres de alta tensão para preservar a causalidade dentro de um raio muito mais amplo do que o que atualmente…

Nick mexeu o cartão de segurança.

— E?

— E tem um segundo grupo envolvido no projeto. *De fora* da Monarch, que ninguém além de Hatch parece ter conhecimento. Hatch tem se correspondido com eles desde o primeiro dia. O Protocolo Salva-Vidas é mais do que secreto, mas esse outro grupo — e parece que eles estão espalhados por todo o planeta — está recebendo atualizações regulares. Pelo que posso perceber, ninguém na Monarch sabe que esses caras existem. O que Hatch está aprontando?

— Copie isso e vamos.

— Também tem referência a uma segunda máquina do tempo. Em uma… piscina?

Nick se virou.

— Como é?

— Uma pisc…

— Porra. Precisamos ir. Temos que ir agora.

— Vou enviar isto à Beth.

— Agora, Horatio.

Horatio levantou uma mão, ainda digitando com a outra.

— Já vou. Trinta segundos.

Nick correu até o elevador e o abriu.

Se Horato tivesse encontrado algo que pudesse causar algum dano... sim. Nick era muito a favor de usar isso para acertar a Monarch em cheio. Mas não significaria nada se eles estivessem mortos para usá-lo.

Nick olhou em seu relógio.

— Horatio! Vamos, nós... uau!

Horatio não estava mais digitando. Ele estava sentado, tremendo, com os braços abaixados nas laterais do corpo.

Martin Hatch estava ao lado dele, quatro dedos e um polegar enfiados na garganta de Horatio, olhando para Nick enquanto a vida de Horatio deixava seu corpo.

Nick entrou no elevador e apertou o botão para fechar a porta.

Martin Hatch observou quando ele foi embora.

Sábado, 8 de outubro de 2016. 22h05. Monarch Tower. Apartamento de Paul Serene, 49º andar.

Se o sucesso e a ascensão hipersônica da Monarch pudessem ser atribuídos a uma coisa, seria às explorações de Paul Serene dos possíveis futuros e de sua identificação de momentos cruciais que levavam aos resultados mais marcantes.

Nem sempre ele esteve doente, e nem sempre teve a capacidade de percorrer os corredores da probabilidade do futuro. O talento era uma característica da doença. Da síndrome de cronum.

Nos primeiros dias, sua visão esteve firme e míope.

Um dia à frente da maioria, sem controle. Com o tempo, ele havia aprendido a se concentrar em momentos que levavam a momentos. Ele os chamava de junções. Estes quase sempre se manifestavam no instante, permitindo que ele fizesse uma escolha *agora* que causaria um resultado mais tarde. Tudo bem para o ganho de curto prazo, mas havia uma cegueira nisso, elemento do destino. As escolhas que ele fazia eram chutes com base nas percepções sombrias que ele tinha no fim dos caminhos da probabilidade, e ele sempre tinha que escolher depressa, antes que o momento passasse.

Mas não bastava. Não era o suficiente.

Paul não queria que as coisas fossem escolhidas por ele. Queria conhecimento, consciência e controle. Com o tempo, com muito esforço, ele aprendeu a identificar momentos de junção antes que chegassem. Assim, podia fazer escolhas mais bem pensadas e informadas. Desse modo, a Monarch Solutions tinha começado a moldar a vida de cada pessoa na Terra.

Com mais esforço e diligência, Paul começou a explorar uma parte maior dos futuros possíveis. E, então, a explorar os futuros possíveis que se originavam dos primeiros.

Uma maior exploração vinha com mais esforço. Viagens mais profundas tinham um custo: a entrega à doença e o sacrifício da carne.

Os sonhos eram terríveis depois dessas viagens. Não só um sonho, mas sonhos sobre sonhos. Dezenas de iterações de cenários surreais dispostos um sobre o outro, e todos eles, de alguma maneira, eram simultaneamente abrangentes. Linhas do tempo paralelas, causalidades quase idênticas, cada uma com pequenas variações se tornando resultado amplamente diferentes, por vezes.

No momento, era como a alegria; quando acordava, sentia como se fosse loucura.

Por dias, ele ficava estranho depois de viagens tão profundas. Mas a empresa lucrava. Armado com pré-conhecimento detalhado, a liderança de Martin Hatch tinha sido imaculada.

Quanto mais doente Paul ficava, mais fácil se tornava. Quanto mais longe ia, mais doente ficava.

A intuição de Paul ficou afiada. Sua eficiência também.

Conforme o tempo de Paul na Terra diminuía, ele se preparou para a maior e mais complexa viagem até aquele momento. Sua missão era traçar o mapa da probabilidade mais detalhado que pudesse, cobrindo os dias que viriam. Isso seria bem difícil, devido aos acontecimentos das últimas vinte e quatro horas, e a relação de causa e efeito estava em um estado de grande agitação. As viagens que ele fizera antes seriam como caminhos tranquilos em comparação à bagunça que esperava por ele.

Essa última viagem teria um preço muito alto.

Paul Serene estava sentado à vontade em sua cadeira bonita de três mil e seiscentos anos de cipreste da Patagônia. Em cada ponta, uma haste articulada direcionava um microfone em direção a ele.

Sua última operação como cirurgião da causalidade, sua última viagem como cartógrafo da história do futuro, começava naquele instante.

O mapa que ele deixaria para trás permitiria a Monarch atravessar a tempestade vindoura, sobreviver ao escrutínio inevitável e ganhar a lealdade daqueles que poderiam garantir o futuro da empresa como a salvadora da raça humana.

Garantiria o desenvolvimento e o sucesso do Protocolo Salva-Vidas, que, sem cooperação governamental global imediata e incondicional, fracassaria. A humanidade, esse universo, essa linha do tempo, deixariam de existir.

Paul fechou os olhos.

E começou.

Sua consciência ganhou quatro dimensões. Ele ficou acima da linha e permitiu que sua consciência indicasse — como uma bússola — o futuro que ele mais desejava.

Ele nunca notara a trama da probabilidade tão completa e vastamente como notava agora. Vasta o suficiente para arrasar sua mente, perfeita o bastante para que a parte mutável de Paul Serene quisesse permanecer ali para sempre.

Sua mente encontrou a direção que devia seguir como se fosse a coisa mais instintiva do mundo. A consciência de Paul Serene encontrou o futuro no qual Martin Hatch ficava diante daqueles que controlam o mundo... e aqueles que controlam o mundo diziam:

Sim.

Paul Serene começou ali, examinando em detalhes os fios de causa e efeito que levavam todas as pessoas presentes naquela sala àquele resultado singular e desejado, e agiu de trás para a frente.

Só então ele começou a ditar aos microfones.

Sua carne ardia com a luz das estrelas.

Sábado, 8 de outubro de 2016. 22h07. Monarch Tower. Escritório de Martin Hatch, 50º andar.

Quando Randall Gibson entrou no escritório de Martin Hatch, o homenzarrão estava limpando uma mão com um lenço escuro, meticulosamente passando-o no espaço entre os dedos.

— Sr. Gibson — disse o sr. Hatch, sem desviar os olhos do trabalho. — A tragédia em nossa unidade levou o senhor de volta ao comando. Bem-vindo de novo, Agente Sênior. Eles eram bons soldados. Não permitiremos que o senhor manche a memória deles, sim?

— Senhor?

— Você e o restante do C-1 devem voltar ao ginásio de natação de Riverport. Há uma máquina do tempo lá. Vocês devem entrar no ginásio, entrar na máquina e voltar o máximo que puderem... a 1999, para matar Jack Joyce. Entendeu?

— E... o Consultor? O sr. Serene? Ele mudou sua opinião a respeito da ciência? Até onde eu sei, mexer com ondas colapsadas era proibido.

— O sr. Serene não tem andado bem. Deixe as leis do universo para mim.

— S-sim, senhor.

— Dúvidas, sr. Gibson?

— Senhor, não, senhor! Estou ansioso para executar a missão com o máximo de dedicação, senhor!

— E estou ansioso para que você e eu renovemos nossa amizade. Agora, vá, e cause forte sofrimento.

Gibson sentiu o peito acender como um palito de fósforo em uma noite escura.

— Sim, senhor, senhor! — *Com a maior agressão. Porraaaa!*

— Dispensado, sr. Agente.

Gibson fez uma saudação, virou-se e marchou para fora com a cabeça levantada.

Hatch suspirou, dobrou seu lenço e o enfiou no bolso. Aquele era um dia de limpar a casa e colocar as coisas em movimento.

Sábado, 8 de outubro de 2016. 22h17.
Ginásio de natação de Riverport.

Beth havia deixado Sofia aos cuidados de Jack enquanto se trancava nos vestiários para cuidar da perna machucada e tirar o uniforme da Monarch. Jack tinha algum treinamento em primeiros socorros e percebeu que ficaria bem a curto prazo. Haveria uma cicatriz, mas o ferimento não causara danos a ossos nem a artérias. Jack havia se oferecido para dar pontos, mas Beth queria cuidar de si mesma e entrou nos vestiários.

Então, ele ficou ali com Sofia.

— Você não precisa me convencer — disse ela. — Vou ajudar você. Meus cálculos são muito claros: o campo Meyer-Joyce entrará em colapso. Bem antes da previsão de cinco anos de Paul. Nós temos um dia. Dois, no máximo. Agora, por favor, deixe-me trabalhar.

Sofia já estava examinando o console da máquina de Will, olhando para a frente de vez em quando para comparar o que ela estava vendo na tela com alguns detalhes da estrutura da máquina.

— Então, você acha que o mundo está mesmo para acabar?

— Sim, acho.

Jack se sobressaltou ao ouvir isso.

— Paul esteve no fim dos tempos. Ele tem a data. Se uma onda colapsada não pode ser alterada, se as coisas não podem ser mudadas, como pode estar errado? É a palavra dele contra meu conhecimento e um modelo suportado por dados verificados — disse ela. — Só posso concluir que a lembrança dele não está boa.

Beth reapareceu do vestiário.

— Ele quer que você lhe diga que é possível influenciar uma onda colapsada para mudar os acontecimentos. — Ela havia tirado o casaco com monogramas da Monarch. Havia vestido uma roupa que era agnóstica em relação à moda: calça jeans, camiseta preta lisa e jaqueta de couro de comprimento médio e corte clássico. Uma roupa que não pareceria inadequada em nenhum momento dos últimos vinte anos.

— Jack — disse ela. — Você precisa deixar de lado a ideia de que pode salvar Will. Concentre-se no que é possível.

Jack deixou de lado, mas não desistiria. Will estava vivo em 2010. Devia haver algo que ele pudesse fazer.

Beth se virou para Sofia.

— Estamos conversados? — Ela estava forçando a perna boa, mas de modo geral parecia bem.

Os dois precisavam dormir.

Sofia se afastou do teclado. Reunindo seus pensamentos, ela disse:

— Antes que eu faça isso, tenho uma pergunta para vocês: seu irmão construiu algo que ele chamou de Contramedida. — Estar ali, olhar para a máquina de Will e unir as experiências dela com Paul Serene e a Monarch deixara claro para ela que o dr. Kim tinha pouco, se alguma coisa, a ver com o pioneirismo da pesquisa de cronum. Que ela, possivelmente, tinha cometido um erro grave ao ajudar a Monarch a alcançar seus objetivos. — "Contramedida" é uma palavra muito específica.

— Will a construiu para consertar a fissura no campo M-J — disse Jack.

O rosto de Sofia de repente se abriu em um sorriso. Combinava com ela.

— Então, existe.

— Existia no dia 4 de julho de 2010, é o que sabemos.

— E é seu destino?

Beth se intrometeu.

— Voltamos, pegamos, voltamos aqui, consertamos tudo isso. Quando você consegue fazer a máquina funcionar?

— Está pronta agora, se você estiver pronta.

Irene Rose estava na piscina, com o cano do rifle passando por uma abertura em uma janela fina e suja, esperando pelo sinal.

— Contei os três. Joyce, Wilder, Amaral. Eles estão concentrados na máquina, parecem muito animados com ela.

Gibson estava no beiral corrugado, na frente da janela da cafeteria. Havia acabado de colocar uma camada de adesivo preto na janela.

— Equipe, responda.

— IR, telhado — respondeu Irene.

— Voss, porta dos fundos, térreo.

— Chaffey, Reeves, Dominguez, porta dos fundos.

— Gibson… — Gibson pegou a faca, bateu no plástico com força. O vidro por baixo estalou, saiu inteiro. Ele o pousou com cuidado. — Cafeteria, andar de cima. — Ele entrou, tirou a carabina do ombro quando um carro parou na frente, freando e fazendo barulho.

Irene chamou:

— Chefe.

— Eu vi. Homem branco. Manco. Voss, como você está com a porta?

— Já entrei.

Um grito do lobby ressoou no ginásio de natação.

— Jack! Beth! Vocês estão aqui?

Nick correu para o ginásio, puxando uma perna. Com as pernas machucadas, ele e Beth estavam combinando.

— Graças a Deus. Pessoal, a Monarch sabe que vocês estão aqui. Eles sempre souberam. Provavelmente estão vindo neste instante.

Jack e Beth estavam na rampa para a câmara da máquina do tempo, esperando Sofia dar o sinal para que eles partissem.

— Horatio feriu você? — perguntou Beth. — Ele está com você?

A expressão de Nick dizia tudo.

— Ele... — Nick se esforçou. — Horatio... ele estava tentando enviar algo a você por e-mail. Martin Hatch... ele... tem alguma coisa acontecendo. Alguma coisa não está bem com a empresa, cara. Ou aquele cara. Bem, bem errada.

Beth assentiu, empurrou o pesar para longe. Horatio era um cara bom.

— Conte-me sobre isso quando eu voltar. Sofia? — Beth entrou na câmara. — Vamos resolver isso. Nick, você deve sair daqui. Jack?

Sofia ligou a energia, com partículas de cronum enchendo a Alameda. A estrutura simples da máquina velha chacoalhou com força, tremendo como uma peça solta em uma secadora.

— Vá agora — disse Sofia.

Jack subiu a rampa.

— Abra — disse Gibson.

Nos fundos do ginásio de natação, nove metros atrás da máquina do tempo, a porta dos vestiários é arrancada. Jack lançou uma bolha de lapso temporal aos seus pés por puro reflexo, quando a janela da cafeteria se quebrou. Balas bateram no escudo, com um baque surdo. Sofia gritou, ficou tensa, curvou os ombros, um alvo vertical.

Irene abriu por cima. Gibson continuou atirando de uma das pontas da cafeteria enquanto Voss entrava fazendo o mesmo dos vestiários. A bolha protegeu Jack de vários tiros, e ele estava dividido entre entrar na máquina e proteger Sofia.

Um tiro vindo de cima estourou uma caixa aos pés de Sofia, houve um jato de sangue e Sofia caiu para a frente em cima dos controles. Caída, ela desapareceu atrás do painel de instrumentos.

— Voss! Fique longe da máquina! — gritou Gibson. — Longe da máquina! Precisamos disso.

A câmara se fechou.

— Beth!

Nick caiu no lobby com os olhos arregalados.

Jack correu até a câmara: não estava abrindo. Beth havia pegado o caderno, rabiscado, arrancado uma página, pressionado à abertura:

A CARGA DEVE SE CONSUMIR. NÃO É SEGURO ABRIR.

ATÉ MAIS.

Ele estava balançando a cabeça, em negação. Beth pressionou a mão à abertura e então parou.

Jack olhou de soslaio e soube imediatamente por que ela não estava seguindo em frente. Algo havia dado errado: a alavanca esquerda, a porta ao passado, aquela que eles tinham que tomar, estava fechada. A direita estava aberta. O passado estava trancado, o futuro estava esperando.

Algo deve ter acontecido quando Sofia tombou. Será que os controles tinham sido atingidos? Era impossível saber.

A máquina começou a tremer violentamente. De algum lugar nos fundos da Alameda, uma placa de aço se desprendeu e bateu no piso.

Voss não se arriscou a entrar na linha de visão de Jack. Irene e Gibson mantiveram os tiros, esperando que o escudo caísse — pelo menos cinquenta tiros esperando permissão para atravessar Jack.

Jack aproveitou a chance. Saiu da bolha, atirando três vezes em direção às janelas na altura do teto. O vidro sujo se espatifou quando ataques militares passaram pelas placas de ferro enferrujado, fazendo Irene se retrair na beirada.

Gibson levou um tiro, mas não antes de Jack manifestar um segundo escudo em sua linha de visão que recebeu os tiros.

Jack percorreu a curta distância entre a rampa e o console, lançando uma terceira bolha quando Voss abriu.

Três saraivadas de tiros bateram com um baque na bolha, na altura dos olhos de Jack.

— Chefe — disse Chaffey no fone de ouvido de Gibson. — Você nos quer aí?

— Negativo. Fique por perto.

Sofia estava aos pés de Jack, virada para baixo sem se mover. O tecido escuro de seu vestido de festa dificultava saber onde ela tinha sido atingida. O sangue se acumulava em pisos cobertos de sujeira.

Havia sangue no console, uma linha grossa diagonalmente na tela e no teclado, terminando na queda de Sofia.

A data de emissão havia mudado. A viagem ao passado era agora a viagem ao futuro, o destino comprometido e trancado. E a data estava em branco.

Pela abertura suja da câmara, Beth pressionou uma mão no vidro. Ela tentou abrir um sorriso do tipo "ah, que coisa". Apontou para seu relógio, e então para Jack — *não se atrase* —, deu uma única onda, e assim, de repente, entrou no futuro.

Sem data, para a frente. O fim dos tempos.

— Beth! Espere!

A máquina gritou e lançou uma onda de energia.

Jack não percebeu Irene descer pelo teto, num rapel rápido, calculado para coincidir com o brilho e o barulho da máquina. Ele saltou do console e foi atrás de Voss, que imediatamente se meteu embaixo da máquina.

— Chefe! Preciso de cobertura!

Gibson pressionou um dedo no microfone em sua orelha.

— Muito bem, Voss! Mantenha-o ocupado!

— Não estou brincando, chefe!

Irene olhou para trás. Nick ainda estava na entrada, emoldurado e petrificado na porta.

— Não esquenta, Voss. Eu cuido disso. — Ela deu alguns tiros na direção de Nick, que fez com que ele titubeasse. — Vou brincar com seu amiguinho, Joyce! Espero que você não se incomode!

Ela partiu atrás de seu alvo com graça.

Jack desistiu de Voss, mudou o curso e seguiu Irene.

Nick foi para o lobby. Irene usou a arma para levá-lo escada acima até a cafeteria e foi logo atrás.

Gibson esperou até Jack ter se afastado para pegá-lo por baixo da cafeteria, e então saltou pela janela.

— Chaffey. Hora de ir embora. — Ele pousou no telhado da casa pré-fabricada que guardava o gerador de diesel, e então desceu ao térreo. Ele seguiu diretamente até os controles ensanguentados da máquina. Disse ao microfone:

— Voss, saia. Você é o primeiro.

Voss saiu do fosso de manutenção quando Chaffey, Reeves e Dominguez entraram em seus vestiários.

— Wilder passou, Voss.

Ele se deu conta.

— Ela conhece a missão. Você acha... que ela voltou ao projeto Joyce?

— Entre na câmara. Vou espalhar todos nós, datas diferentes. Os garotos de Chaffey como um grupo, o restante de nós, sozinhos. Ela não conseguirá nos pegar.

Jack foi à base da escada da cafeteria. Quando Irene saiu de vista, Jack ouviu o barulho da máquina. A poeira batia nas paredes e no teto quando o centro pegou fogo. Uma foto em preto e branco emoldurada de uma competição dos anos 1940 caiu no chão.

Irene gritou:

— Vocês parecem cansados, queridos. Toda a diversão está acabando?

E então, atrás de Jack, a porta da frente se abriu e uma equipe da Monarch Security entrou.

Um tiro acertou a lateral do corpo de Jack, e ele girou. Gritando, Jack envolveu os quatro primeiros membros do pelotão em uma esfera de tempo congelada, bloqueando a porta com ela, e caiu no chão.

Ofegante, ele atirou nos dois primeiros, seis rodadas suspensas em uma trajetória de cabeças com capacetes como alvos. O tiro havia aberto um buraco do tamanho de uma bola de golfe logo abaixo das costelas de Jack. Manifestar um punhado de bolhas de lapso temporal e voar atrás de Irene havia exaurido quase tudo o que ele tinha. Ele sentiu as células de seu corpo tomarem cada resquício de energia de cronum que conseguiu, com o choque e o instinto dando novo propósito e localizando-os na ferida. Seu corpo estava se refazendo, mas demoraria um tempo.

No andar de cima, Nick se jogou para fora da janela da cafeteria quando Irene se aproximou por trás. Ele bateu no piso com força, gritou e ficou de pé, mancando.

Irene encolheu o braço quando a máquina rangeu e piscou.

— Voss está livre! Irene, desça aqui! Chaffey, Reeves, Dominguez, pronto! Vão!

Ela não hesitou. Aquilo era tudo para o que eles tinham sido treinados. Ela pulou, saiu do telhado da casa pré-fabricada do gerador no momento em que a equipe de Chaffey passou. Atravessando a distância até a rampa da máquina em pouco tempo, ela saiu correndo, diretamente para a câmara, sem hesitar.

Gibson a fechou, deu uma nova data e a mandou.

Nick mancou até Jack; o ferimento estava acabando com ele. Aquela queda não tinha sido nada boa. Ele encontrou Jack de costas em uma piscina de sangue, um buraco ensanguentado na lateral de seu corpo, e ele estava pálido como uma folha de papel.

— Jack... Jesus, cara, não morra.

— Eu estou.... bem. Irene atravessou, não?

— A máquina? Sim. Eu acho que todos atravessaram.

— Porra. — Jack ficou de pé.

Gibson mudou a data de novo. Quatro datas diferentes significavam que qualquer um que fosse atrás do C-1 não tinha chance de detê-los nem de saber quando eles apareceriam da máquina.

A porta da câmara abriu. Gibson digitou o número para ativar a máquina.

A porta da câmara sibilou, preparando-se para se fechar.

Ele logo mudou a data da tela, mas não inseriu, só cobriu suas pistas, para que ninguém pudesse saber quando ele havia partido, e saltou o console, subiu a rampa e escorregou para dentro da câmara antes que ela se fechasse.

Atmosfera ventilada, lado de dentro pressurizado, a câmara e a Alameda tomados por partículas de cronum.

Missão cumprida. *Ha ha, vá se foder.*

A porta para o passado se abriu, e Gibson já era.

Pois é.

Jack sentiu que não conseguiria mais lutar.

E foi isso.

Nick deu um pulo para trás quando Jack se virou e jogou uma revista na bolha de lapso temporal atrás dele.

Nick desviou o olhar quando a bolha de lapso se desfez e libertou tiros lançados ao pelotão da Monarch Security como doces.

— Certo — disse Jack. — Vamos.

Ele correu até os controles, ajoelhou-se, analisou Sofia. O golpe foi no braço esquerdo dela. Ela estava com frio e a respiração rasa, mas estava viva.

Ele olhou para Nick.

— Pode levá-la ao hospital?

Nick assentiu em direção à televisão. Ela estava silenciosa o tempo todo, ligada na cobertura da situação de Riverport.

Claramente estava piorando. Não era só o ataque à Monarch Tower; as coisas estavam começando a dar errado do outro lado da cidade. A rede de energia de Riverport estava tendo altos e baixos, com apagões pelos bairros.

— O grupo de Emergência de Riverport no Facebook está tendo uma conversa nesse momento. As pessoas estão vendo fantasmas, afirmando tempo perdido. Não muitas, mas algumas. Conferi enquanto vinha para cá.

— Sofia disse que o fim viria em breve. — Jack se levantou e tentou entender o que Gibson tinha feito. Ele não sabia por onde começar. O campo da data estava em branco. Sofia não conseguiria ajudar com isso. Só havia uma data que ele sabia que certamente o levaria a algum lugar em que precisava estar: a data para a qual ele tentou mandar Beth. A data para qual ela deveria ir, se conseguisse.

Jack acertou os controles para 4 de julho de 2010. O dia do Mirante de Bannerman. O dia em que a Contramedida desapareceu.

— Vou acompanhar Beth. Não importa se a cidade está enlouquecendo, Sofia precisa de um médico.

— Vou levá-la para lá.

— Até mais.

Jack bateu no botão, ativando a máquina. Ele correu para subir a rampa e entrou na câmara. Mais cedo, Beth havia percebido um odor na máquina. Não estava enganada. Ele sentia o cheiro agora. Era o odor de algo apodrecendo.

A câmara se fechou. Partículas de cronum a encheram. A porta para o passado se abriu, e Jack correu.

16

A escotilha entre a câmara e a Alameda iluminada sibilou e se fechou quando ela passou, e o corredor caseiro se curvava mais à frente. Naquele momento, um poder superior teclou "parar". Abrupta, cruelmente, todos os sons e movimentos pararam. Silêncio. Os folículos dos braços e do couro cabeludo dela se fecharam. O mundo foi separado e distanciado daquele que ela havia acabado de deixar.

Sua perna ferida doeu muito.

Noventa e oito por cento dos estagiários de cronum saíram assim que atingiram o primeiro lapso no laboratório. Ao se verem isolados em uma realidade calma como a morte, um mundo no qual eles não tinham atuação, a maioria dos estagiários se afastou. Não conseguiam abrir portas, mover objetos, não conseguiam comer nem beber nada. Não eram ouvidos. Os psicólogos da Monarch concluíram que isso acionava medo de ser preso, terrores horrorosos de ser sufocado, de morrer sozinho, de ser esquecido e da nulificação do ser.

Vinte por cento dos candidatos que saíam na fase de treinamento de lapso deixavam a empresa, depois de permanências institucionais à custa da Monarch.

Algo em relação a isso desnorteava as pessoas a um nível codificado. Algo em estar naquele corredor apertado e curvado, o ar tomado pelo cheiro quente do metal superaquecido e o mundo sem voz, ela compreendeu por que muitos não conseguiam lidar com a situação. Foi o mais perto de que Beth chegou de ser enterrada viva.

Ela marchou à frente, depressa, limpou seus pensamentos com um ritual improvisado: arma, carregada. Cabelos, presos e longe do rosto.

Entendeu que deveria estar no meio do loop. Estava ficando mais difícil de respirar. Ela tentava não pensar na possibilidade de a porta não estar aberta do outro lado. Estalou o pescoço, ajeitou os ombros. Três quartos. Respire, Zed. Asleigh, Starr. Wilder. Não importa. Respire.

A câmara de saída, ali à frente. Bateu na placa de liberação.

Merda.

Vamos.

Sentiu a carga escorrer do ar. A Alameda desativada, a causalidade voltou.

A Alameda transformada *totalmente.*

O raio brilhou de quente para frio, amarelo para branco. O frio estéril de fluorescentes ambientalmente adequadas, metade das quais não funcionava, substituiu as lâmpadas de filamentos quentes.

Quando o chão sob seus pés deixou de ser o isolamento denso e passou a ser as grades de ferro baratas e pesadas, ela quase perdeu o equilíbrio.

O corredor pentagonal de Will havia desaparecido. Ela agora estava em um corredor de quatro lados, cuja construção fez a de Will parecer uma obra de arte bem planejada.

A Alameda de Will havia desaparecido, e Beth estava deitada à porta do que poderia ter sido a entrada de uma clínica de metadona da base da lua.

Calma, Wilder. É só a tela de carga.

Beth se recostou na parede nova. Sua perna não quis aguentar o peso, mas ela conseguiu. Ignorou a dor, colocou-a em uma sala, trancou a porta.

Olhou para cima. Aquele tipo de fluorescente não existia quando Will criou a máquina. A máquina estava mais velha.

Com a arma sendo segurada pelas duas mãos, Beth espiou a câmara.

— Independentemente do que seja — ela disse a si mesma —, não termina aqui. Independentemente do que seja, não pode feri-la. — Ela ainda tinha um compromisso a manter consigo mesma.

Sair, reconhecer, estabelecer um novo destino, sair. Um plano simples é um plano bom.

A câmara também tinha mudado. Poderia ser uma caixa de mergulho antiga. Beth entrou com a perna tensa; o som do ferro enferrujado era um grasnado curto embaixo. A escotilha de saída era tão pesada e subterrânea quanto o restante da nova construção da máquina. Havia uma abertura de observação circular aberta na escotilha de saída. Pela abertura, ela conseguia ver que a máquina havia se movido. Estava agora em um espaço muito amplo e aberto.

Havia... arcos? Só do lado de fora. Além deles: luz. Será que a máquina estava numa espécie de buraco?

Uma roda de ferro de quatro barras estava presa no centro da escotilha. Inclinado contra a escotilha, estava um pé de cabra. Enfiando a pistola no controle, ela prendeu a barra na roda, firmou-a e puxou para baixo. Duas tentativas bastaram. Beth girou a roda, soltou a escotilha e a abriu.

Porra, obrigada.

O ar do lado de fora estava um pouco melhor do que a atmosfera estática e parada dentro da máquina, mas ela saiu com graça. Onde quer que ela estivesse, quando fosse, aquele lugar era, quase com certeza, um porão. Ela desceu uma pequena escada até um andar de alvenaria. O telhado era de gesso reforçado com madeira.

O porão era separado por uma parede de gesso, dividido em três arcos reforçados por tijolos.

Beth acendeu a lanterna em seu celular e olhou para a máquina: era uma fera diferente agora. Mais arcaica, mais assustadora, como a tentativa de fim de semana de um sobrevivente para criar um bunker subterrâneo.

A única coisa familiar nela era o centro, era o de Will, anexado a uma nova e desconhecida habitação.

Perto da escada pequena havia um banco de madeira, escorado por décadas de uso. A parte de baixo abrigava os cabos e a parte interna do que Beth reconheceu como um tipo de bateria de cronum, mas era bem diferente dos modelos que a Monarch criava. Contudo, havia todos os elementos básicos: agregados de cronum *plus-size*, um tipo de capacitador, um monte de isolamento e cabos. Um fio do espaguete tecnológico levava a um tapete de borracha sobre o qual havia uma placa fina de vidro. O vidro estava iluminado com diagnósticos, era uma tela. Os diagnósticos indicavam que a máquina tinha uma carga de cronum zero.

Seu caminho para casa havia quebrado.

Se ela não encontrasse uma fonte de energia de cronum em algum lugar, a missão seria um fracasso. Além dos arcos do porão, uma cortina de luz branca azulada descia diretamente de um teto destruído. Cuidadosamente, ela se movimentou em direção à luz, percebendo montes de refrigeradores antigos de todos os lados e prateleiras de madeira uma em cima da outra, pressionadas na lateral do buraco. Estava congelando ali dentro. Um cortador num carrinho estava encostado na parede esquerda. Luzes de construção — lâmpadas de halogênio em fios finos amarelos — estavam organizadas em quatro cantos, meio apagadas. Ao olhar para cima, ficava claro o que tinha acontecido. A borda do buraco ficava a cerca de quatro metros, acessível por uma escada de metal ou por elevador.

Lá em cima, ela conseguiu ver o que restava do que já tinha sido uma cozinha. Alguém havia derrubado o andar, sem graça nem cuidado. Também tinha derrubado pelo menos uma das paredes da cozinha. Alguém havia pegado a máquina do tempo de William, decidido que aquele era o lugar para estabelecer as operações, e usou essa casa como um esconderijo, uma concha por cima da base subterrânea de operações.

Ela precisava lidar com tudo isso. O que a incomodava era sua audição. O som ali embaixo estava meio esquisito, muito forte. Seus passos, uma tosse incerta, tudo começou e terminou muito claramente. Sem ressonância.

A atmosfera estava tomada pelo pó; ela o sentia contra o rosto enquanto se mexia. Resistindo.

Ela parou perto da escada e olhou para a luz que vinha do mundo escada acima. Estendeu a mão, passando-a entre as partículas iluminadas pela luz do dia suspensas ali. O movimento de sua mão abriu um caminho, e os ciscos caíam para os lados, mas nada girou para preencher o espaço em sua mão.

Estase.

Ela direcionou a luz do celular para o caminho pelo qual tinha vindo. Sua passagem da máquina até a escada havia aberto um túnel no ar tomado pelo pó. Ela passou a mão no rosto. Voltou coberta de poeira.

Colocando a arma no coldre e guardando o celular, ela subiu a escada até a superfície.

As mãos se apoiaram em um chão tomado por azulejos vermelhos e brancos, e ela entrou no que poderia ter sido uma construção ou uma destruição. A parede entre a cozinha e a sala de estar não existia mais; os restantes da parede que antes existia permaneciam no nível do teto, acompanhando caminhos de papel com desenho de flores dos anos 1950.

Sete ou oito mesas estavam umas sobre as outras empurradas contra as paredes. Algumas eram mantidas como superfícies para organizar ferramentas e objetos. Aquilo tinha sido uma casa transformada numa lanchonete. Quadros permaneciam presos à parede oferecendo comida básica e sopa por preços altos. Quatro paus um copo d'água.

Havia um monte de cartas do lado de dentro da porta. Beth andou em meio ao lixo, protegendo a boca do pó, analisando a mala direta dentro do envelope no topo da pilha. O selo com a data bastou para causar arrepio em seu coração: *2021*.

Ela sabia o que era aquilo, quando estava.

Um lapso era um soluço, um momento temporariamente autodividido. Acaba terminando e o tempo continua. Assim, a possibilidade de ela emergir diretamente em um milésimo de segundo que tinha sido afetado por um lapso era estatisticamente impossível. A única maneira com que a máquina poderia tê-la levado para dentro de um momento congelado era se os parâmetros de destino da máquina tivessem sido lançados à frente no futuro a ponto de não haver nenhum lugar — *nem para onde* — avançar.

Ela levou a mão à maçaneta de latão falsa e parou, assustada ao ver os dedos com anéis, os fios subindo por sua manga.

Beth rapidamente apertou a mão direita duas vezes, sentiu a ponta dos dedos formigarem. Então, tocou a porta, soltou-a do lapso, abriu-a e apertou duas vezes de novo para acabar com o fluxo. Ela precisaria conservar toda a energia que pudesse.

A rua era a mesma da lanchonete, que era a mesma do porão; temperatura uniforme, nenhuma ressonância para soar. Cores apagadas, como se a vida tivesse sangrado do mundo.

Beth soube imediatamente onde estava. A rua ladeada por árvores levava diretamente ao campus da Universidade de Riverport, que ficava a vários quarteirões.

A biblioteca não estava mais ali. Uma floresta de prismas de cristal de seis metros estava em seu lugar — um memorial, ela acreditava ser. O domo do Prédio de Física Quântica continuava ali. Sem dúvida, reformado e mobiliado depois de Gibson prepará-lo.

O horizonte não era tão diferente. Mais alguns arranha-céus, mais alguns prédios residenciais. Ela se virou e olhou para o outro lado. Ali estava.

Monarch Tower. Ainda a maior praga do quarteirão cinco anos à frente no futuro, mas não incólume. Algo havia afetado aquele obelisco desfigurado, e arrancara um pedaço de um terço de seu topo. O vidro escuro e o concreto reforçado tinham sido levados, a colmeia retilínea de seu lado interno agora aberto ao ar livre. O brilho de distorção familiar de um campo de cronum envolvia o topo do prédio.

Alguém estava vivo ali em cima e mantinha as luzes acesas.

Tinha sido um dia frio de inverno quando tudo havia parado pela última vez.

Riverport. O mundo. Os planetas em suas rotações. Galáxias, até.

Cada coisa no inventário da Criação era relacionada, e parada.

Dois mil e vinte e um foi quando aconteceu. Todos os seus esforços não dariam em nada. A Contramedida certamente não daria certo.

Ela fungou, passou a palma por um olho e conferiu a carga na cobertura de sua armadura de resgate. Ela tinha três horas antes de se tornar uma com o universo.

17

As pernas do homem estavam tensas, tortas, congeladas em uma posição de luta. Ele havia saído, descido do capô de seu carro, que estacionara perto da árvore para esse propósito. O nó corrediço ao redor de seu pescoço era um cabo elétrico. Se Beth olhasse para a árvore de um determinado ângulo, ela estaria em chamas. Se olhasse de outro, estaria morta, com os galhos cobertos por gelo. De outro... não veria árvore nenhuma, o homem e o nó pendurados no nada.

Nem tudo era tão confuso quanto a árvore; quase todos os lugares, felizmente, eram consistentes. O resultado ruim de realidades conflitantes chegando a uma condição bizarra, sim, mas muito bem concreta.

O homem não havia conseguido se matar a tempo. O terror em seus olhos mostrou a Beth que ele soubera disso.

Paul dissera que o tempo terminaria em cinco anos, e ele estava certo. A evidência deixava isso claro: as mudanças de Riverport, manchetes, datas em telefones. Apesar da evidência de seus olhos e dos cálculos de Sofia, o caos gigante de 2016 não havia parado o mundo.

Como?

Sua armadura ainda tinha duas horas. Ela vinha vagando havia uma hora. Vagando e tentando entender como seu universo tinha morrido. O melhor lugar para respostas provavelmente era a Monarch Tower, mas ela não tinha o menor interesse em passar seus momentos finais perto daquele lugar. Se as coisas terminassem com ela nunca mais tendo que ver aquele logotipo desconstruído de borboleta de novo, ótimo, obrigado. Mas seus pés a haviam levado pelos parques familiares e pelas ruas laterais, induzindo o caminho cênico em direção à universidade.

Em quase todos os quarteirões, havia homens e mulheres com placas alarmistas: AUTOANIQUILAÇÃO LEVA AO INFERNO!

Riverport era uma caixa de brinquedos bagunçada: os assustados misturados aos sanguinários; homens e mulheres andavam de mãos dadas; pais e filhos rígidos na tensão de fugir de algo que não mais existia naquela onda estabelecida. Na calçada na frente do parque, Beth quase tropeçou na cabeça e nos braços de um homem que saía da calçada, e a realidade dele o traía para alguma faceta de outra realidade — uma na qual a calçada era um buraco no chão, provavelmente — mostrando o destino triste de se materializar dentro da terra e do concreto.

Havia um padrão aos evangelistas: todos estavam pregando a mesma ideologia. Não Jesus, não a redenção, mas "suicídio é pecado". Cada um deles, do estático ao miserável, dizia ao mundo: conheçam o destino que Deus pretendia que tivessem. Não roubem o Senhor encontrando a morte por conta própria.

Ela analisou o que conseguiu nas páginas estáticas, sopradas pelo vento e de semanas do *Metro* em parques e pontos de ônibus. Gastou uma parte da energia de sua armadura de resgate para soltar um exemplar quase intacto de onde estava, embaixo dos limpadores de para-brisa de um carro elétrico estacionado. Havia lixo por todos os lados — os jornais estavam desatualizados; as janelas tinham sido quebradas. Tudo indicava uma sociedade na qual as pessoas simplesmente deixaram de ir trabalhar, inclusive os policiais.

A data nos jornais indicava 12 de janeiro de 2021, mas aqueles jornais não pareciam novos. A distribuição de jornais teria sido paralisada dias ou semanas antes. O índice de nascimentos estava bem baixo; a presença em eventos religiosos, bem mais alta... apesar de o número de crentes autoproclamados em países desenvolvidos ter caído. Havia uma recessão, a China estava lucrando com isso, e parecia que muitas forças policiais do Primeiro Mundo estavam tão militarizadas que eram indistinguíveis do Exército atual. Beth notou que os policiais americanos usavam o logo da Monarch em algum lugar de seu uniforme. Tudo estava dessa forma. O jornal que ela segurava estava manchado, duro e apagado. As coisas pareciam ter piorado muito desde que tinha sido impresso.

A manchete dizia tudo: na semana anterior à catástrofe, o número de suicídios havia aumentado mais de cinco mil por cento no mundo todo. As pessoas estavam pondo fim à vida aos montes. Governos do mundo todo vinham usando a Monarch como um meio de confortar e acalmar a população com garantias de progresso sendo feitas para corrigir as instabilidades acionadas em 2016. Claramente, em algum momento, as pessoas pararam de acreditar e a civilização começou a sair do trilho, conforme cada um escolhia entre morrer ou não viver. A conversa entre os cristãos girava em torno do assunto "é possível chegar ao Céu sem nunca morrer?" e o contra-argumento de que o fim dos tempos era o fim do mundo como o conhecemos e era o anúncio do retorno do Senhor. Fontes seculares pediam para que as pessoas mantivessem a calma, ilustrando que a experiência subjetiva do fim dos tempos seria comum. Num momento, caos. No seguinte, o campo M-J podia ter se recuperado e tudo ficaria bem.

Beth sabia que isso estava errado. Era o fim. Se o campo M-J se recuperasse, então o "fim dos tempos" teria sido uma pausa de subsegundo no fluxo da causalidade. A possibilidade de a máquina seguir esse rumo e a levar para lá era estatisticamente impossível. Mas se o fim dos tempos é o fim da linha... então chegar ali era fácil como bater numa parede. A polícia tinha parado de ser polícia, na maior parte do tempo.

As economias tinham começado a ruir. Morte, sofrimento e medo tinham se tornado uma pandemia global. O saque tinha se tornado comum.

O universo acabou. O progresso da máquina, ou não progresso, era prova disso. E nunca se recuperou.

Ela jogou o papel na rua. Ele se abriu ao voar, alegremente, voou, perdeu velocidade, mal tocou o céu preto e parou totalmente.

Essas pessoas, que tinham esperado o fim, tinham visto o mundo perder o controle de todas as maneiras imagináveis. O fim não havia chegado de maneira correta e ordenada; não tinha sido uma interrupção que os pegara de surpresa.

O campo Meyer-Joyce havia se desfeito de modo desigual ao perder a carga para se manter. A princípio, uma galáxia perdia a sincronia com outra. E então, os planetas. Olhando para o céu, as pessoas em Riverport teriam visto as estrelas se misturarem. Teria sido quando eles perceberam, souberam, que a realidade estava desmoronando sobre eles, refazendo-se de modo que não poderia dar certo.

Erros de continuidade entre as nações viriam em seguida. Os primeiros acidentes de avião teriam ocorrido, então. Logo depois, erros, destruição e desacordo teriam chocado o país... e então, em pouco tempo, navios estariam sofrendo lapsos em pontes que não tinham tempo de se erguer, o tráfico estaria tomando as ruas, mecanismos teriam se quebrado, aviões teriam caído em mares, montanhas, campos e ruas. O tempo teria sido entalhado ao longo de novas fronteiras desconhecidas que se movimentavam e encolhiam. "A" não mais se encaixaria em "B" como antes. Uma fiação elétrica discordava de si mesma, famílias dormiriam em paz em casas que se incendiavam ao redor delas... enquanto outros morreriam queimados em casas que ainda não tinham se tornado fogueiras. Os mortos teriam voltado à vida, tentando entender o que havia acontecido, parado no meio do pensamento, sem nunca mais se mexer. Animais teriam se tornado donos. Mentes teriam despertado.

O mundo ao redor de Beth não era facilmente compreendido. No que dizia respeito a apocalipses, não era tão compreensível quanto hordas fugindo do poder mortal de uma nuvem atômica. Todos os estágios do Fim estavam representados ali, diante dos olhos dela, de modos que não faziam sentido conectivo. O mundo havia se encoberto em um diagrama Venn caleidoscópico de lapsos flutuantes conforme o campo de cronum do universo dava seu suspiro final. Os espaços entre os lapsos, os espaços onde a causalidade ainda funcionava, teriam sido lugares de alta loucura.

Um a um, esses oásis de tempo e causalidade teriam secado, com lapsos desaparecendo totalmente conforme o campo M-J morria e tudo finalmente parava.

Aqui, no Fim, a Terra era um diorama do tamanho de um planeta, comandado por uma criança que tinha se cansado de seus brinquedos pequenos. Em uma calçada, um estudante de humanas tocava violão para ganhar algumas moedas, enquanto um mexicano grande com uma camiseta do Capitão América protegia um casal que discutia sobre um coquetel molotov lançado por uma mulher irada que o havia retirado de uma série de armas do tipo ao lado de uma livraria acadêmica, com as palavras grafadas em spray: "Embaixada do Fim dos Tempos — Sejam todos bem-vindos". Beth tinha visto o veículo iluminado de todos os negociadores enquanto, do outro lado da rua, as pessoas saíam de um café bebericando chocolate quente.

Outra anomalia, como o homem enforcado em sua árvore. Um helicóptero que tentava realizar um pouso de emergência no campus da Universidade de Riverport e fracassou. A doze metros acima dele, o mesmo helicóptero estava tentando o mesmo pouso de emergência: mesma marca, mesma expressão de horror em ocupantes idênticos, sósias em tudo.

Ela achava difícil olhar para esses lugares. Esforçava a mente de modos não comuns e logo apressou o passo para atravessar aqueles lugares.

Quando o fim chegasse, iria de negócios comuns a um inferno bem depressa. Cada uma daquelas pessoas teria visto algo diferente, dependendo de onde estivesse.

Completamente sozinhos, eles teriam sido trancados em sua versão de morte universal pela loucura. Para o lado esquerdo, teria sido algo totalmente diferente. No direito, outra coisa de novo.

A essa altura, o colapso total do campo M-J teria sido uma misericórdia, trancando tudo em um acordo final fechado. A existência desse planeta-tumba mostrava que ela fracassaria. Não salvaria o mundo. Ninguém salvaria. Olhe ao redor. É onde acabamos.

Mas não era onde ela terminava, ela sabia disso. Em algum momento, Beth encontraria seu eu mais jovem e cuidaria para que a garota recebesse treinamento. Isso significava que Beth iria embora dali, e significava que, quando Beth encontrasse seu eu de antes, ela ainda acreditaria o suficiente na missão para garantir que a jovem fosse levada e treinada.

Ou seja, ainda havia esperança: significava que seu eu futuro tinha motivos para acreditar que ainda valia a pena salvar o mundo.

O mundo podia estar parado, mas ela tinha atividade. Podia retomar a Contramedida, e se não estava ativada em 2016... ela podia ativá-la aqui. Funcionaria, certo? Não importava. Era uma direção. Era só do que ela precisava no momento.

Precisava encontrar energia de cronum.

Virou-se na direção da universidade.

Um bosque de quatro metros de altura de policarbonato ocupava o local onde antes ficava a velha biblioteca. Cada uma das colunas de quatro lados tinha uma placa homenageando um aluno que havia morrido na manhã de 8 de outubro de 2016. Um pedaço da biblioteca destruída estava tombado dentro de cada coluna: um fragmento de madeira manchada e queimada suspenso a sessenta centímetros do chão.

A quinze metros da pequena floresta cristalina havia outro monumento: um pedaço de pedra preta. Grudada nela, havia uma placa de latão texturizado, escurecido, com as palavras:

Terra do Desejo do Coração,
Onde a beleza não diminui, onde a podridão não flui,
Mas a alegria é a sabedoria, e o tempo, uma canção sem fim.
W. B. Yeats

Novos prédios tinham sido erguidos ao longo dos anos, para fazer par com a construção mais antiga do lado oeste do campus. Eles se espalhavam pelo leste do monte cristalino do Prédio de Física Quântica ao sul. Para Beth, parecia que a maior parte dos prédios da universidade era como uma vista de cima para baixo de dois braços envolvendo o campus, o Prédio de Física Quântica como a coroa. O monumento aos estudantes mortos ficava do lado sudeste, separado da rua pelos arbustos congelados.

Do outro lado do memorial, uma jovem mulher, com a gola erguida contra o vento, havia caminhado em direção ao sul pelo caminho da Alameda dos Fundadores. Beth andou em sua direção — foi meio complicado. Os caminhos estavam cobertos por neve suspensa no lapso que não cedia a seus passos, tornando o solo irregular; mas, surpreendentemente, como o gelo não estava derretendo sob seus pés, não estava escorregadio.

Independentemente de quem fosse a garota, ela vinha andando sozinha, com fones de ouvido, esboçando um sorriso. Beth se perguntou o que ela podia estar ouvindo enquanto o mundo acabava.

Beth mexeu os dedos duas vezes e tocou o braço da menina.

A carga da armadura de resgate diminuiu bem, o sorriso surgiu no rosto da garota, e quando o momento se deu, ela lançou-se à frente. Com os braços para trás, ela se endireitou, viu Beth ali de repente, e entrou em pânico por reflexo. Com um grito, ela se lançou para trás, com a bota passando a dois centímetros da neve trancada pelo lapso. Ela bateu no chão com força, ofegante, respirando com um som humano e baixo. Assustada, piscando, ela se esforçou para se apoiar nos cotovelos.

— Ei, ei! — disse Beth. — Sou uma amiga. Aqui. — Ela estendeu uma mão, com a palma aberta.

A menina bateu na mão, olhos arregalados e assustados, e voltou a atenção para o pé preso.

Uma voz ecoou pelo espaço, como um tiro.

— Não!

No lado nordeste do caminho, que levava ao norte para o Prédio da Física Quântica, havia uma pessoa sozinha e desesperada. Um homem. Vinte e poucos anos. Magro e vestindo uma jaqueta desgastada e calça jeans já desbotada e esgarçada nos joelhos e nas coxas. Até mesmo de longe, Beth conseguiu ver as olheiras dele, os cabelos despenteados, ansioso e inquieto.

Beth imediatamente reconheceu Paul Serene. Vinte e poucos anos, mais sujo, mas ele, inegavelmente. Paul Serene, a primeira pessoa que tinha viajado na máquina da Monarch, naquela noite na Universidade de Riverport.

Naquele momento, tudo o que ela sentiu foi o peso da arma em sua axila.

— Deixe-a — Paul gritou. — Ela vai atraí-los! Deixe-a!

Atraí-los. Ela sabia exatamente a que ele se referia. O campus parecia claro. Nenhum movimento além dos dela, da garota e do jovem Paul Serene — ainda acenando com urgência.

Ela não deixaria ninguém.

— Ela vem conosco!

— *Deixe-a! Deixe-a!* — E então, os uivos. Intervalados, interrompidos; dez vozes, cada uma parecendo gritar de direções diferentes de uma vez. Um som sentido, recebido, mas não ouvido. Um som que ressoava nas câmaras mais antigas da mente de Beth, medos antigos desenterrados de solo sombrio.

A garota na neve começou a gritar.

— Espere... fique parada — disse Beth, tentando manter a voz firme. A garota a seus pés estava se debatendo, segurando seu tornozelo. Beth ajoelhou-se, estalou os dedos duas vezes.

Beth liberou a neve ao redor da bota da menina, e ela ficou livre. Paul já estava correndo — para o norte. Então, Beth os viu, de repente presentes, vindo na direção deles das ruas do sul e por trás do templo a leste.

Deslocadores.

— Sinto muito — disse Beth, mas a menina já tinha partido, escorregando, caindo, esforçando-se. — Sinto muito! — Beth se levantou e correu, com a perna dura, cada passo em sua perna ferida causando uma dor parecida com a de uma faca girando em sua carne.

Sul e leste não eram opções. À sua esquerda havia uma construção e ela não tinha tempo para abrir portas — além do que, qualquer coisa poderia estar ali. Ela correu em direção ao norte, seguindo a garota, seguindo Paul Serene, em direção à bifurcação no caminho.

— Lado esquerdo — disse ela. — Vá para o Prédio de Fís...

A garota parou muito abruptamente e Beth não teve escolha a não ser virar o ombro e receber o impacto.

Foi como bater em uma parede.

Beth girou com o impacto, dando a volta pelo lado direito da menina. Em *slow motion*, Beth viu que a fuga da garota tinha sido interrompida no meio: seus pés foram erguidos do chão, cabelos cobrindo seu rosto pela força de um punho cerrado entre seus seios, passando por seu peito, acabando com ela instantaneamente — imobilizando-a no microssegundo de sua morte. A cara assustadora acompanhou Beth quando ela hesitou, seus dedos pressionados às pedras para impedir que ela parasse completamente. Por um segundo assustador, a dor latejou e ela teve certeza de que a perna machucada a trairia, mas então, como corredores nos quarteirões, ela se lançou ao norte em direção ao Prédio de Física Quântica.

Atrás dela, a coisa uivou de novo. Seus irmãos responderam ao chamado, e eles estavam *por todos os lados*.

A perna dela estava endurecendo. Ela não conseguiria.

— Mova-se! — Paul estava no fim do percurso. Terminava num caminho pavimentado que seguia do leste ao oeste. — Siga! — Ele correu para oeste, ao longo do cristalino Prédio de Física Quântica, até a entrada.

Atrás de Beth, havia pelo menos seis coisas brilhando e uivando, convergindo depressa, segurando e tendo espasmos, como se cada uma estivesse tendo uma briga intensa com versões infinitas de si mesma. Ela não podia morrer assim.

Ela chegou ao caminho, levou as mãos à parede para prender o momento e deslocá-lo quarenta e cinco para a esquerda, atrás de Paul.

— O que eles são? O que são essas coisas?

Ele não respondeu. Estava na porta, entrando. *Não a tranque, desgraçado. Não a tranque.*

Ela passou com tudo.

— Deixe a porta aberta — gritou ele. — Aqui!

O átrio não era mais uma área aberta da recepção com um espaço supérfluo enorme: o interior do domo agora estava tomado por um labirinto de prédios e de construções menores. Beth correu para dentro do lobby estreito quando Paul virou um tambor pesado de lado na frente da porta e...

— Isso é uma granada?

— Porta três, atrás de mim, entre. — E ele puxou o pino, segurou a colher, soltou o selo de segurança no tambor.

Uma parede de sombra piscando forçou o caminho pela porta.

Ela ouviu a colher *tilintar* quando entrou na sala. A sala era uma colmeia de tecnologia, mas ela já tinha trabalhado por tempo suficiente na Monarch para reconhecer um agregado de cronum: estantes de baterias de cronum em carga, superfícies estéreis, estações de monitoramento.

Baterias. Agregadores. Energia de cronum: exatamente o que ela precisava.

Paul entrou atrás dela.

— Chão! — gritou ele, fazendo gestos frenéticos. — Chão!

Um painel do chão tinha sido erguido, dentro do qual ele pulou. Os gritos eram ensurdecedores. Eles passavam...

— *Chão!*

Beth pulou na escuridão. Paul apareceu do nada e fechou a escotilha.

A granada detonou. A maioria dos uivos passou totalmente. Do lado de fora, pelo que Beth conseguia ouvir, os retardatários se retiraram de modo relutante, ressentido.

— Isso — disse ela — foi uma bateria de cronum. Você explodiu uma bateria de cronum.

O espaço por baixo do agregador servia para manutenção. Era apertado, não ventilado, cheio de objetos de um aparato que poderia causar linfomas se não estivesse trancado no lapso como todo o resto. O espaço para movimentação levava para longe da escotilha, abrindo-se para o que parecia uma área de serviço pequena. Beth viu uma vela de cera, imóvel como todo o restante: uma fonte de luz perpétua, mas estranhamente estática.

— Eles... nós... — Paul parecia estar tendo problemas com o idioma. — Eles não gostam... a explosão de cronum reinicia a causalidade por um breve momento em uma área limitada. Eles não conseguem se manifestar fora de áreas sem cronum, então... eles são meus protetores. Possíveis. Se... eles encontrarem... dolorido. — Ele ficou de quatro e andou na direção de uma luz fraca além dos nós grossos de cabos.

— Isso os machuca. Quando você está vivo, você pode ser qualquer coisa — murmurava ele. — Quando você está morto, é só uma coisa. Mantenho baterias ali em cima. Elas... só existem em lapsos.

Beth olhou para a luz à frente, com a mão na arma, pela necessidade de segurança.

Havia um motivo pelo qual sua persona Zed tinha sido tão extrema. Era o de tornar sua persona Beth irreconhecível por contraste. Nesse momento, valeu a pena: Paul não a reconheceu.

Conferindo a arma de novo, ela engatinhou em direção à luz.

— Custou-me uma semana de sono — dizia ele. — O que você me fez fazer. Quando você me fez desperdiçar todo aquele cronum. Uma semana de sono.

— Uma semana...? — Ela apareceu em seu esconderijo. A luz ambiente vinda de baixo iluminava o lugar com uma luz azul e escura. Ele tinha espaço suficiente para um colchão fino de espuma... com um casaco servindo de travesseiro. Era um recurso de tecnologia que Beth reconhecia como sendo uma versão refinada e minimizada dos geradores de escudo de lapsos que a Monarch usou para passar Atiradores e Juggernauts. Aquele era menor, no entanto, refeito.

— Ei — disse então. — Lugar bacana. Há quanto tempo você dorme aqui?

Paul fechou os olhos e balançou a cabeça.

— Não sei. Pérgunta sem sentido. Não sei. — Ele tocou o dispositivo. — Dormi... muito. — Ela se inclinou para a frente para analisar melhor, tomando o cuidado de não bater a cabeça no teto baixo.

— Não — disse Paul. — Não toque.

— Não vou tocar. É... é o gerador de lapsos?

Paul negou com a cabeça.

— Causalidade.

Ela olhou mais de perto. A ciência realmente não era seu forte, mas...

— Isso gera uma bolha de causalidade?

Salva-Vidas. Claro. Sua diretiva era para garantir que as pessoas continuassem móveis e atentas quando o tempo parasse de correr. Como a bolha que ela tinha visto nos andares de cima da Torre.

— Não consigo dormir sem ela. Adormecer, vou ficar como... — Ele faz um gesto em direção à escotilha.

— Os monstros?

Paul balançou a cabeça.

— As outras pessoas. Eu.... nunca vou acordar.

Beth se lembrou: a fazenda Joyce. Jack caiu ao lado do BearCat, congelando assim que perdeu a consciência. Se Paul perdesse a consciência em uma zona sem cronum, ele se tornaria tão imóvel quanto todo mundo.

Ela o imaginou vivendo aqui, sob o assoalho, por meses — talvez anos —, procurando não só comida, mas *tempo*, vivendo com medo de Deslocadores, em um esforço de afastar o esquecimento.

— Meu nome é Beth — disse ela. — Quem é você?

Ele estremeceu.

— Paul — disse e, de repente, a patética figura de um homem começou a chorar. Quando tinha sido a última vez que alguém perguntara seu nome? Perguntara qualquer coisa que fosse?

— Por favor — disse ele. — Leve-se para dentro de novo.

— Dentro? Você se refere ao andar de cima? Ao laboratório?

— Não — disse ele, ferido pela crueldade clara dela. — Para a Torre.

O escudo brilhante ao redor dos andares de cima do prédio da Monarch. Alguém mantendo as luzes acesas.

Beth o acalmou, o distraiu e decidiu que eles precisavam comer. Paul mostrou a ela como vinha sobrevivendo: enlatados, um fogão de propano, uma garrafa de água, tudo na quitinete do andar de cima.

Ela tinha cerca de quarenta minutos em sua armadura. Depois disso, ficaria dura como todos os outros pobres-diabos.

No abrigo, Paul havia notado a perna ferida dela imediatamente. Com todo o zelo de um menino cuidando de uma ave caída, ele havia cortado a parte das roupas dela, o suficiente para expor o ferimento, e cuidou dele da melhor maneira que pôde com antisséptico, gaze limpa e faixas justas.

Ela havia contado a ele que tinha se cortado ao fugir de Deslocadores.

— Você precisa tomar mais cuidado aqui — disse ele. — Quando as coisas do dia a dia não cedem, elas se tornam perigosas. Você poderia se ferir gravemente, mas fez bem.

— Obrigada — disse ela. — Você faz um belo curativo.

— Escoteiro — disse ele, fechando o kit.

A quitinete de Paul era espartana: bancos de aço, um pequeno micro-ondas (inútil, sem energia), geladeira (redundante, a comida dura para sempre), uma mesa e quatro cadeiras. Ele falava enquanto aquecia uma panela em um fogão de propano de acampamento, quebrava ovos, misturava farinha, chocolate e *maple syrup*. E canela.

Paul contou a ela sua história, sobre os tiros na universidade, a respeito de ter entrado na máquina esperando voltar ao laboratório do tempo da Universidade de Riverport. Mas ele encontrou a câmara cheia de passageiros: homens com armaduras da Monarch. Eles ficaram nervosos com a presença repentina de Paul na máquina com eles. Um havia quase atirado nele, mas o soldado responsável disse (e isso foi confuso): "Não atire, é ele". Então, a câmara principal tinha se aberto.

De fora da máquina, alguém havia dito: "Bem-vindo". Os agentes da Monarch receberam o pedido de se apresentar e entregar as armas. Houve certa hesitação, mas os agentes acabaram saindo, com as mãos vazias.

Então, alguém chamou Paul pelo nome e lhe pediu para sair da máquina.

Assustado, Paul havia saído da Alameda para a câmara e observou o que esperava.

Do lado de fora da câmara, havia um espaço de piso brilhoso de cerâmica preta polida, e o teto amplo acima. Um deque de observação com vidro descia na direção dele por um lado. Figuras envolvidas permaneciam paradas ali, com os rostos obscurecidos por trás de óculos de segurança. Ele viu os soldados da Monarch sendo levados por um grupo de homens e mulheres envoltos, da cabeça aos pés, em camadas protetoras de material escuro, armas nas mãos sem muita pressão. Paul não sabia o que tinha acontecido aos soldados depois disso. Ele não os viu mais.

Aos pés da rampa de aço, pessoas de roupões longos cor de areia esperavam por ele, assistidos por funcionários de uniformes pretos em estilo militar.

Atrás deles, a parede mais distante do laboratório não estava mais ali: fora derrubada e, com ela, parte do piso preto brilhoso. Riverport estava envolvida em uma energia cor violeta. No meio da vista, estava a universidade. O céu acima era uma massa pesada de nuvem escura passada por turbilhões claros, raios de energia pesada saltando da terra ao céu. Havia chama e havia fumaça — e nenhuma delas se movia — com grandes goivas perpendiculares à Main Street.

— Saia — o homem mais alto havia dito, com delicadeza. — Estão esperando por você.

— Espere — Beth levantou a mão. — Como eles sabiam que você estava chegando?

Paul estava ficando frustrado com o que preparava, suspirando, observando-o cair em cima da espátula de plástico. O fogão a gás congelava de vez em quando e Paul tinha que fazer contato com ele por meio segundo para reanimá-lo.

— As pessoas na Torre estão sempre trabalhando lá em cima.

Protocolo Salva-Vidas. Tinha que ser.

— Às vezes, eles saem em Barcas, levando trailers. Às vezes, monstros vêm a eles, e eles fazem o que eu faço: jogam cargas de cronum e correm.

Eles fizeram isso, então. O Protocolo Salva-Vidas aconteceu. O mundo acabou, e Hatch conseguiu o que queria.

— Eles têm até aviões — disse ele. — Eu os vi partindo do aeroporto. Por que ir a algum lugar? O mundo todo é assim, certo?

— Não sei mesmo, Paul. Eu... acordei — ela mentiu. — Alguém colocou esse equipamento em mim, me disse como usá-lo, e só. Disseram para eu vir aqui e procurar o fornecimento de cronum antes que a carga terminasse.

Ela observou quando ele pegou um prato e o levou ao fogão. Raspou a bagunça nele.

— Você acha que eles são... boas pessoas? Na Torre?

— Não sei — disse ele, contrariado. — Eles me deram produtos, me levaram da Torre, e foi isso. Parece que você recebeu o mesmo tratamento. Talvez tenha sido um experimento.

— Obrigada — disse ela quando ele entregou o prato a ela. Tinha o cheiro de algo que uma criança faria para o café da manhã. Se ela pretendia comer, tinha que ser depressa, antes de a carga se dissipar. Pegando pedacinhos com os dedos, ela os levou à boca. Grande, doce, seco, com farelos... mas quem sabia de onde sua próxima refeição viria? Ela notou que ele observava suas mãos, principalmente os dedos. — As pessoas lá em cima usam isso? — Ela mexeu os dedos.

— Só quando saem. Vi você por aí, não?

Beth engoliu em seco.

— Isso é bom.

— Vi você por aí.

— Preciso sair um pouco — disse ela, torcendo para que não precisasse dizer mais nada.

— Você sabe quem eu sou.

Sentiu um arrepio nos ossos.

— Claro — disse ela, enchendo a boca de novo, demorando alguns momentos para pensar. — Você é Paul.

— Não estou usando uma armadura — disse ele. — Você não se surpreendeu com isso. — As chamas azuis do cozinheiro ficaram rígidas, e Paul se esqueceu de sua referência. — Por que está aqui?

Ela engoliu em seco, com a massa grudando em sua garganta.

— Pensei que isso fosse normal para algumas pessoas.

Paul não tinha o que dizer. Só olhou para ela, analisando-a.

Ela não sabia dizer o que ele estava pensando, mas se tivesse metade da agilidade de Paul Serene, ela soube em 2016, poderia matá-la ali mesmo. Ela só conseguia sentir o gosto de chocolate com canela e...

Ela sabia quem ele se tornaria. As coisas que faria. Ela tinha que atirar nele. Bem ali, naquele momento, com o gosto daquela refeição infantil na boca.

— Vou ajudar você — disse ele. — Tenho muitas baterias de cronum. Não preciso de uma armadura, então podemos fazer com que elas durem muito tempo. O guarda-chuva de cronum só abriga um, mas podemos dormir em turnos. Você vai ficar bem.

Ah... merda.

Paul havia mostrado a ela como lidar com os contêineres de cronum modelo novo para recarregar sua armadura, e então eles se retiraram para baixo do chão. Os Deslocadores estavam uivando na cidade, mas permaneciam distantes. Paul tinha razão: era seguro ali no campus. Ela pensou que a concentração de energia de cronum — estocada como estava — pudesse ser suficiente para mantê-los afastados.

Ele queria ter certeza de que o curativo na perna dela estava bem-feito, mas ela insistiu que estava tudo bem. Ela dissera a Paul que seria a primeira a montar guarda, para que ele fosse dormir.

Paul havia ido a seu tapetinho, puxado o saco de dormir por cima do corpo como um cobertor, e se encolhido em posição fetal.

— Sinto muito por ter desconfiado — disse ele. — Não houve mais ninguém. Não há... — Ele parou de falar quando a voz ficou embargada.

— Tudo bem. — Ela apertou a mão dele para acalmá-lo. — Está...

Os dedos de Paul envolveram a mão dela e ele olhou bem em seus olhos.

— Você... você pode segurar minha mão até eu dormir?

Meu Deus, ela precisava se afastar. Estava fora da missão. Estava bem fora do propósito da missão.

— Claro — disse, sabendo que havia uma sala especial para ela no inferno, para o que ela estava prestes a fazer. — Durma. Estarei aqui quando você acordar.

Paul assentiu, enfiou a cabeça no casaco embolado, segurando a mão dela com força, e estremeceu, feliz por não estar mais sozinho.

Uma sala, só para ela.

Paul tinha uma mala de academia que ele usava para colocar latas de feijão, sachês de pó substituto de refeições e sacos de camisetas velhas. A caixa de cronum cabia perfeitamente ali. Ela a ergueu pela porta principal do domo, e então voltou para dentro do laboratório do acumulador de cronum e passou pela abertura no piso. Paul ainda dormia, abrindo e fechando os dedos para segurar o cobertor do saco de dormir.

Ela não conseguiu matá-lo. Não conseguiu. Beth se lembrou da cara de terror e de traição da garota quando ela acordou no fim do mundo. A grande tristeza que havia tomado seu rosto quando ela morreu.

Beth fizera aquilo. Ela não conseguia matar outro inocente.

Então, ela fez o que podia fazer. Ajoelhou-se ao lado dele e, muito envergonhada de si mesma, desligou o guarda-chuva de cronum. A luz desapareceu de dentro do buraco. E em pouco tempo, a respiração de Paul parou. Agora era Beth, ajoelhada no escuro.

— Sinto muito — disse ela, passando as costas da mão pelos olhos. — Prometo que faremos tudo o que pudermos para consertar isso.

Ela se levantou, se encolheu para passar sob o teto baixo, passando a mão nas pernas cobertas pelas roupas. Erguendo-se, ela balançou os dedos duas vezes e colocou a peça do chão no lugar — prendendo Paul Serene dentro de seu esconderijozinho para o resto da eternidade sem peso e autodividida.

Ela pegou a bolsa do lado da porta do domo e saiu dali, com a caixa parecendo mais pesada do que deveria.

Demorou uma hora para ir do campus ao prédio que abrigava a máquina de Will. A exaustão pesava sobre ela quando chegou lá. Não dormia desde antes do tiroteio na universidade e a perna ainda não aguentava seu peso como antes.

Ela foi diretamente para a máquina de Will, uma linha quase reta entre o campus e a Monarch Tower. Veículos da empresa, hardware e agentes tomavam as ruas principais, em velocidade até a Tower, enquanto a causalidade se desfazia ao redor deles. Um BearCat havia entrado na rua, com duas rodas erguidas do chão. Um agente da Monarch estava ao lado, carabina soltando um spray final antes de o veículo virar. Beth notou o estrago à carcaça do veículo surgindo — rasgos grandes soltando os painéis. O golpe mortal havia acertado o lado do passageiro, matado o atirador e retirado a capa de cronum do veículo. Eles estavam fugindo dos Deslocadores.

Um Juggernaut foi flagrado em uma pose de susto e estresse, com a maior parte frontal arrancada da armadura protetora, com o cabo do micromíssil sobre o ombro pendurado por uma única peça. O piloto tinha sido morto enquanto saía por trás da armadura, como um esqueleto andando de costas para fora da própria pele.

Uma interseção de quatro vias foi onde dois sprays densos de veículos destruídos e de pessoas mortas tinham se encontrado, desintegrado em alto impacto, voado e espalhado destroços mortais em duas direções simultaneamente.

A causalidade havia entrado em desacordo consigo mesma aqui. O fluxo do trânsito dos dois lados entrou em lapso, atirando dois rios de veículos um no outro a velocidades inimagináveis. Era como se horas de trânsito de duas direções tivessem se unido de uma vez. Carros, estilhaços e corpos estavam pendurados em um raio esférico amplo concentrado na interseção; destroços tão pesados que o local parecia um domo imperfeito e prejudicado de aço tomado por corpos contorcidos.

Carcaças de carros reduzidas a montes de metal, corpos humanos destruídos e não identificados. Naqueles últimos momentos, qualquer regra tinha voado pela janela.

Aquilo deveria estar acontecendo no mundo todo.

Do fundo do coração, Beth esperava que seus pais não tivessem vivido para ver aquilo.

Ela soltou a porta da frente e entrou.

— Vá para 4 de julho, pegue a Contramedida e espalhe. — Jogou a bolsa sobre o ombro e desceu o porão escavado, esforçando-se para compartimentalizar tudo o que tinha visto na interseção... ao lado do compartimento reservado para o que ela havia acabado de fazer com Paul.
— Até mais, Jack. Não me faça esperar.

Não o Paul da Monarch, mas o Paul amigo de Jack. O cara que não agia sozinho em festas; o cara em quem ela e Jack tinham dependido para ficar de olho nos policiais quando eles não estavam aprontando coisa boa, como Paul detestara; o cara que havia assistido a alguns episódios de *Time Outland* numa noite, defendendo o personagem que era o gênio do programa.

O local a assustava. Não só o porão, mas todo o mundo silencioso como uma tumba. Ela tinha que sair logo, era questão de prioridade.

Dobrando o pescoço, ela começou a entender o que tinha que acontecer em seguida.

O corredor precisava de uma carga convencional e também de uma carga de cronum. O centro também seria levado on-line eletricamente. Quem havia recolocado a máquina de Will ali embaixo havia fornecido um gerador, que parecia estar em bom funcionamento. Ela só precisava que a carga de cronum em cada componente crítico durasse tempo suficiente naquele mundo sem cronum para realizar a volta mais rápida de sua vida.

Mexeu a mão duas vezes e reacendeu a tela do laptop. A carga que ela partilhava durou o suficiente para que marcasse a data do destino: 4 de julho de 2010. Abriu o zíper da bolsa e tirou a caixa. Era um design de capacitor padrão, selado e isolado. O design da tomada não era familiar; ela esperava que fosse padrão em 2021. Se a tecnologia da Monarch e a geringonça de Will não fossem compatíveis, ela teria que ir até a Torre para sair daquele fuso horário. Porra.

Ela só queria sair daquele buraco e ir a algum lugar onde pudesse respirar a vida por mais alguns anos. Aquele lugar era final demais, triste demais... sem sentido demais. Nada demais. Ela nunca havia percebido o quanto dependia dos sons ambientes, dos cheiros e das surpresas para saber que estava viva. Vozes. O modo com que a neve não fazia barulho sob seus pés, o modo com que as ruas não tinham cheiro de monóxido de carbono cortando o cheiro comum de perfume ou de pós-barba, o *silêncio*... a matavam aos poucos. Era tanto claustrofobia como agorafobia. Era como despencar de um penhasco, perdida, impotente. Certamente, devia ser o que os astronautas sentiam no espaço. Ser o único ser vivo num vácuo é estar morto e esquecido, mas vivo o suficiente para saber.

Uma lâmina de papel que ela havia grudado na parte de fora da caixa por uma carga estática latente escorregou até o banco: uma cobertura impressa para a tela. Wikipédia. O assunto era Paul Serene.

Ela analisou o texto. Estava tudo ali. Tudo de que ela precisava saber entre antes e agora. Um pensamento ocorreu e ela abriu a bolsa da academia. O fundo da bolsa estava forrado por um ninho de recortes parecidos. Ela os pegou, leu tudo do começo ao fim, depressa.

A humanidade sabia que tinha sido morta por Paul Serene. A narrativa era simples: na manhã de 8 de outubro de 2016, ele havia sabotado e ativado um equipamento — uma máquina do tempo — que a Monarch Solutions havia desativado por razões éticas. Vinte e quatro horas depois, Paul Serene emitiu seu primeiro e único comunicado ao mundo, detalhando o que tinha feito e o motivo: o campo M-J havia recebido um golpe fatal. O universo tinha alguns anos de vida. Naquele período, os níveis de cronum cairiam, a causalidade se tornaria cada vez mais esquizofrênica, e então — finalmente — o tempo deixaria de fluir de uma vez.

Nos dias seguintes, Martin Hatch havia aparecido com uma proposta: Protocolo Salva-Vidas. Ele disse de modo muito claro: o fim dos tempos era inevitável, mas a humanidade poderia sobreviver a ele *se* o Protocolo Salva-Vidas fosse operacional. O melhor e mais inteligente da humanidade poderia atuar além do fim dos tempos para engendrar uma solução.

Paul Serene era conhecido e lembrado como um monstro: o homem que tinha apagado o universo.

Martin Hatch era conhecido como o homem que pode tê-lo salvado.

O mundo congelado lá fora estava esperando que ele tivesse sucesso.

O Paul Serene agora adormecido no campus soubera disso. Salvá-la, fazer panquecas, segurar a mão dela... ele soubera disso tudo.

— Merda. — Derrubando um pouco de carga, ela pegou um cabo grosso texturizado da bandeja embaixo do banco. — Merda, merda, merda. — Ele acabava com o que parecia ser um plug compatível: várias pontas com um anel de segurança. Precisou de um pouco de força, mas, no fim, o conector se encaixou na bateria e ela fixou o anel. *Ele soubera.*

Transferindo uma carga ao laptop, ela derrubou metade da força da proteção na máquina, soltando-a da estase. Conferiu a escada. Prestou atenção. Não ouviu nada.

Depois de algumas tecladas, o mecanismo de energia na caixa se acendeu com uma cor violeta, registrando um fluxo constante de partículas-C da caixa do corredor.

— Um ponto dois um gigawatts — murmurou ela para si, aproximando-se do gerador. — Um ponto dois um gigawatts... Aqui vamos nós. — Ela tocou com os dedos duas vezes, pressionou a palma da mão na cobertura do gerador de diesel montado sobre blocos perto da parede. — Primeiro, você fica toda sensibilizada com a filha de Gibson, e agora faz isso. — Rapidamente, ela tirou um painel de acesso, torceu para que o melhor acontecesse e deu início. — Você é sensível demais para isso, Starr. Eu deveria ter escolhido outra pessoa. — O gerador começou a funcionar com um barulho forte, chacoalhando com violência. Fechar a escotilha abafou muito o som.

Ela voltou ao laptop e tentou não pensar no fato de ter enterrado alguém vivo no fim do mundo.

— Um ponto... — Ah, Deus. — ... vinte e um gigawatts...

Ela tinha uma escolha.

— Você está fraca, Starr. — A voz dela ecoou brevemente, parou de repente, em estase. — Volte.

Acontecimentos não podem ser mudados. Somos escravos da causa e do efeito. Paul Serene está vivo. Paul Serene encontra a Monarch. Paul Serene causa a Ruptura. *Você está fraca. Você está fodida.* — Tenho que matá-lo. — *Mas você não pode matá-lo.* Tenho que matá-lo. — *Não é possível.*

— Você me disse que seu nome era Beth.

No reflexo na tela do laptop, ela o viu: aos pés da escada, à luz do dia.

Ela não estava com medo. Estava com vergonha.

— Paul.

Ela apertou os dedos duas vezes, levou o terminal on-line, lembrou-se que ela já tinha feito isso.

— Você sabe quem eu sou — disse ele.

— Eu sei que você é uma boa pessoa, e meiga. — Trancou. — E eu sei que você não desejaria machucar ninguém.

Você é o motivo pelo qual sou quem sou. Minha vida toda foi escrita pela sua.

Ele estava sem camisa, com sua calça jeans surrada, ao pé da escada... uma expressão de completa traição em seu rosto.

— Você não estava dormindo... — disse ela.

— Martin Hatch me disse que nossa máquina era a única. Não houve protótipos que tenham funcionado antes. — Ele deu alguns passos de pés descalços na direção dela, pelo túnel cheio de poeira que ela havia aberto no porão. — Você ia me matar?

Ela só havia ouvido histórias a respeito dos poderes que Paul Serene deveria ter. Se as atitudes de Jack pudessem ser comparadas, isso poderia não terminar bem para ela.

Ela lembrou a si mesma: *Você não pode morrer*. Ainda não. Pela mesma regra pela qual Paul também não podia. Então, como eles ficavam?

Em algum ponto além das paredes, os Deslocadores gritavam.

Os membros de Paul estavam tensos, e sua respiração estava difícil no peito magro.

— Por que eles emitem esse som? — perguntou ela.

— Nós os machucamos... — Ele se engasgou com as palavras, engoliu em seco. — Causalidade... potencial... possibilidade... tudo isso vem das pessoas vivas. É muito sofrimento para os Deslocadores.

— É por isso que eles não perturbam as pessoas congeladas por fora.

— É por isso que eles matam — disse Paul. — Para fazer com que você passe de *alguma coisa* para *uma coisa.* — Ele olhou para a máquina. — É por isso que eles não me deixaram ficar na Torre?

Então, aquela parte da história era verdadeira?

Paul olhou para a máquina.

— Devo passar por isso? Ela funciona?

Ela sentiu todo o peso nas costas, como uma ameaça.

— Paul, você tem que ser corajoso o suficiente para um mundo inteiro aqui, cara.

Ele não estava ouvindo, aproximando-se, na metade do caminho até ela, naquele momento.

— O que isso significa?

— Você sabe o que acontece se você sair daqui. — Paul não estava ouvindo. Ele se aproximou ainda mais, disposto, com os olhos passando da máquina para o gerador e de volta ao laptop. — Paul, afaste-se.

— Basicamente, é quase idêntico ao nosso modelo.

Gritos dos Deslocadores atravessaram todas as células do corpo dela. Beth e Paul se afastaram da direção do som, da porta da frente, do mundo lá fora.

Ele se virou para ela, os olhos tomados por uma violência animal.

— *Saia da minha frente.*

Seis meses aprendendo a se afastar depressa valeram a pena naquele momento, retirando a arma de dentro de seu casaco e olhando para ele diretamente... mas só por um momento. Paul desapareceu, os dedos dela se encolheram, e a arma foi levada. Ela gritou de dor, segurando a mão.

Ele estava ao laptop, com a arma dela ao lado do teclado. As datas já estavam alteradas.

Ela correu até ele depressa, sem propósito. Ele desapareceu antes mesmo de ela se aproximar.

Quando o mundo dela desapareceu em uma explosão de dor e luz, seu ouvido perdeu toda a sensibilidade. Sentiu um arrepio na espinha, e a única coisa sensata que tomou sua mente foi algo que alguém dissera a ela havia muito tempo no Arizona: "São os golpes que você não espera que pegam de verdade".

Ela era só osso e dor, uma confusão de conexões e associações que não se encaixavam. Algo pneumático surgiu, e ela ouviu algo sibilar. Sentiu a ira dos Deslocadores, saltando e partindo em direção a eles vindos de fora, entrando mais depressa conforme a aflição aumentava.

Paul estava conversando com ela, em pânico, movimentando-se. Passou por cima das pernas dela para chegar ao laptop.

— ... isso nunca vai acontecer. Você será outra pessoa. Eu serei outra pessoa. Nunca, *nunca*...

Os gritos estridentes dos Deslocadores se tornaram ensurdecedores.

– Paul... — Ela quase se afogou no nome dele. Rolar para o lado era como se pisassem em sua cabeça. Tossiu para tirar o sangue da boca e observou gotículas espirradas se prenderem a partículas suspensas de poeira. Sua voz estava rouca.

— A mudança é impossível...

— *É uma máquina do tempo, idiota! Eu ajudei a construir essa coisa!* — Ele estava pálido de medo.

— Não... — Com as mãos, ela pressionou o chão de pedra, tentando manter o controle. — Você não ajudou.

Ele estava se movimentando de novo, afastando-se para a rampa de entrada.

— Conheço a ciência. Se fizemos isso acontecer, podemos... posso desfazer isso.

Ela não estava tendo aquela conversa de novo. Bateu a mão no banco, tentou pegar a arma. Não estava ali.

Paul a pegou e apontou para ela. Sua voz estava fraca.

— Por favor, não. — Ele nunca havia ferido ninguém. Nunca havia batido em uma mulher. Agora, apontava uma arma para uma. Ela viu que Paul estava acabado por dentro, sabendo o que ele estava se tornando.

Mas ele não estava olhando para ela.

Humanoides escuros sem forma definida, pouco coerentes, estavam no fundo do porão. Estalando. Saltitando. Agonizando.

Paul balançou a arma.

— Por favor... não permita que eles me peguem.

Ela riu. Doeu.

— Você não pode voltar, Paul. Não pode mudar as coisas. — Ela apontou para o laptop. — Porque você não construiu a máquina.

Na tela, havia uma caixa de texto amarela com a palavra ATIVAR.

Deslocadores se moveram na direção deles, viram seus potenciais infinitos, a causalidade nascente. O ódio e a maluquice os acertaram como algo físico.

O metal rangeu quando o mecanismo de tranca girou. O selo a vácuo rangeu, a tranca voltou com o vento e a hidráulica externa abriu a porta.

Com um grito de alívio, Paul virou-se para escapar.

Esperando do lado de fora, estava o maior Deslocador que os dois já tinham visto: ombros largos e disformes, a cabeça se movendo em três direções, como a de uma cobra. A sombra distorcida de uma pata segurou a ponta da trava, lançando-se à frente quando uma segunda mão se estendeu, para dentro da sala, em direção ao rosto de Paul.

O centro daquela mão brilhava iluminado.

Afastando-se, Paul soltou e gritou — porque seria a última coisa que ele faria.

Os Deslocadores correram para a frente, com metade das estruturas faltando durante o voo, por cima das bancadas.

Beth apertou ATIVAR.

A onda de distorção de cronum chegou à Passarela, acertou os Deslocadores e, por um momento — como quando Paul havia salvado Beth deles algumas horas antes —, eles desapareceram.

Era tudo o que Paul precisava. Ele sumiu num piscar de olhos pela câmara. Beth soltou um palavrão e partiu atrás dele. Ela ergueu a escada de dois degraus e dentro da câmara conforme a onda de distorção diminuiu e os Deslocadores regrediram. O grande Deslocador, Palma Brilhante, meio de fora da porta, teve tempo de rosnar uma vez antes de Beth passar pela porta do lado direito, atrás dela. Ela se trancou quando Beth passou e...

Silêncio.

Ela correu da maneira mais rápida que conseguiu — não em 2010, mas em direção à data que Paul havia estabelecido.

Ela correu para 1999.

18

Domingo, 28 de fevereiro de 1999.

20h53. Riverport, Massachusetts.

William Joyce, vinte anos, terminou de beber seu chocolate quente de comemoração, enxaguou a caneca de cerâmica dos Riverport Raptors e a colocou dentro do armário acima da pia. A casa estava escura, silenciosa. Ele havia levado Jack, seu irmão mais novo, até a casa da família Serene, onde ele passaria a noite.

Naquela noite, a solidão era imperativa. Naquela noite, Will faria uma viagem de grande risco. Uma viagem que planejava desde que era um garoto de quinze anos. Utilizando dinheiro de concessão, conexões acadêmicas e um passaporte falsificado, que ele havia conseguido — quem diria? — em um bar da região, William Joyce havia financiado a construção de um equipamento que homens e mulheres vividos, muitos anos mais velhos do que ele, tinham ridicularizado, considerado impossível.

Fodam-se esses caras.

William subiu o zíper do macacão até o pescoço, conferiu se seu cinto utilitário de lona estava bem preso. Preso a ele, estava tudo que um crononauta pode precisar: caneta-lanterna, celular, um rolo de tubulação elástica, clipes, canetas, caderno à prova d'água, um tradutor digital multilíngue que ele havia comprado por meio de uma revista, um saco de lona com aspirina, iodo e remédio para malária. Ao redor do pescoço, ele levava o binóculo e uma câmera Brownie. Embaixo do macacão, havia um colete de segunda mão à prova de balas.

O pacote sobre a mesa da cozinha tinha uma troca de roupa, uma garrafa de água, três latas de presunto apimentado, sete romances, uma edição do *New York Times* daquele dia e um equipamento de armazenamento de cronum não testado — arduamente carregado durante anos, a ponto de ele ter certeza de que tinha sido adequadamente protegido.

Havia um bilhete sobre a mesa da cozinha sob um vaso fino. Lia-se:

Prezado leitor,

Se encontrou esta carta, então eu me fui. Não sofra por mim, mas use com sabedoria o presente que deixei à raça humana. Naquele velho celeiro, do lado de fora desta mesma cozinha, está uma máquina do tempo.

Sim! Você leu certo! Uma máquina do tempo!

Eu a entrego agora ao governo dos Estados Unidos, que tem melhores condições de cuidar dos segredos e das descobertas que fiz, catalogados à extensão nas anotações que deixei, e tem o direito de licenciar meu trabalho para a melhoria da humanidade. Deixo as negociações à sra. Serene da 94 Chestnut Avenue, que tem mais experiência nessas coisas do que eu.

Quanto ao meu irmão, Jack, deixo a ele todos os lucros e royalties *de todos os bens e serviços com base em minha pesquisa, em minhas descobertas, invenções e propriedades intelectuais. Ademais, isso deve cobrir todos os custos dos cuidados destinados a ele por parte da família Serene que reside no endereço 94 Chestnut Avenue, enquanto eles continuarem cuidando dele até os 21 anos.*

Só peço que seja tomado muito cuidado com o Chronon Core™ durante o tempo em que ele permanecer ativo e ligado à minha bela Passarela. Pode ser que um dia eu volte.

Procure por mim nos anos 2019.

Ad futura, ad astra.

Dr. William Joyce (qual. pendente)

William leu o bilhete mais uma vez, assentiu satisfeito, pegou sua mala de viagem e caminhou em direção ao celeiro — parando só mais uma vez para olhar para trás. Ele queria muito que seus pais estivessem vivos para ver esse momento.

Abriu a porta da frente e, encolhendo-se contra o vento frio do inverno, encerrou aquele capítulo de sua vida com o barulho de uma tranca.

Quatro centímetros de neve tinham caído na noite anterior, e vários centímetros naquele mês. William estava feliz por ter investido os poucos dólares que restavam nas botas de trabalho resistentes que ele havia encontrado na loja de penhores na River Street. Elas eram boas para manter a umidade longe, e a neve ia sendo amassada a cada pisada do calçado surrado. A luz quente caía sutilmente em linhas tênues entre as tábuas do celeiro do outro lado do jardim: luz branca muito reluzente, chegando a azular o luar. Com as mãos trêmulas, ele soltou suas proteções e as três correntes com cadeados da porta solta do celeiro. A gravidade serpenteou por eles por meio dos aros de ferro, fazendo com que batessem com força na neve recém-acumulada.

Ao entrar no laboratório no celeiro, ele fechou a porta. Lá dentro, estava apenas alguns graus mais quente, graças ao gerador barulhento, à temperatura ambiente de sua bela Passarela e ao seu coração multifacetado.

William analisou seu reino, satisfeito ao encontrar cada pedaço como deveria estar. O gerador: balançando e roncando. O capacitor de cronum: meio quente, mas a carga a cem por cento. A estação de partida, criada a partir de uma dezena de PCs juntos, a data proeminentemente na tela numa fonte satisfatoriamente retrô: 1º de novembro de 2019. A estação de monitoramento dos sistemas: on-line, com todas as leituras normais. Isso mudaria assim que a criação dele começasse a funcionar. O que deixava o núcleo.

O núcleo estava off-line. Utilizando um laser de dez mil terahertz, pequenas quantidades de isótopos múltiplos, uma pequena câmara de reação dentro de um laboratório de pesquisa nuclear em uma universidade da América do Sul, um lançador de carbono caseiro e um supercomputador, William havia criado, dentro de uma esfera magneticamente selada, um buraco negro microscópico estável e relativamente seguro.

Era isso o que havia no núcleo da máquina, dentro daquela esfera, esperando entrar on-line.

Não há tempo como o presente.

Ele foi até o monitoramento de sistemas. Havia um encaixe no meio de cada faceta do recipiente geométrico do núcleo. Dentro de cada encaixe, meio inserido, havia um conector de vinte centímetros. Saindo de cada conector, havia um cabo comprido, ligado diretamente a um segmento da Passarela.

Conferindo todas as configurações e condições três vezes, William concluiu que tudo estava certo. Cinco anos, grande risco e todo o seu dinheiro de concessão e lucros profissionais em direção a seu grande momento de verdade.

— Faça com que seja assim.

Ele apertou uma única tecla. Montes de cabos pretos pulando de uma vez enquanto peças eletromagnéticas e plugues batiam nos encaixes. Os olhos de Will se desviaram do núcleo e desceram pela tela de diagnóstico, voltando ao núcleo.

Um baque abafado começou por suas costelas quando uma única onda de distorção pulsou na Passarela. Plugues de eletricidade brilhavam e se apagavam. O gerador gritava e a fumaça preta saía de todos os lugares errados. Os olhos de Will analisaram a informação com fervor enquanto descia pela linha, enchendo medidores na tela, números se espalhando conforme se estendiam.

A Passarela se acendeu de dentro, uma barra sólida de luz branca saindo da câmara de ar comprimido, pelo ar de inverno com cheiro pungente devido ao diesel e ao isolamento incendiado. O diagnóstico mostrava a ele que a Passarela havia inundado sozinha, momentaneamente, com partículas de cronum. Não era para acontecer. Ainda não. Ele ainda não havia preparado a Passarela para a partida.

CÂMARA DE AR COMPRIMIDO: ABRINDO-SE.

Fechaduras de segurança se juntaram dentro do abrigo na Passarela. Os níveis de cronum estavam normais do lado de dentro. A hidráulica funcionava. A atmosfera estava livre.

William se esqueceu do diagnóstico. Deu um passo para longe do banco para ficar na frente da câmara de ar comprimido.

A escotilha se abriu, e alguém apareceu dentro da câmara de ar comprimido da Passarela, vindo da esquerda. Um visitante?

O tradutor! Ele mexeu em seu cinto utilitário. Talvez precisasse do tradutor...

— Be-bem-vindo, viajante — disse William, gaguejando. — Droga. Eu sou...

O que o desconhecido tinha a dizer não precisava de tradução. Da rampa da câmara de ar comprimido, a pessoa levantou um braço e atirou na cabeça de William.

Paul apareceu assim que Beth saiu do corredor e entrou na câmara de ar comprimido. Ela o pegou recostado na porta, apontando a arma que ele havia roubado dela para algo do lado de fora da máquina.

Ela não parou para pensar, atacou o maldito na hora, batendo um cotovelo na lateral da cabeça dele. O crânio de Paul encontrou o batente da porta de ferro pesada. O choque fez com que ele caísse desmaiado na rampa de saída.

São os tiros que você não vê que o acertam.

Ela levantou a arma quando bateu no chão e ficou na mesma altura da cabeça de Paul.

O rosto de Paul estava todo molhado de lágrimas quando ele se levantou sem forças, apoiado nos joelhos.

— Não. — Ele levantou as mãos. — Por favor. — Afastou-se, seminu, tropeçando. — Não, não, não...

Ah, inferno. Ela rangeu os dentes. Firmou o braço.

— Cale a boca.

— Por favor. Por favor... *por favor*... não... não.

Estava congelando, mas Beth não sentia nada além de náusea.

— Pare de dizer isso. Cale-se. — A respiração ofegante dos dois soprava em névoa diante deles. Ela avançou e ele se afastou, descendo a rampa até o chão de terra.

Ela reconhecia aquele lugar. Estavam no celeiro de Joyce; o mesmo celeiro no qual ela teria sua disputa com Gibson dezessete anos adiante.

Havia um corpo no chão, vestido como um Caça-Fantasmas com peças mais baratas. Era o irmão de Jack, Will.

Paul escolheu aquele momento para se virar e correr.

— *Pare!*

Ela atirou. O tiro o acertou acima do quadril, atravessou-o, e o impacto fez com que ele se virasse. Ele estava olhando para ela quando caiu para trás e se apoiou em um joelho, com as lágrimas descendo por seu rosto trêmulo. Olhando para si sem acreditar, ao ver o que tinha acontecido, ele gritou com a voz cheia de desespero. Até mesmo naquele momento ele ainda estava tentando se levantar, ainda tentando fugir.

Paul olhou para ela, quando Beth fechou os olhos e atirou de novo.

Acertou seu ombro, fazendo com que ele se virasse e caísse de novo. Paul tossiu, levantou-se sem forças, tentando chegar alguns centímetros mais perto de uma saída daquele pesadelo.

— Não faça isso — disse Beth, tentando ver com clareza.

Ela estremeceu, movimentando-se para mirar na nuca de Paul.

E então, de repente, ele sumiu — a porta do celeiro abriu-se quando ele saiu e todo o frio do mundo entrou.

Choque.

Ele se foi. Paul Serene estava lá, no mundo. À solta.

— *Porra!*

Ela voou para a porta, pensando na chance que tinha de encontrá-lo depressa na neve. Os caminhos estavam ali, estendendo-se até a mata. Paul havia caminhado centenas de metros depressa. Naquele clima, vestindo nada além de uma calça jeans, ela quis acreditar que ele não sobreviveria.

Ela precisava de confirmação. Precisava de um corpo.

Aquele no chão atrás dela resmungou. Will estava vivo.

Paul estava lá fora, mas Will estava ali dentro — ferido.

Ela não podia correr, por isso só gritou para as árvores. Sua ira ecoou duas vezes. Segundos depois, ela estava ao lado de Will, pedindo para que ele permanecesse parado. A reação de Will foi gritar algo incompreensível e fracassar ao seguir as orientações.

— Acalme-se!

Will ficou parado. Ela viu a lágrima lívida correr pelo lado esquerdo do crânio dele, o ferimento, o sangue jorrando livremente.

— Não fiz isso com você. Isso foi...

— *Nada!* — Will vociferou. — Nada!

— O quê?

— Não! Só...! — Ele estava ofegante, olhando de um lado a outro para nada em especial. — Levei um tiro?

— Sim.

Will desmaiou.

Para ser sincera consigo mesma, ela estava com vontade de deixá-lo ali. A adrenalina estava desaparecendo e um frio congelante passava por seus ossos. Ele tinha um cantil preso ao cinto carregado de coisas. Ela abriu a tampa, derramou água fria em seus dedos e molhou o rosto dele. Will acordou, resmungando.

— Argh! Argh!

— Foi um arranhão, só isso. Mas precisa ir a um hospital.

— Pare — disse ele, totalmente confuso. — De falar. — E então: — Não me diga nada...

— Não dizer nada sobre o futuro, entendi, eu já vi esse filme. Consegue ficar de pé?

Aquilo tirou o fôlego dele, e Beth sentiu-se um pouco mal por isso. Ela imaginava que ele podia estar preparando aquele discurso havia anos. Will se endireitou, ficou de pé.

— Eu deveria ter esperado por isso. Por que não esperei?

— Levar um tiro?

Will estava pálido, como se fosse vomitar.

— Por favor, pare de dizer isso. É muito... só pare de dizer isso, por favor. — Ele respirou fundo algumas vezes. — Visitantes. Eu deveria ter esperado que eles viriam quando ativei o núcleo. É normal que usuários futuros queiram voltar o máximo que puderem.

Beth olhou ao redor.

— Mas parece que somos só nós dois.

— Sim — disse Will. — Meus pensamentos em relação a isso não estão claros.

— Will — disse ela, envolvendo o corpo com seus braços. — Preciso sair desse frio. E... há algumas coisas que você *precisa* saber. É a verdade.

— Espere — disse ele. — Só... espere. Como devo chamar você? E, por favor, sem nomes de verdade. Não quero saber nada sobre você.

Beth se lembrou da mensagem de vídeo de Will da piscina. O amplo universo pareceu uma sala pequena e muito apertada com tudo em seu lugar. Sempre estiveram em seu lugar.

— Setembro — disse ela, sentindo-se muito longe de casa. — Me chame de Setembro.

Domingo, 28 de fevereiro de 1999. 21h53, Riverport, Massachusetts. Quarenta e seis minutos depois.

A mesa da cozinha era um oásis de luz. A caneca de Beth estava vazia; William não tinha qualquer interesse em seu chá. Ela estava calada enquanto ele processava tudo o que ela havia lhe contado.

Ele não olhava para ela havia vinte minutos, e seus olhos iam de um lado a outro, processando.

Por fim, ela rompeu o silêncio ao perguntar se ele compreendia o que tinha que ser feito.

— Você não encontrará o corpo dele — disse Will. — O homem que você procurou aqui.

— Eu sei.

Os dedos indicadores e médios da mão de Will se mexeram nervosamente. Processando.

— Todos os acontecimentos do mundo futuro do qual você é uma cidadã acontecerão. De certo modo, eles já aconteceram, e não podem ser evitados nem desfeitos. Você deve entender isso, Setembro.

— Dr. Joyce, você sabe tudo o que precisa saber: uma máquina com base em seu design prejudica o campo M-J. Precisamos consertar o campo. Pode criar algo que possamos usar, em minha época, para consertá-la?

— Demorará dez anos.

— Dois mil e nove. Perfeito. Adiantarei dez anos, encontrarei você e...

Will estava negando, balançando a cabeça.

— Demorou cinco anos para que a Passarela acumulasse o suficiente da carga de cronum para uma viagem, e sua chegada acabou com a maior parte dela.

Beth colocou a caneca sobre a mesa, com cuidado.

— Você não aperfeiçoou a agregação de cronum?

— Mal comecei. A maioria de meus fundos foi para a criação do núcleo da máquina.

Ela sentiu o pânico surgir. Não gostou. Mal conseguiu reconhecê-lo. Ela pegou o medo e o compartimentalizou. Seguiu em frente.

— Diga-me como vamos consertar a ruptura no campo M-J.

— Será uma solução de amplo espectro, uma bomba-carpete, mas é o melhor que posso fazer com os recursos disponíveis. Será o trabalho de minha vida. É também uma tentativa.

— Quando pode começar?

Ele ainda não havia olhado para ela — seus olhos ainda pairavam sobre nada em especial.

— Comecei há vinte minutos.

Quarta-feira, 24 de maio de 2000. 18h11. Quinze meses e vinte e cinco dias depois do tempo de ativação do núcleo.

Ponto de vista virando para cima e depois para baixo, depois para o centro. A câmera parece estar posicionada em uma escrivaninha. A localização parece ser em um sótão — quase totalmente vazio.

William Joyce entra no quarto, se senta e ajeita os óculos.

— Eu estava com uma média de dez entradas por fita de três horas, resultando em uma coleção de mais de sessenta fitas. Ficou aparente para mim depois de uma... súplica... intensa de meu visitante que isso oferecia um risco importante à segurança. Como dá para saber pelas estantes vazias atrás de mim, aquela coleção foi higienizada. Vou me restringir a uma única fita para ordenar meus pensamentos daqui em diante. — Ele organiza os pensamentos. — Eu...

Joyce sai de frente da câmera, pega uma caneca, bebe dela e faz uma careta.

— Repassei os números de novo hoje. Meu projeto inicial de dez anos se mantém firme, mas o custo não... como esperado. E... tive que recorrer à medida extraordinária de... — Sua voz falha momentaneamente. — Sem fundos, a Contramedida que estou criando não pode ser completada. Acontece que, se eu fracassar nessa tarefa, o universo em si vai... — Ele fica bravo consigo mesmo. — Hoje, eu extingui meus pais, com uma canetada, *pegando o dinheiro que eles tinham reservado para meu irmão mais novo e direcionando-o para o meu trabalho.* Peguei o último presente deles para Jack, o garoto que é tudo de que me lembro de minha família... para corrigir meu erro. — Ele bateu em si mesmo, no peito, com força. — William Joyce! William Joyce... matou... todo mundo. — A expressão de William, antes sem malícia, está mais intensa, e ele range os dentes. — Sou a coisa terrível no fim de mundo. A figura que poetas e místicos previram. E não é ótimo. Não é orgulho. Não é poder. — Ele grita e leva a mão à boca, para tapá-la, como se tivesse medo de ser descoberto. Escuta, não ouve nada, volta a falar baixo, tremendo. — Tonto. Imbecil. Idiota. Eu não caminhei em direção ao Armagedom; eu entrei nele como se pisa em merda na rua. Como uma pessoa sobrevive a esse tipo de autoconhecimento? Eu matei o universo. Eu matei... *tudo*. Isso está me destruindo... e não posso contar a ninguém. *Ninguém.*

Ele toma o líquido da caneca.

— Pedirei materiais parecidos aos quais usei na construção inicial do núcleo do tempo... e mais um pouco. Estou com vontade de neutralizar o centro que tenho, mas a verdade é que preciso de um modelo bom de referência e de observações. No momento, acredito que posso refinar meu trabalho no agregador de cronum, permitindo a criação de um tipo de... é um termo idiota, mas "bomba de cronum". "Bomba" no sentido de uma hipersaturação localizada e intensa de energia de cronum calibrada para acionar a propagação de partículas de um modo mais rápido que eu esperaria que uma ruptura M-J causasse dissipação. No entanto, mais pesquisas precisam ser feitas em várias áreas, não posso simplesmente explodir a coisa. Propagação é uma coisa, mas o prejuízo ao campo é outra. Se o equipamento não cuidar do problema na essência do desastre, então a causalidade vai escapar mais uma vez. Na melhor das hipóteses.

Ele pega a caneca, vê que está vazia e a pousa na mesa. Desvia o olhar da câmera.

— Ela continua na mata, no abrigo que construiu para si. Morar na cidade não é possível, já que ela não tem documento e não pode ter um emprego. Ela descuidou da aparência, está muito pouco parecida com a mulher que saiu da Passarela no ano passado, e evita Jack como se ele fosse uma doença. E o amiguinho dele, Paul. Para ser sincero, receio que nós dois estejamos enlouquecendo.

Quarta-feira, 16 de agosto de 2000. 19h00. Riverport, Massachusetts. Dezessete meses e dezessete dias depois do tempo de ativação do núcleo.

Ela teve que esperar pela primavera para começar a trabalhar no abrigo. Antes disso, ela dormia no celeiro. Ficar dentro da casa não era uma opção. As coisas já estavam bem complicadas sem que o jovem Jack a visse antes de ele ter que encontrá-la como Zed em dez anos. Na primeira vez em que ela o viu no celeiro, sessenta centímetros mais baixo e dezessete anos mais jovem, foi como uma vertigem. E de qualquer modo, Will queria limitar o contato com ela por medo de saber mais sobre o futuro do que precisava saber. Por ela, tudo bem. Então, ela arrumou uma cama e a colocou na sala de controle no celeiro. O chão era congelante, mas era um quarto pequeno e bacana, fácil de esquentar com um aquecedor de ambiente.

Então, ela havia matado tempo, assistido a vídeos de música na MTV, e conseguido evitar as reações finais a Clinton, o tempo todo feliz por saber que não teria que testemunhar e viver tudo que viria depois em Nova York, no ano seguinte. Ela sempre soubera que estaria ali, e sempre imaginara que a experiência seria... bonitinha? Divertida? Mas, na verdade, interagir com tantas coisas que ela sabia que estavam mortas, as notícias, a cultura, a CRT TV, telefones fixos, jornais, a música, as palavras... fazia com que ela se sentisse esquisita.

Seu tempo ali havia terminado muito antes. Ela não pertencia àquilo.

Tanto ela quanto Will concordavam que assim que um futuro possível fosse testemunhado, aquele futuro, então, se tornaria inevitável. Pensando nisso, ela acreditava que eles poderiam ter falado com sinceridade a respeito de tudo o que ocorreria entre aquele momento e 2016... mas não conversaram. Isso fez Will se sentir muito nervoso e fez com que ela sentisse muita saudade de casa.

Sexta-feira, 18 de agosto de 2000. 19h10. Fazenda dos Joyce.

Irene Rose estivera na empresa por quase dez anos. Trabalhar subordinada a Randall Gibson tinha sido uma das coisas mais divertidas de sua vida. Foi ele quem deu a ela o apelido "IR". De Irene Rose. Como as letras de infravermelho em inglês, pois ela era muito boa matando no escuro.

Gibson, IR, Donny e os outros eram a coisa mais próxima que qualquer um deles tivera de família. Isso se encaixava no critério de seleção da Monarch para o papel que desempenhavam. Alguns anos antes, Gibson havia contado à Irene que a Monarch pesquisara sobre seu passado por dezoito meses antes mesmo de ele ouvir o nome "Martin Hatch". Isso aconteceu quando a Monarch não tinha nem metade do tamanho que tinha agora. Ela vinha realizando operações de combate pelo Iraque e pelo Afeganistão havia anos quando o chamado chegou.

Nada de família, moralidade flexível, experiência no campo de batalha, índice de sucesso alto, perfil psíquico configurado para resiliência incomum — eram esses os critérios iniciais. No fim das contas, de fato, e todo mundo na família sabia, Hatch queria sociopatas altamente habilidosos, mentalmente fortes, inteligentes e conscientes que fossem perfeitamente leais a um salário, se não a uma pessoa. Leal sem falhar.

A Monarch a havia selecionado e a deixou esperando por seis meses. Ela conseguiu um emprego em Vegas, analisando filmagens de funerais feitas por drones em áreas pós-ataques no Afeganistão. Um enterro com muitas pessoas significava que o alvo tinha muito apoio, por isso IR passava horas e dias analisando as pessoas que participavam e dados da inteligência. Antes de sair do trabalho, todos os dias, ela deixava recomendações de futuros alvos. Detestava o trabalho. Ela gostava de agir, não de doar.

Irene tinha dificuldade para respirar o mesmo ar que civis, com suas preocupações idiotas e as ideias infantilizadas de masculinidade. Ela não fazia ideia do que Gibson ganhava sendo casado com um deles.

Irene estava a uma semana de voltar para o Oriente Médio quando Martin Hatch telefonou para ela pessoalmente e mandou uma passagem de avião para que ela fosse para Massachusetts de primeira classe.

Os acordos de confidencialidade em relação ao trabalho com a Monarch eram longos, com termos de demissão por escrito como padrão e o verbal bem literal.

Ela não tinha problema com isso. Todos eles eram assim.

Várias pessoas como ela tinham sido recrutadas, avaliadas no programa. Treinamento padrão, o dobro do pagamento. Quase ninguém desistia. O lado acadêmico eliminava cerca de trinta por cento. O exame de estresse acabava com mais cinquenta. Os outros vinte, incluindo ela mesma, tinham sido empacotados e enviados a um lugar anônimo. O jogo de sempre de caminhões e aviões até eles tirarem o capuz e ela se encontrar em uma cela que ocuparia pelos seis meses seguintes, e entre eles ela era aproveitada no programa Salva-Vidas da Monarch. Aquela tinha sido sua primeira experiência com espasmos induzidos por laboratório e sua roupa de proteção.

Começaram com pouco: um cubículo, estéril, paralisado por um minuto. Em pouco tempo, vieram salas maiores, ambientes mais complexos, detritos voadores. Em seguida, cenários de resgate, soltando objetos congelados e coisas assim. E então veio o fogo, para compreender até onde um projétil voa e usar as capacidades da roupa para tirar vantagem de um alvo hostil e cronum ativo.

E então veio, certo dia, o primeiro encontro da humanidade com um Deslocador — e tudo virou uma merda. Eles estariam em um ambiente selado e paralisado por quinze minutos. O ambiente estaria em um fluxo, o que representava uma ameaça à vida e à integridade física deles.

O Deslocador havia mudado. Os alunos interessados calmamente identificaram o que acreditavam ser um novo desafio; alguns se envolveram, outros pretendiam fugir para a área de saída. A coisa piscante havia permanecido ali, imóvel, recebendo um monte de punições. IR se lembrava de tiros sendo dados, espalhando-se pelo espaço e congelando, antes de, finalmente, se ativar. Não, não ativar: reagir. Ganhou vida com tamanha ferocidade que ela percebeu que ele não tinha sido paciente nem esperado: era dor. A coisa tinha sido imobilizada pela dor chocante de sua chegada. Identificou os agentes na sala como fontes daquela dor e se virou contra eles como algo vivo já sem capacidade de pensar com coerência.

A coisa os bombardeou. Sem qualquer aviso. Derrubou-os como um homem em chamas tenta apagar o fogo: desesperada, furiosa, cegamente. Em segundos, uma dezena de agentes, homens e mulheres que IR já conhecia pelo nome, estava ali, posicionada como numa apresentação, com as armas meio soltas na mão, cartuchos vazios brilhando no ar como chuva; todos os agentes mortos antes de sangrar.

Tinha sido muito interessante.

IR não havia saído de sua posição de início. Normalmente, ela esperava para ver como o padrão da sala seria antes de se comprometer. Valia a pena. Todas as outras pessoas tinham morrido, mas ela se manteve firme — a coisa parecia gostar disso. Ficou ali por muitos minutos. Assim como IR, o mais imóvel que conseguiu. Por fim, a coisa desapareceu.

Então, o lapso passou e todos os seus amiguinhos caíram no chão e começaram a esguichar sangue. Noventa por cento da classe de formandos saiu em menos de um segundo, deixando apenas ela e os que restaram no esquadrão de Gibson. Os mais resistentes e os melhores. Nota A. Os favoritos de Hatch.

Paul Serene não gostava dos Deslocadores. Isso era um segredo bem sabido. Ele realmente não gostava deles. Era um homem durão, mas havia falhas em sua armadura, com certeza. Não parecia, para ela, que ele fosse para aquela vida, mas ele era importante, um segredo que tinha que ser mantido, e IR gostava do fato de ela e da equipe de Gibson estarem naquilo. O segredinho deles. Ela conseguia viajar, divertia-se e recebia tarefas complexas, e normalmente conseguia matar alguém no fim. Ela, Gibson e a família deles eram uma parte importante do sucesso da Monarch: a eliminação estratégica de obstáculos a caminho de 2016. Paul Serene teve algum tipo de premonição, disse a eles quem seria um problema e quando... sabia como as coisas se encaixariam se um bloco aqui ou acolá fosse retirado. Ela e seu grupo retiravam aqueles blocos. Era uma ótima maneira de viver.

E agora ela estava ali: viajando no tempo.

IR deixou a câmara de ar comprimido assoviar, assistiu quando ela foi aberta. Colocou a cabeça para fora para espiar e voltou. Então se concentrou no celeiro, com sua carabina em mãos. Tudo certo, mas os dois quartos no fundo eram interrogações.

Ela desceu a rampa com a carabina pressionada contra o ombro e observou os dois quartos: uma sala de controle ruim e a outra arquivava coisas tecnológicas. Ela deixou a carabina pendurada no ombro e ergueu o pulso esquerdo. A manopla com velcro tinha uma janela transparente do lado de baixo. Naquela janela estava um retrato impresso de uma criança de dez anos. Jack Joyce. Alvo da noite. As ordens eram para que ela matasse o menino e ninguém mais: muito menos William Joyce, e muito menos qualquer outra criança da casa.

IR era capaz de fazer aquilo. Estava no jogo.

Ela havia aprendido a operar uma daquelas máquinas. Ao entrar na sala de controle na parte dos fundos do celeiro, ela checou a data no relógio: quarta-feira, 16 de agosto de 2000, 19h12. Bacana. Esquisito. Ela soltou um saco do colete, desembrulhou um pedaço pequeno de chiclete com uma mão e com os dentes, enfiou-o na boca e então voltou a colocar a carabina no ombro, mastigando.

Casa.

Noite agradável fora de casa. Agradável e quente. Prestes a ficar feia.

Chiclete de morango.

Caminho de cascalho. Ela seguiu pisando com os calcanhares, passos cuidadosos, em silêncio, analisando janelas e portas. Chegou aos degraus. Testou cada um com sua bota. Pulou os que rangiam.

Porta da frente destrancada. Propriedade grande como essa, cidadezinha bacana, valores tradicionais. Ela não conseguia respeitar isso. Empurrou, entrou.

Sala grande. Analisou a sala de jantar, a escada, o sofá, a lareira, a entrada da cozinha. Tudo limpo.

No dossiê estava escrito que no segundo andar ela encontraria o quarto do menino. Escadas. Cuidado.

O piso rangeu. Ela se virou para a entrada da cozinha — havia alguém ali. O dedo quase se adiantou e ela se lembrou: só o menino.

— Identifique-se.

Mulher. Faca na mão. Grande.

— O que está fazendo, IR?

Reconhecimento.

— Wilder.

Acreditou que podia apagar esse alvo, mas para que deixar sangue na casa toda? Provavelmente não seria bom. No treinamento, diziam para não deixar marcas.

— Lá fora. — Mais fácil de se esconder.

— Já acabei com um de seu esquadrão nesta sala de estar — disse Beth Wilder. — Aquela poltrona amarela foi o que salvou a vida de Gibson.

— Não vou dizer de novo.

— Quantos mais estão vindo? Randall? Voss? Todos eles?

A proteção da arma foi tirada.

Beth suspirou, compreendendo.

— Todos eles. Porra, Irene, eles não ensinaram nada a vocês a respeito da imutabilidade de formas de onda em colapso?

Wilder deu um passo em direção à porta, obedecendo. Lambeu os lábios com nervosismo, lançou um olhar para as escadas ao fundo.

A intuição de IR dizia: *alvo*. Ela olhou.

Não havia ninguém na escada. A nova informação, de repente, era de que ela não conseguia respirar. Nem sentir os braços. Nem as pernas. Ela observou a sala inclinar-se para cima e logo acertar seu rosto.

A lâmina lisa da faca reluziu a luz da lua logo abaixo do queixo dela. Os pés descalços de Wilder se movimentaram, tomando o cuidado de permanecer longe do lago escuro que se espalhava pelas tábuas.

Um suspiro de decepção.

— Droga, Irene. Eu queria mais tempo.

IR cuspiu o chiclete nas tábuas molhadas.

E foi isso.

Quinta-feira, 17 de agosto de 2000. 15h23. Riverport, Massachusetts — Northside.

Starr Donovan saiu de casa e foi para a escola, como fazia todos os dias. Ela não queria estar ali, mas notas boas eram uma das coisas que deixavam sua mãe feliz. Isso era muito importante naquela época.

Ela estava com os fones nos ouvidos, o discman tocando aquela música da banda Chumbawamba. Era uma das músicas que a deixavam feliz. Isso também era muito importante. Assim ela ia e voltava da escola, sorrindo quando chegava. Ela aprendeu logo que isso também era importante. As pessoas reagiam de modos diferentes dependendo do que ela fazia com o rosto, e como ela se sentia parecia afetar isso.

A família de Starr vivia em Riverport havia dois anos, naquela época. Seus pais haviam dito que o papai se mudaria para perto do trabalho. Mas logo depois que eles se mudaram para Riverport, o trabalho secou, as docas se fecharam e agora o papai estava tão distante quanto estivera quando eles viviam em Phoenix. Mas tudo bem; se ele ficasse o tempo todo em casa, seria esquisito.

A casa deles tinha dois quartos e era uma construção dos anos 1950, de esquina. Cerca alta de madeira, jardim dos fundos grande. Ela tinha a passagem de ônibus e a chave de casa numa corrente pendurada no pescoço. Ao pegar a chave, ela entrou, deixou a bolsa perto da porta e a fechou. Pegou o discman de dentro do bolso da jaqueta…

… knocked down, but I get up again…

… e o desligou. Enrolou os fios ao redor do objeto de plástico cinza-chumbo e o deixou em cima do balcão da cozinha. Preparou um sanduíche. Geleia de framboesa e queijo. Segurou-o em uma mão, caminhou até a TV. Parou. Percebeu a porta da varanda dos fundos aberta. A sombra de alguém apareceu no deque de madeira, alguém ali.

Starr se aproximou e espiou a pessoa que estava encostada na barra de madeira. Vestia um jeans escuro e uma jaqueta velha de lona com bolsos. Ela pensou que a moça fazia o mesmo tipo de trabalho de seu pai: construção. Fundação. O corrimão com tinta descascando pressionado sob a palma de sua mão, o sol em seu rosto.

A moça sorriu para Starr, que percebeu que ela andara chorando. Starr imaginou que ela estava fazendo aquilo com seu rosto: sorrindo, para que ela se sentisse melhor. Assim como Starr fazia com outras pessoas. A moça tinha cabelos ruivos, como Starr, e parecia familiar.

— Oi? — disse Starr, porque ela não conseguiu pensar em mais nada para dizer.

A desconhecida virou-se adequadamente e se agachou, olhando nos olhos de Starr, seu sorriso parecia mais real agora. Secou as lágrimas dos olhos com o polegar. Riu de como estava sendo tola.

Starr estendeu a mão e tocou o braço dela, e as lágrimas rolaram dos olhos da moça, mesmo assim.

— Oi, eu… — disse a moça. — Sou você.

Sexta-feira, 18 de agosto de 2000. 6h07. A manhã do outro dia.

Will acordava todas as manhãs às 5h55. O jornal era colocado na caixa de correspondências à beira da estrada às seis. Will ia buscá-lo, com seu café, às 6h05, enquanto o mingau de aveia esquentava no fogão.

A edição do jornal daquela manhã trazia a história de uma garota da região — Starr Donovan — que havia desaparecido de casa, sequestrada, acreditava-se. Sua mãe estava desesperada e o pai, aparentemente, estava voltando do Golfo, onde estava trabalhando em uma plataforma de petróleo. A garota estava desaparecida havia menos de vinte e quatro horas.

Will resmungou, bebericou o café. Eram aquelas as notícias em uma cidade pequena.

Havia algo a mais no jornal daquela manhã: um bilhete escrito à mão.

Will,

Despluguei o núcleo. Não sei se fiz certo, não me importo. Volto em duas semanas. Limpe a Passarela, a coisa toda. Vamos entrar. Sem mais discussões.

A mancha de alvejante ao pé da escada foi causada por mim. Não culpe o Jack.

Setembro.

P.S.: Preparei a casa para explodir. Há instruções em sua escrivaninha.

A garota desaparecida olhou para Will na primeira página, ruiva e de olhos azuis. Estava terrivelmente frio para aquela época do ano.

Quinta-feira, 18 de junho de 2009. 10h00. Nove anos depois.

Randall Gibson havia tentado imaginar como seria voltar no tempo. Como seria estar dentro daquele corredor quando ele carregasse. Mas ele tinha sido bem preparado: não era muito diferente de um lapso. Ao longo dos anos, ele havia acumulado cerca de duzentas horas de estado zero simulado, mas, naquela semana, ele descobriu que havia algo em relação à coisa real de que ele gostava muito mais. Tudo ficou muito silencioso. Ele poderia ir a qualquer lugar, fazer qualquer coisa. Era uma sensação forte, ser a única pessoa na cidade com tempo e vontade — talvez a única pessoa no mundo todo.

Dentro da máquina do tempo, ele mantinha sua carabina presa ao ombro enquanto se movia. Nada nem ninguém exceto ele ali. Onde quer que sua equipe estivesse, não era para onde ele estava indo. Eles encontrariam aquele tal de Joyce e o matariam, assim como o sr. Hatch havia mandado. Mas o que Gibson mais queria era encontrar Beth Wilder e feri-la até a morte. Torcia para que nem Voss nem IR tivessem chegado antes dele.

Seu rosto doía. Seu rosto nunca tinha parado de doer. Os médicos da Monarch disseram que ele poderia ficar com o olho, mas não era como antes. Em seus bolsos havia analgésicos fortes em quantidade suficiente para que ele ficasse bem por semanas.

Ele queria, e precisava, que Wilder morresse; o bicho em seu cérebro não pararia de se mexer a menos que ele soubesse que ela havia morrido aos gritos... mas ele tinha uma família em quem pensar. Por isso, passou por último, tomou o cuidado de sair mais tarde do que seu grupo. Dois mil e nove. Se um de seus subordinados conseguisse matá-la, ele só teria que conviver com aquilo.

A porta da saída apareceu no canto. Gibson empurrou a tampa de saída e deu um passo para trás quando a escotilha se abriu. Então, atravessou o limite do estado zero à causalidade, entrando na câmara de ar comprimido, olhando da esquerda para a direita, de cima para baixo. Tudo limpo.

Ele tirou a carabina, olhou depressa pela abertura suja. Parecia que a máquina estava montada dentro de uma sala de concreto, um porão, talvez. Havia um tipo de sinal marcado com spray na outra parede. Luzes fixas ofereciam pouca iluminação. Gibson deu um jeito de soltar a escotilha e abri-la.

O fedor o recebeu como se fosse um golpe: rançoso, forte, adocicado. Os *huevos rancheros* de sua esposa subiram por sua garganta e saíram numa onda. Ele reconheceu aquele cheiro: era o fedor dos fossos, das câmaras de execução e dos matadouros. Com um braço pressionando com força o nariz e a boca, Gibson desceu a rampa, com a carabina no ombro e uma arma na mão.

As luzes iluminaram seu rosto, fortes a ponto de ele quase tropeçar no corpo de Voss, enegrecido e duro, encolhido na rampa, reconhecível apenas por causa da insígnia e do crachá.

A visão de Gibson se ajustou e o restante da sala apertada apareceu. A sala havia sido construída ao redor da máquina, para envolvê-la. Quase não havia espaço para a máquina, para a rampa e para as luzes.

Havia um corpo na rampa. Pelo corte de cabelo, ele sabia se tratar de Chaffey. Metade de sua cabeça havia desaparecido, com a arma ainda presa em uma mão ossuda e preta.

O que restava de Dominguez estava de joelhos, solitário atrás de uma luminária, encostado em um canto. Havia restos de comida e embalagens de doces espalhados por todos os lados.

Deixe as leis do universo com os homens, dissera Hatch. Bobagem. O plano dele estava em andamento e o C-1 sabia tudo sobre ele. Eles tinham sido enviados para lá porque estavam do lado errado da análise de Hatch de custo-benefício. Gibson deu uma risadinha, porque aquilo não era real. Mas só uma.

Havia outro corpo, no fim da rampa.

Encostado na parede, na base da rampa, estava o que só podia ser IR: quase só os ossos vestindo o uniforme com manchas de sangue, com a carabina no colo.

Estavam todos mortos. Ele era o último do Cronum-1. Gibson se virou, analisando a máquina sem parar. Os controles tinham sido retirados. Ele se virou procurando alguma vantagem, alguma coisa que ele pudesse usar, qualquer coisa...

Atrás dele, a câmara de ar sibilou, e Gibson se jogou em direção à porta, que se fechou.

Ele berrou, vermelho de fúria e frustração, sabendo, sem dúvida, que ele e sua equipe tinham sido enganados. Wilder havia chegado ali mais cedo e selara a máquina dentro de uma porra de um sarcófago. Todos tinham pousado ali, recebidos pelo cadáver de IR, e lentamente morreram de fome. Por quanto tempo ficaram ali, fazendo sua comida durar, com cadáveres como companhia e sabendo que estavam olhando para seu futuro?

Aquele não seria seu destino! Ele não morreria ali. *Não assim.*

As palavras pichadas na parede na base da rampa indicavam o contrário.

VOCÊ PERDEU, MOLENGA

Gibson as leu e gritou até sentir o gosto de sangue.

Quando terminou, a câmera de segurança ajustou o foco, entregando-se com um breve som de movimento. Gibson olhou para as lentes que olhavam para ele, sabendo quem estava do outro lado.

— Você sabe que vou sair daqui, não sabe? Você sabe. E quando eu...

Ouviu-se um estalo alto e um resmungo baixo quando a máquina foi desligada.

Gibson notou, não se deixaria intimidar.

— ... e *quando eu sair...*

A energia do lado esquerdo das luzes foi cortada abruptamente, deixando a sala-caixão na mais completa escuridão.

— ... vou pegar você, sua vaca! Por Donny! E... e... por *Irene*! — Ele sabia o que aconteceria, e enfrentou. Mas as luzes restantes não se apagaram. Ele olhou para elas e então para a câmera.

A câmera resmungou, balançando-se para a esquerda e para a direita. *Não*.

Meio irado e aterrorizado, ele gritou, usando todas as forças, como se o volume pudesse salvá-lo ou matá-la.

A luz desapareceu e a escuridão devorou Randall Gibson.

Domingo, 4 de julho de 2010. 00h01. Ginásio de natação de Riverport. Um ano depois.

Jack saiu da máquina do tempo para a rampa, armado e analisando o local.

Reconheceu o ginásio de natação. Quase tudo estava como ele se lembrava em 2016, mas com uma diferença: alguém havia construído uma proteção de concreto ao redor da máquina e a havia derrubado. A pista chanfrada ao longo da largura da piscina vazia permanecia ali.

O ar tinha um cheiro diferente também. Cheirava a roupa recém-lavada, e a comida sendo feita. Cheiro de comida quente, de fritura. Bacon.

Havia alguém vivendo no local.

Os bancos na frente da máquina ainda estavam ali, um deles sem o lixo de Will. Em cima dele, havia um kit muito bem organizado: colete de Kevlar, carabina, revólver, três pentes para cada — todos da Monarch.

Alguém apareceu na porta no lado mais distante da piscina, com o mesmo kit que estava na frente de Jack, com os cabelos ruivos presos em um rabo de cavalo.

Ela foi para onde havia luz. Era ela: Beth. Mas mudada.

Os anos tinham deixado sua marca: a linha de sua mandíbula um pouco mais suavizada e as marcas ao redor de seus olhos estavam mais profundas do que ela merecia. Parecia cansada, mas ainda era Beth, ainda forte, ainda sem se submeter.

— Ei, Problema — disse ela, hesitante. — Quer café? Comecei cedo.

Jack largou a arma e correu até ela.

Meia hora depois.

Ele tinha uma centena de perguntas e ela fez seu melhor para responder o que podia. Contou a Jack sobre seus onze anos ali, de 1999 a 2010, o momento presente: o *déjà-vu* quase eterno, distraindo-se de tudo que ela conhecia com uma procura obsessiva pelas coisas que não conhecia, em um esforço para se manter comprometida com o mundo, para não pensar nele como um jogo de video game que ela nunca havia jogado. Para pensar nas vidas e nos acontecimentos como ocorridos a pessoas de verdade, e não simulações da história. Ela contou a ele sobre Gibson e sua equipe, e como eles tinham terminado. Contou que havia passado anos em um esconderijo na mata, de olho no Jack mais jovem e em Will, cuidando para que nenhuma ameaça do presente ou do futuro interferisse no trabalho de Will. Se a ação inimiga resultasse de alguma forma no fracasso da Contramedida, tudo estaria acabado.

— Ei — disse ela —, você se lembra do que acontece esta manhã?

Jack assentiu.

— Aberfoyle. Mirante de Bannerman.

— Meu eu mais jovem está adulto. Ela é Zed agora. Entrei em contato há algumas semanas, pedi ajuda. Acatei.

Jack olhou para ela. Para ele, quarenta minutos antes, em outro mundo, tudo tinha sido como era. Agora... quarenta minutos depois, a mulher que ele amava havia passado onze anos sem ele. Havia se tornado onze anos mais velha do que ele.

Era uma pessoa diferente daquela que ele conhecera.

Com isso, pelo menos, ele estava acostumado.

Ele apertou as mãos dela e a beijou. Ela ainda era Beth.

Ela encostou a testa na dele.

— Vamos passear — disse ele.

Domingo, 4 de julho de 2010. 4h52.
Riverport, Massachusetts.

A luz forte da manhã entrou pelos pinheiros e bétulas que cobriam a encosta delicadamente em direção a Riverport. Jack e Beth estavam em uma pedra, olhando em direção a um canal na mata que emoldurava uma vista excelente do Mirante de Bannerman a cinco quilômetros dali.

— Que coisa engraçada — disse Beth. — Sou a única pessoa de escorpião da história que faz aniversário em março.

Jack pegou um binóculo da mochila deles.

— Quem disse?

— Eu nasci no dia 30 de outubro. Entrei na máquina no dia 9 de outubro, vinte e um dias antes de meu aniversário. Saí no dia 28 de fevereiro de 1999, um ano bissexto. Vinte e oito de fevereiro mais vinte e um dias é 20 de março. Então, agora, o dia em que fico mais velha é 20 de março.

Jack pendurou a alça do binóculo no pescoço.

— E eu pensei que, da viagem no tempo, não gostava do *jet lag*.

Beth olhou o relógio, fechou a caneta, fez uma anotação no caderno Moleskine. Jack ajeitou o binóculo, focando a plataforma do Mirante de Bannerman. O eu dos dois, de vinte e dois anos e Aberfoyle apareceram: Jack e Paul olhando por cima da barra em direção a Riverport; Aberfoyle e Zed conversando dez metros atrás deles. Jack observou. Três idiotas, esperando com o carro. Olhou para si e para Paul.

— Você está bem? — perguntou Beth.

— Claro.

— É mesmo? Porque, por um segundo, você parecia um cachorro num pesadelo.

Ele não conseguiu desviar o olhar.

— Eu não sabia como isso faria eu me sentir. Estar aqui de novo.

— Então... como se sente?

— Mortal. — Ele abaixou o binóculo. — Você conversou com ela?

— Com Zed? Claro. Eu praticamente a criei. Bem, eu a deixei aos cuidados de amigos. E conferia como ela estava algumas vezes ao ano.

Jack balançou a cabeça.

— Você se sequestrou. Entregou-se a desconhecidos. Não poderia tê-la treinado enquanto ela ainda estava vivendo com os amigos dela? Seus amigos, quero dizer!

— Não, Jack. Porque não foi o que aconteceu. Também não tenho os recursos nem as facilidades para criar uma criança aqui, e como exatamente você imagina que eu negociaria com os pais dela? Eu vivi com essa situação, todos os detalhes, a vida toda. Você acabou de chegar. Pode acreditar, já passei por isso.

Jack ainda tinha vinte e oito. Ontem, ela também. Agora, um dia depois para ele, ela tinha trinta e nove.

Jack estendeu a mão e segurou a dela, queria dizer algo, mas não sabia por onde começar.

— Vou precisar que você fique de olho no Mirante — disse ela, tirando a mão da dele. — Preciso dos horários exatos das detonações.

Ele a soltou, olhou para trás entre as árvores. O eu mais novo deles ainda estava nos mesmos lugares; nada havia piorado ainda.

— Mas você armou os explosivos há uma semana, certo?

— Depois que Zed entrou em contato, sim.

— Então, aquele truque que você… que a Zed… *faz* … apontando e fazendo as coisas explodirem. Como vocês duas esperam acertar o momento? É uma coisa bem complicada.

— É impossível que o momento não seja *exatamente* certo. — Beth levantou o caderno. — Os *timers* nos explosivos foram armados para detonar nos momentos exatos exigidos.

— Sim… mas… é uma bela coreografia. Não sei como você vai conseguir…

— Vai detonar assim. Está pronto?

— Claro.

— Pense em Zed como meu eu mais jovem e em mim como meu eu mais velho. Meu eu mais jovem dá a meu eu mais velho o horário das detonações.

— Sim, mas como ela…

— Ei! — Beth o interrompeu erguendo um dedo. — Ouça. Meu eu mais jovem dá ao eu mais velho os horários das explosões. Meu eu mais velho arma as bombas para esses horários. Essas bombas detonam. Quando elas detonam, meu eu mais velho observa o momento exato das explosões e os anota em um caderno novo. — Beth levantou aquele caderno novo. — Meu eu mais velho dá este caderno ao meu eu mais jovem. Meu eu mais jovem transcreve os horários em seu caderno novo, aquele que é uma cópia exata do *caderno antigo* que seu eu mais velho deu a ela *quando ela tinha onze anos*, para que ela possa, por sua vez, entregar o caderno a seu eu mais jovem, em 1999, quando ela se torna o eu mais velho. Então, aquele eu mais jovem cresce e se torna o mesmo eu mais velho... e aqui estamos.

Jack não estava piscando.

— Então — ela continuou —, resumindo: os prédios explodem exatamente no momento certo porque estou sentada aqui anotando os horários exatos em que Zed faz um gesto e então, quando ela se tornar eu mesma, essa informação será usada para acertar os *timers* nas cargas.

Jack não dizia nada.

— Eu sei. Eu tive os mesmos problemas. Will foi muito paciente comigo nesse aspecto, na verdade.

— Se eu estou entendendo... não faz sentido. Quero dizer, precisa haver um ponto em que isso vai acontecer pela primeira vez, certo? Quando você não tiver nenhuma informação? Quando *não* puder acionar as bombas nos momentos certos?

— Sim e não. Sim, e é a primeira vez, no momento. E não, não há um momento em que eu não tenha a informação. Quanto você sabe a respeito disso?

— Vi de relance o argumento do *Exterminador* no Reddit, uma vez.

— Não. O resumo é: funciona. O paradoxo é considerado ou pensado, porque o comportamento de partículas fundamentais na escala quântica sob certas condições não são estritamente deterministas. Elas seguem "regras confusas".

— O quê?

— A relatividade geral funciona bem para prever paradoxos, mas quando esses paradoxos são levados em conta, ou submetidos, os termos da mecânica quântica desaparecem, desde que a causalidade seja mantida.

— Assim diz o Will.

— O cara construiu uma máquina do tempo. Vou pedir a opinião dele em relação ao Reddit. Além disso... — Ela balançou o caderno de novo. — Eu *tenho* os horários.

— Jesus.

— Você tinha que estar lá quando expliquei isso ao Will. Ele ficou bem chateado. Disse que essa observação poderia ser essencial na formulação de uma teoria que une a relatividade geral com a mecânica quântica, mas, ironicamente, ele não teve tempo de analisar. Estava ocupado demais construindo a Contramedida e tentando salvar o futuro.

— Pensei que você não gostasse de ciência.

Ele segurou as duas mãos dela. Ela ainda era Beth. Ainda Zed. Ainda a pessoa por quem ele se apaixonou.

— Jack, quanto você se lembra dos seus dezesseis anos?

Pergunta esquisita.

— Não muito, foi há doze anos.

— Jack — disse ela. — Você se lembra de ter dezesseis anos como eu me lembro de você. Eu não vejo você há muito tempo. — Beth se preparou e disse com o máximo de gentileza que conseguiu: — Se eu não tivesse observado você crescer, eu provavelmente não me lembraria de como você era. Faz onze anos que estou escapando, mantendo-me fora do caminho do futuro e tentando manter você e Will vivos. Não preciso de amor, não preciso de romance, não preciso de drama. Só quero ir para casa.

Jack soltou as mãos dela, deu um passo para trás e se voltou na direção do Mirante. Paul estava sozinho. Zed havia levado Aberfoyle para longe de Jack. Aberfoyle levantou a arma, na altura da cabeça de Zed.

— Sei que você tem sentimentos por essa garota ali, mas ela se foi. Ame a lembrança, está bem?

Ele amava.

O celular de Beth tocou. Na tela, havia uma mensagem. Era de William Joyce. Estava escrito: COMPLETA.

Jack disse:

— Está acontecendo.

No Mirante de Bannerman, Zed apontou o horizonte.

O primeiro prédio pegou fogo.

19

Domingo, 4 de julho de 2010.

7h23. Riverport, Massachusetts.

Beth dirigiu com o caderno em cima do painel e o celular apoiado entre o rosto e o ombro.

— Gostaria de relatar a presença de um veículo suspeito. No Mirante de Bannerman. Ouvi tiros, e então um carro preto comum passou por mim em alta velocidade. Bem, acho que vi marcas de tiro nele. Sim, senhora. Na verdade, sim. Está anotando? — Beth disse o número da placa do carro de Aberfoyle, e então desligou antes que a atendente pudesse pedir detalhes.

— Seria capaz de matar alguém por um copo de limonada e alguma coisa para comer.

— São sete da manhã, pelo amor de Deus!

— Não consigo me acostumar com a Riverport do futuro.

— Se seu dinheiro foi impresso depois de 2010, não vale nada aqui.

— É de 2010, eles não conferem.

— Vamos voltar para a minha casa, higienizá-la e voltar para 2016.

— Beth, estamos numa boa. Vamos dar mais uma olhada... aproveitar.

— Isso pode ser novidade para você, garoto, mas eu cansei.

A mata envolveu a casa da família Joyce, e o limite da cerca a leste era o único lado aberto ao mundo. Beth os levou ao perímetro ao sul, para longe de Riverport. A cerca mista daquele lado tinha uma parte que podia ser puxada de lado. Ela passou com o carro pela abertura, balançando o mato, e arrumou a cerca de novo, fechando-a.

Havia uma inclinação no terreno na qual ela deixou o carro, e uma confusão de matos que serviu para ela cobri-lo.

— Vamos, por aqui.

Aquilo tudo era parte da propriedade dos Joyce. Em 1999, ela havia identificado o melhor lugar para construir uma residência de onde ainda conseguisse ficar de olho na casa deles: um local no meio da mata, mas em uma subida para que pudesse ter uma boa visão da propriedade, e perto o suficiente para poder chegar lá em um ou dois minutos, correndo.

Algumas árvores tinham sido podadas estrategicamente, e ela havia limitado suas horas de construção para quando o jovem Jack não estava em casa.

— Bem-vindo para onde a mágica acontece.

À primeira vista, ele não conseguiu entender o que Beth queria dizer. Então, percebeu que estava olhando para um abrigo tão bem camuflado que estava quase invisível pelo lado da mata baixa na qual tinha sido construído. O abrigo tinha uma fachada ampla, mas estreita, feita de troncos de pinheiro e mato. Beth abriu uma escotilha e puxou uma porta feita à mão camuflada com mato, raspando terra e folhas ao ser aberta.

O interior era lindo, entalhado na encosta de uma montanha. A sala tinha cerca de nove metros de comprimento, pavimentada com pedras que tinham sido cuidadosamente selecionadas por serem chatas. Na parede da esquerda havia um banco diante de uma janela que atravessava a sala. Beth levantou a janela e a manteve aberta com um pedaço de madeira. Contra a parede da direita, havia uma base de pedra, protegida por espuma, em cima da qual ficava sua cama: um bom colchão, com cobertores. Ela havia feito uma estrutura simples de quatro pontas sobre a qual pudesse jogar um mosquiteiro para os meses de verão.

— Paul e eu costumávamos brincar aqui — disse ele. — Bem, nunca entramos. Morríamos de medo.

— A bruxa na mata — disse ela. — Eu sei. Vocês dois não eram tão discretos quanto acreditavam ser.

— Will me avisou. E me castigou uma vez porque eu não parava de andar por aqui. — Seu peito doía. — O tempo todo, era você.

Ver sua cama e sentir os cheiros terrosos e de flores do local fez seu coração apertar. Quantos milhares de noites ela havia deitado ali, esperando alcançar o futuro? O que a vida significara para ela ali, dia após dia?

— Vamos — disse ela. — Preciso esvaziar e incendiar este lugar. Há ferramentas e coisas assim na gaveta debaixo da cama. — Beth abriu a porta à direita e entrou. Ele ouviu um motor por ali.

Havia uma abertura comprida na parede, abrigando livros, um copo de água, velas. As paredes eram cobertas por madeira de todos os lados. Jack notou caixas de eletricidade, um aquecedor de ambiente e, na parede mais afastada, uma lareira pequena e uma abertura. Havia alguns tapetes coloridos no chão, uma vassoura ao lado da porta. Na parede direita, adjacente à lareira, havia uma porta — que levava para dentro da terra.

Pela escotilha agora aberta à esquerda, tinha-se uma visão panorâmica da mata, subindo em direção ao lado sul da casa: estufa, garagem, celeiro. Ele se perguntou se Will podia estar ali agora.

Agachando-se ao lado da cama, ele ergueu os cobertores florais e suaves, encontrando a gaveta grande construída na base da estante. Do lado de dentro, havia um baú de metal vermelho, que ele tirou. Algo que estava pendurado na estrutura da cama chamou sua atenção enquanto ele se preparava para colocar o baú sobre o banco atrás de si.

Pendurado no dossel, acima do travesseiro, havia uma bala de prata em uma corrente comprida e fina. Deixando o kit de ferramentas no tapete, Jack ficou de pé e pegou a bala. Ela estava marcada com uma série de riscos: dois conjuntos de quatro riscos verticais e um na transversal, e um único na vertical. Onze. Marcando os anos enquanto ela cumpria seu tempo ali.

Ele virou a bala. Ela havia marcado o invólucro também, embaixo das marcas, com uma única palavra: "Problema".

— Peguei um detector de metal emprestado. — Ela estava perto da lareira com uma bolsa de ginástica na mão. — Você não deveria ter visto isso.

Ele não sabia se estava sentindo alegria ou pesar.

— Por que não?

— Porque isso vai fazer com que o que acontece depois seja mais difícil do que precisa ser. — Ela colocou a bolsa no chão, atravessou a sala e pegou a bala dele, tirando-a da estrutura.

***

Desmantelar a casa tinha sido rápido. Toda a madeira, os tapetes, as redes, os protetores, qualquer coisa inflamável amontoada em uma clareira perto dali. Jack esparramou a gasolina. Beth jogou o fósforo. Enquanto eles observavam as chamas, ela estendeu a mão e pegou a dele.

— Foi isso o que você fez da primeira vez? Em 2010? — perguntou ele.

— Primeira regra de um bom desaparecimento — disse ela. — Zed está queimando as coisas agora, na casa dela, que seu eu do passado descobrirá em uma hora.

— Por que você não queria que eu visse a bala?

Ela olhou nos olhos dele.

— Quando eu era a Zed... não vi meu eu futuro depois de hoje. Então...

— Então, quer dizer que tudo segue o planejado. Pegamos a Contramedida e saímos.

— Talvez. Mas precisamos entrar logo no jogo. A Contramedida chega a 2016. Nada mais importa.

— Para mim, não.

— Jack...

— Saber que você mudou minha vida. Você me mostrou como a vida poderia ser, que eu poderia mudar as coisas. Eu amei você por isso. — Ele deu de ombros. — Depois disso, é quando nada mais importa.

Domingo, 4 de julho de 2010. 10h10. Doca de Riverport.

— Você tem certeza de que isso tudo é só "se precaver"? Jack usava um colete à prova de balas por baixo da camisa e da jaqueta, com uma carabina de 2016, da Monarch, pendurada no pescoço. Beth também estava preparada com armas da Monarch.

Uma indústria de construção de navios parada significava que os preços dos imóveis nas docas estavam muito baixos em 2010. Foi assim que Will conseguiu comprar e organizar uma oficina, longe da casa e sem o conhecimento de Jack.

Jack e Beth estavam a duas casas daquela oficina. Estacionado entre dois galpões grandes, Jack havia ouvido seu eu do passado partir de moto, abrir a porta da oficina e imediatamente começar a gritar com Will. Acusações de idiotice, irresponsabilidade, negligência. Roubo.

Isso estava acontecendo uma hora antes de o Jack do passado descobrir que Zed havia partido e apontar sua moto na direção da delegacia de Greyhound mais próxima, na esperança de encontrá-la de novo: o começo de uma busca de quatro anos por respostas.

Agora, Beth estava ao lado dele, recostada no capô do carro, que esfriava, com uma arma na mão, esperando pelos momentos finais daquela busca para fugir.

Jack ouvia o irmão defendendo a si mesmo sem determinação, pego em flagrante, cercado por tudo o que o dinheiro da família tinha comprado.

Vinham sons de violência: Jack se lembrava de ter pegado uma cadeira e de ter batido com ela em tudo o que encontrou. Will gritava *não, não, não*.

Ele se lembrou de um objeto que Will tinha feito: uma esfera geométrica mais ou menos do tamanho de uma bola de vôlei. Alguma coisa na oficina indicava que aquilo era onde o dinheiro tinha sido investido. Então, ele a atacou com uma cadeira, batendo uma, duas vezes...

— Pare! Você está matando o universo! Pare! Pa...!

Jack afundou as unhas na palma das mãos. Foi o momento em que seu eu do passado havia acertado um soco na cara de Will. A expressão assustada de Will, desnorteado, ferido, como uma criança, permaneceu na mente de Jack por anos. E então Jack saiu.

Jack e Beth ouviram a moto ser ligada. Segundos depois, o Jack do passado passou por uma rua na qual eles estavam estacionados, seguindo na direção da casa de Zed.

— Espere — disse Jack.

Beth parou, lançou a ele um olhar questionador.

Will chamou o nome de Jack, desolado. E então o som de um carro sendo ligado foi ouvido, e Jack viu seu irmão passar.

Seria a última vez que veria Will vivo.

— Você está bem?

Ele não estava pronto para dizer nada. Só precisava de um segundo.

— Você se lembra do que mostrei a você perto do rio, com o revólver? Não consegui morrer porque não era minha hora, e você não conseguiu dizer nada a Will que teria...

— Chega — disse Jack. — Vamos.

O galpão não era pequeno: dois andares e três vezes o tamanho da casa da família. Beth tinha uma chave para a porta da frente e empurrou a massa de aço de três metros de altura para o lado. Levava para dentro de uma antessala menor com uma porta de segurança. Beth inseriu o código, e a trava fez um barulho.

— A data do meu nascimento?

— Creio que sim.

— Jesus, Will. Segurança.

Eles entraram. Não deram muitos passos, mas logo tiveram que parar.

A grandiosidade da oficina de Will fizera Jack acreditar na genialidade de seu irmão da mesma maneira com que a Notre-Dame de Paris fizera os camponeses do século XX acreditarem em Deus. Vasta e complexa, tudo com um propósito, a oficina era um local muito organizado de tecnologia crua. Jack valorizava os detalhes daquele lugar assim como apreciava os detalhes de uma pessoa: a incapacidade de compreender era tão perturbadora quanto impressionante.

Acima e ao redor: admiração. A seus pés, alguns poucos itens menores se espalhavam pelo chão, além do corpo amassado de um laptop, evidência da forte violência que Jack se lembrava de ter infligido.

Diretamente na frente deles, havia uma câmara de vidro, nove metros para o lado, em cima de uma plataforma de um metro de altura, quadrada, embaixo da qual havia um monte de itens de tecnologia. Um monte de fios e cabos presos à caixa transparente, abrigando dois andares de máquinas não identificáveis.

A porta da caixa estava aberta. Do lado de dentro, no centro do espaço protegido por vidro, havia um estrado de aço escovado. Pinças delicadas, feitas para manter algo de modo delicado e preciso, não seguravam nada. No chão ao lado do estrado, havia uma cadeira que Jack se lembrava de ter usado para derrubar uma esfera geométrica daquelas pinças.

Ele deu a volta na caixa, conferindo-a de todos os ângulos. Beth caminhava logo atrás, olhando para o relógio.

A esfera — a Contramedida — estava no chão protegido da sala. Algumas das faces eram levemente deformadas. Um painel de acesso tinha se separado do abrigo.

Beth se aproximou do vidro.

— Ah, Cristo.

— Eu não sabia o que era. — E então: — O que é?

— Tem uma carga autocarregável de cronum poderosa o bastante para forçar o campo M-J a voltar à sua forma.

Jack olhou para os painéis retorcidos.

— O que acontece se romper?

Beth olhou para ele.

— Então, um número infinito de "eus" deixa de existir. — Ela se endireitou, voltou a olhar o relógio. — Catastroficamente.

Ela olhou para o equipamento no chão da câmara de vidro. Algo mudou dentro dela de repente. Jack viu a tensão se esvair dela, e a urgência diminuía.

— Beth?

— Dizem que o dr. Kim criou uma fonte autorecarregável de energia que tinha a intenção de ser o centro do Protocolo Salva-Vidas — disse Beth. — O Regulador.

Jack olhou para dentro da câmara de novo, e sua pele ficou fria.

— Kim não criou o Regulador, Jack. Will criou. É isso. A Contramedida e o Regulador são a mesma coisa.

Algo pesado bateu na parede mais distante: a porta de segurança estava sendo desativada.

A Contramedida não desaparece porque a roubamos, Jack. Desaparece porque eles a roubam.

Jack segurou a manga dela e a puxou para trás do andaime que ia de norte a sul entre a caixa e o pequeno escritório.

Duas pessoas, um homem e uma mulher, entraram, e o homem estava carregando uma bolsa de ginástica emborrachada. Com um dedo no ouvido, a mulher disse:

— Entramos.

Seu companheiro disse:

— Ah, não. — E foi até a porta aberta da caixa.

— Parece que o equipamento foi estragado, Actual.

Beth olhou para Jack e fechou os olhos em desespero.

Monarch.

— Podemos impedir isso — sussurrou ele a ela.

Ela balançou a cabeça, e a frustração se transformava em fúria.

— *Não se pode mudar o passado* — sibilou ela, baixinho. — É impossível, porra. Perdemos.

Olhando pelas frestas no andaime, em meio aos fios, Jack percebeu que os dois invasores não estavam vestidos com roupas da Monarch, até onde se lembrava. O logotipo era parecido, mas mais simples, e os uniformes eram mais baratos e de cor mais clara.

Jack tirou a carabina do ombro.

— Você quer embrulhar isto para presente para eles ou vai me ajudar aqui?

O cara que carregava a bolsa de ginástica entrou na sala estéril e pegou a Contramedida, sem nada na mão, sem precaução nem cerimônia.

— Sim, está bem estragado.

Beth ficou tensa, apertando a arma na mão. Com um olhar, Jack entendeu o que deveria acontecer.

Quando o cara deixou a sala com o equipamento, Jack e Beth saíram de onde estavam, com armas na mão.

A mulher os viu, com os olhos arregalados de choque. Beth pressionou um dedo contra os lábios, pedindo silêncio. A mulher gritou.

O homem, que estava de costas, deu um salto, viu as armas, também gritou e correu.

O cano da carabina de Beth o acompanhou quando ele correu em direção à porta, passando perto da cabeça da mulher quando o dedo dela fez pressão.

Jack pulou para dentro, virou o cano da arma dela para cima com o cano de sua arma, e três tiros foram ouvidos.

Beth virou-se para ele, furiosa.

— Você não pode simplesmente *atirar* nele! — disse ele.

Sem paciência, Beth passou pela mulher e saiu pela porta de segurança.

A luz do sol iluminou os corpos, e alguns deles acabaram se revelando como sendo de homens armados encostados em uma picape, assustados com o barulho de um tiro.

Beth parou, a vinte metros deles, armada, quando a equipe toda levantou as armas.

O rapaz com a bolsa de ginástica continuou a correr em direção a eles. A equipe da Monarch eram apenas caras de calça jeans, óculos e camisetas da Monarch.

O corredor estava na linha de fogo.

O espaço ao redor da picape piscou e congelou, como um domo brilhante de tempo em lapso.

Da porta, Jack disse:

— Pegue a Contramedida. Cuidarei deles.

Beth partiu atrás do corredor, passando pela equipe de segurança.

Jack seguiu diretamente em direção ao minilapso quando um tiro foi dado e uma força muito forte o acertou no torso. Ele bateu no concreto, tossindo sem parar.

Antes que Jack conseguisse puxar o ar, Paul Serene estava em cima dele.

— A máquina mudou você também. Eu sabia que tinha mudado.

O rosto de Paul estava a quinze centímetros do dele. Aquela versão do rosto que ele conhecia tão bem era um pouco mais jovem do que do cretino que mataria Will em 2016.

— Você é o segundo você — disse Paul. — Não aquele que partiu agora. Você é de 2016. O que quer dizer que a máquina de Will está intacta. Deve ter sido assim que você chegou aqui. Onde está?

— É bom vê-lo também, amigo. — Ele sentiu o hematoma se formando, com dor, embaixo da proteção, e então formigando ao se curar e desaparecer depressa.

Paul soltou a camiseta de Jack, que notou que as duas mãos de Paul eram alvas, normais… humanas. Nenhuma doença. De modo que aquela primeira passagem pela máquina em 2016 não o tivesse deixado mal. O que havia acontecido, então?

— Bom vê-lo também, Jack. Há muito que preciso contar a você.

O corredor havia se afastado da visão da bolha de lapso que envolvia a equipe de segurança e continuou correndo. Com a Contramedida na mão, ele correu em direção à brecha entre os galpões onde Beth tinha estacionado o carro. Ela não gostou do modo com que a bolsa de ginástica estava pulando na mão dele. Se a Contramedida se abrisse, tudo terminaria.

— Pare! — gritou ela.

Ela ergueu o cano da arma, atirando em alerta acima da cabeça dele. O corredor parou. Quando levou as mãos à cabeça, a bolsa de ginástica dentro da qual estava a Contramedida escapou de seus dedos.

Beth se retraiu, protegendo os olhos quando a bolsa caiu no chão, com força.

Nada aconteceu.

— Fique abaixado, Jack — disse Paul. — Isso vai acabar logo, e então poderemos conversar. Isso é muito esquisito, cara. Você não vai acreditar.

De repente, o peso de Paul saiu de cima dele.

Paul se encolheu por um momento, lançando-se pelo espaço aberto, além da equipe de segurança congelada. Num piscar de olhos, Paul arrancou a carabina das mãos de Beth, virou-a e bateu-lhe na testa com o cabo de sua própria arma.

A cabeça de Beth foi para trás e ela se abaixou. Jack ouviu seu grito e começou a se esforçar para ficar de pé, com a respiração ardendo em seu peito.

Atrás de Paul, a equipe de segurança voltou à vida quando o minilapso de Jack ruiu. Eles estavam confusos, mas aquela seria uma experiência de aprendizado muito importante para eles. De modo geral, aquele dia estava se tornando muito benéfico.

Paul olhou para o cara com a bolsa de ginástica, agora encostado no capô do carro de Beth estacionado entre os prédios cerca de quinze metros dali.

— Muito bem. Você está seguro agora. É isso, na bolsa?

O homem estava assentindo, relaxado de alívio.

— Sim, senhor, é isto. Obrigado.

Passando a equipe de segurança, mais perto da oficina de Will, Jack se levantou. A cena ficou clara: a equipe de segurança o cobria. Além deles, Paul, com a carabina de Beth. Além de Paul, Beth deitada, segurando a cabeça. Depois dela, recostado no carro, o técnico. Aos pés dele, a bolsa de ginástica dentro da qual estava a Contramedida.

Paul fez um gesto ao veículo que esperava.

— Certo, técnico. Vá ao…

Como se tivesse vida, a bolsa de ginástica aos pés do técnico saltou do chão — e se desintegrou instantaneamente — e toda a luz do céu espirrou para fora.

A fonte dentro da Contramedida espirrou partículas de cronum de magnitude maior do que a base ambiental. O técnico — tomado por um campo de distorção que se expandia — foi rapidamente reinventado por um fago brilhante que passou do centro da massa em direção a suas extremidades, e correu para cima em direção à mente dele.

Com os olhos abertos, assustado e sem entender, ele sentiu tudo o que era sendo substituído mil vezes.

Paul colocou a carabina de Beth no ombro e atirou na cabeça do técnico.

A doença do técnico desapareceu na morte, e ele escorregou para o concreto totalmente humano.

Com o corpo contornado contra a luz forte, Paul deixou a arma escapar dos dedos frouxos. Preso dentro da explosão da Contramedida, o lado esquerdo do corpo de Paul já estava mudando. Sua mão foi recoberta de pele pela mesma transformação iridescente que havia tomado o técnico. Assustado e, ao mesmo tempo, encantado, Paul viu sua carne se alternar entre versões de si mesma — as facetas reluzentes da doença como janelas passando a versões alternadas de sua própria carne, nada constante, sempre mudando, sempre diferente. A mudança seguiu em direção a seu ombro, centímetro por centímetro, acelerando conforme as células de Paul absorviam cada vez mais o que a Contramedida lançava.

O barulho de caminhões se aproximando chegou a eles de quarteirões de distância, ecoando entre os prédios: reforços da Monarch reagindo à emergência.

Jack estava de pé. Beth também. A luz era cegante.

Beth recebeu o pior do golpe. Ela tinha sido pega entre o técnico e Paul, muito mais perto do epicentro, a seis metros da Contramedida. Ela olhou para Jack, com a cabeça contornada contra aquela luz matadora, um olho transformado, brilhando com uma estrela que se apagava. Os dentes, cerrados devido à dor, tinham luz por trás deles.

Os esquadrões de reforços chegaram quando os galpões e o carro de Beth encontraram versões alternadas de si mesmos: desaparecendo, ruindo, aumentando, refazendo-se, desfigurando-se, limpo. A primeira equipe de segurança permaneceu sem se mexer, tremendo, hipnotizada pela visão.

A expansão de saturação cada vez maior mostrava partes do que poderia ter sido. As partes dos galpões iluminadas pela luz eram de tijolo aparente, e então branco puro, e então marcadas com símbolos de gangues, e então desapareciam totalmente, cobertas por mato e abandonadas. Num segundo, elas eram feitas de ferro corrugado e, no outro, eram um estacionamento, seguidas por um café com mesas para fora. O carro mudava de modelo e de cor. Às vezes, era um carro; às vezes, era um Bronco, ou sumia, ou aparecia tomado por tiros, ou uma moto, ou um triciclo movido à energia solar de três rodas como Jack nunca tinha visto. O chão em si mudou, tomado por versões de si mesmo: concreto, cobertura preta, cheios de mato, grama, lama...

Ouviu-se o som de freios quando o motorista do primeiro caminhão viu a anomalia e o comboio de três caminhões parou à beira do raio de saturação. Homens armados saíram do veículo sem ordem. Ninguém avançou. Ninguém queria se aproximar. Nenhum deles entendia o que estava vendo.

Beth viu Jack. Ele estava correndo até ela. Ela levantou as duas mãos. T para Tempo. Pense Antes de Agir.

Não havia nada que ele pudesse fazer.

— *Vá.* — Sua garganta, o interior de sua boca, brilhante, piscou, estalou.

Então, ela se virou e caminhou em direção à luz maluca.

— *Beth!*

Ela não olhou para trás. Sua armadura de resgate brilhou ao protegê-la da loucura. Conexões se desfizeram, brilharam, explodiram em chamas de todos os lados. Mas foi o suficiente para mantê-la bem, para se aproximar da Contramedida antes que a mudança a tomasse por completo.

A energia discordante formou um arco e refletiu em veículos e tijolos. Homens caíram para trás, espalhando-se como gatos escaldados em raios de energia forte que saltavam e refletiam de uma superfície à outra.

O espaço entre os galpões tinha se tornado uma tempestade; uma força que Beth teve que enfrentar e atravessar. Ela sofreu para fazer isso, já que todas as células de seu corpo foram apresentadas à força a seus incontáveis outros. Seu cérebro se revoltou. Ela compreendeu em momentos como era ser milhares de pessoas de uma vez. Milhares de versões simultâneas de si mesma. Ela viu vidas infinitas correndo em paralelo uma à outra; futuros infinitos nessa vida afastando-se daquele momento. Ela se manteve firme nessa vida, para terminar o que tinha ido fazer — recuperar a Contramedida intacta. Ela havia dado demais, vivido muito tempo, para ser levada por uma torrente de potencial e caos antes de cantar a nota final.

Ela se agachou diante daquela energia intensa e enfiou as mãos piscando, em mudança — mãos que ela não reconheceu — na luz forte.

A Contramedida estava ali, um sol discordante e intenso. Lançava gavinhas em seu corpo e em sua mente, mostrando a ela infinitas possibilidades, distraindo-a da mais importante de todas as tarefas, desfazendo-a de sua capacidade de ser singular, apresentando a ela sabores de agonia que poucas pessoas conheciam. Sua armadura de resgate a deixou sem ação. Seus cabelos pegaram fogo, uma coroa ao redor da cabeça.

Escorregando na superfície da Contramedida, ela conseguiu localizar o painel de acesso prejudicado. Usando mãos que estavam no processo de reinvenção sem fim, mais rápido do que ela conseguia processar as mudanças, e com o que ainda tinha de força e controle, ela forçou a pequena tampa de volta ao lugar, torcendo para que bastasse.

Bastou.

O brilho cegante desapareceu quando Beth caiu para o lado, com o peso quente e pesado da Contramedida em seu peito.

— Beth... — Jack avançou. O especialista de segurança mais próximo atirou seu taser. Jack ficou tenso e caiu como um peso morto.

Beth se deitou de barriga para cima, com o céu azul da manhã incerto e de cor diferente em seu olho novo, mudado, brilhante. Muitas versões dela queriam ser conhecidas dentro daquele corpo singular. Muitas vidas. Uma infinidade de outros aquis e agoras; de onde ela e Jack tinham se afastado. Onde isso nunca havia acontecido.

Homens se reuniram, com cuidado, com nervoso, nos cantos de sua visão. Ela viu o técnico se abaixar para pegar a Contramedida dela com os olhos cheios de medo e tristeza.

Ela ouviu Paul uivar. Ele apareceu acima dela, todo desgrenhado, com o braço e a lateral do corpo numa confusão brilhante.

— *O que você fez comigo?*

Um abalo secundário pulsou. O mundo reinventado de modo chocante como outra coisa, algo desconhecido, por apenas um momento. Voltou ao normal.

O técnico pegou o prêmio dela e correu em direção a uma equipe de segurança que esperava. A Contramedida se foi e, com ela, qualquer esperança de consertar o campo M-J.

Um membro da equipe de segurança ousou falar:

— Senhor, devemos levá-lo a um médico agora mesmo.

Paul o ignorou, caiu de joelhos, parou na frente dela, gritou de novo:

— *O que você fez comigo?*

Beth sorriu — os dentes iluminados por trás; seu olho esquerdo como uma estrela nova.

— Ah, amigo — disse ela, com muitas, muitas vozes suaves. — Ainda não comecei a foder com você. — Ela abriu o zíper da jaqueta, com um som esquisito como *ping-snap*, mostrando a Paul o que ela levava por baixo: cinco barras de meio quilo de C-4 envolvidas em fita adesiva, presas a vinte e três centímetros de estopim emborrachado para um deflagrador M60. — Essa é só a tela de carga.

O fusível estourou e sibilou, lançando fumaça nos olhos de Paul.

Muitos futuros correram ao encontro de Beth; muitas possibilidades se revelaram a seus olhos claros. Muitos Jacks.

Jack forçou seus membros a responder, levantou-se do chão. Um dos caras da segurança o havia atacado com o taser na frente do veículo deles, e Beth estava longe demais para alcançar. O coração dele parou assim que ele percebeu que ela havia fracassado novamente.

Paul deu um pulo para trás e fugiu. Seus homens tiveram menos sorte.

Um futuro em especial brilhou mais forte e com mais clareza.

Beth levantou a cabeça para olhar para Jack uma última vez.

— Ei, Problema. Confie no vilão.

A primeira regra de um bom desaparecimento: não deixar nada para trás.

— *Beth!*

Supernova.

O C-4 começou. Os três homens reunidos ao redor dela não tinham chance. Os cantos dos dois galpões ruíram para dentro, com as partes de cima caindo sobre as de baixo. O carro de Beth subiu, o capô explodiu, os pneus também, e tijolos caíram sobre ele dos dois lados. Os soldados que estavam a cerca de dez metros ficaram cegos, surdos e foram lançados para longe. O técnico, correndo em direção à terceira unidade, caiu no chão, agarrado à Contramedida, e então se levantou e continuou a correr. Destroços caíram por dois quarteirões. Em algum ponto da doca, o alarme de um carro começou a tocar. A atmosfera estava tomada por poeira e tijolos.

Jack abaixou o braço, com os ouvidos zunindo. Beth não estava mais ali. Os homens que tinham se reunido ao redor dela também não estavam mais ali. A segunda unidade estava derrubada: dois deles gritavam com as mãos na cabeça, os olhos destruídos, os tímpanos estourados. Os outros três estavam paralisados. A terceira unidade havia desaparecido para se proteger em seus veículos, atrás do caminhão de vidros estourados.

Nuvens de fumaça cor de laranja rolavam pela cena, escurecendo e revelando-se. Ali, homens gritavam e, então, sumiram. Acolá, tijolos caíam da fachada de um galpão... e foram retirados.

Nenhum barulho, exceto pelo zunido nos ouvidos de Jack.

Uma cortina de poeira desapareceu e ali estava Paul Serene, a cerca de quinze metros, com os braços mudando, escorregando, brilhando, e o rosto com uma expressão de garoto flagrado fazendo coisa errada.

As nuvens se congelaram. Jack e Paul olharam um para o outro e o destino garantia privacidade a eles nesse momento final. Jack ergueu a arma e demorou enquanto mirava na cabeça de Paul. Paul não se mexeu, não lutou contra. A mão de Jack estava muito firme: músculos e nervos sem força devido ao choque. Ele mal conseguia manter a arma levantada. Depois de alguns segundos, não conseguiu mais.

Paul pareceu quase desapontado.

Em um movimento, a arma subiu, na direção, pronta.

Do outro lado, a expressão de Paul assumiu o medo mortal. Ele não teve tempo de escapar.

Cinco metros atrás de Jack, milhares de rosnados e gritos se tornaram um. Devem ter sido abafados o suficiente para fazer tremer as costelas de Jack, agudos o suficiente para doer seus ouvidos. Mas o único lugar onde ecoou foi dentro de sua mente. Ele se virou para ver a movimentação e percebeu, como era de esperar, uma coisa que representava o estágio final da doença de Paul: humanoide, de perfil incerto, um esboço grande e hesitante de insanidade forte e fractal.

Ele se moveu na direção de Jack, erguendo um braço em um movimento, relevando o poço de luz na palma de sua mão... coroada por uma fileira de dedos afiados.

Então, era ali que terminava. Mas ele não deixaria Paul livre. Jack decidiu tentar mudar o passado mais uma vez. Ele se virou, ergueu a pistola, mirou na cabeça de Paul e...

A palma da mão da criatura veio da esquerda e acertou Jack no rosto.

20

Naquele lugar de energia violenta e caótica, em um momento suspenso no tempo, a mão brilhante acertou Jack, e seu mundo explodiu em dor.

Ele era um milhão de Jacks e nenhum. Ele foi puxado de um milhão de maneiras por um milhão de caminhos distintos de causalidade… mas se guiou com firmeza por um.

Segunda-feira, 10 de outubro de 2016. 00h03. Duas horas, relativas, depois de Jack viajar para 2010.

Jack conseguiu se reerguer e caiu na rampa da máquina de Will, molhado, suado e ofegante. Sua arma se reconstituiu do nada e acertou a rampa com um som alto. Ele abriu a boca e puxou o ar como se fosse a primeira vez.

A sala girou. Ele estava no ginásio de natação. Era noite; não havia luz passando pelas janelas sujas do andar de cima. As luzes que ainda funcionavam estavam acesas. O fedor de pólvora permanecia no ar, ainda fresco depois dos tiros trocados com Gibson e o Cronum-1. Já fazia algumas horas que ele tinha passado pela máquina de Will, de volta a 4 de julho de 2010.

Os fantasmas de mil vidas desapareceram de sua mente, transformando-se em um. Aquela. A vida na qual Beth estava morta.

Um som veio da garganta dele, do peito, comprido e interrompido.

Ele ouviu vozes. Sirenes. Ele ouviu medo e pânico. Entendeu que o que estava ouvindo eram as notícias.

Ele rolou de barriga para cima, inclinou a cabeça, viu dois pares de pernas no fim da rampa. Botas. Em ângulos diferentes.

Riverport Newshour exclamava do monitor. Muitos vermelhos, azuis e um repórter ou outro em locais de troca de tiros, perguntando a si mesmos se valia a pena passar por aquilo.

Os olhos de Jack subiram pelas pernas.

— Porra — disse Nick, baixinho. — Você apareceu do nada.

Beth estava morta. O mundo lá fora estava enlouquecendo, e ele não sentia nada por ele. Beth estava morta.

Sofia Amaral estava sentada em uma cadeira de rodinhas, diante do balcão, ainda viva.

Seu corpo todo parecia um único e profundo hematoma. Nick tentou levantar Jack, que o afastou. Levantar-se causava dor em Jack como se seus ossos estivessem quebrados. Ele precisava daquilo. Parecia algo importante.

— Deixe-me em paz.

Sofia não parecia bem. Seu casaco estava sobre os ombros, o braço direito envolto no que Jack agora reconhecia como sendo a camisa rasgada de Nick. Nick estava sem camisa, só vestia a jaqueta dos Raptors.

— Ela não quis ir embora — disse Nick. — Disse que você podia precisar dela.

— Posso falar por mim mesma — disse ela, a voz mais fraca, como vento soprando na areia.

A pele morena de Sofia estava úmida e pálida. Quando falou, a voz estava fina, cansada.

— Diga como você fez isso. Como você... se reconstituiu do nada. — Ela estava mais focada do que a aparência sugeria.

— Alguma coisa me agarrou.

— Descreva.

Jack descreveu.

— Um Deslocador. Era *o* Deslocador, segurava uma luz, como você descreve. Essa criatura em particular vinha perseguindo Paul Serene havia anos. Aparece mais nos pesadelos, que ele tem com frequência.

— Nunca os vi fazendo nada além de matar pessoas.

— E nunca vi um deles levar um ser humano pelo tempo. Mas, ainda assim, você está aqui. — Sempre cientista, ela perguntou: — Como foi a viagem?

— Eu… eu me lembro. Vidas que nunca vivi.

— Como Jack Joyce?

Jack assentiu.

— Eu me esquecia de um quando me lembrava de outro. Parecia que isso acontecia… mil vezes? Mais? — Ele balançou a cabeça. — Não consigo me lembrar.

— Versões alternativas de você, vivendo vidas alternativas em linhas de tempo alternativas.

— A criatura me afastou de todos os caminhos. Até aqui.

— O Deslocador imitou o processo que ocorre dentro da Alameda, e fez isso tão perfeitamente… mas sem ajuda nenhuma. A possibilidade de você acabar neste lugar, neste momento, nesta linha do tempo, é tão incalculavelmente pequena…

— … que é, basicamente, impossível. Ele me queria aqui.

— Essa seria uma conclusão lógica, mas a pergunta é por quê. Se aceitarmos que essas criaturas são capazes de racionalidades, planejamento e estratégia, é claro.

— Essa criatura sempre pareceu muito racional.

— O único Deslocador que a Monarch tinha passava seus dias tentando nos matar. Raramente estava calmo, a menos que ficasse totalmente sozinho dentro de um lapso de tamanho considerável. Nunca vi nada que sugerisse inteligência. Eu conheci o homem que essa criatura era. Dr. Kim valorizava a mente dele acima de tudo. Se ele não conseguia se ater nem mesmo a um pedaço de quem era… acho que ninguém faria isso.

Jack se agachou, pegou a arma da rampa. Fez um movimento em direção ao ferimento de Sofia.

— Não ir ao hospital foi uma ideia idiota, doutora.

Ela fez um gesto apontando para a tela. Em poucos minutos, Jack soube que um navio-tanque havia estragado uma das duas principais pontes de Riverport, metade da cidade estava sem energia, falta de comunicação vinha sendo relatada em todo o estado, acidentes de trânsito haviam alcançado níveis pandêmicos e depois cessaram totalmente, vários prédios estavam em chamas, pelo menos um helicóptero tinha caído (em uma igreja), problemas estavam sendo estimados aos milhares, o aeroporto e os terminais de ônibus estavam lotados, metade dos policiais tinha largado o emprego e, assim, o prefeito tinha, em poucos minutos, invocado a lei marcial e terceirizado a retomada da paz à Monarch.

Nick suspirou.

— Sofia está dizendo que é perigoso demais nos movermos. Eu tenho dito que ela vai enfrentar um mundo de problemas se não nos mexermos.

— Esta tem sido uma noite para milagres. Talvez eu consiga um. — Ela apontou para a máquina, ou mais especificamente para o espaço de onde Jack havia aparecido. — Então, você está aqui. Encontrou a Contramedida?

Jack negou com a cabeça.

— A Monarch estava lá.

Ela expressou desânimo.

— E Beth...?

Jack não respondeu.

Nick procurou atrás de si, encontrou uma cadeira e se sentou. Também não disse nada.

De repente, Sofia pareceu dez anos mais velha.

— Então, não há nada que detenha a Monarch.

Jack balançou a cabeça.

— A Monarch roubou a Contramedida. Eles ainda a têm. Construíram o Projeto Salva-Vidas ao redor dela.

Sofia se inclinou para a frente.

— Eu soube que o dr. Kim criou o Regulador. Foi seu grande legado. Está dizendo que o Regulador é a Contramedida?

— Meu irmão a construiu em uma oficina, que é o que vocês agora chamam de Marco Zero. O revestimento se rachou, Paul recebeu uma dose grande e Beth...

Sofia se encolheu.

— Sou uma tonta. É por isso que Kim nunca conseguiu aproveitar direito... ele nunca entendeu o que... ah, meu Deus. Sou muito tonta. Tudo isso foi trabalho do dr. Joyce. Tudo.

— Sofia — disse Jack —, onde eles deixam a Contramedida?

Ela fixou os olhos nele, e a raiva levou embora a debilidade.

— Quadragésimo nono andar. Há uma porta de segurança no escritório de Paul. Vou desenhar um mapa.

***

O ginásio de natação de Riverport abrigava a passarela. A chuva caía com força, em uma noite escura que não se decidia. O mundo lá fora era uma bagunça de lentes quebradas: vários lapsos ocorrendo, demorando e desaparecendo em pontos pela cidade.

A linha elevada acima começou a cantar. Um trem estava vindo, não muito distante.

A Monarch Tower era o destino dele; aquele trem, seu veículo.

Nick havia dado a ele uma mochila do táxi. Do Riverport Raptors. Jack a jogou sobre o ombro e a segurou com força.

A escada para a plataforma elevada ficava a quarteirões dali. Jack empertigou-se.

A plataforma estava escura, com cada tubo de luz destruído. Jack era o único ser vivo estúpido o bastante para estar ali. A plataforma congelante tomada pelo vento oferecia um panorama de cento e oitenta graus de um mundo se desfazendo.

A ponte que passava por cima do rio Mystic estava destruída, depois de ter subido lentamente demais para evitar um navio de carga passando sob ela. O barco em si era uma destruição em chamas e fumaça, vagando à toa em um rio, balançando enquanto espasmos ocorriam fora de sincronia. Raios de cores estranhas partiam da terra em direção ao céu, nuvens rolando como um efeito especial escuro. Partes inteiras da cidade tinham sido apagadas. A trilha sonora de tudo isso eram alarmes, sirenes, buzinas. O sistema de alto-falante da plataforma ainda estava funcionando, na Riverport Radio, e o DJ da noite lançava atualizações sobre o desastre e pedia para que as pessoas permanecessem em suas casas.

Isso não vai ajudar ninguém, Jack pensou. *Nenhum lugar está seguro quando as regras saem pela janela.*

A única solução agora era a de Will: Jack tinha que encontrar a Contramedida e, de alguma forma, usá-la para consertar tudo aquilo. Para consertar as coisas.

O trem estava seguindo em direção à plataforma. Talvez fosse automatizado, ou talvez o motorista não conseguisse ver a plataforma escurecida, ou talvez eles estivessem abaixando tudo na esperança de ver e escapar. Independentemente do motivo, o trem não estava perdendo a velocidade.

Ele desceu a plataforma correndo, subiu na cerca rígida de ferro que protegia as pessoas de uma queda no caminho abaixo, segurou-se na calha do abrigo e se lançou ao telhado.

Jack deu três passos para trás, preparou-se para a aproximação do trem da melhor maneira que pôde, esperou...

O trem estava a três quarteirões.

Esperou...

Dois quarteirões, em velocidade.

Esperou...

Um quarteirão.

E se lançou.

Em menos de um segundo, Jack pulou para a frente, cobriu a abertura entre o telhado da plataforma e o topo do trem, e continuou correndo, cobrindo espaço suficiente dentro daquele segundo para acompanhar a velocidade do trem. Da maneira mais rápida que conseguiu, ele desacelerou, antes de aquele segundo se expandir, abaixou-se, deitou-se e se segurou com força na borda do vagão sobre o qual estava.

O segundo se desdobrou e lançou Jack de cara em um furacão, seus dedos quase se quebrando nas articulações conforme a velocidade do trem ultrapassava a dele com facilidade.

Ele tinha que sair daquele vagão, porra.

Ele se lançou à frente, escorregou até a brecha entre os vagões e passou pela porta, ofegante.

Sua chegada foi recebida com olhos arregalados e alguns gritos de susto.

Passageiros. Claro que havia passageiros. Vários naquele vagão, e ele conseguia ver outros no vagão mais adiante.

Ele sentiu aquela pulsação familiar no sangue que indicava que um espasmo estava vindo.

Era o antepenúltimo vagão. Olhando para trás, parecia que os outros tinham sido cobertos na noite. Não havia outros passageiros. Pequenas misericórdias.

Um senhor estava com uma jovem. Seus olhos estavam fixos com uma preocupação triste no mundo lá fora, enquanto ele tocava, com a mão pálida, a mão dela.

Um jovem de terno estava teclando com fúria em seu celular enquanto uma mulher de meia-idade olhava para ele com desdém.

Um pai de ombros largos de camisa de flanela segurava o filho pequeno com força contra o peito, olhando sem parar de uma janela a outra.

Outra pulsação passou por Jack, mais forte dessa vez. O espasmo vinha mais forte e mais depressa do que antes.

Jack se segurou a um suporte de cronum quando a estrutura do trem se chacoalhou.

— O que está havendo com o motorista? Para onde esse trem está indo?

A mulher com o senhor disse:

— Quem está dirigindo não está respondendo ao chamado de emergência.

— Worcester — gritou o homem que estava com a criança. — Todas as paradas são em Riverport, e então direto para Worcester. Você é da empresa?

— Não — disse Jack. — Não, não sou da empresa. — Ele soltou o suporte, inclinou-se sobre o assento e abriu a janela. Colocando a cabeça para fora no vento e na chuva, ele viu a Monarch Tower na curva, a poucos quilômetros. Ele havia planejado sair na plataforma mais próxima, mas, se o trem não pararia, então o trem não pararia.

A linha elevada curvava-se ao leste, lançando-se acima do que deveriam ser ruas noturnas movimentadas. Jack viu poucas pessoas ali, um monte de veículos destruídos e janelas iluminadas por dentro pela chama. Ele viu as distorções de lapsos pontuando a paisagem como pintinhas. Quando um aparecia, outro vinha na sequência. O conflito surgia sempre que essas novas fronteiras apareciam.

Menos de dois quilômetros da Monarch Tower, a linha elevada se curvava a leste. Uma armadura grande estava fazendo barulho, buzina alta, tentando sair da cidade o mais rápido possível. Sua trajetória a tomaria diretamente por baixo da linha elevada. Conforme se aproximou, um lapso estourou, acertando a frente do táxi, fazendo com que parecesse um microssegundo. O trailer articulado preso a ele não parou.

A traseira do trailer quase encostou no táxi, lançou-se à frente como uma lâmina gigante e ficou presa no lapso. Quando se desfizesse, o veículo todo bateria na linha elevada… E aquele lapso parecia que não se manteria por muito tempo, brilhando como estava.

Jack espiou ali dentro e gritou:

— Último vagão! Todo mundo no último vagão!

Ninguém se mexeu. Um quilômetro.

Jack pegou a pistola, atirou no teto. As pessoas gritaram e correram. Jack se movimentou para a frente, depressa.

— Mexam-se! Todo mundo! Último vagão!

A multidão entrou no fundo, e o velho se esforçou para sair do assento.

— Sinto muito por isso — disse Jack. — Mas temos que nos mexer.

A mulher não questionou. Juntos, eles levantaram o velho, passando um braço pelos ombros dele, movendo-se do jeito mais rápido que conseguiam.

As poucas pessoas no segundo vagão estavam com o programa, e quase ninguém estava no terceiro.

— Encostem-se na parede de trás! O máximo que conseguirem! – O velho estava bem. — Pode descê-lo?

A mulher assentiu com a cabeça. Jack tirou o braço do homem de seu ombro para olhar pela janela.

O lapso que mantinha o caminhão no lugar se desfez, e o trailer desceu a linha elevada como uma faca. O que estava ali era grande, pesado e em grande quantidade. A armadura subiu em uma bola de fogo.

Jack virou a cabeça, volteou-se e se lançou em direção à reunião assustada de vinte e poucas pessoas no fundo do último vagão. Perto e com pouco espaço, ele disse:

— Sinto muito por isso. — E lançou um escudo de espasmo.

O escudo ancorou a pequena ilha de vagão e trilho em uma bolha de tempo congelada, trancou a traseira do vagão dentro do qual eles estavam, deixou-a imóvel. O restante do trem não estava tão contido.

Eles observaram enquanto o resto do vagão se deformava a cento e dez quilômetros por hora, com metal rangendo, vidros explodindo, luzes piscando e deixando tudo no escuro conforme a eletricidade era afetada. O motor e todos os outros vagões afastados daquela violência; a fileira de carros forçando as ligações, sem parar. Então, metade do vagão se desfez completamente. Jack observou o trem de passageiros virar-se horizontalmente, de uma vez. O motor parecia permanecer parado no espaço quando a parte de trás do carro girou, e então as forças centrífugas viraram o motor para bater como um bastão na frente da Monarch Tower.

O motor passou pelos dois andares de baixo do prédio, abrindo o espelho preto para revelar a colmeia de seu interior. A traseira seguiu, batendo no prédio como um chicote.

— Última parada, acho.

O espasmo de Jack ancorou o vagão final, com o momento agora dispersado. Ele guardou a arma.

Segunda-feira, 10 de outubro de 2016. 00h28. Vinte e oito minutos depois do retorno de Jack.

Jack havia levado os passageiros pela linha elevada à plataforma do outro lado da Monarch Tower. Ele os deixou ali, com o conselho de ficarem parados, já que ali parecia ser um dos poucos lugares que não estavam sendo tomados pela causalidade vacilante.

A nuvem preta e densa rolava, desenrolava e enrolava. O raio violeta se congelou, voltou a cair, a brilhar. Os passageiros observaram o vagão sair dos destroços da Torre, se desfazer em pleno voo e parecer preso ao vagão do qual eles tinham acabado de escapar. Então, ele se soltou de novo, afastando-se e brutalmente lacerando a fachada da Torre. Congelando. Afastando. Soltando. A superestrutura atingia a frente da Torre, derramando vidro preto estilhaçado. Às vezes, a frente da Torre se desfazia sem que o vagão a atingisse. Às vezes, o veículo subia e se atrasava, mas, ainda assim, o trem estava livre.

Era mais do que o mundo que estava ruindo: eram as regras que mantinham o mundo de pé, os princípios que davam sentido ao fluxo do tempo. A causalidade se tornava porosa e fraca, caindo como um bolo úmido.

Jack desceu a escada a partir da plataforma correndo, chegou à rua, calculou a travessia e partiu em direção à Monarch Tower antes de o caminhão poder passar de novo. O trem completou seu arco, batendo no prédio e destruindo as portas de segurança e a maior parte da fachada.

A mulher e seu avô estavam à beira da plataforma e acenaram para ele. Jack quase acenou de volta, quando eles deram um passo para trás, pararam, deram um passo à frente de novo, acenaram. Pausaram. Deram um passo para trás.

A ciência era ainda menos interessante para ele do que para Beth, mas Jack acreditava que, se estivesse ao lado deles, sua causalidade subjetiva no que se referia a eles estaria bem, mas à distância sua causalidade discordava da deles. Em resumo, os lapsos não eram mais separados e distintos. A ruptura estava se tornando bem mais granular, sensível. Perigosa.

Se continuasse a degringolar nesse ritmo, os níveis de cronum do universo diminuiriam e não haveria como voltar atrás. Ele tinha que impedir que isso acontecesse.

Ele correu até a entrada destruída.

O motor havia se separado da linha de carros, congelado no movimento de envolvê-los através do terceiro ao quinto andares. O motor havia parado no meio do ato de destruir o lobby da Monarch, o espaço amplo e aberto que usava para expor os sucessos de suas várias subsidiárias. O lobby era um museu de conquista corporativa, um espaço brilhoso iluminado com bom gosto para chamar a atenção ao conteúdo de vitrines e caixas.

Ou melhor, ele tinha sido de bom gosto antes de uma locomotiva de passageiros de noventa e cinco toneladas bater diagonalmente nele. O ar foi tomado por poeira de concreto, estilhaços de vidro e destroços voadores.

Jack passou por baixo do trem congelado e saiu do outro lado, pegando sua arma.

A saída do lobby para dentro do átrio da Monarch tinha sido fechada por duas portas de segurança de aço, com cinco centímetros de densidade: à prova de bomba.

Jack olhou para o trem. Olhou para as portas. Olhou para o trem. Contrariando o bom senso, ele estendeu a mão e pousou a palma contra a lateral do veículo virado.

Ele se lembrou de como havia acontecido, sob o domo de Física Quântica, a reanimação de Will. Ele havia feito de novo, puxando Sofia para dentro do helicóptero cinquenta andares acima de Riverport.

Ele imaginou tudo em preto e branco, enquanto, de suas mãos, florescia Technicolor.

De repente, de modo assustador, Jack sentiu seu sangue ferver, a mão formigou com força e a locomotiva tremeu.

As portas de segurança se abriram com um sibilo, com força. Dois idiotas da Monarch, presos em meias conchas brancas de protótipos de armadura de força, estavam na porta. Autocanhões estavam prontos embaixo do braço deles; lasers com mira surgiam de micromísseis apoiados no ombro.

Eles viram Jack.

Jack ergueu a mão livre, sorriu, e deu um leve aceno.

O trem partiu na direção deles.

Jack subiu nos destroços da locomotiva, tremendo pelo esforço de livrar o trem do lapso. Ele subiu pela parede destroçada, evitando a eletricidade e passando pelos restos meio enterrados e confusos de um scanner de segurança para dentro do átrio — o espaço que havia, um pouco antes, desempenhado o papel de anfitrião da noite das noites da Monarch.

Ninguém havia se dado ao trabalho de limpar. Palcos erguidos, armaduras brilhando, bandeiras, telas de vídeo, vidros quebrados, programas, tudo coberto com poeira de concreto. Jack saiu da trincheira aberta pelo trem.

Acima, o teto transparente do átrio deixava entrar toda a luz de um universo separado pela torção. Poeira, papéis e destroços caíram de quarenta mezaninos diferentes, nenhuma parte do destroço adequando-se à gravidade com senso de união nem regularidade. A acústica levava o som esporádico de armas de fogo, o grito solitário ou um berro da rua. Ele viu o brilho esporádico e de outro mundo de Deslocadores à espreita e desaparecendo com os mezaninos.

O trigésimo quarto andar vomitou labaredas, e um agente da Monarch caiu, gritando, no chão do átrio — parando antes do impacto —, retrocedendo, pausando, caindo e gritando de novo. O berro estridente do homem se transformou em um uivo quando ele rolou para cima em direção às labaredas que rapidamente se retraíam para um dos andares superiores. Ele surgiu com a chama em pouco tempo e foi tirado de vista por ela, a balaustrada de concreto sobre a qual ele havia voado voltando a se formar atrás dele.

As baias do elevador eram tubos geométricos transparentes, todos destroçados, atrás da área circular da recepção. Em duas, havia os destroços de elevadores. O terceiro estava opaco devido à fumaça e aos destroços em chamas.

Jack não estava sozinho ali: ele dividia o espaço arruinado com o estatuário cinético que já tinha sido pessoas vivas. Movendo-se, andando e o tocando estavam as pessoas mortas sempre reinterpretando seus momentos finais de vida — todos violentos, todas elas gritando muito terrivelmente como o homem que para sempre caía do mezanino no trigésimo quarto.

Jack se sentia fraco, desconectado. Soltar o trem o havia esgotado. Ele precisaria de alguns minutos para regenerar sua carga. Parecia estar demorando mais, agora que os níveis de cronum do mundo eram uma confusão espasmódica.

Ele caminhou até a mesa da recepção, esperando encontrar a porta para uma escada, movendo-se e virando-se para evitar braços, gotas de sangue, vidro estilhaçado, tiros. Não eram apenas agentes da Monarch que se acabavam ali, mas os trabalhadores que precisavam manter o lugar funcionando. Pessoas que tinham aparecido para receber um pagamento.

Os elevadores não eram uma opção — não estavam voltando o suficiente para serem úteis.

Uivos. Um coro bem esquisito. Deslocadores, lá em cima, à espreita nos mezaninos. Jack concluiu que não tinha escolha a não ser pegar a escada, mas ele não gostava de pensar nas possibilidades que teria se caísse em um espaço estreito com uma daquelas coisas.

Ele foi até a mesa da recepção, na esperança de encontrar uma planta do local.

Uma das criaturas estava esperando do outro lado, talvez a quinze metros, remexendo-se. Emitiu um som baixo, curioso. Sua linguagem corporal contorcida era a de alguma coisa querendo algo que não podia ter.

Mais um estava à esquerda, perto do trem destroçado.

Havia mais três à direita, nas sombras. Eles o viram. Gritaram. Partiram para a frente, perto. De novo, mais perto.

Mais dois piscaram, flanqueando o Deslocador a quinze metros de Jack. Vociferaram.

Um terceiro apareceu atrás deles, abriu os braços, e o três Deslocadores se colocaram de lado.

Jack reconheceu este. Ele lançou a cabeça ao céu e emitiu o som de cem cavalos com relinchos estridentes. Palma Brilhante.

— Ei — disse Jack, muito cuidadosamente. — Você me trouxe aqui.

Cada Deslocador perdeu o controle totalmente. Os três à direita atacaram, dando a volta pelos corpos congelados, em um caminho de matança em direção a ele.

Palma Brilhante se virou para eles, gritou. Os três pararam, o cercaram e gritaram de volta.

Jack aproveitou e correu.

Ele correu para a direita, e então passou pela área de recepção, abrindo uma distância dos três Deslocadores reunidos. O esforço tirou sua energia, derrubando-o quase de volta ao zero.

Os três reagiram e viraram. Palma Brilhante saltou, batendo neles, espalhando-os.

Jack virou-se de frente para eles.

Palma Brilhante refez a mira.

— Pronto — disse Jack, de modo razoável. — Afaste-se.

Ele atacou.

Jack saltou dando um chute no joelho flexionado de um agente inanimado da Monarch que estava arqueado para trás…

— Ai.

… e pulou, pegando o agente que caía com pouca velocidade em direção ao chão do átrio.

— Hora de ter sorte — disse ele. — Por favor, tenha sorte.

Os dedos de Jack seguraram o tecido que era completamente imóvel, e ele conseguiu passar um braço pela cintura do homem, a parte de trás de suas pernas acertando o rosto de Jack.

Congelado. Jack quase se soltou com a parada.

Palma Brilhante puxou as patas para cima, quando o agente voltou.

Com velocidade.

Para Jack, os dez segundos seguintes foram muito parecidos com cair de um penhasco enquanto levava um soco na cara. Quando o agente em queda bateu em sua parábola, a mão de Jack escorregou. Ele continuou subindo, brevemente, enquanto o agente se recuperava com seu passado. Jack passou pelo trigésimo quarto andar enquanto partia na direção de um trigésimo quinto que se aproximava devagar.

Ele se segurou à balaustrada de vidro e aço como se fosse tudo o que sempre quis. Esticou os braços, caiu, batendo o peito no chão e o queixo no corrimão.

Estrelas. Não se soltou. Não sentiu nada embaixo dos pés. Um nada terrível e total.

Ele esperou por um momento, ofegante.

Escorregou as botas no trigésimo quinto e rolou por cima da grade. Bateu as costas no chão com força. Respirou como se tivesse se esquecido de como fazê-lo

— *Mate-o!*

Ah, merda.

Ele bateu as duas mãos no carpete cinza-escuro, abriu um escudo, quase desmaiou com o esforço. Ouviu muitos tiros contra a carapaça.

Estava cansado. Esgotado.

— Foda-se — disse Jack ao teto, com seriedade. — Independentemente de quem seja, vá se foder.

— Aquele escudo tem uma meia-vida de cerca de dez, quinze segundos?

Jack ouviu o som das armas sendo recarregadas. O sibilo sutil e pneumático de micro-hidráulica engendrada por alemães. O uivo questionador de servomecanismos.

Ele se endireitou embaixo da bolha.

— É Jack Joyce — disse alguém.

Havia trinta caras e dois Juggernauts — todos eles protegidos para a mobilidade. Eles estavam em velocidade e pararam quando Jack passou por cima do corrimão. Os que levantaram a traseira estavam mexendo nos rifles de um lado a outro como se estivessem esperando um ataque a qualquer segundo.

— Quem se importa? — perguntou outro. — Estamos quase lá.

O líder — um cara bem cuidado com uma pele de astro de cinema — balançou a cabeça.

— Ah, não. Os Deslocadores não podem atravessar o escudo de lapso, mas *ele* pode. Não podemos deixá-lo vagando.

O rapaz começou, despejando um pente de trinta tiros no escudo, com ampla cobertura. Centenas de balas esperaram permissão para acertar Jack, enquanto o pelotão o mantinha protegido de todas as formas.

— Imagino que a meia-vida passou a cinco — disse o rapaz.

Se Jack saísse, morreria; se ficasse onde estava, morreria. Não tinha o suficiente para um ataque.

— Quatro — disse o rapaz.

Jack olhou para a esquerda e para a direita. Estava em um mezanino curvado, com o pessoal da Monarch à sua frente. Havia cobertura atrás da baia do elevador à direita. À esquerda havia salas de reunião de paredes de vidro ao longo da fileira da galeria. Não havia carga suficiente nele para cobrir um avanço de três metros.

O escudo tremeu. Assim como as balas.

— Três.

Jack olhou para trás.

— No lado — murmurou ele a si mesmo, pensando no rosto em pânico de Paul no Mirante de Bannerman seis anos antes. — Pelas pernas.

O rapaz sorriu. Seus colegas prepararam as armas.

Jack se recostou no corrimão, segurando com firmeza.

O lapso desceu depressa.

Jack ficou tenso...

— Um.

A parte de cima do rapaz se abriu e voou cerca de seis metros em direção a Jack, mas parou no meio do movimento, com um maquinário vermelho atrás.

Luz louca. Uivos.

O escudo de lapsos caiu quando Jack saltou para a direita, em vez de para trás, e o corrimão explodiu com o impacto simultâneo de uma saraivada militar e pelo menos um micromíssil. Algo quente — estilhaço ou uma bala — passou por seu tendão. O pelotão todo havia se esquecido dele, partindo com tudo para oponentes muito mais letais que Jack.

Apoiando-se em um joelho, ele ficou cara a cara de cabeça para baixo com a expressão de choque do rapaz. Estremeceu.

— Difícil.

O pelotão havia se espalhado como bolas numa mesa de bilhar.

Os Deslocadores estavam acabando com eles. Com as costas contra a baia do elevador, o peito aos pulos, Jack analisou o mezanino pensando em uma maneira de chegar ao escritório de Paul no quadragésimo nono andar... e encontrou. O elevador de segurança — com detalhes pretos ecromados. Ele procurou nos bolsos tentando ignorar a dor e manter o peso longe de sua perna esquerda afetada — e encontrou o cartão de segurança de Sofia.

Ele espiou no canto.

O agente passou na altura da cintura e bateu no corrimão, e sua coluna bateu como um tiro, caindo com tudo no buraco.

Um Juggernaut virou-se a quarenta e cinco graus e deu três passos, e o laser que ele mirava desenhou uma onda em um monstro que se aproximava com velocidade. O piloto lançou o cabo do míssil na coisa, com uma dúzia de micromísseis passando depressa pelos vinte metros de corredor, cobrindo a coisa com estilhaços e chamas. Sem resultado.

O Deslocador ergueu os dois braços, abaixou-os e passou pela única proteção do Juggernaut: a placa da frente da armadura.

O homem tentou se livrar, não conseguiu.

Um segundo Deslocador veio de trás, agarrou o cara pelo rosto e pela cintura. E o puxou.

O Juggernaut se deteu em uma posição de susto; o agente dentro da roupa parou no meio do movimento; piloto e estrutura se desarticularam com violência.

Um segundo Juggernaut girou e entrou com seu autocanhão — sem resultado; tiros de 7,62mm acertaram os Deslocadores, derrubando alguns de seus colegas que ainda estavam vivos.

Percebendo que era um homem que se afogava preso a uma ancora de um milhão de dólares, o piloto ativou o mecanismo de emergência, deu um passo para trás do exoesqueleto e correu em direção aos elevadores.

— Não — disse Jack. — Aqui, não. Aquilo, não.

Um peso de dois metros caiu em cima do piloto e o amassou.

Jack respirou, aliviado.

O Deslocador levantou a cabeça, vociferou e estendeu a mão para ele — com a palma tomada pela luz.

— Ah, porra.

Jack avançou. Não foi muito longe, mas percorreu a distância entre as baias do elevador e as salas de paredes de vidro, e a mais próxima delas estava tomada por balas e destruída. Ele continuou correndo, como sempre, com a perna esquerda vermelha e dolorida. O elevador de segurança estava a trinta metros e se fechava, e os sons da carnificina atrás dele diminuíam conforme os Deslocadores começaram a ficar sem pessoas para matar.

Ao olhar depressa para trás, ele viu Palma Brilhante derrubar um agente antes de um golpe deixar um segundo agente como morto.

Dois metros. A dor em sua perna estava diminuindo; era mais fácil apoiar o peso.

Jack lançou-se.

Nove metros.

Ele estava zonzo, vendo estrelas. Olhou para trás.

Palma Brilhante estava descendo a galeria atrás dele, e atrás dele veio uma onda de outros Deslocadores.

Jack se arqueou — quatro metros e meio — e quase apagou. Com o cartão na mão, ele o passou pela abertura.

Olhou para trás. Palma Brilhante estava a quinze metros e mais perto. Dez.

As portas de segurança se fecharam. Jack pulou lá dentro, apertou um botão para fechar a porta.

Quando elas se fecharam, Jack viu a estrutura de cronum que emoldurava o elevador — carregada.

Três metros. Portas fechadas. Jack se preparou para o impacto... nada além de uivos.

O elevador foi para cima, sua armadura de resgate mantendo-o imóvel apesar da estase universal.

Ele caiu contra a parede, escorregou para o chão. Não tinha parado para pensar que o elevador poderia ser tão pouco cooperativo como qualquer outra coisa em um lapso. Parecia que Paul tinha levado isso em conta quando protegeu os andares de baixo com seu escudo de lapso.

— Bom dia, dra. Amaral — disse o elevador. — A senhora só deve entrar no escritório daqui a seis horas e dezoito minutos.

Um escudo de lapsos que, como Jack percebeu, estava sendo acionado pela Contramedida.

A tela de informação indicava que eram 00h42.

As portas se abriram no quadragésimo nono andar e Jack sentiu os amortecedores de cronum como o bafo de uma leve ressaca. Ele não teria vantagens ali se alguém tentasse atacá-lo.

Jack entrou em um corredor iluminado por luz violeta e caminhou em direção ao escritório de Paul sem mancar. Sua perna tinha se curado.

A porta da sala de Paul era de mogno, fina, parecia ter saído de um *sci-fi*. O cartão de Sofia se encaixou, acendeu uma luz verde e a trava da porta se abriu com um agradável *tum*.

Com a pistola nas duas mãos, Jack deu um chute na porta, com força suficiente para que a maçaneta adentrasse a parede e mantivesse a porta presa. Entrou depressa, analisando. Estava sozinho.

Parede de vidro de um lado, escada levando aos cômodos de outro. Mesa diante da parede de vidro, cadeira de madeira aparentemente cara.

Arte cara, carpetes caros, estantes de dois andares de altura. Ginásio totalmente equipado mais adiante.

Jack pegou o mapa de Sofia, conferiu o layout. O Regulador foi mantido em uma câmara fechada logo embaixo dos laboratórios de cronum, e era acessível por meio do...

Atrás da mesa, havia uma porta de segurança protegida. Reforçada, com cinco centímetros de densidade e o monte de tecnologia ao lado dela sugeria que ninguém entraria sem fazer de tudo, incluindo uma amostra de urina.

— ... que suspeita essa porta aberta.

A porta estava aberta, a câmara mais à frente iluminada com uma luz vermelha.

Jack se aproximou de lado e, lentamente, com a arma pronta. Talvez ela tivesse se aberto quando a comoção no prédio aconteceu. Ou talvez alguém tivesse entrado em pânico e a deixado daquele jeito.

Ele espiou ali dentro.

Amplo e profundo, o lado de Paul na câmara do Regulador acabava em uma parede transparente e densa. Aquela parede tinha uma porta — também aberta — e depois dela, a câmara era tomada por diagnósticos. Dois consoles ficavam de frente para a parede mais distante, e na parede havia uma depressão geométrica.

Dentro da depressão, havia a coisa que Jack e Beth tinham enfrentado o inferno para encontrar.

A Contramedida tinha sido reforçada desde que Jack a vira pela última vez, em 2010, quando Beth havia morrido. Agora, ela brilhava forte dentro de uma estrutura reforçada de titânio. Conectores e adaptadores tinham sido colocados dentro dela, de modo conservador, para reforçar os elementos relacionados ao cronum da Monarch Tower. Tirando isso, por baixo da nova e bela fachada nova, estava o dodecágono caseiro de Will. Era algo forte para um objeto tão pequeno, que não passava do tamanho de uma bola de vôlei.

Ele entrou. Não havia ninguém em casa. Ele entrou na câmara de modo adequado. Tudo murmurava baixinho. As telas mostravam plantas baixa da Torre toda. Parecia que a bola de vôlei de Will estava mesmo energizando tudo o que importava.

Jack se aproximou mais dela, puxou as hastes que a mantinha fixa, cujo painel comandava o mecanismo de destrave.

No painel com a tela, estava escrito: SOLTAR O ABRIGO DO REGULADOR: S/N?

Jack fechou os olhos e suspirou.

— Certo — disse ele. — Independentemente do que for fazer, faça.

Nada.

— *Vamos!* A porta está aberta? Toda a proteção desta coisa foi desativada. *Faça!*

Nada.

SOLTAR O ABRIGO DO REGULADOR: S/N?

Jack olhou para aquilo, detestando.

— Porra.

Plugues se soltavam como tiros. Eletromagnéticos se desligavam, com cabos se soltando de todas as entradas do dispositivo.

Uma buzina soou, de modo ensurdecedor, uma vez, e a luz da sala passou a ser azul.

ESCUDO DE LAPSO DO 49º ANDAR: DESATIVADO.

ESCUDO DE LAPSO DO 50º ANDAR: DESATIVADO.

AMORTECEDORES DE CRONUM: OFF-LINE.

ARMADURAS DE MOBILIDADE: OFF-LINE.

Uivos.

Jack deu um salto em direção à Contramedida e a pegou de sua caixa. Um pouco de resistência, muito calor, e ela se soltou.

Jack a segurou e analisou a salvação da humanidade.

— Não faço a menor ideia de como usar esta coisa.

Os Deslocadores estavam entrando.

Jack enfiou a Contramedida dentro da mochila de Nick, colocou-a sobre o ombro e correu dali.

Só havia uma pessoa que sabia o que fazer.

A saída sul da câmara levava ao escritório de Paul, e uma saída a oeste era deixada para acesso rápido ao laboratório do tempo. Jack pegou a segunda. A porta de segurança levava a um corredor. Ele dobrou a segunda entrada, passou pela porta e a fechou depois de passar.

Estava em uma sala de controle de caixa de vidro, olhando para baixo, para a área estéril do laboratório de tempo da Monarch, áreas de segurança marcadas com linhas pretas e amarelas, uma estação de diagnóstico com grade no chão do outro lado. A máquina em si — aquele donut de alta tecnologia — era grande e ficava do lado direito do laboratório. O núcleo do tempo — aquele que a Monarch havia retirado da Universidade de Riverport duas noites antes — ficava a seis metros acima do centro do local, com cabos descendo à Alameda, pronto para ser baixado e ligado.

O laboratório de tempo tinha sua proteção antilapsos: uma série de geradores discretos em cada canto da sala, obtendo uma carga de cronum das mesmas baterias que acionavam a máquina. Seguro, e uma rota de fuga, contra o escudo principal que já tinha aparecido em meio a uma crise.

Jack apertou o botão de soltar, ligando o maquinário do andar de baixo. Ele saiu pelo lado mais distante do deque de observação, descendo a escada quando o núcleo de tempo caiu uma posição no centro da Alameda.

Ainda estava descendo quando os Deslocadores entraram pelos corredores do andar de cima.

Ao chegar ao andar do laboratório de tempo, Jack passou os polegares pelas alças da mochila, puxando-a com força contra as costas para minimizar o solavanco, e correu em direção à máquina. Ele chegou aos controles no momento em que vários conectores começaram a ser ligados ao núcleo. Os controles se acenderam.

Uma bagunça de luzes surgiu dentro da sala de controle.

Deslocadores entraram no laboratório.

Porra.

Não era possível voltar a um tempo anterior ao de quando a máquina foi ativada, o que aconteceu perto de 4h15 da madrugada do sábado anterior. Aquele dia era segunda-feira. Ele apostou em 4h35 e ativou a máquina.

A máquina da Monarch era melhor. A Alameda carregou imediatamente, e a trava se abriu tranquilamente quando a horda saiu no deque de observação, já aparecendo aqui e ali na área do laboratório de tempo. Jack lançou-se à trava, subiu a rampa, girou e deu um tapa na placa de liberação. A trava começou a se fechar enquanto aquela massa de carnificina esquizofrênica tomou o laboratório, parou e seguiu em direção a ele, urrando.

Jack parou. Havia alguém no laboratório, sem se abalar, com os olhos fixos em Jack enquanto a horda aparecia ao redor dele.

Martin Hatch.

Os Deslocadores não sentiram a presença do CEO da Monarch, não encostaram um dedo em seu terno bem cortado. Hatch observou a trava se fechar enquanto os monstros apareciam ao redor dele, galopando na direção de Jack, até ele sumir de vista atrás da massa confusa.

A trava se fechou quando a primeira criatura bateu na porta. A porta direita se abriu e Jack se colocou em segurança. Havia uma pessoa que ainda podia fazer esse trabalho, e Jack tinha o plano de trazê-lo de volta dos mortos.

Que se fodessem as leis do universo.

21

Sábado, 8 de outubro de 2016.

4h35. Universidade de Riverport, Prédio de Física Quântica. Dois dias antes. Vinte minutos depois do início da ativação da máquina do tempo.

O silêncio ao redor da Alameda terminou com Jack entrando na noite que mudou sua vida para sempre. Ele esperava comoção em sua chegada, mas o laboratório do lado de fora da trava estava estranhamente silencioso. Arriscando olhar pela abertura, o laboratório do tempo da Universidade de Riverport estava como ele se lembrava: rampa levando ao andar de baixo, controles de tempo à direita. Escadas à frente, levando a uma plataforma de esquerda à direita. Uma cabine de controle com paredes de vidro depois de um lance curto de escada à direita, e a saída depois de degraus à esquerda.

Ele acionou a trava para que se abrisse e então emergiu.

— Estou dizendo que algo acabou de acontecer. — Vozes de debaixo da máquina. Os dois grandalhões que tinham perseguido Will e Jack na noite em que eles se meteram na maluquice de Paul Serene. — Tem alguém lá em cima.

Dois agentes da Monarch, dos dois lados do túnel de acesso pelo qual Jack e seu irmão tinham escapado, olharam para cima quando Jack enfiou a cabeça pela abertura acima.

— Buuu.

Jack pretendera congelá-los em um lapso. Em vez disso, de modo chocante, a causalidade dentro do espaço confinado ao redor dos agentes, desconectada, retorcida incorretamente, então apareceu em uma forte contradição que mostrou os esqueletos dos homens espontaneamente desarticulados. Articulações interagiam de modo bizarro com ossos; a física se reinventava enquanto batia com resultados causais que existiam apenas em linhas de tempo desconhecidas. Os homens foram remodelados de maneira selvagem num piscar de olhos, jogados com muita força de uma superfície à outra dentro daquele espaço confinado. A morte foi instantânea, e o que caiu no chão por baixo da máquina lembrava marionetes descartadas mais do que homens.

Jack se encolheu.

— Talvez eu só devesse ter dito "mãos ao alto".

Seus poderes não tinham parado de se desenvolver. Ele ainda estava mudando. O que isso significava e onde terminava?

Ele caiu na cavidade de manutenção e, com o polegar e o indicador, rapidamente retirou o protetor auricular de um dos agentes.

— ... Prédio de Física. Alguns assíduos estão limpando o laboratório, o restante de nós está no décimo andar.

— Certo, Donny, casa limpa, de cima para baixo. Pego você depois.

— Entendido, chefe.

Gibson. Seu grupo estava prestes a passar pelo prédio e matar todo mundo ali dentro. As pessoas cujos empregos Paul vinha tentando salvar. Aqueles pelos quais Jack e Paul tinham passado a caminho do laboratório de tempo na noite anterior — naquela noite. *Pessoas com famílias*, Paul dissera.

Jack seguiu para a escada.

Ele passou pelo quinto, ouvindo um agente do pelotão Reaper gritar:

— Granada! Ele jogou a granada! — Antes de o Deslocador da detonação arrancar a porta da escada com batente e tudo quando ele passou.

Ele saiu do Prédio de Física Quântica no terceiro andar e atravessou a rampa até o prédio da administração a oeste. Isso o levou para baixo do domo — o domo onde tudo se estragou e ele e o irmão lutaram para viver. Estavam prestes a lutar por suas vidas.

— Senhor? — Donny perguntou mais alto do que o protetor auricular abafava. — Os dois fugitivos do laboratório de tempo não estavam entre os corpos.

— Faça o que sempre fazemos, Don. Tranque-a. Eles ficarão ali dentro. — E então: — Don? Vá olhar por uma janela.

— Bem, chefe. Estou vendo o que acho que estou vendo?

— Espere vinte segundos, Don, e então me diga o que vê.

Ele se movimentou o mais rápido que conseguiu, dobrando-se em momentos e acelerando pelos corredores retos. Em seu protetor auricular e pelas paredes, ele ouvia as batidas sucessivas das granadas de Gibson na lateral do domo de Física Quântica, tendo Will como alvo. O tempo estava acabando.

Os elevadores estavam desligados. Ele encontrou a escada da administração, subiu cinco degraus por vez, chegou ao térreo, atravessou outro corredor correndo, entrou em uma área de recepção e saiu, à noite.

Ele havia chutado a porta de trás ao abri-la e saiu em um estacionamento pequeno, derrubando uma lata de café cheia de bitucas de cigarro antigas. Com os níveis de energia muito baixos, ele se dobrou em um momento, avançou por cerca de trezentos metros em direção ao estacionamento. Isso fez com que ele chegasse ao lado norte do domo — o lado oposto ao do campo de protesto e da Alameda dos Fundadores.

O pelotão Guardian estava espalhado dentro do domo. Uma parte ampla de vidro no andar térreo já tinha sido destruída pela última granada de Gibson — aquela cuja força havia jogado Jack de cara na grade do BearCat de Gibson.

Ele viu o campo rapidamente. Estava uma desordem, com poucas barracas ainda de pé. Algumas delas estavam em chamas. Não havia nenhuma criança ali, só alguns agentes cumprindo um circuito, sendo meticulosos.

Lanternas piscaram do lado sul do domo. Jack viu seu antigo eu ensanguentado se levantar na frente do BearCat de Gibson quando o agente número um da Monarch engatou a ré.

Isso significava que a Monarch estava com Will.

Naquele momento, ouviu-se o barulho de passos do lado de dentro. Dois idiotas seguravam Will pelos braços e o arrastavam pela escada do meio, em direção às portas ao norte — cerca de quarenta e cinco metros na frente de Jack.

Abaixando-se, ele percebeu que tinha energia suficiente para passar por aquele espaço depressa e com intensidade, o que deveria bastar para derrubar o cara da esquerda. Derrubar o da direita dependeria da sorte. Ele permaneceu abaixado e esperou.

As portas se abriram e eles saíram, com Will protestando o tempo todo.

— Vocês estão se destruindo! O...

Jack lançou-se a eles...

... e não alcançou.

Ele havia coberto seis metros quando um braço surgiu em seu caminho, agarrando-o pela garganta, erguendo seus pés, fazendo com que ele caísse de costas no chão.

Ele não conseguia respirar. Alguém estava à frente dele, ajustando sua gravata.

Hatch. Ele disse mais uma palavra:

— Não.

Nem os agentes nem Will notaram, e Will foi arrastado em direção a um BearCat que esperava.

Hatch olhou para o domo, e então para Jack. Foi o mesmo olhar atento que Hatch lhe lançara a havia pouco tempo na Torre: despreocupado, como que tentando entender por que Jack nem sequer existia.

Os pensamentos de Jack foram sufocados, estrangulados por sua garganta meio fechada. Ele se esforçou para se sentar, mas um pé calçado com um belo sapato de couro italiano o empurrou para baixo. Hatch esperou, observando o BearCat afastar-se e correr em direção à biblioteca. E então voltou sua atenção a Jack.

— Certo — disse Hatch, e tirou o pé.

Jack piscou com força, tentou engolir, mal conseguia formar a pergunta:

— Quem é você?

Ele disse isso ao ar da noite. Hatch havia partido. Jack estava sozinho. O desgraçado devia ter voltado ao prédio da administração. O que estava fazendo ali? Com quem Paul havia se unido?

O trovão tomou o estacionamento: o som do BearCat acordando, seguindo em direção à biblioteca. Não havia tempo para sutilezas. Com pouca energia e com dificuldade para respirar, Jack foi ao domo. Gibson e seu eu do passado já tinham partido; a pessoa que ele tinha sido já estaria na biblioteca.

Jack acelerou em direção à biblioteca. Ele só fez um avanço. Precisaria de toda a energia que pudesse reunir para o que vinha em seguida.

Quando um momento é testemunhado, a forma de onda rui. É o que Will havia dito — e Paul. Os acontecimentos não podem ser mudados quando esses acontecimentos se misturam e influenciam a causalidade.

Jack correu diretamente para as barreiras de partículas ao redor dos fundos da biblioteca, transformou o *momentum* em dissimulação, passou uma perna por cima e pousou de frente para a entrada nos fundos da biblioteca, sem porta.

A sala era perfeitamente quadrada, vazia, exceto por extensões de plástico como a pele descartada de cobras gigantes, poeira e isolamento.

As pilhas estavam dentro da sala vazia à esquerda da porta e além da porta sul onde Paul e Will estavam nos momentos finais de sua conversa fútil.

— Mas não temos anos para você chegar à mesma conclusão. Temos momentos.

Era isso. Jack inclinou-se para a esquerda...

— Monarch Actual — disse Paul —, aqui é seu consultor. Fogo. — E então, saiu.

Jack dobrou a esquina a tempo de ver Paul sair pelas portas principais. Seu eu do passado olhou para a frente horrorizado quando Paul bateu nele, derrubando-o do prédio com as primeiras cargas que explodiram no andar de cima.

Jack escorregou no piso preto e branco liso, com marcas de dedos na poeira, e se lançou à frente quando uma cortina de destroços caiu.

Jack escorregou quando o andar de cima ruiu atrás dele, colidindo com as pernas de Will, ao mesmo tempo que ele batia as mãos na poeira.

O peso de um prédio caiu na terra no ponto onde os irmãos estavam. A queda levantou uma nuvem que tomou conta do campus, envolvendo tudo em uma confusão densa de mármore pulverizado, alvenaria e concreto.

Jack tossiu.

— Will? Will! — Ele não conseguia ver nada. — Will!

— Acho que quebrei meu relógio.

Will estava bem ali, sentado por baixo de uma bolha brilhante de causalidade autocontida. Vivo.

Jack bateu nele, agarrando-se a ele com todas as forças.

— Você, huh... — disse Will, com dificuldade. — Você está ficando muito bom nisso. — E então, ele se deu conta: — Você não é Jack. O Jack que eu encontrei esta noite tinha feito a barba. Você, não.

Jack o soltou.

— Isso não vai durar muito.

— Eu deveria estar morto — disse Will. — Mesmas roupas, mais barba. Eu acho que você é o quê? Dois dias mais velho? Três? Você voltou a tempo. Para mim, para isso. Ou seja, você achou que eu estava morto. Eu deveria estar morto.

— Tem um espaço do lado de fora dessa bolha. Vou explodir nós dois. Duvido que alguém note a essa altura.

— Eu *estava* morto, para você, mas você me salvou. A única maneira com que isso poderia ser possível é se... se entre o agora e quando você voltar para mim, o mundo tiver todos os motivos para acreditar que estou morto... se eu nunca interagir com a causalidade entre o agora e dois dias a partir de agora. O que podemos conseguir se você e eu viajarmos *ao futuro* no tempo, passando esses dois dias. Jack — continuou Will —, a forma de onda nunca se desfaz. Eu nunca morro. Que solução maravilhosa de se formular. *Muito bem.*

— Tampe seus ouvidos. — Jack enfiou as mãos na bolha, e fez aos destroços o que tinha feito aos dois agentes da Monarch embaixo da máquina do tempo.

A tonelagem explodiu.

Jack e Will surgiram dos destroços da biblioteca para dentro de um mundo que havia parado de se mover.

Entraram pela atmosfera branca como giz, atravessando a ruína da biblioteca e saindo no campus.

— Deixei isso passar totalmente na primeira vez — disse Jack.

— Deixou passar? — perguntou Will, batendo a poeira. Eles estavam caminhando depressa em direção ao Prédio de Física Quântica... e para casa.

— Sim — disse Jack. — Ela me encontrou. E... ah, cara.

— Ela?

Jack não estava ouvindo. Nem caminhando. Ele tinha visto algo na Alameda dos Fundadores e agora corria em direção a ela. Will gritou para ele, mas acompanhou.

Beth estava congelada, andando pela Alameda dos Fundadores com o corpo inconsciente do Jack do passado jogado sobre seu ombro.

Ela estava ali, linda e viva. Sem se mover. A guerreira por quem ele havia se apaixonado.

Jack se aproximou dela. Ela estava ali, tão viva.

— Você a conhecia, não? — perguntou Jack a seu irmão.

— Conheço Beth Wilder há dezessete anos — respondeu Will. — A primeira coisa que ela fez foi salvar minha vida. A sua também, na verdade. — E então: — Você não pode salvá-la.

— Sabe o que aconteceu a ela?

— Em 2010? Acho que sim. Eu voltei à minha oficina na doca e a área estava destruída. Eu vi as anomalias, reconheci todas elas como produto da brecha da Contramedida. Eu torci para que ela estivesse viva, que tivesse pegado a Contramedida e voltado a 2016, mas eu sabia que a exposição a teria matado primeiro. Então, a Monarch comprou a área toda e instalou uma operação de coleta de cronum. Chamam de "Marco Zero". Então, com onze anos de trabalho desperdiçado e o Armagedom chegando, comprei uma arma e tentei fechar o laboratório da Monarch sozinho. O que nos trouxe para cá.

Se Jack tinha ouvido, ele não deu sinal.

— Ela merece viver.

— Você precisa esquecê-la. Temos um universo a considerar.

Jack não abriu a boca para dizer nada. Só recostou-se em Beth, envolveu seu corpo com o braço e a abraçou da melhor maneira que pôde. Só por um momento.

Ele sussurrou algo que desejava que Beth conseguisse ouvir, mas sabia que ela nunca ouviria.

22

Segunda-feira, 10 de outubro de 2016.

00h55. Monarch Tower. Laboratório de tempo. Um minuto, local, depois da partida de Jack.

Jack e Will deram as mãos um ao outro ao caminharem pela Alameda, lado a lado, no mesmo ritmo, mantendo a sincronia enquanto avançavam duas noites.

— O que você verá será chocante, Will. Só estou avisando.

— Estou preparado para isso desde que você tinha dez anos. Tenho certeza de que consigo lidar com isso.

Ao chegarem à câmara, eles abriram a trava e entraram na primeira hora da manhã de segunda-feira.

Jack conferiu pela abertura. A câmara de ar sibilou, as travas despressurizaram e os dois irmãos apareceram na rampa.

O laboratório estava vazio. Eles estavam sozinhos.

— Ah — disse Will. — Eu esperava algo mais drástico. — E então: — Isso é... música?

O que eles ouviram era uma série de notas altas, como se alguém em uma sala distante estivesse tocando um xilofone, passando de um ritmo lento a algo mais rápido. Vindo por baixo daquele núcleo simples, abruptamente, era o som que inúmeras vigas poderiam fazer se fossem flexionadas e quebradas sob um peso que não mais conseguiriam aguentar.

O chão se mexeu de modo assustador, traindo os dois quando a parede mais afastada se soltou e escorregou quase sem emitir som.

O ar frio soprou, e de baixo veio o som de centenas de toneladas de concreto, vidro e ferro caindo de modo desajeitado e catastrófico na rua.

Riverport — parada, em chamas, morrendo — mostrou-se totalmente a eles.

Will atravessou o andar em direção a uma parede com uma abertura, talvez atraído por algo que só ele podia entender, algo escrito na paisagem noturna barulhenta e pulsante diante dele. Ou talvez ele fosse apenas um homem analisando o que tinha feito e tenha se encontrado tomado pelo horror da situação.

Jack estendeu o braço na direção do irmão, puxou-o de volta da beirada, e viu com os próprios olhos o que estava acontecendo com a cidade onde ele havia crescido.

— Will — Jack gritou acima do vento forte. — Pode deter isso? — Ele tirou a mochila, abriu, mostrou a Contramedida a Will. — Pode?

A visão do equipamento tirou Will de seu choque. Ele assentiu.

— Posso tentar. Foi para isso que construí isso. Sim. Sim, acredito que sim. Preciso entrar embaixo da máquina.

Pegando o dispositivo da bolsa, virando-o em suas mãos, Will disse:

— A carga está estranhamente baixa.

— Monarch estava protegendo os andares superiores do lapso com ele, acionando uma espécie de rede de amortecimento. Provavelmente acionando um monte de outras merdas. Não faço ideia.

Will olhou para o outro lado daquela cidade terrivelmente afetada.

— É... — Ele se esforçou para encontrar alguma palavra. — A causalidade depende de uma sequência de acontecimentos acertada com antecedência. Isso cria o que compreendemos como o fluxo do tempo. A Ruptura está abrindo a porta para outras realidades em potencial. O que antes era uma canção, agora é uma confusão violenta. Este prédio está se desfazendo sob nós.

— Bem, na verdade — disse Jack —, é um pouco disso e um pouco por eu estar lançando um trem pela recepção. — Ele deu de ombros. — Estava trancada.

Will pegou a Contramedida e seguiu em direção à máquina do tempo, quando uma voz disse:

— Jack.

Jack olhou ao redor: os cantos, a sala de controle acima, não havia ninguém ali.

Will parecia não ter ouvido, examinando a Contramedida enquanto caminhava até a máquina.

— Jack?

— Paul…?

Jack parou de repente. Paul estava na câmara, de pé na rampa, olhando dentro da sala, com uma expressão de terror. Aquele não era o Paul que Jack tinha visto derrubar um prédio em cima de seu irmão; aquele era o Paul que ele tinha sido na noite em que viajou na máquina pela primeira vez.

Will pousou a Contramedida com cuidado perto da reserva de cronum com cobertura de platina que a Monarch usava para acionar a máquina e começou um exame da energia percorrida até a Alameda.

Enquanto Jack se aproximava de seu antigo amigo, uma segunda figura apareceu — de pé no fim da rampa. Martin Hatch.

Aquilo não era real, Jack notou. Era uma visão, como aquelas que ele tinha na casa.

— Você e eu estamos marcados para sermos grandes amigos, Paul — dizia Hatch. — É a honra maior de minha vida oferecer tudo de que você precisa para desempenhar seu papel singular.

Hatch abriu um braço em direção aos três homens e mulheres, esperando para levar Paul para fora da sala — em direção a um futuro que o transformou no homem responsável por tudo o que estava acontecendo no mundo naquele momento.

Jack observou o jovem Paul Serene — perdido e confuso — ser pastoreado. Hatch respirou fundo com o ar de um homem que havia acabado de alcançar uma grande conquista.

Quem é você, porra?, Jack pensou. *Seu gigantesco filho de uma puta.*

Hatch se movimentou para sair… e então parou. Ele endireitou as costas com curiosidade.

Martin Hatch olhou para trás. Virou-se totalmente. E, então, deu um passo na direção de Jack.

Martin Hatch — anos adiante — estava a um metro e meio de Jack Joyce, de frente para ele, e parecia olhar diretamente em seus olhos. Jack deu um passo para trás.

Lenta e cuidadosamente, Martin Hatch olhou para Jack de cima a baixo… e sorriu.

— Quem é você, porra? — perguntou Jack.

Hatch estalou os dedos… e a visão acabou.

Jack estava sozinho.

O lapso veio sem aviso. O interfone recebeu uma sobrecarga e explodiu. As paredes de vidro da sala de controle balançaram, permaneceram intactas. Por um milésimo de segundo vertiginoso, o chão desapareceu, compartilhando um momento com um mundo no qual o prédio todo havia ruído, antes de a natureza nativa se restabelecer — e o espasmo entre o que é e o que poderia ser derrubou Jack e Will.

Do outro lado de Riverport, os céus se abriam, a energia brilhava, ondas de choque tomavam as ruas e balançavam o rio. Quarteirões inteiros se acendiam ou apagavam, a maioria deles vacilando entre esses dois momentos. O coro de alarmes de carros era o som de fundo de ruas inteiras que se abriam de ponta a ponta, de focos de incêndio e de infernos. Jack não fazia ideia do que estava acontecendo no chão. Se aquilo podia acontecer com aço e concreto, o que estava acontecendo com as pessoas?

— Jack.

— O que foi, Will?

Will desviou o olhar dos conectores que observava no corredor.

— Você disse alguma coisa?

— Não...

— *Jack!* — A voz estava errada: sobreposta, balançando, estranha.

Paul Serene saiu da escada e foi para a sala de controle, a quinze metros de Jack. De ombros largos, e quase totalmente consumido pelo mal-estar do cronum que o moldava em algo monstruoso. A luz brilhava sob suas roupas. A carne de suas mãos e do pescoço refletia uma luz inconstante. Quando ele falou, a iluminação saiu de sua garganta.

— Está pronto?

— Jesus.

— É o suficiente. — Paul sofreu um espasmo, uma série de Pauls de uma vez. Ele estava passando de humanidade ao que quer que os Deslocadores fossem. — Você e eu morremos aqui — disse ele. — Mas ao fazermos isso, salvamos um universo.

— Will, ajeite essa coisa, depressa.

— Eu a conectei ao fluxo primário de cronum. Acho que estamos prontos.

— Então, faça!

Paul resmungou.

— Não faz diferença.

Will plugou a Contramedida na saída principal da bateria e... nada.

— Não relute, Jack. — Paul estava tendo dificuldade para controlar aquilo. — Nós nos mantemos juntos, certo?

Foi então que Jack notou a corrente prateada pendurada no punho brilhante de Paul: a corrente presa à bala.

Ele ergueu aquele punho.

— Nós nos conhecemos desde sempre... o universo... destino... organizou para que... — Paul estremeceu. Vários Pauls piscaram e lutaram pelo controle da identidade do amigo dele, e foram vencidos por uma enorme força de vontade. — Sei disso porque eu vi.

— Também vi muitas coisas, Paul.

— Estamos aqui agora porque meus futuros aparecem para mim... e eu escolho os futuros nos quais assumo o mundo. E eu *sei*, Jack, que é aqui que eu e você terminamos... porque nunca tive uma visão além desta noite. Além de agora. Todos chegam ao mesmo ponto inevitável. Você fracassa, morre, eu morro e a Monarch triunfa.

Paul se endireitou e então marchou na direção de Will.

— Dê-me o Regulador.

Jack se mexeu para interferir. No último segundo, Paul não estava mais ali e Jack procurou no banco de diagnósticos encostado na parede.

Paul parou.

— Quando me aproximo, as visões não param. Quanto menos tempo tenho, mais claras elas se tornam, conforme a potencialidade diminui. Você pode atacar como quiser...

Jack avançou e, mais uma vez, Paul não estava ali. Jack parou um pouco antes de se chocar com a manutenção.

— ... mas eu estou além das surpresas.

Will arrancou a Contramedida da máquina, segurou-a diante dele como se fosse uma arma.

— Vou romper isto para que você não a pegue. Já quase matou você uma vez, pode...

A Contramedida desapareceu da mão de Will, deixando-o gritando e apertando os dedos.

Paul a pegou, despreocupado.

— Isto é para Martin Hatch e para o futuro.

Jack se arriscou.

— Em todas essas visões, Paul, você vê Hatch?

Paul não disse nada por um momento, e então:

— Martin sempre esteve comigo.

— E?

Paul não disse nada.

Jack sorriu, não disse nada.

— Foi o que imaginei. Então, o que é? O que tem de errado nele?

Jack avançou, Paul havia se movimentado, apareceu mais adiante no laboratório, em direção à brecha.

— Você sabe o que vou dizer, você sabe o que você vai dizer. Avance. Diga como essa conversa se desdobra.

— As vidas... são bagunçadas — disse Paul. — A de Martin... não é.

Jack hesitou.

— O que isso quer dizer?

Will deu um passo à frente.

— Em todos os futuros que você vê e dos quais escolhe, as ações de Martin Hatch nunca se desviam?

— Ele é o homem mais focado que já vi. Minha vida, tudo o que sou, devo à clareza dele.

— Pense nisso — disse Jack. — E...

O perfil de Paul brilhou, hesitou, mas não do modo dos Deslocadores. Aquilo era mais uma sobreposição.

— ... dê...

A sala afunilou-se e perdeu a velocidade quando a multidão de Paul Serenes, como fantasmas, como imagens passadas, avançou, moveu-se, gesticulou, virou-se, correu...

— ... a...

Não imagens passadas: imagens adiantadas. Jack viu sua própria imagem aparecendo, misturando-se com a de Paul. Um milhão de potenciais explodindo de todos os três homens presentes para formar um caos de potencialidade momento a momento. Muita coisa para ser compreendida, por isso Jack se concentrou no que precisava: o equipamento que Paul agora segurava.

Fantasmas desapareceram. Os futuros nos quais ele lançava mão da Contramedida se solidificaram. Paul interceptava ou o evitava em todos eles. Em alguns deles, Jack saiu voando daquela brecha.

Ele escolheu um no qual não fazia isso.

— … Contramedida.

Ele se lançou à frente. Paul não estava ali. Jack sabia onde ele estava, observou, esperou que Paul tomasse uma decisão ruim pelos futuros que estava vendo. Fracassou.

O jogo se tornou ver quem conseguia enxergar mais profundamente na mistura de movimento e contramovimento e entrar em ação de acordo. Jack tinha bem menos experiência, mas Paul estava sendo reajustado de dentro para fora.

Jack seguiu em direção a ele, não conseguiu interceptar, observou, fracassou, virou-se para ele, fracassou, saiu, fracassou. Paul correu para a escada, Jack se movimentou para interceptar, Paul viu o que estava vindo, jogou-se para a esquerda e passou por cima do corrimão. Jack já estava ali, esperando. Paul pulou, Jack pegou a Contramedida, Paul se foi.

— Você disse que morremos aqui? — perguntou Jack.

Paul assentiu.

— Tem um horário para isso?

Paul avançou, derrubando uma mão de pele flácida, errou, acompanhou o movimento, lançando a Contramedida como uma bola de boliche no peito de Jack. Jack voou dois metros e bateu no deque com força.

— *Não!* — Will seguiu na direção deles. — Você vai abrir!

Paul olhou para o dispositivo que segurava como se nunca o tivesse visto, uma expressão de confusão animal no rosto.

— Paul?

Ele olhou para Will como se esperasse ver compreensão nos olhos do outro.

— Guerras, calamidades, pragas, tudo foi o preço a se pagar a causa e efeito, para nos trazer a este momento. — Ele pegou a bala prateada e a levantou. — Sinto falta das pequenas coisas.

Ele soltou. Afastou o olhar quando ela caiu no peito estroboscópico.

Paul Serene estremeceu, gritou, conforme a doença se espalhou até sua garganta, até seu crânio e tocou seu cérebro.

Jack se debateu contra o diagnóstico, usou o pouco de energia que ainda lhe restava para percorrer a distância entre eles…

… que Paul respondeu partindo na direção dele, um pouco à esquerda, balançando um braço estendido na cara de Jack. Jack abaixou-se, e a coisa que tinha sido Paul Serene seguiu chutando. Jack se retraiu por dentro, a bota bateu no chão perto de sua cabeça, pressionou as mãos ao chão e...

Paul deu uma joelhada nas costas de Jack. Jack se abaixou, caiu no chão, percebendo quase imediatamente que ele não conseguia sentir nada da cintura para baixo.

Paul deu um passo para trás.

— Você morre aqui para que a Monarch possa ter sucesso. — Ele apontou a escada. Um andar acima, hesitando e brilhando, como um Deslocador. O Deslocador. Palma Brilhante. — Isso mata você. — Paul pegou a arma. — Isto aqui... é a última visão... que tive...

Ele havia quase desaparecido. O Deslocador Paul saltou para pegar a bala perto de seu pescoço, arrancou-a, concentrou-se nela... a lembrança que ele havia levado por mais de vinte anos: de amizade, sua humanidade. Uma lembrança de que nada deve ser desvalorizado e de que o tempo é finito, então é melhor seguir vivendo. Parecia dar a ele certa coesão, um pouco de paz, de foco.

O mal-estar aumentou, Paul gritou. Jack pegou a arma e atirou. Uivos agonizantes saíram da Palma Brilhante quando ações possíveis se condensaram em realidades singulares, momento a momento, lacerando-a. A bala passou pelo nada, resvalou nos diagnósticos.

— Você não se foi por completo, não é?

Paul estava perto da brecha; Jack atirou. Voltou a mirar e atirou. Palma Brilhante continuou gritando, remexendo-se e brilhando em miniexplosões escada abaixo. Jack soltou seu último pente, jogou a arma de lado, rolou.

Palma Brilhante brilhou pelo espaço.

— Você... — O Deslocador Paul se assustou, afastando-se pela atitude de se manter no controle — Perda... tempo...

Jack se virou de costas. Palma Brilhante desceu e abriu a mão brilhante em direção ao rosto de Jack.

— Não exatamente. — Jack se assustou, rolou, ficou de pé e avançou para dar uma ombrada em Paul. A Contramedida voou das mãos de Paul. Jack pulou, interceptou e parou, virando-se para Paul.

Jack estava com a Contramedida.

E percebeu que Palma Brilhante estava agora atrás dele.

Jack havia soltado a reserva toda de cronum no ataque, mas recuperou o suficiente para pegar a Contramedida de Paul, que se deteriorava depressa. Agora, ele voltava ao zero.

Paul correu até ele. Jack se virou, com a mão sobre a trava da Contramedida.

— Tenho certeza de que posso estourar isso. E tenho certeza de que, se fizer isso, vou acertar você e essa coisa atrás de mim. — Jack se afastou, de olho em Paul e no Deslocador. — Você viu isso? — perguntou Jack. — Consegue ver como vai ser?

Paul, ou o que havia sobrado dele, não conseguia falar. Ele só estendeu uma mão, para pegar a Contramedida, uma mente complexa reduzida à última coisa que a governava, talvez.

O Deslocador deu um passo duro à frente.

— Farei isso, Will — disse Jack. — Fique atrás de alguma coisa.

O Deslocador resmungou, abriu a mão, e caminhou diretamente até Jack, gritando.

Jack se virou com a Contramedida nas duas mãos pronto para explodir.

— *Pare!*

Inesperadamente, o Deslocador fez isso. Sua palma brilhante estava a sessenta centímetros do rosto de Jack.

Ele não se mexeu. Só resmungou, em mil vozes, e estendeu a mão na direção dele.

Beth havia feito a mesma coisa em seu momento final.

— *Confie no vilão.*

Jack olhou. Por baixo da distorção, com a palma que mudava constantemente por meio de mil variações de si mesma, uma coisa continuava constante. A luz no centro.

Uma única bala prateada. Um lembrete para não desvalorizar nada, de que o tempo é finito.

O Deslocador emitiu um som, como cem cães uivando muito longe dali.

— O que... — disse Paul, assustado —, você... está... fazendo?

A cabeça do Deslocador estava brilhando sem parar. Tão perto dela, Jack viu o rosto da pessoa que era. Que sempre tinha sido.

Ele abaixou a Contramedida e se colocou ao lado dela.

Paul e o Deslocador se olharam fixamente.

O Deslocador atravessou o espaço entre eles com determinação.

Paul, humano o bastante para estar em pânico mais do que deveria devido àquela coisa que ele temeu por dezessete anos, levantou uma mão em mudança quando a palma brilhante do Deslocador aceitou a de Paul, palma com palma, bala a bala, e Paul Serene viu a coisa que ele se tornaria, a coisa que sempre tinha sido — em quatro dimensões — existindo de uma vez em todas as épocas, mediando a causa e o efeito que levavam a todas as coisas serem como eram.

Incluindo seu próprio renascimento.

A doença o tomou totalmente, os olhos fixos nos de seu eu Palma Brilhante, e, naquele momento, os dois se tornaram um.

Palma Brilhante, existindo em quatro dimensões, envolveu Paul — envolveu-se a si mesmo — no momento de seu próprio (re)nascimento.

Palma Brilhante o havia salvado na Monarch Tower. Aquela era a mesma criatura que havia canalizado Jack pelo tempo, de 2010 até aquele momento, garantindo, assim, que ele estivesse aqui. Que os acontecimentos ocorressem como ocorreram.

Que Paul Serene se tornaria a Palma Brilhante.

A capacidade de Paul de perceber e explorar múltiplas linhas do tempo... tudo parte de si mesmo tornando-se quadridimensional. Ele tinha que se tornar mais próximo daquela coisa. Sempre teve.

As coisas acontecem como devem acontecer. O universo não discute em relação a isso.

As duas formas estavam envoltas em uma coroa de luz quando a doença de Paul o tomou totalmente.

Paul Serene sumiu. Palma Brilhante continuou, mas estava mudada. Incerta.

Recém-nascida. Brilhando, mudando. Ela olhou para Jack, analisou a si mesma, o ponto brilhante de luz refletida que segurava na mão, jogou a cabeça para trás e...

O lapso se desfez.

Chuva e vento batiam no laboratório destruído com força renovada.

— Jack! — Will correu para aquela área.

Jack estava olhando para o ponto onde seu amigo estivera.

— O que acabou de acontecer?

— Explico depois — disse Will, delicadamente pegando a Contramedida. — Mas, se vamos fazer isso, tem que acontecer agora. O próximo lapso que vier pode ser o último.

Por baixo da máquina, Will soltou alguns fios densos e isolados uns dos outros, usando a Contramedida como intermediária para o fluxo de cronum entre o núcleo e o corredor.

— A Contramedida é feita para forçar uma recalibração do campo M-J — disse ele —, fazendo com que essa linha do tempo retome a sincronia consigo mesma. Se der certo, devemos resolver os lapsos. Se isso acontecer, quer dizer que o campo não está mais vazando e que os níveis universais de cronum se estabilizaram. — Ele fez a conexão final.

Jack se assustou, bateu na parede de manutenção. Will o firmou.

— Está vindo. Um bem grande. — Jack apoiou-se em seu irmão, firmou-se. — Isso não vai funcionar se a Contramedida não estiver carregada. Pode me mostrar o que fazer?

Will já tinha enfrentado sua parcela de momentos terríveis, guardando segredos, sacrificando sua vida na remota possibilidade de conseguir salvar o mundo. Jack não queria mais momentos assim, mas não havia escolha.

Com seriedade, Will apontou para o postigo de acesso, do tamanho de um punho.

— O equipamento está ligado à máquina. Posso ativá-lo remotamente da sala de controle no andar de cima. A profundidade do poço de manutenção e a distância da máquina deveriam me proteger dos... efeitos.

— Ligue-a, eu faço o que tenho que fazer. Fácil.

Will assentiu.

— Jack...

— Beth explicou tudo. Vamos acabar aqui, depois podemos beber umas cervejas. Você e eu.

Os dois irmãos saíram depois disso, e Will pousou uma mão no braço de Jack antes de sair da câmara de manutenção.

O segundo lapso passou por Jack. Não era só o mundo se desfazendo. O lapso seguinte que chegou ia começar a derrubar as pessoas.

— Will? Depressa!

Doze Jacks diferentes entraram no núcleo, causando uma batida vinda do corredor. A máquina estava ligada.

Jack segurou a Contramedida com as duas mãos, recostado de modo desconfortável em meio a fios na parede. Contou de três a zero. Pensou em Beth.

O postigo se abriu e toda a luz do céu se derramou. Jack enfiou a mão, sentiu o coração da Contramedida penetrar suas células.

Jack despejou toda partícula de energia que ele tinha por seu braço e dentro da Contramedida.

Acima dele, as ondas de distorção familiares estavam surgindo do corredor. A luz estava mais forte. Em uma sala acima, William Joyce apertou um interruptor e a câmera do corredor foi ativada.

A Contramedida brilhou mais forte do que o sol, e Jack Joyce se perdeu na luz.

23

Segunda-feira, 31 de outubro de 2016.

Riverport, Massachusetts. Vinte e um dias depois do desastre de Riverport.

Diz muito sobre o espírito de uma cidade que, mesmo depois do desastre e da calamidade, as pessoas se dediquem a celebrar tradições. Apesar de varandas e alpendres terem sido destruídos, gramados terem se enchido de lixo e destroços, ainda havia lanternas de abóboras nos parapeitos e nos degraus, e bruxas de papelão ainda estavam penduradas nas calhas.

O Halloween estava sendo muito mais caseiro naquele ano, mas era bom. Muitas pessoas tinham saído de Riverport depois do desastre, ou estavam vendendo suas casas, mas aquelas que permaneceram estavam se unindo como comunidade de modos que Amy só conhecia por ter ouvido seu pai falar sobre eles em histórias de quando era criança.

— Riverport, ah, Riverport, que cidadezinha linda.

Amy olhou para o cara que estava sentado no banco à sua esquerda, ao lado de sua barraca.

— Você estudou na Riverport High?

O homem negou, balançando a cabeça.

— Não, sou de Jersey. Só vim visitar.

Com a cabeça raspada, óculos, barba. Protegido do frio do outono com um terno e um sobretudo de lã, só observando o rio. O'Sullivan Park tinha uma boa vista do rio, e naquela hora do dia ele mais parecia prata derretida. Dali era possível ver grupos reconstruindo a ponte.

— Especulando, hein? — disse ela. — Veio ver se tem dinheiro na reconstrução?

O visitante olhou para ela.

— Não estou especulando, querida. Como eu disse: só vim visitar. Você acredita mesmo nessas coisas que está entregando?

O cartão de visita dela estava com os folhetos. Depois do desastre, tinha sido muito difícil imprimi-los, e ninguém os pegava. Na placa que ela havia colocado diante da mesa estava escrito: EU ESTIVE LÁ: A MONARCH ESTÁ MENTINDO, LEIA A VERDADE. Os folhetos mostravam a foto da escola de Jack Joyce. A palavra ENGANADO estava estampada em seu rosto com uma fonte parecida com a de carimbos, para provocar.

Amy viu o jornal dobrado no colo dele, aquele com a mesma capa de todos os outros jornais e sites na internet dos últimos dias. O rosto de Martin Hatch, a curiosidade a respeito do dia 10 de outubro, e a notícia de que universidades, laboratórios e agências do mundo todo estavam perdendo ou terceirizando pessoal para o novo projeto da Monarch: o projeto que salvaria o mundo.

— Você realmente acredita nessas coisas que está lendo? — Ela lançou a pergunta a ele. Ele olhou para o jornal. — Nessa época, mês passado, eu teria pensado que o campo Meyer-Joyce era onde o Time Infantil de Riverport se reunia aos finais de semana. E então há explosões e blecautes em todos os lados, e tem aquela coisa na internet. Pessoas muito inteligentes estão dizendo que aconteceu, e os políticos bem burros estão dizendo que precisam de mais evidência, então...

— O Movimento PAZ, cara. Quatro incidentes, todas aquelas testemunhas, toda aquela filmagem? Não se finge aquilo. — Amy entregou a ele um folheto. — Leia ou não. Você decide. — Ela começou a reunir as pilhas, a colocá-las dentro da bolsa.

— Respeite a Existência ou Espere a Resistência. Bacana.

— É seu.

— Está desistindo?

— Preciso levar o filho de meu vizinho para pedir doces ou travessuras.

— Lugar estranho para comemorar na noite em que o véu entre os mundos é o mais fino. Quem diabos quer fantasmas em um momento como este? — Ele ficou de pé. — Prazer em conhecê-la.

Amy continuou a enfiar panfletos na bolsa.

— Digo o mesmo.

O homem se virou, amassou o que estava segurando e jogou no lixo. O ano passado de Amy em metáfora, bem ali. Ela fechou o zíper da bolsa, dobrou a mesa e seguiu para casa. Ao passar pelo balcão, ela olhou no lixo, o papel vermelho amassado chamando sua atenção. O que ele havia jogado não era o panfleto dela. Era outra coisa.

Ela o pegou e o desdobrou e percebeu que segurava uma passagem para a Tailândia, emitida para alguém que ela conhecia.

A Main Street e as imediações pareciam Kabul com um Starbucks. Postos de gasolina, postes, infraestrutura, carros e caminhões, todos tinham sido estragados além da conta. Quando se ouvia Sofia Amaral explicar, percebia-se que eram as áreas com maior população que sofriam mais. Algo a ver com a rede de causa e efeito ser muito mais densa e variada em qualquer local com muitas pessoas. Aqueles últimos lapsos tinham causado um inferno ali. O último, especialmente, havia causado mais estrago e realmente atingido as pessoas. A última hora do desastre tinha sido terreno fértil para tristezas e histórias de horror.

Inesperada, infeliz e lindamente, isso provavelmente era uma parte importante do que estava ligando as pessoas depois da loucura: um desejo de fazer compensações. Pessoas civilizadas tinham vivido o alternativo, e o valor do que eles tinham ficou claro como água. As pessoas de Riverport tinham uma causa agora, e essa causa era, pelo menos por enquanto, cuidar uns dos outros.

Fita de proteção, placas de construção e avisos estavam espalhados nas fachadas de quase todos os prédios. As esquinas estavam tomadas por tijolos. Caminhões trabalhavam vinte e quatro horas por dia, todos os dias, limpando as ruínas. Placas eram dispostas em cada quarteirão oferecendo recompensas em troca de informação. Cada uma dessas placas mostrava dois rostos: o de Paul Serene e o dele próprio.

Jack arrumou os óculos e continuou caminhando. Ele caminhava de um jeito diferente agora, com determinação, e quando falava inclinava o queixo um pouco para a frente. Isso mudou sua silhueta, mudou seu rosto, mudou o modo como ele formava as palavras. Às vezes, só precisava disso. Ele havia aprendido muito com Beth. O sotaque de Jersey era todo dela.

A cabeça raspada, os óculos e a barba eram segurança.

Jack Joyce caminhou em direção à velha casa de Beth. A vizinhança não tinha sido atingida de modo tão pesado quanto outros lugares, principalmente porque a população não era muito grande. Ele parou no gramado e pegou a placa de "Vende-se", e então destrancou a porta.

Seu celular vibrou, de novo. Ele conferiu: outra mensagem de Will. A décima segunda. A mesma que as outras.

"Jack. NÃO. Precisamos falar sobre isso."

Ele guardou o celular no bolso, abriu a porta e entrou.

Do outro lado da rua, espiando pela abertura entre duas casas, Amy observou quando ele guardou o celular, abriu a porta e entrou. E trancou a porta em seguida.

A casa estava vazia, sem vida nem mobília. O porão era outra história.

Nas horas depois do desastre, Jack havia aproveitado a confusão. Foi assim que o porão daquela casa suburbana tinha sido equipado com a pequena quantidade de equipamentos de tecnologia de cronum. O suficiente para criar um efeito pequeno, mas muito específico.

Sofia Amaral não olhou para cima quando ele desceu os degraus.

— Você vai sempre ser tão relapso com horários?

Jack tirou o chapéu e o prendeu na balaustrada.

— Ficou ensolarado.

Nick estava recostado na parede, sentado em uma cadeira dobrável.

— Ela está preocupada. E me deixou louco porque demorou vinte minutos a mais para o papai voltar para casa. Ele adora observar aquelas equipes da Monarch construindo a ponte.

Metade do espaço estava tomado pela substituição de quatro torres de alta tensão: geradores de campo.

Sofia se virou no assento, de frente para Jack, toda séria.

— Ao trabalhar com Paul, realizávamos... interações... em condições muito mais restritas. Tem certeza de que o sujeito é confiável?

— Sim. — Jack tirou a jaqueta e a pendurou nas costas de uma cadeira. Ele tocou a bala ao redor do pescoço, por hábito. — Tenho. Você fez uma avaliação no campo M-J?

— Sim.

— E?

— Onde antes tínhamos dois dias de vida, agora temos cinco anos. O campo não foi consertado, mas a integridade foi restaurada e o índice de destruição diminuiu.

— Então, Paul estava certo. Suas ações simplesmente nos deram mais tempo. Deixe-me dizer, de novo, que isso só prova que eventos passados não podem ser mudados.

— Mas você está me ajudando a fazer isso, de qualquer modo, certo?

— Se os acontecimentos passados são imutáveis, e eles são, a única coisa que poderia se perder nessa tarefa é sua vida. Além disso... — ela admitiu —, eu gostaria muito de vê-lo de novo. Mesmo neste estado.

— Então é isso? — Nick se inclinou para a frente. — Posso ver essa coisa? Idiota.

Sofia ficou de pé diante do espaço quadrado.

— Certo. Pode fazer.

Sofia teclou o resultado das cargas de cronum, tirou o escudo idiota da alavanca de ativação e então o virou.

O espaço dentro das torres de alta tensão murmurou, inverteu-se e apareceu. As ondas de distorção pulsaram. O espaço quadrado tinha um lapso muito contido.

Jack esperou.

— Vamos — disse ele. — Você é quadridimensional. Sabe que tem que estar aqui.

E então, assim, um humanoide de dois metros tomou o espaço.

— *Porra!*

— Nick! — Sofia gritou.

— Desculpa.

O Deslocador permaneceu parado, observando Jack, o perfil brilhando levemente, e então ergueu a palma brilhante. Jack fez a mesma coisa. Era bom vê-lo.

— Ei, Paul — disse ele. — Está pronto para fazer o impossível?

Uma noite no passado recente

Will segurou o irmão pelo braço.

— Você precisa esquecê-la. Nós temos um universo no qual pensar. Os mortos, os vivos e os que ainda não nasceram.

Jack assentiu, balançando a cabeça, e não conseguiu abrir a boca para dizer nada. Só recostou-se em Beth e a abraçou da melhor maneira que pôde. Só por um momento.

Ele sussurrou algo que desejou que ela ouvisse, mas sabia que ela não ouviria.

Ele sussurrou:

— Voltarei para você.

Agradecimentos

Sam Lake, Mikko Rautalahti, Tyler Smith e todo mundo com quem trabalhei em meus três anos na Remedy. *Ad astra.*

Dmetri Kakmi, por sua amizade e ajuda editorial valiosa. Seu romance aclamado, *Mother Land*, vale muito a pena. Recomendo que você o leia.

Syksy Räsänen, físico, cosmologista e ativista, com quem busquei consultoria para desenvolver a ciência para a viagem no tempo em *Quantum Break*. Seu conselho foi essencial ao design da máquina e a vários dos princípios dominantes.

Nikaya Lewis, pela orientação acerca da arquitetura.

Ian Robertson, por sua amizade e *expertise* militar.

O autor C. R. Jahn, por seu conhecimento enciclopédico de armas e explosivos. Recomendo que você conheça o romance de horror dele, *The Outrider*, disponível na Amazon.

Este livro foi composto em Adobe Garamond Pro e impresso pela RR Donnelley
para a Editora Planeta do Brasil em julho de 2016.